BONNIE ELDRITCH

Alma Obscura

The Secret Society of Styx

IMPRESS

© Janine Ulbrich

Born and raised im Bremer ¼ war **Bonnie Eldritch** schon immer fasziniert vom Düsteren, wenngleich sie ihre Liebe zu schwarzem Kaffee und schwarzer Kleidung erst noch entwickeln musste. Mit dem Schreiben begann sie erst mit 15, inspiriert von einer nebligen Nacht in den slowenischen Bergen. Fantasygeschichten, besonders der finsteren Sorte, waren jedoch stets ein Teil ihres Lebens und ihr literarisches Idol ist seit Jahren H.P. Lovecraft. Als selbsternannte Hexe lebt sie heute allein in einer kleinen Wohnung – leider ohne Pflanzen, da diese stets den Freitod bei ihr wählen.

Inhaltswarnung

Liebe Lesende,

wenn ihr kein Fan von Triggerwarnungen seid, dann könnt ihr diese Seite getrost überblättern. Sie ist nicht an euch gerichtet. Doch Alma Obscura ist eine düstere Urban Fantasy und beinhaltet einige Themen, die nicht für alle Lesenden leicht zu verdauen sind. Solltet ihr also mit euren ganz eigenen Dämonen zu kämpfen haben, dann bereitet euch gegebenenfalls darauf vor, in diesem Buch mit triggernden Inhalten konfrontiert zu werden. Darunter befinden sich die Themen Mobbing in der Vergangenheit und dessen Auswirkungen, toxische Männlichkeit, dämonische Besessenheit, Einsamkeit, Suizid, explizite Gewaltdarstellungen, Blut sowie Verlust und Trauer. Zudem werden ableistische Ausdrücke benutzt und von einem Protagonisten unbewusst antisemitische Aussagen reproduziert.

Bei Fragen könnt ihr mich gerne auf Instagram oder Facebook kontaktieren.

Eure Bonnie Eldritch

Für jedes (ehemalige) Opfer von Mobbing.
Gib nicht auf – auch du wirst deinen Weg finden.

Golden

Nebel trifft auf Bucht und Stadt,
lässt schemenhaft verschleiert
liegen, was verloren wirken mag;
In fragile Helligkeit gehüllt warst du
es doch nicht; Dunkelheit floss träge
aus den Löchern deines Herzens, deiner Seele;
ließ dein bittres Antlitz in den Schatten
dennoch sanft auf jeden wirken, zart
als würden deine Adern
Blumen bluten.

von H. Storm

1

Das falsche Lächeln auf meinen Lippen beginnt langsam schmerzhaft zu werden. Meine Wangen sind verkrampft und flehen mich an, endlich die Mundwinkel zu senken – ich bin es nicht mehr gewöhnt, gute Laune vorzutäuschen. Einer der vielen Vorteile, die das Campusleben mir bietet. Aber manches ändert sich wohl nie und die konstante Nörgelei meiner Mutter gehört definitiv dazu.

Ich lege eine Hand auf das für diese Wohngegend so typische gusseiserne Tor mit Art-Deco-Muster und nicke, als meine Mutter mir zum fünften Mal einbläut, meine Oma anzurufen. Die Verabschiedung dauert nun schon gut zwanzig Minuten, doch das ist normal für meine Familie. Teil unseres Kulturerbes, sagt mein Vater immer. Fast bin ich froh, dass er heute länger arbeitet und Mutter deswegen allein zu Hause ist. Ansonsten würde ich hier wohl bis Einbruch der Dunkelheit versauern.

»Ich muss jetzt wirklich los, Mom«, versuche ich erneut, ihren Redeschwall zu unterbrechen, und bin beinahe erstaunt, als es klappt.

»Schon gut, schon gut.« Sie seufzt schwer, um ihre Enttäuschung zu verdeutlichen, dann schließt sie mich ein letztes Mal fest in die Arme. Ihr Duft nach Opium von Yves Saint Laurent steigt mir in die Nase, schwer und exotisch. Als sie sich von mir löst, ruhen ihre Hände weiterhin auf meinen Schultern und ihre Augen mustern mich streng unter den nachgezogenen Brauen. »Schreib mir, wenn du im Wohnheim angekommen bist, ja?«

»Natürlich, Mom.« Wieder fake ich ein Lächeln und weiß gleichzeitig, dass sie den Unterschied zu einem echten nie bemerken wird. Ich lasse mich von ihr auf die Wange küssen und daran erinnern, die Suppe zu essen, die sie mir in einer Tupperdose mitgegeben hat.

»*Gei gesund*, mein Schatz.« Ein letztes Mal streicht sie mir die blonden

Haarsträhnen hinters Ohr und schenkt mir ein warmes, herzliches Lächeln, das mir einen Stich im Herzen verpasst.

»Bis bald«, gebe ich zurück und mache mich dann eiligst auf den Weg. Zwar ist das Manzanita-Square-Studentenwohnheim nur einen kurzen Fußweg vom Haus meiner Eltern entfernt und ich habe eigentlich nicht vor, den Abend wirklich mit Lernen zu verbringen, wie ich es meiner Mutter aufgetischt habe, doch ich habe keine Lust, dass sie den Stuss durchschaut.

Erst als drei Blocks zwischen mir und dem Eckhaus meiner Eltern liegen, verlangsame ich meine Schritte und erlaube mir ein lautes Ächzen, lege den Kopf in den Nacken und atme tief durch. Die laue Septemberluft ist ungewöhnlich warm für diese Jahreszeit, was immerhin den Vorteil hat, dass Karl sich mal wieder blicken lässt. Während ich die Nachbarschaft meiner Eltern, Merced Heights, entspannt verlasse, öffne ich Instagram und gucke, ob auf dem Account *Karl, the San Francisco Fog* etwas gepostet wurde. Nichts Neues, auch wenn die vielen Fotos vom berühmt-berüchtigten Nebel mich glücklich stimmen. Ich lasse das Smartphone wieder in die Tasche meines Oversized-Mantels gleiten. Mir wird sowieso niemand schreiben.

Jedenfalls denke ich das, bis ich im Apartment die Tupperdose mit Matzeknödelsuppe in den Kühlschrank räume und dabei einen zerknitterten Brief in dem Beutel finde. Ich werfe einen Blick zu meiner Mitbewohnerin Grace, die am Esstisch zwischen Küche und Wohnbereich sitzt und sich auf ihre nächste Biologievorlesung vorbereitet. Von meinen anderen beiden Mitbewohnerinnen – Hailey, einer Anwaltstochter und Literaturstudentin, sowie Melaina, die Philologie studiert und laut Hailey und Grace sicher Teil einer semigeheimen Studentenverbindung names Styx ist, da sie uns eher meidet – fehlt jede Spur. Kurz überlege ich, trotzdem in mein Zimmer zu gehen, doch dann siegt die Neugier.

Alma Rosenhain steht auf dem Kuvert, gefolgt von der Adresse meiner Eltern. Ich runzle die Stirn. In den zwei Semestern, die ich bereits auf dem Campus wohne, habe ich noch nie einen Brief erhalten. Als mein Blick zum Absender wandert, stocke ich jedoch. Notariat Jonathan Bennett. Ich habe noch nie von der Kanzlei gehört, geschweige denn jemals Kontakt mit einem

Notar gehabt. Plötzlich fühlt sich meine Kehle furchtbar trocken an und in meinem Inneren frisst sich Unsicherheit durch mein Bewusstsein. Habe ich etwas falsch gemacht? Ein Gesetz gebrochen? Meine Finger zittern und mit ihnen der Umschlag, den ich noch immer unverwandt anstarre.

Mir ist klar, dass die aufbrandende Panik vor einem Brief dämlich ist, dass ich mir keine Sorgen machen muss, doch gleichzeitig kann ich nicht verhindern, dass mir eintausend Horror-Szenarien in den Kopf schießen, was ich verbockt haben könnte.

»Alles okay bei dir, Alma?«, höre ich Grace wie durch Watte fragen.

Immerhin holen ihre Worte mich wieder zurück in die Realität und helfen mir, die Zwangsgedanken wegzuschieben. »Alles gut, ich bin nur überrascht. Anscheinend hat mir ein Notar geschrieben.«

Als ich jedoch den Briefbogen entfalte, treffen mich die Worte völlig unvorbereitet. *Wir bedauern Ihnen mitteilen zu müssen, dass Ihre Großtante Gisela Bromberg …*

Großtante Gisela. Wie lange habe ich nichts von ihr gehört?

»O je, du bist ganz schön bleich, steht was Mieses drin?«, fragt Grace.

Ich bin doch immer blass, will ich sagen, doch traue mich nicht. Stattdessen schlucke ich den Kloß in meinem Hals herunter und blicke von dem Brief auf. »Meine Großtante ist tot.«

Augenblicklich scheint jegliche Wärme aus unserem Apartment gewichen. Selbst die sonst so warmbraunen Haare von Grace wirken auf mich aschig.

»Uff«, flüstert sie und verfällt dann wieder in ein bedrücktes Schweigen, bevor sie hinzufügt: »Das tut mir so leid, Alma.«

»Ist schon okay, ich kannte sie kaum.« Das ist nicht gelogen. Ehrlich gesagt erinnere ich mich nicht einmal an Großtante Giselas Gesicht. Als wir uns das letzte Mal auf einer Familienfeier gesehen haben, muss ich noch im Kindergarten gewesen sein.

»Aber der Notar hat trotzdem dir geschrieben?«

Mir ist das Zweifeln in ihrer Stimme schmerzlich bewusst, auch wenn ich es gut verstehen kann. Gott sei Dank ist Hailey mit ihrer schnippischen Art nicht hier, ansonsten würde ich wohl noch mehr mit der Situation kämpfen.

Auch wenn ich vor wenigen Wochen bereits mein drittes Semester angefangen habe, fällt mir der Umgang mit meinen Mitbewohnerinnen nach wie vor schwer. Bewerten sie mein Verhalten, mein Aussehen? Reden sie über mich, wenn ich nicht dabei bin? Wird Grace alles, was ich ihr jetzt sage, später Hailey erzählen, um sich darüber zu amüsieren?

»Blöde Frage, sonst hättest du den Brief ja nicht in der Hand, ups«, reißt mich Grace wieder aus den Gedanken und ich blinzle sie verdutzt an. Sie lächelt, ehe sie mit den Schultern zuckt und neugierig auf den Brief deutet. »Steht noch was drin?«

»Ich soll morgen in die Kanzlei kommen«, murmle ich und blicke wieder auf die wenigen Zeilen, die der Notar an mich gerichtet hat. Dennoch fokussiere ich mich auf Graces Worte und darauf, die aufdringlichen Gedanken zu widerlegen, die sie in mir ausgelöst haben. Kurz spüre ich Scham in mir aufbranden, doch ich schiebe sie grob beiseite. *Ich muss mich nicht vor meinen Mitbewohnerinnen fürchten. Es ist okay, dass ich trotzdem in alte Muster verfalle, solange ich sie bemerke und dagegen arbeite. Alles ist gut.*

»Und? Wirst du hinfahren?«, fragt Grace weiter. Ihr Buch über Mikrobiologie hat sie längst zugeklappt.

Ich muss lächeln über ihren Enthusiasmus und nicke ihr schließlich zu. »Hoffentlich ist das kein schlechter Scherz.«

2

Als ich am nächsten Mittag in der kleinen Kanzlei im zwölften Stock eines Hochhauses in Downtown sitze, bin ich immer noch nicht an einem Punkt angelangt, an dem ich Giselas Tod begreifen kann. Selbst nach dem Telefonat mit Jonathan Bennett, dem Notar, fühlt sich alles surreal an.

Nervös spielen meine Finger an dem linken Ärmel des Blazers, den ich mir in einem verzweifelten Versuch, irgendwie seriös zu wirken, übergeworfen habe. Das hätte vielleicht auch geklappt, wenn ich nicht darunter ein Leopardenmuster-Shirt angezogen hätte, das mich aussehen lässt wie eine junge Version von Sylvia Fine aus *Die Nanny. Oy.*

Ich zucke erschrocken zusammen, als sich die Bürotür von Mister Bennett öffnet und er mich freundlich zu sich hereinbittet.

»Nur keine falsche Scheu, Miss Rosenhain!« Er scheint die Tür hinter mir besonders vorsichtig zu schließen, als hätte er Angst, dass ich beim nächsten lauten Geräusch mit Anlauf aus dem Fenster springe. Zugegeben, das würde ich auch am liebsten tun, doch die Fenster sind wahrscheinlich aus Sicherheitsglas. »Es freut mich, dass Sie es so schnell einrichten konnten.« Mister Bennett lässt sich auf seinem dicken Ledersessel hinter dem Schreibtisch nieder und öffnet eine Schublade des Aktenschranks daneben. Ich erhasche einen Blick auf Unmengen an Akten, bevor er zielstrebig einen Manila-Umschlag hervorzieht, auf dem die Adresse der Kanzlei steht. Fragend schaue ich ihn an und setze mich ebenfalls.

»Ich muss gestehen, dass wohl niemand von uns mit Giselas Tod gerechnet hat und ich erst eine Weile suchen musste, bis ich ihr Testament wiedergefunden habe. Deswegen war es auch nicht Ihrem Brief beigefügt«, fängt er zu erklären an, während er ein einzelnes Blatt aus dem Umschlag zieht und es mir reicht. »Mit einem tödlichen Herzinfarkt hat wohl niemand gerechnet.

De facto waren Gisela und ich sogar nächste Woche zum Bridge verabredet, und ich bin mir sicher, dass Sie wahrscheinlich nicht minder überrascht waren, als Sie von ihrem Ableben hörten?«

»Um ehrlich zu sein«, setze ich vorsichtig an, doch halte inne, da mir die Worte wegbleiben. Ja, was denn genau? War ich überrascht? War ich geschockt? Ich schaue auf das Testament und schlucke schwer.

»Ah, ich bitte darum!« Bennett scheint meine dramatische Pause als Wunsch nach Interesse gewertet zu haben, was mir augenblicklich das Blut in den Kopf schießen lässt.

»... ich habe seit fast zwanzig Jahren nichts mehr von Großtante Gisela gehört.«

»Oh«, macht Bennett. Die Information scheint ihn zu überraschen, denn seine gesamte Haltung ist mit einem Mal angespannt. »Seltsam. Gisela erzählte manchmal von Ihnen und es klang stets, als würden Sie einander ... nahestehen.«

Ich sacke auf meinem Stuhl zusammen und zucke hilflos mit den Schultern.

»Verzeihen Sie die Frage, aber haben Sie jemals den Spruch *Panta Rhei* gehört, Miss Rosenhain?«

Fragend blicke ich auf und schüttle den Kopf.

»Verstehe, verstehe.« Es dauert eine Sekunde, bis der Notar in Mister Bennett die Kontrolle übernimmt und er zu seinem professionellen Auftreten zurückkehrt. »Egal, vergessen wir das. Wenn Sie stattdessen einen Blick auf das Testament werfen möchten, werden Sie feststellen, dass Miss Gisela Bromberg Sie als Alleinerbin eingesetzt hat.«

Mir klappt der Mund auf, was Mister Bennett jedoch nicht davon abhält, weiterzusprechen. Als würde er instinktiv meine Fragen spüren, rattert er einen einstudiert wirkenden Vortrag darüber herunter, dass es keine weiteren Anspruchsteller gibt und das Testament nicht anfechtbar ist, gepaart mit den zugehörigen Rechtsprechungen und Erläuterungen.

Es dauert nicht lange, bis ich von all den Informationen vollkommen überfordert bin und den Faden verliere.

»Stopp, bitte«, stoße ich hervor. »Das ist alles zu viel, Mister Bennett, ich ... ich verstehe das nicht.«

»Machen Sie sich keine Gedanken, Miss Rosenhain. Gisela hat zu Lebzeiten alles mit mir abgeklärt. Ich übernehme sämtliche Arbeit für Sie, sowohl die Verwaltung als auch die juristischen Papiere und ...«

»Aber was wird das kosten?« Verzweifelt rücke ich näher an Bennetts Schreibtisch und lege das Testament weg. »Ohne meine Eltern könnte ich nicht einmal studieren, wie soll ich da einen Anwalt zahlen?«

»Zunächst einmal ...«, setzt Bennett an und lächelt auf eine seltsam gutmütige Art und Weise. Meine Finger zerknittern das arme Testament und ich nehme sie schnell vom Tisch. »Ich bin Notar, kein Anwalt. Das ändert zwar nichts an der Tatsache, dass mich jemand bezahlen muss, doch darüber müssen Sie sich keine Gedanken machen. Ihre Großtante hat zu Lebzeiten alles für Sie geregelt, angefangen bei meiner Bezahlung und aufhörend bei der Verwaltung ihres Eigentums. Ich bin ihr Beistand, Verwalter und Berater. Alles was Sie, Miss Rosenhain, noch tun müssen, ist das Erbe zu akzeptieren.«

Als ich drei Stunden später in den Fahrstuhl neben der Kanzlei trete und mit zitternder Hand die Taste fürs Erdgeschoss drücke, ist mir noch immer nicht vollends bewusst, was seit gestern Nachmittag geschehen ist. Die Kabine setzt sich lautlos in Bewegung, was meinen Magen einen schmerzhaften Satz machen lässt. Mein Frühstück liegt einen halben Tag zurück und als ich den Blick vom Boden hebe, blickt mir mein erschreckend blasses Spiegelbild entgegen. Tiefe Schatten lassen meine Augen größer und noch tonloser wirken; ein Mischmasch aus Blau und Grün und Grau, der im kalten Neonlicht der Fahrstuhlbeleuchtung fast farbtot aussieht.

Schnell wende ich meine Aufmerksamkeit auf die digitale Anzeige der Stockwerke. Der Blick in den Spiegel fiel mir noch nie leicht und auch wenn ich mittlerweile halbwegs okay mit meinem Aussehen bin, insbesondere seitdem ich immerhin ein kleines bisschen Farbe angenommen und endlich Gewicht zugelegt habe, so schmerzhaft ist für mich der Anblick, wenn es mir nicht gut geht. Ich brauche dringend etwas zu essen, das meinen Blutzucker in die Höhe treibt und mich nicht mehr tot aussehen lässt. Allein der Gedanke daran, was Passanten wohl über mich und meine Gesundheit mutmaßen, wenn sie mich so sehen, lässt mich zittern.

Obwohl das Gespräch mit Mister Bennett für mich durchweg positiv, ja beinahe traumhaft verlaufen ist, fühle ich mich schrecklich. Mehr noch, ich fühle mich undankbar und maßlos, bin überfordert von meinen eigenen Gefühlen und der erdrückenden Realität des Testaments.

Großtante Gisela ist tot.

Auch als ich aus dem Gebäude in die lauwarme Spätsommerluft trete, erscheint mir das nicht real. Mein Hirn kann diese Information nicht wirklich fassen, nicht wirklich begreifen. Ich versuche, mir ein Bild ins Gedächtnis zu rufen, mich an ihr Gesicht zu erinnern oder wenigstens an irgendetwas von ihr, doch ich scheitere.

Dafür erinnere ich mich bildhaft an das Abendessen bei meiner Oma, bei dem sie unserer Familie von dem großen Streit berichtet hat, den sie mit Gisela hatte. Damals hatte ich keine Ahnung, dass ich sie nie wieder sehen, ja nicht einmal an sie denken würde, bis ihr Testament mich erreicht. Sie war weg und ich hatte es stillschweigend hingenommen.

Und nun bin ich ihre Alleinerbin.

Mister Bennett hat sich alle Mühe gegeben, mir die juristischen Details zu ersparen und stattdessen zu erklären, was genau ich geerbt habe. Neben einer hübschen Summe bei der Bank of San Francisco und einigen Aktien, von denen ich sowieso nichts verstehe, besteht mein Erbe hauptsächlich aus einer Sache, die mich noch immer fassungslos den Schlüsselbund in meiner Manteltasche umfassen lässt.

Großtante Gisela war Besitzerin einer Wohnung hier in Downtown.

Nicht Mieterin, nein. *Besitzerin*. Und wenn man die Immobilienpreise in der Bay Area und insbesondere San Francisco bedenkt, ist das vergleichbar mit einem Sechser im Lotto – wobei der einem wahrscheinlich keine *Wohnung* in *Downtown* bezahlen kann!

Okay, vielleicht übertreibe ich, aber dennoch. Selbst ein winziges Apartment kostet in dieser Gegend mehrere hunderttausend Dollar und ich erinnere mich noch gut an einen Zeitungsartikel, in dem eine Nobel-Wohnung mit Blick über den Fisherman's Wharf für zwölf Millionen angeboten wurde. Zwölf! Egal wie heruntergekommen Großtante Giselas Zuhause auch sein mag, die Lage ist unschlagbar.

Wieder fahre ich mit der Fingerspitze die Konturen der Schlüssel in meiner Tasche nach, meine Aufmerksamkeit wird jedoch von etwas anderem angezogen. Zuerst ist es der süße Duft von Gebäck, der mir in die Nase steigt und der meinen Magen knurren lässt, dann erspähe ich den Donut-Shop. Im Normalfall bin ich, wenn überhaupt, nachmittags in Downtown und Bob's Donuts wird von Einheimischen wie Touristen belagert, doch im Augenblick, kurz nach der Mittagspause, steht nur eine Handvoll Leute vor der Ladentheke. Ich stehe schneller selbst an, als ich darüber nachdenken kann. Übe meine Bestellung ein Dutzend Mal in meinem Kopf und verhasple mich dennoch, als ich an der Reihe bin.

Ich weiß, dass ich kirschrot im Gesicht bin, als die junge Angestellte mir meinen Milchkaffee und eine kleine, rosa Pappschachtel mit zwei Donuts reicht. Dennoch bedanke ich mich höflich und erwidere das »Schönen Tag noch«, ehe ich schnell weitergehe. Das Gebäck werde ich später essen, wenn ich in der Wohnung bin. Nicht, dass es mir unangenehm wäre, in der Öffentlichkeit zu essen oder so. Ich esse sogar gerne vor anderen, um Nachfragen über mein Essverhalten vorzubeugen. Doch jetzt gerade bin ich viel zu aufgeregt, um mich irgendwo hinzustellen und Donuts zu mampfen.

Stattdessen nehme ich einen vorsichtigen Schluck von dem Milchkaffee und schreibe meinem Bruder eine Nachricht, dass er sich so schnell wie möglich bei mir melden soll. Zwar ist mir bewusst, dass er entweder lernt, in einer Vorlesung sitzt oder trainiert, doch ich hoffe, dass er es für mich unterbricht. Ich muss mit jemanden reden und Bram ist der einzige Mensch, mit dem ich immer und offen über alles sprechen kann.

Als die Nachricht abgeschickt ist, öffne ich die Navi-App auf meinem Telefon. Bis zu Großtante Giselas ehemaliger Adresse sind es noch einige Blocks, doch mein Magen hängt mir bereits jetzt in den Kniekehlen. Ich lege einen Schritt zu und konzentriere mich darauf, nicht auf die Rillen des Bordsteins zu treten, wie ich es als Kind immer getan habe. Mir ist jede Ablenkung recht, solange ich nicht darüber nachdenken muss, dass diese ganze Erbgeschichte real ist. Auf keinen Fall will ich mir eingestehen, dass ich – von allen Mitgliedern der Familie, ausgerechnet *ich* – wirklich Giselas Alleinerbin bin. Wie kann das Realität sein und nicht nur ein ausführlicher Traum?

Keine zehn Minuten später erreiche ich den Broadway, der die Hälfte meines Wegs markiert und zu einer der längsten Straßen der Stadt gehört. Anders als der Broadway in New York hat dieser hier allerdings keine Musicaltheater. Stattdessen beheimatet er eine Menge Nachtleben-Etablissements, die ich noch nie betreten habe. Auf dieser der Innenstadt zugewandten Hälfte, nahe des Broadway Tunnels, finden sich jedoch zu meiner Überraschung kaum Clubs oder Restaurants, sondern fast nur Wohnhäuser. Im Stadtviertel gegenüber ragen Hochhäuser auf und erst jetzt fällt mir auf, dass ich zwar mein gesamtes Leben in San Francisco wohne, doch in diesem Teil der Stadt noch nie wirklich war.

Ein Anflug von Aufregung lässt mich die Zähne fest aufeinanderbeißen. Ich überquere den Broadway und setze meinen Weg in Richtung des Hafens fort. Mein Herz fängt an, mir bis zum Hals zu schlagen, ein widerliches Pochen in meiner Aorta, das meinen gesamten Körper erbeben lässt. Ich will es ignorieren, doch mit jedem Schritt pocht es erneut auf.

Nachdem ich einen weiteren Block hinter mir gelassen habe, werfe ich wieder einen Blick auf mein Handy.

So gut wie da.

Meine Finger verkrampfen sich um den Schlüssel in meiner Manteltasche, der durch die Hitze meines Körpers geradezu zu glühen scheint. Am liebsten würde ich laut schimpfen, doch dazu bin ich zu nervös.

Noch fünfzig Schritte.

Wie automatisch wird mein Blick von dem großen Hochhaus-Kasten angezogen, der an der gegenüberliegenden Straßenecke aufragt. Das muss es sein. Giselas Zuhause. Ist es plötzlich wärmer geworden?

Zwanzig Schritte.

Schweiß rinnt meinen Nacken runter und das erste Mal an diesem Tag wünsche ich mir, dass die kühle Seeluft eine Brise durch die Stadt schicken möge. Eigentlich liebe ich das sonnige Wetter Kaliforniens, auch wenn San Francisco nicht ganz Los Angeles oder San Diego ist, doch gerade würde ich für Kälte alles tun.

Zehn Schritte.

Der viereckige Kasten ist fast genauso hoch wie er breit ist und plötzlich werde ich mir der Tatsache bewusst, dass ich nicht nur eine Wohnung in einer riesigen Gemeinde geerbt habe, sondern auch die Nachbarn dazu. Ob sie mit Großtante Gisela befreundet waren?

Mein Herzschlag scheint mit der Erkenntnis einzufrieren. Beinahe erscheint es mir, als wäre der unterschwellige Lockruf der Wohnung plötzlich verstummt. Die Hitze ist verflogen und von der Panik ist nichts übergeblieben.

Unschlüssig bleibe ich am Bordstein der letzten Querstraße vor meinem Ziel stehen und blicke die Fassade empor. Die ersten drei Stockwerke sind weiß verputzt, doch die vier darüber sind aus braunem Backstein. Lediglich die für San Francisco so typischen Erker sind bis zum Flachdach hoch in Weiß gehalten. Eher untypisch sind hingegen die Feuertreppen, die zwischen den Erkern angebracht sind und als Notausgang dienen.

Das Haus ist perfekt. Urban und schick, ohne übermäßig edel zu wirken.

Verzweifelt versuche ich, die Frage aus meinem Kopf zu verbannen, wie viel eine Wohnung hier wohl kostet. Selbst für eine Ein-Zimmer-Wohnung zahlt man mindestens eine halbe Million. Woher hatte Großtante Gisela so viel Geld? Mister Bennetts Worte kommen mir in den Kopf.

Machen Sie sich keine Gedanken, Miss Rosenhain. Alles ist geregelt.

Doch wie? Die monatlichen Kosten einer Eigentumswohnung sind nicht zu verachten, das weiß ich von Bram. Die Steuern – *Himmel, denk nicht drüber nach!* Ich versuche, mich darauf zu konzentrieren, was ich fühle, doch mein Körper ist seltsam taub.

Kann mir mal jemand sagen, wieso ich so übertrieben reagiere? Was ist hier los?

Die Einsicht, dass ich mich seltsam verhalte, hilft mir dabei mich zu beruhigen und ich atme tief durch. Dann überquere ich die letzte Straße und suche nach dem Eingang des Hauses. Auf der Straße neben mir fährt eine historische Schienenbahn vorbei, doch ich schenke ihr kaum Beachtung. Stattdessen trete ich auf das Portal zu, das sich in einem kleinen Alkoven versteckt, der mit reichlich Stuck und Fries verziert ist. Durch mein Studium der Museologie erkenne ich den halbrunden Tympanonbogen, ein typisches Schmuckelement, das seit der Antike immer wieder gerne genutzt wird. Hier sind jedoch keine Musen oder Götter zu sehen, sondern leere Wappenschilde. Zu meiner Überraschung ist die Eingangstür nicht verschlossen und ich kann problemlos eintreten. Dann wiederum habe ich auch nur einen Schlüssel von Mister Bennett bekommen und ich vermute ganz stark, dass dieser für die Wohnungstür sein wird. Er schmiegt sich in meine Handfläche, als wäre er für mich geschaffen worden, warm und schwer.

Ein großes, marmornes Foyer empfängt mich mit klimatisierter Luft. Der Blick auf das Klingelschild erschlägt mich ein wenig, denn es wohnen in der Tat eine Menge Menschen in diesem Klotz – nicht, dass ich etwas anderes erwartet habe, doch die schiere Menge an Nachbarn überfordert mich. Was, wenn mich jemand anspricht? Und was, wenn dieser jemand Gisela kannte? Allein die Vorstellung, dass ich mit Fragen zu meiner verstorbenen Großtante bombardiert werde, die ich niemals beantworten könnte, lässt meinen Magen hüpfen. Ich trinke einen großen Schluck des Milchkaffees in der Hoffnung, dass die Flüssigkeit ihn beruhigt. Kein Glück.

Nach einigen Minuten durchschaue ich endlich das System, nach dem die Wohnungen eingeteilt sind und verstehe, dass ich ins oberste Stockwerk muss. Als ich auf den Knopf des Aufzugs drücke, springen die Türen rechts von mir lautlos auf. Auch hier drinnen ist die Luft klimatisiert und leiser Jazz ertönt aus einem versteckten Lautsprecher. Ich meide den Blick in den Spiegel und betrachte stattdessen den Teppichboden. Bin ich hier in einem Hotel gelandet? Nein, es gab keine Lobby und auch das Klingelschild lässt mir den Gedanken kaum eine Sekunde später absolut albern erscheinen.

Als die Türen sich mit einem kaum hörbaren *Pling* öffnen, stolpere ich beinahe auf den Flur. Mein ganzer Körper scheint schlagartig wieder taub zu sein, denn ich spüre gar nichts mehr, während ich mich zweifelnd umschaue. Sowohl links als auch rechts geht der Flur an der Seite des Gebäudes entlang und verschwindet um eine Ecke. Wo muss ich hin? Meine Intuition lässt mich schließlich den linken Weg einschlagen und belohnt mich, indem ich am Ende des Flurs vor einer Wohnungstür lande, auf deren Klingelschild *Bromberg* steht. Entweder ist diese Eckwohnung die richtige oder Großtante Gisela hatte Nachbarn mit demselben Nachnamen.

Ich hebe den Schlüssel zum Schloss, doch halte in letzter Sekunde inne. Denke ein letztes Mal darüber nach, dass das alles nicht real, dass Großtante Gisela nicht plötzlich verstorben sein kann. Dass ich nicht ihre Alleinerbin sein sollte. Nicht ich. Jeder andere erscheint mir logischer. Wir kannten uns doch kaum. Was hat sie dazu verleitet, ausgerechnet mich einzusetzen? Und wieso hat sie nie Kontakt mit mir aufgenommen, als sie noch lebte, wenn sie sogar ihrem Notar von mir erzählt hat?

Als ich auf meine Hand schaue, bemerke ich, dass sie zittert.

»*Oy veh*, jetzt reiß dich doch zusammen«, fauche ich mich selbst an und erschrecke wie der letzte Volltrottel vor dem Geräusch meiner Stimme, als hätte ich nicht geahnt, dass sie ein Geräusch macht. Als ich am Ende des Flurs zusätzlich eine Tür knacken höre, ramme ich den Schlüssel ins Schloss. Zum Glück gleitet er hinein wie frisch geölt und ich schließe schnell auf. Die Tür ist schwer und das Holz massiv, und doch lässt sie sich mühelos aufstoßen. Ich schlüpfe ins Innere der Wohnung, doch meine Knie sind so weich, dass ich innen gegen die Tür sinke. Mit einem gedämpften Geräusch fällt sie ins Schloss und ich schnappe nach Luft wie ein Fisch auf dem Trockenen.

Meine Sicht ist von tausend bunten Punkten getrübt und so ziehe ich die Knie an den Körper und bette den Kopf darauf, um zu verschnaufen. *Geschafft. Ich bin in der Wohnung.* Meine Hände sinken neben meinem Körper auf den Boden, der angenehm kühl unter meinen viel zu warmen Fingern ist. *Echtholzparkett.* Mama hat darauf plädiert, dass wir in unserem Haus welches haben, deswegen glaube ich es zu erkennen.

Für eine Weile sitze ich bloß da, konzentriere mich auf meine Atmung und beruhige mich nur. Mein Puls geht nur langsam runter, doch das tiefe

Ein- und Ausatmen, das ich in einem Selbsthilfeforum gelernt habe, lässt wenigstens meinen Geist ruhiger werden. Stille umfängt mich. Wenn meine direkten Nachbarn gerade irgendetwas in ihren Wohnungen machen, dann sind die Wände dick genug, um alles abzudämmen. Das Fehlen der Geräusche hilft mir dabei, die Situation zu hinterfragen, die sonderbare Reaktion meines Körpers, die Anziehungskraft der Wohnung und die Nervosität, je näher ich ihr komme. Ich war schon immer ein sensibler Mensch, der viel zu viel empfindet, aber das hier ist selbst für mich ... ungewöhnlich.

Es dauert eine Weile, bis ich meine Ruhe wiedergefunden habe, vorsichtig den Blick hebe und mich in dem Raum umsehe, in dem ich Zuflucht gefunden habe. Es ist ein Flur und nicht direkt das Wohnzimmer des Apartments, was mich ein wenig überrascht. Habe ich jemals in einer Wohnung oder einem Haus mit Flur gestanden? Abgesehen von öffentlichen Gebäuden natürlich, doch selbst im Studentenwohnheim öffnet unsere Eingangstür direkt in die Wohnküche.

Mit großen Augen rapple ich mich auf und lasse den Blick durch den Flur schweifen. Er ist hell gestrichen, mit weißen Türen und Schränken, die den sowieso schon großen Raum noch größer wirken lassen. Ich stopfe den Wohnungsschlüssel zurück in meine Manteltasche und ziehe gleichzeitig mein Smartphone aus der Tasche auf der anderen Seite hervor. Bram hat noch nicht geantwortet. Zwar sitzt er wahrscheinlich mitten in einem Finanzwesenkurs, doch ich kann trotzdem nicht anders, als mich zu ärgern. Zu gerne würde ich mit ihm über den Termin mit Mister Bennett reden, mir versichern lassen, dass ich richtig handle und dass unsere Mutter mich nicht direkt verstoßen wird, wenn sie von dieser Sache erfährt. Ich möchte seine Unterstützung einholen und mich selbst beruhigen.

Oder besser gesagt, mich weiter davon abhalten, Großtante Giselas Wohnung zu erkunden. *Verdammt.*

Wahrscheinlich wäre Bram ziemlich enttäuscht, wenn er mich anruft und ich ihm nicht einmal sagen kann, wie viele Zimmer mir vererbt wurden, also atme ich ein letztes Mal tief ein und aus. Dann stecke ich das Handy wieder weg und schalte das Flurlicht an. Die Glühbirnen erzeugen ein ungewöhnlich kühles Licht, in dem meine sowieso schon kühle Hautfarbe geradezu rosastichig aussieht. Ich wende mich der Tür rechts von mir zu und versuche, mein klopfendes Herz zu ignorieren, während ich sie aufstoße.

Dahinter verbirgt sich ein großzügiges Schlafzimmer, das von zwei bodentiefen Fenstern ausgeleuchtet wird. Das Parkett zieht sich auch durch diesen Raum und im Tageslicht fällt mir die hübsche Maserung auf, die sich spielerisch gegen die reinweißen Möbel absetzt. Ich lehne mich an den Türrahmen und betrachte das gemachte Queensize-Bett, den großen Kleiderschrank und die Reflexionen, die das Sonnenlicht auf den Boden zaubert.

Immerhin kein Ein-Zimmer-Küche-Bad-Loft.

Als ich den Kopf in den Raum stecke, entdecke ich zudem eine weitere Tür, die mich nach dem Öffnen in ein kleines Dusch-Bad führt. *Leben wie in besseren Kreisen, was?* Ich schließe die Tür wieder, lasse die vom Schlafzimmer jedoch weit offen, damit das Tageslicht den Flur erhellt und ich das Licht ausknipsen kann. Beinahe kann ich meinen Vater zufrieden murmeln hören, dass man am helllichten Tage keinen Strom verschwenden soll, und ich kann nicht anders als seufzend die Augen zu verdrehen. Ich bin wirklich das Kind meiner Eltern.

Als Nächstes trete ich zu dem offenen Durchgang, der ins Wohnzimmer führt und neben dem sich die Tür in die moderne, große Küche befindet. Durch die Ecklage der Wohnung hat anscheinend jedes Zimmer Fenster und ich staune über den Ausblick, der mir geboten wird. San Franciscos Downtown erstreckt sich, so weit das Auge reicht, auch wenn das durch die umliegenden Hochhäuser kein Panoramablick ist, wie beispielsweise in Mister Bennetts Büro. Das Meer ist ebenfalls nirgends zu entdecken.

Zu Wohnzimmer und Küche gesellen sich ein Esszimmer sowie ein Durchgangsbereich, von dem aus man eine Waschküche erreicht, die Zugang zu einer der weiß lackierten Feuertreppen hat. Überwältigt schüttle ich den Kopf. Selbst eine Waschmaschine und einen Trockner gibt es. Diese Wohnung war sicher nicht billig und allein der Gedanke daran dreht mir den Magen um.

Was werden meine Eltern dazu sagen? Und was soll ich antworten, wenn jemand mir die Frage stellt, die ich mir selbst die ganze Zeit vorhalte: Wieso ich?

Als ich gerade wieder den Flur erreiche, fängt meine Manteltasche an zu vibrieren. Mit einem flauen Gefühl im Bauch fische ich das Handy heraus, kontrolliere kurz, ob es Bram ist, und gehe dann ran.

»Hey, Bruderherz«, begrüße ich ihn.

»Was gibt's, Schwesterchen?« Seine Stimme klingt warm und sanft, wie immer, wenn wir miteinander sprechen, doch ich höre direkt heraus, dass er gestresst ist.

»Störe ich?«

»Vielleicht ein kleines bisschen«, gibt er zu. »Aber mach dir keine Sorgen darüber, du hast Priorität. Also?«

Ich spüre ein angenehmes Prickeln in meiner Brust und lächle treudoof in die Leere des Flurs, doch als ich versuche, die richtigen Worte zu finden, muss ich seufzen.

»Was ist los?«

»Ich ... Gott Bram, entschuldige«, setze ich an und fahre mir mit einer Hand durch die Haare, um die Strähnen aus meiner schweißnassen Stirn zu entfernen. »Ich hätte mich schon gestern melden müssen, aber ich konnte einfach nicht, solange ich keine Gewissheit hatte.«

Kurz schweigt mein Bruder und ich bekomme Angst, dass er mir böse ist, doch als der Hintergrundlärm plötzlich verstummt, wird mir klar, dass er lediglich in einen abgelegenen Raum gegangen sein muss.

»Das klingt nicht gut, was ist los? Bist du in Ordnung?«

»Bram ...« Ich spüre, wie mir die Tränen kommen. Mein Bruder hatte schon immer dieses Talent dafür, mich mit den simpelsten Dingen zum Weinen zu bringen. Ob mit dem Wegkicken meiner Puppe, als wir Kinder waren, oder seinen kurzen Umarmungen, als ich in der Highschool gemobbt wurde. Bram und ich waren typische Geschwister, nicht immer einer Meinung und oft am Zanken, doch häufig genug ein Herz und eine Seele.

Kurz überlege ich, mich mit Bram am Ohr an die letzte Tür der Wohnung zu wagen, doch dann entscheide ich mich dagegen und kehre ins Wohnzimmer zurück, wo ich mich auf dem breiten Sofa niederlasse. Die Polster sind überraschend hart und doch bequem.

»Brauchst du mich? Soll ich mich auf den Weg machen?« Jetzt klingt seine Stimme alarmiert und ich kann nicht anders, als ein schluchzendes Lachen hervorzupressen.

»Nein, keine Sorge, ich bin nur überfordert, aber … alles ist gut. Irgendwie.«

»Du klingst nicht, als wäre alles gut. Was ist los?« Sein Tonfall ist prüfend und ich kann mir bildlich vorstellen, wie auf seiner linken Stirnhälfte die kleine Falte entsteht, die er immer hat, wenn er angestrengt nachdenkt. Ich atme tief durch.

»Großtante Gisela ist tot und sie hat mich als Alleinerbin eingesetzt.«

Jetzt ist es raus.

»Du machst Witze.«

»Nein, sie ist wirklich tot, Bram. Ich habe das Testament in den Händen gehalten. Sie ist tot und ich bin ihre Erbin.«

»Das ist absurd!«, entfährt es meinem Bruder. »Wie lange haben wir sie jetzt nicht gesehen, zwanzig Jahre?«

»Siebzehn«, murmle ich, was ihm ein Seufzen entlockt.

»Das war eine rhetorische Frage, Alma. Egal. Hast du das Erbe schon akzeptiert? Bitte sag mir, dass du es nicht angenommen hast, ohne mich oder Papa drüber schauen zu lassen!«

»Ähm …«

»Bist du *meschugge*?! Wenn sie irgendwelche Schulden hatte, dann …«

»Hatte sie nicht, Bram. Sie hat einen Notar damit beauftragt, mir mit allem zu helfen. Bei dem war ich heute früh. Ich weiß nicht wieso, aber sie hat mir wirklich alles hinterlassen.«

Kurz herrscht Stille zwischen uns, sodass ich beinahe anfange, mich zu fragen, ob die Verbindung gestorben ist, doch dann erhebt Bram wieder seine Stimme.

»*Mazel Tov*, Schwesterchen«, sagt er zögerlich. »Auch wenn ich das wohl nicht sagen sollte, so im Andenken an Großtante Gisela. Was genau hat sie dir vererbt?«

»Ein paar tausend Dollar, eine Handvoll Aktien-Anteile und eine Eigentumswohnung«, antworte ich nicht minder zurückhaltend und höre ihn aufkeuchen.

»*Mazel Tov!*«, wiederholt er, dieses Mal bestimmt. »Wissen unsere Eltern schon Bescheid?«

»Nein. Und ich würde es gerne erst mal so belassen, Bram.« Ich seufze leise und betrachte meine Fingernägel, die unbedingt mal ein bisschen Pflege benötigen würden. Mein Bruder schweigt und ich weiß, dass er mir am liebsten widersprechen würde. Doch er tut es nicht und dafür bin ich ihm unendlich dankbar.

»Ich muss zuerst selbst damit klarkommen, bevor ich es Mom und Dad erzähle. Gerade bin ich einfach nur ... erdrückt von allem.«

»Kann ich dir etwas Gutes tun, Schwesterherz?«

»Nein, aber danke. Ich ... ich musste es nur jemandem erzählen. Und du bist nun mal der Einzige, dem ich wirklich vertraue.«

»O Alma«, murmelt er. »Dafür ist *Mischpoche* doch da.«

Ich seufze lediglich als Antwort. Irgendwann werde ich meinen Eltern von all dem erzählen, das weiß Bram genauso gut wie ich. Und auch, wenn meine Familie, meine *Mischpoche,* jetzt für mich da ist, sitzt der Schmerz der Vergangenheit doch zu tief.

»Ich muss wieder zurück in die Studiengruppe, kommst du klar?« Sein Tonfall ist forschend und ich kann nicht anders, als zu lächeln. Egal, was kommt, ich weiß, dass Bram für mich da ist.

»Mach dir keine Sorgen, ich komm klar. Ich schau mich jetzt weiter in der Wohnung um und fahr danach zurück ins Manzanita Square.«

»Oh, du bist in der Wohnung?«

Ich bejahe und erkläre kurz, dass Mister Bennett mir den Schlüssel übergeben hat.

»Okay, ich muss echt zurück, Aaron und Ethan sind schon richtig ungeduldig«, unterbricht er mich, doch dann fügt er noch schnell hinzu: »Ich ruf dich heut Abend an und dann erzählst du mir alles, ja?«

»Gerne«, erwidere ich. »Viel Erfolg beim Lernen.«

»Hab dich lieb, Schwesterherz.« Bram legt schneller auf, als ich ein »Ich dich auch« erwidern kann, und ich schaue pikiert auf mein Smartphone, dessen Bildschirm von meiner Wange ganz *schmaltzig* ist. Kopfschüttelnd stehe ich vom Sofa auf und reibe das Glas an meinem Leoshirt sauber, dann lasse ich es zurück in meinen Mantel gleiten. Obwohl die Wohnung nicht geheizt ist, wird mir langsam aber sicher ziemlich warm.

Als ich jedoch die letzte Tür öffne und in das Zimmer spähe, vergesse ich das. Vor mir liegt ein … Arbeitszimmer? Nein, einen Schreibtisch sehe ich nicht, nur Unmengen an Bücherregalen, Beistelltischchen und zwei große Lesesessel.

Verblüfft trete ich in die Bibliothek und blicke mich um. Was auch immer ich vom letzten Zimmer erwartet habe, es war nicht das hier. Anders als der Rest der Wohnung, die in hellen, sanften Farben gehalten ist, dominieren hier dunkles Holz und graue Wandfarbe. Die einzige Wand ohne Bücherregal ist die Außenwand, die das Zimmer durch die großen Erkerfenster dennoch hell und freundlich wirken lässt.

Mein Blick wandert an den Bücherregalen entlang und streift über die hellgrauen Lesesessel, bis er an einem Regal hängen bleibt. Es ist als einziges nicht mit Büchern gefüllt, sondern geradezu dekorativ; taillenhoch, mit Schnitzereien verziert und voller Edelsteine, verschiedenster Fläschchen, seltsam anmutender Figuren und weiterem Tand.

Doch es ist eine andere Sache, die meine Neugier erweckt und mich schließlich nähertreten lässt: das schwarze, titellose Buch, dessen Oberfläche im Tageslicht zu glänzen scheint.

3

Meine Schritte fühlen sich seltsam federnd an, als ich an das Regal herantrete. Wie automatisch wandern meine Finger über die Kanten, streichen über die Schnitzereien und fahren ihre Muster nach, deren Herkunft sich mir seltsamerweise entzieht. Wenn sie aus der Historik stammen, habe ich sie jedenfalls noch nicht im Studium behandelt.

Ehrfürchtig lasse ich den Blick über die großen lila Kristalle wandern, die das Buch einrahmen, ehe ich es vorsichtig in die Hand nehme. Es fühlt sich angenehm kühl an, weich und glatt und doch sanft texturiert, sodass es meine Fingerkuppe kitzelt, als ich darüberstreiche. Wenn mich nicht alles täuscht, ist es in eine Art Leder gebunden. Dafür spricht auch das nicht zu verachtende Gewicht. Sollte jemand einbrechen, könnte das Buch locker als Waffe herhalten.

Bevor mir wirklich bewusst ist, was ich tue, liegt meine rechte Hand auf dem Buchdeckel und streicht darüber, als würde ich es liebkosen wollen. Irgendetwas in mir scheint auf das Buch zu reagieren, fühlt sich von ihm angezogen wie eine Maus vom Käse in der Mausefalle.

Ich stocke. Woher kam dieser Vergleich? Wie komme ich darauf, dass es eine Falle für mich sein könnte? Mit gerunzelter Stirn streiche ich weiter über das Leder, genieße die Empfindung, die es in mir hervorruft, und denke nicht daran, es wieder aus der Hand zu legen. Aufregung kribbelt in meiner Magengegend, ein Gefühl wie Fernsehrauschen, tausend winzige Impulse, die mich ganz benommen machen.

Ich atme zitternd ein und aus, realisiere die abnormale Reaktion meines Körpers und schaffe es doch kaum, sie zu hinterfragen. Das Buch zieht alle meine Gedanken auf sich, seine schlanke Gestalt, die sich in meine Hand schmiegt als gehöre es dorthin, und die verlockende Neugier, was wohl in ihm steht.

Erst als meine Finger bereits den Buchdeckel anheben, schaffe ich es, mich aus dem seltsamen Bann zu befreien. Sekunden vergehen, in denen meine Gefühle so stark abflauen, dass ich mich zu fragen anfange, ob sie überhaupt existiert haben. Ist das wirklich passiert? Wo ist die Faszination hin, die ich eben noch gespürt habe?

Zögernd blicke ich auf das Buch herab, das noch immer schwer in meiner Hand liegt. Dann klappe ich es auf – und halte verblüfft inne.

Ein Aquarell eines Sternenhimmels prangt auf der ersten Seite, verziert mit zarten, rosa Blüten und einem weißen Banner. *Grimoire* steht in einer an Kalligrafie anmutenden, feinen Handschrift darauf geschrieben. Ich ziehe die Augenbrauen zusammen und streiche mit dem Zeigefinger über die Sterne des Bilds, die mit weißer Perlmuttfarbe aufgemalt worden sind. Ich kenne das Wort irgendwoher, doch erst als ich die nächste Seite aufschlage, fällt mir ein, was Grimoire bedeutet.

Zauberbuch.

Auf der Rückseite des Aquarells befindet sich eine Art Symbol mit einem Auge in der Mitte, unter dem griechische Buchstaben zwei Worte formen. Durch das Wasser des Aquarells ist das Papier wellig geworden und die einst geraden Striche des Symbols haben leichte Kurven bekommen. Dank meines Studiums habe ich eine entfernte Ahnung, um was es sich hier handelt: eine Sigille. Bereits in der Antike wurden solche Zeichen genutzt, um höhere Mächte anzurufen, und ich frage mich leise, was zur Hölle mit Großtante Gisela verkehrt war.

Seitdem ich das Buch geöffnet habe, fühlt sich die Luft um mich herum bizarr an, eine Mischung aus warmem Knistern und kühler Spannung, die mich nervös werden lässt. Es ist mir ganz und gar nicht geheuer, dass mein Erbe augenscheinlich ein Buch mit Zaubern beinhaltet und dass meine Großtante sich dementsprechend wohl für eine Magierin hielt.

Und dennoch kann ich nicht anders, als die Seiten ohne Zurückhaltung durchzublättern und jedes Bisschen von Giselas feinsäuberlicher Handschrift in mich aufzusaugen. Die meisten Worte sind in einer mir fremden Sprache geschrieben, bilden skurrile Sätze und unaussprechliche Formeln, die sich mir nicht erschließen. Je mehr ich lese, desto weniger habe ich das

Gefühl, irgendetwas zu verstehen, bis mein Blick unerwartet über ein Wort huscht, vier Buchstaben, die meine Augen groß und meinen Mund trocken werden lassen.

Alma.

Minutenlang starre ich einfach nur auf die Seite mitten im Buch; versuche zu begreifen, was mein Name in diesem Hexenbuch ausdrücken soll, wieso meine Großtante ihn geschrieben haben könnte, was all das zu bedeuten hat, doch versage kläglich.

Mister Bennetts Worte blitzen in meinen Gedanken auf. *Seltsam. Es klang stets, als würden Sie einander nahestehen.* Aber das taten wir nicht. Kann man jemandem nahestehen, ohne dass der andere davon weiß? Hat Großtante Gisela womöglich mein Leben verfolgt und sich mir nahe gefühlt?

Oy veh, das klingt, als wäre sie ein besessener Stalker gewesen. Ich vertreibe den Gedanken schnell wieder, doch immerhin hilft mir die Aversion, mich aus meiner Beklommenheit zu befreien. Ich fahre mit der Fingerspitze über die Buchstaben meines Namens und fühle, wie Giselas Schrift sich sanft in die Seiten gedrückt hat. Die Worte fühlen sich fremdartig an und doch wispere ich sie leise in die Stille der Wohnung hinein, ohne es wirklich zu merken.

»Ti'ahu suzazusr a'AlmaObscura bsaas hrusahrrUmcaosoem angr'aafuhNmao l'untha sha ang'athafts.«

Erst als das letzte Wort meine Lippen verlassen hat und mein Herzschlag für eine Sekunde aussetzt, wird mir bewusst, dass ich den Spruch nicht bloß gelesen, sondern ausgesprochen habe. Ich lasse das Buch fallen. Ist das gerade wirklich passiert?!

Mein Atem stockt. Wildes Herzklopfen klingt laut in meinem Kopf wieder, während alles andere in Position verharrt. Ich warte, lausche, auch wenn ich nicht weiß, auf was. Versuche, eine Veränderung in der Luft zu spüren. Ein Knistern, einen Aufwind. Der Klang von Gewitter in der Ferne. Irgendeine Reaktion auf den Zauberspruch, den ich gerade wie verhext vorgelesen habe – doch es passiert nichts.

Natürlich nicht, du Schmock! Die letzten vierundzwanzig Stunden scheinen endlich ihren Tribut zu fordern, wenn ich wirklich schon so weit bin, an

Zaubersprüche zu glauben, nur weil meine Großtante sich ein Hexenbuch angelegt hat. Langsam entspannen sich meine Muskeln wieder und auch meine Atmung normalisiert sich. Obwohl ich den Mantel nicht ausgezogen habe, wird mir plötzlich ziemlich kalt. Unschlüssig blicke ich auf das Grimoire, das noch immer auf der Seite mit meinem Namen aufgeschlagen daliegt.

Alma Obscura. Die Worte klingen in meinem Kopf wider, geflüstert von meiner eigenen Stimme, die befremdlich finster klingt. *Obscura.* Ist es das, was Gisela von mir dachte? Dass ich obskur bin? Sprach sie deswegen mit Mister Bennett über mich und fühlte sich mir nah? Glaubte sie, in mir eine verbundene Seele gefunden zu haben, weil ich in ihren Augen genauso *obskur* war, wie sie sich fühlte?

Oder interpretiere ich gerade viel zu viel?

Mit zusammengezogenen Augenbrauen strecke ich die Hand aus und klappe den Buchdeckel zu, ehe ich auf dem Absatz kehrtmache und das Lesezimmer verlasse. Ich will ehrlich gesagt nicht darüber nachdenken, was gerade passiert ist. Einfach nur die seltsamen Worte aus meinem Kopf verbannen, die mir so leicht über die Lippen gekommen sind, als hätte ich sie einstudiert. Mein Blick fällt auf die rosa Schachtel mit den Donuts, die bei der Wohnungstür liegt, doch mein Appetit hat sich vollends verabschiedet, sodass ich sie nur schnell auflese und in den Händen drehe. Vielleicht esse ich sie später, vielleicht schenke ich sie auch einfach Grace. Erst einmal möchte ich lediglich aus dieser Wohnung raus.

Ich lasse die Tür laut hinter mir ins Schloss fallen, als würde ich damit alles zurücklassen können. Die seltsamen Gefühle, das Erbe, das Buch, den Spruch. Meine Hand zittert nicht mehr, als ich die Tür abschließe. Auch den Weg zum Fahrstuhl bringe ich mit festen Schritten hinter mich. Keine weichen Knie, kein Zögern. Im Fahrstuhl fällt mein Augenmerk wieder auf den Spiegel. Ich bin bleich, noch mehr als zuvor, sodass sich meine breiten, vollen Lippen viel zu rosig von meiner leichenblassen Haut absetzen. Das komische Licht der Fahrstuhlbeleuchtung macht es nicht besser. Doch anders als zuvor tut mir der Blick in den Spiegel dieses Mal nicht weh. Stattdessen prallt er an der Oberfläche ab und lässt mich kalt.

Ich fröstle auch noch, als ich das Gebäude verlassen habe und auf der gegenüberliegenden Straßenseite in der Sonne stehen bleibe. Eine Straßenbahn fährt an mir vorbei und ich erkenne sofort, dass gut die Hälfte der Insassen Touristen sind. Irgendwann kriegt man ein Auge dafür, wer nur zu Besuch in San Francisco ist und wer in der *City by the Bay* lebt. Und in meiner momentanen Situation bin ich dankbar über das leise Murmeln derer, die unserer schönen Stadt alle Aufmerksamkeit schenken.

Zu meinem Glück muss ich nicht lange auf die Bahn in meine Richtung warten und ich kriege einen außenliegenden Platz neben einer Gruppe Touristen, die sich leise in einer kehlig klingenden Sprache unterhalten. Ich habe keine Ahnung, was sie sagen, doch mich auf die Wörter zu konzentrieren und ihren Blicken zu folgen hilft mir ungemein dabei, mich zu beruhigen. Sie haben gute Laune und freuen sich darüber, hier zu sein, und das färbt auf mich ab.

Als ich eine knappe Stunde später auf dem Campus ankomme, ist mir noch immer kalt. Auf dem Weg zum Manzanita Square versuche ich durch einen strammen Schritt, an Körperwärme zu gewinnen, doch es hat lediglich zur Folge, dass ich mich ausgelaugt und verkrampft fühle, als ich im Apartment ankomme.

»Hallo Alma«, begrüßt mich Melaina, als sie kurz den Blick von ihrem Laptop hebt. Sie sitzt am Esstisch, was ein ziemlich seltener Anblick ist. Ihre dunkelbraunen Haare fallen in voluminösen Wellen über ihre Schultern und umspielen dabei ihr herzförmiges Gesicht, aus dem ihre hellgrauen Augen förmlich hervorblitzen. Irgendwie hat sie immer etwas Geheimnisvolles an sich, und ich bin mir fast sicher, dass es von ihrer Augenfarbe kommt.

Laut der Griechin liegt diese in ihrer Familie, was Grace zufolge eine Mutation sein müsste. Leider hat diese Aussage dazu geführt, dass Melaina uns bloß noch mehr meidet als zuvor schon.

»Hey«, erwidere ich schwach und schließe die Tür hinter mir. Melaina scheint mich für einen Moment zu mustern, doch dann senkt sie den Blick wieder auf ihren Laptop. Erst nachdem ich die Donutbox abgestellt habe, mir einen Becher mit Wasser gefüllt und ihn in die Mikrowelle gestellt habe, erhebt sie wieder die Stimme.

»Du siehst ziemlich fertig aus, ist alles okay?«

Ich werfe ihr einen fragenden Blick zu. Melaina hat in den letzten sechs Wochen nicht mehr als eine Handvoll Hallo und Tschüss mit mir gewechselt. Wieso spricht sie plötzlich mit mir und erkundigt sich sogar nach meinem Wohlergehen? Sehe ich so mies aus?

»Alles okay, nur ein anstrengender Tag«, erwidere ich und öffne die Mikrowelle, bevor sie piepst. Das Wasser ist heiß genug, dass ich einen Teebeutel darin abkochen kann, aber mir in ein paar Minuten beim Versuch zu trinken nicht die Lippen verbrenne. Wirklich okay fühle ich mich allerdings nicht. Meine Hände zittern wie Espenlaub, als ich versuche, den Kamillenteebeutel aus seiner Plastikfolie zu befreien. Mit Mühe gelingt es mir und ich schmeiße ihn in das Wasser, wo er sanfte gelbe Wolken produziert, die meinen Blick an sich fesseln.

Obwohl ich den Becher mit beiden Händen umklammere und die Hitze des Tees gegen meine Handflächen drängt, habe ich nicht das Gefühl, dass sie in mein Inneres vordringt. Meine Augen lösen sich nur schwer von der Tasse, doch als ich bemerke, dass Melaina mich weiterhin mustert, werde ich nervös.

»Ist was?«, frage ich mit bebender Stimme und beiße mir auf die Lippe. Wieso ist mir denn so verdammt kalt?

Melaina beobachtet mich, ohne mir eine Antwort zu geben. Sie scheint mich nicht wirklich anzusehen, eher durch mich hindurch. Erst nach einer Weile des unangenehmen Schweigens findet ihr Blick den meinen und sie zieht die breiten dunklen Augenbrauen empor.

»Irgendwas ist anders an dir, hast du eine neue Frisur?«, fragt sie aus heiterem Himmel.

»Was?« Vor Verblüffung ziehe ich eine Grimasse. »Nein?«

Meine Haare sehen aus wie immer, dünn, hellblond und brustlang. Vielleicht sind sie strähnig vom Tag, aber sie sehen ganz sicher nicht nach einer neuen Frisur aus.

»Seltsam«, murmelt Melaina und lächelt mich dann traurig an. »Entschuldige, ich bin nicht sehr aufmerksam bei ... den meisten Menschen.«

»Okay«, gebe ich zurück, weil ich nicht weiß, was sie mir damit sagen will.

Ich blicke in meinen Tee, der mittlerweile eine kräftige Farbe angenommen hat, und fische dann den Beutel heraus. »Ich geh in mein Zimmer.«

Auf dem Weg schmeiße ich ihn in den Mülleimer und vermeide es, Melaina anzusehen. Ich spüre ihre hellgrauen Augen auch so, wie sie sich mit ihrer Intensität in mich bohren und nach etwas forschen, das ich nicht verstehe und auch nicht geben kann. Ich wünschte, diese Erkenntnis würde wenigstens Hitze in mir hervorrufen, doch noch immer fühle ich mich wie in der Antarktis.

In meinem Zimmer ist die Luft abgestanden, sodass ich erst mal das Fenster aufreiße. Doch auch die warme Luft von draußen hilft mir nicht, besser zu atmen oder weniger zu frieren. Meine Zähne beginnen zu klappern und ich umklammere den Tee noch fester, als würde das etwas ändern. Als ich einen Schluck davon nehme, habe ich das Gefühl, Lava würde meinen Mund und meine Speiseröhre hinunterrauschen. Ich würge und gebe ein Winseln von mir.

Was soll der Mist? Werde ich krank?

Mit zitternden Händen stelle ich den Tee auf meinem Nachttisch ab und schließe das Fenster wieder, ehe ich die Heizung aufdrehe. Doch bevor ich in mein Bett schlüpfen kann, klopft es an meiner Tür. Ich zucke zusammen, das Geräusch tut in meinen Ohren weh.

Als ich die Tür öffne und Melaina davorsteht, runzle ich die Stirn. »Was?«

Sie hebt etwas empor, was ich erst nach einigen Sekunden des Daraufstarrens als eine Wärmflasche erkenne und überrascht entgegennehme. Die Hitze fühlt sich gut an und ich presse sie gegen meinen Körper.

»Du hast so geschlottert, da dachte ich, vielleicht tu ich dir damit was Gutes«, erklärt Melaina mit einem schiefen Lächeln.

»Danke …«

»Nichts zu danken. Gute Besserung, Alma.« Sie wartet nicht darauf, dass ich etwas sage oder die Tür schließe, sondern dreht sich um und geht schnurstracks zurück ins Wohnzimmer. Ich kneife die Augen zusammen, als ein pochender Schmerz in meinem Kopf einsetzt und mich beinahe in die Knie zwingt.

Den Weg in mein Bett schaffe ich nur mit einer Pause, in der sich mein Zimmer zu drehen beginnt. *Was ist hier los?!* Seitdem ich diesen beknackten Spruch geflüstert habe, scheint mein Körper verrückt zu spielen! Eine Stimme in meinem Unterbewusstsein flüstert mir leise zu, dass der Spruch anscheinend etwas bewirkt hat, doch ich schiebe sie beiseite. Ich bin eindeutig zu alt, um an so etwas Bescheuertes wie Zaubersprüche zu glauben. Da kann Großtante Gisela noch so ein schickes Grimoire angelegt haben, es wäre verrückt, auch nur eine Sekunde ernsthaft daran zu glauben, dass ich mich selbst verflucht hätte. Eher noch ist es mein Kopf, der auf die grenzenlose Überforderung des Erbes und den bizarren Spruch mit einer dicken Grippe reagiert.

All das geht mir durch den Kopf, als ich mich aus meiner Hose und dem Mantel samt Blazer kämpfe. Achtlos fällt die Kleidung auf den Boden und ich schlüpfe schnell unter die leichte Daunendecke, die Oma Ilse mir zum Einzug hier geschenkt hat. Anfangs war sie mir etwas zu warm, doch in diesem Moment bin ich froh über jedes bisschen Körperwärme, das ich halten kann. Dennoch scheinen selbst die Daunen mir nicht helfen zu wollen und so presse ich zitternd die Wärmflasche gegen meinen Bauch.

Es dauert einige Minuten, bis ich langsam auftaue. Die Decke fühlt sich warm und weich auf meiner Haut an. Behutsam schlüpfe ich aus meinen Socken, ohne die Wärmflasche loszulassen, die wie eine Heizung fungiert und mein Retter in der Not zu sein scheint. Im Stillen danke ich Melaina für den Einfall und fühle mich beinahe etwas schlecht, sie zuvor im Wohnzimmer so grob behandelt zu haben.

Wieder pocht der Schmerz in meinen Gehirnwindungen auf, schneidet sämtliche Gedanken ab und lässt mich aufwimmern. Ich rolle mich wie eine Katze zusammen und würde am liebsten den Kopf auch noch unter die Decke stecken. Das Einzige, was mich davon abhält, ist mein noch immer schwerer Atem und dass ich das Gefühl habe, dass die Luft nicht genügend Sauerstoff beinhaltet.

Mein Telefon vibriert in weiter Ferne, doch allein der Gedanke daran, meinen Arm unter der Decke hervorstrecken zu müssen, lässt mich winseln.

Meine Gedanken spielen Pingpong. Springen zwischen der Reaktion meines Körpers und den vergangenen Stunden hin und her, stellen Fragen, auf die ich keine Antworten habe und im nächsten Augenblick schon wieder vergesse. Langsam, aber sicher verliere ich mich in dem pochenden Schmerz, der sich über meinen Kopf in meine Brust und schließlich in die Gliedmaßen ausbreitet.

Alles tut mir weh und schickt brennende Impulse, die sich paradoxerweise mit der Kälte zu einem Inferno aus Feuer und Eis vermischen.

Das Letzte, das ich spüre, sind Tränen, die heißkalte Schlieren auf meiner Haut hinterlassen und anschließend im Kissen versickern.

Dann empfängt mich wohlige Schwärze.

Mein Schlaf ist unruhig und ich wache mehrere Male für einen Augenblick auf, in dem sich mein Zimmer um mich zu drehen scheint und dann wieder in Dunkelheit ertrinkt. Zeitempfinden habe ich keines und als ich irgendwann die Augen öffne und von Sonnenschein begrüßt werde, blinzele ich erst einmal verwirrt dagegen an. Beinahe erwarte ich, dass der Raum sich zu einem Farbkreisel verwandelt, doch nichts passiert.

Ich atme ruhig und bestimmt, und auch die Schmerzen haben sich verflüchtigt. Vorsichtig strecke ich meine Beine aus, doch der erwartete Schmerz bleibt aus. Ich warte noch einen Moment, bevor ich mich aufrichte und die Decke zurückschlage.

Eigentlich hatte ich damit gerechnet, dass es mir heute noch mieser gehen wird als gestern, doch um ehrlich zu sein fühle ich mich ... gut. Nein, nicht nur das, es geht mir sogar blendend. Ich fühle mich ausgeschlafen und fit. Für ein paar Sekunden bleibe ich verwirrt auf meinem Bett sitzen und starre auf meine nackten Zehenspitzen, dann ziehe ich das durchgeschwitzte Oberteil und den BH aus. Dass ich überhaupt damit eingeschlafen bin, grenzt an ein Wunder, doch dass mir der Rippenkäfig jetzt nicht weh tut, überrascht mich noch mehr.

In aller Seelenruhe stehe ich auf und entledige mich auch meiner Unterhose, ehe ich mir frische Kleidung aus meiner Kommode hole. Die Luft fühlt sich angenehm warm an und ich erinnere mich, dass ich die Heizung aufgedreht habe. In frischer Unterwäsche laufe ich rüber und stelle sie aus. Dabei fällt mein Blick aus dem Fenster und ich bin überrascht, dass ich nicht den typischen Morgenverkehr erspähe. Auch wenn es Sonntag ist, so ruhig ist es draußen eigentlich selten.

Leichter Nebel liegt wie eine hauchfeine Decke aus Puderzucker auf den Häusern von Parkmerced, dem Viertel südlich der San Francisco State University, über das ich einen wunderschönen Ausblick habe. Ich runzle die Stirn und werfe einen Blick auf die Uhr, die neben meiner Zimmertür über dem Spiegel hängt. Es ist Viertel vor sechs, was erklärt, wieso kaum jemand draußen unterwegs ist. Das heißt jedoch auch, dass ich wirklich von gestern Nachmittag bis gerade durchgeschlafen habe.

Wie um mich zu bestätigen, fängt mein Magen laut an zu knurren. *Verdammt, wann habe ich das letzte Mal etwas gegessen?* Das müsste mittlerweile fast vierundzwanzig Stunden zurückliegen!

Mit einem Seufzen kehre ich zurück zur Kommode und schlüpfe in eine beige Stoffhose mit weiten Beinen, die meine Mutter gerne als *Jogging Couture* bezeichnet. Der rosa Strickpullover mit Kaschmir, den ich dazu wähle, fühlt sich wie eine zarte Liebkosung auf meiner Haut an. Es ist kaum zu glauben, dass ich vor knapp zwölf Stunden noch Höllenqualen erlitten habe, von denen jetzt nichts mehr zu spüren ist. Lägen die Klamotten nicht noch immer auf dem Boden, würde ich sogar anzweifeln, ob das Ganze tatsächlich passiert ist. Das, und die Wärmflasche von Melaina, die kalt und verlassen auf meiner Matratze liegt.

Ob die Donuts noch in der Küche stehen?

Der Gedanke schießt mir so willkürlich in den Kopf, dass ich beinahe grinsen muss. Gestern hätten sie mir gestohlen bleiben können, doch im Augenblick treibt mich die Vorstellung von zuckrig-süßem Gebäck wieder zur Zimmertür, wo ich in meine Sneaker schlüpfe und einen letzten prüfenden Blick in den Spiegel werfe. Mein eigenes, stinknormales Gesicht schaut mir entgegen, blass, mit müden Augen und rosigen Lippen. Alles wie immer.

Habe ich etwas anderes erwartet?

Ich schiebe die Frage zurück in mein Unterbewusstsein und öffne stattdessen die Tür. Stille empfängt mich und der Flur ist dunkel, doch das Wohnzimmer wird von Sonnenstrahlen geflutet. Noch regt sich nichts in unserem Apartment und so versuche ich, so geräuschlos wie möglich in die Küche zu schleichen. Ein Lächeln huscht über meine Lippen, als ich die Donutbox genau dort auf der Küchenzeile entdecke, wo ich sie am Tag zuvor zurückgelassen habe. Anscheinend habe ich Glück und die Donuts sind nicht Grace oder Hailey zum Opfer gefallen.

Mit einem Glas Orangensaft setze ich mich an den Esstisch, an dem nichts mehr von Melaina oder ihrem Laptop zeugt. Genüsslich verspeise ich zuerst den Zimt-und-Apfelkuchen-Donut, bevor der mit Marshmallow-Fluff-Füllung folgt, dessen Teig mit Graham Crackern gemacht und mit dunkler Schokolade glasiert wurde. Ich habe schon als Kind S'mores über alles geliebt und dieser Donut ist die Crème de la Crème aller Donuts, die ich je gegessen habe.

Zufrieden trinke ich den Orangensaft aus und seufze. Erst das Geräusch einer sich öffnenden Tür lässt mich aufmerken werden und ich sehe, dass es Grace ist, die aus ihrem Zimmer kommt.

»Guten Morgen!«, begrüße ich sie gutgelaunt und stehe vom Tisch auf, um die Donutbox in den Müll zu schmeißen. Sie erwidert nichts, was komisch für Grace ist, doch ehe ich mich darüber wundern kann, geschieht es.

Eiskalte Finger greifen von hinten um meinen Hals und drücken zu. Perplex friere ich in meiner Bewegung ein. Einen Augenblick lang verstehe ich nicht, was gerade passiert. Doch als ich merke, dass ich kaum atmen kann und mein eigener Herzschlag dumpf in meinem Kopf widerhallt, werde ich sofort panisch.

»Gr …«, versuche ich ihren Namen zu keuchen, doch meine Zunge fühlt sich dick und schwer in meinem Mund an. Unbeirrbar probiere ich, ihren Griff zu lockern, starte den Versuch, meine Finger unter ihre zu schieben, doch schaffe nichts davon. *Hatte Grace schon immer so viel Kraft?*

In einem verzweifelten Versuch stemme ich mich mit meinem gesamten Körpergewicht gegen sie, doch alles, was ich dadurch schaffe, ist mich in der Millisekunde, in der sie lockerlässt, zu ihr zu drehen und nach Luft zu schnappen. Dann schließen sich ihre Finger wie ein Schraubstock um meinen Hals.

Wir stolpern einen Schritt in Richtung Schrank und mein Kopf knallt schmerzhaft dagegen, doch ich spüre es nur entfernt.

Alles, was ich bewusst wahrnehme, sind Graces Augen. Das sonst so lebhafte Grün existiert nicht mehr. Es sieht aus, als hätte jemand ihre Augen mit Tinte gefüllt. Bodenlose Schwärze blickt mir aus ihrem Gesicht teilnahmslos entgegen, tiefe Brunnen ohne Ausdruck oder Intention.

Ich keuche, würde am liebsten würgen, doch dafür habe nicht genügend Atem. Meine Bewegungen werden hektischer. Dagegen scheint mein Herzschlag beinahe einschlafen zu wollen. Ich habe das Gefühl, dass mein Kehlkopf langsam und schmerzhaft zerdrückt wird. Schlucken ist ein Ding der Unmöglichkeit. Geräusche dringen in meinen Kopf, doch sie klingen seltsam dumpf. Bunte Punkte tanzen vor meinen Augen und mich trifft die plötzliche Erkenntnis, dass Grace, die quirlige, lebensfrohe, herzensgute Grace, mich gerade umbringt.

»Heilige Scheiße«, ruft eine Stimme weit entfernt, die ich nach einigen Augenblicken – sind es Sekunden? Minuten? Ich habe kein Zeitgefühl mehr – als die von Melaina identifizieren kann. Flimmernde Dunkelheit dringt in mein Sichtfeld ein. Erst langsam, dann immer schneller.

Das Letzte, was ich höre, ist ein Name, gerufen mit so einer Verzweiflung, dass die Stimme sich in mein benommenes Bewusstsein einbrennt.

»Charon!«

4

Ein gedämpftes Wispern schlängelt sich meinen Hörkanal entlang. Leise Stimmen, deren Worte sich mir nicht erschließen. Sie kitzeln und ich verziehe das Gesicht. Meine Schultern wollen sich synchron dazu hochziehen und ich spüre plötzlich deutlich die Härte in meinem Rücken, die eine Sekunde zuvor noch nicht in meinem Bewusstsein angekommen war.

Ich ächze und meine Lider beginnen zu flattern. Warmes, helles Licht sticht in meine Augen und ich kneife sie mit einem lauteren Ächzen wieder zusammen.

Das Wirrwarr aus Geräuschen verstummt und als eine der Stimmen erneut ansetzt, verstehe ich endlich einzelne Worte.

»Sie wacht auf.«

Es ist Melainas Stimme, auch wenn sie seltsam fremd klingt. Vorsichtig hebe ich eine Hand an meine Stirn und schirme meine Augen von dem Licht ab.

»Alma?« Wieder Melaina. Kaum eine Sekunde später legt sich eine Hand auf meine Schulter. »Hörst du mich?«

»Mh«, mache ich. Zu mehr bin ich gerade nicht in der Lage. Wieder habe ich das Gefühl, dass sich alles um mich herum dreht, doch langsam puzzeln sich Bilder in meinem Kopf zusammen, die ich erst viel zu spät als Erinnerungen erkenne.

Grace. Ich ersticke. Schwarze Augen, die sich in mein Unterbewusstsein brennen und alles auslöschen. Hilfe, was ist nur passiert?

»... Grace?«, murmle ich leise. Ich kann die ganze Frage nicht aussprechen, hoffe einfach, dass Melaina weiß, was ich meine.

»Nein, Melaina. Wir haben Grace ... weggebracht.«

Das Zögern lässt bei mir einen bitteren Geschmack zurück. »Sie hat mich erwürgt.«

»Noch lebst du«, sagt eine dunkle Stimme, die ich nicht kenne. Ich zwinge mich dazu, mich aufzurichten, und stütze mich auf meinen Ellenbogen ab.

»Das hilft jetzt nicht«, knurrt Melaina, dann graben sich ihre hellgrauen Augen wieder in mich. Sorge zeichnet ihren Blick, als sie weiterspricht. »Bist du in Ordnung?«

Ich antworte nicht, suche stattdessen nach dem Ursprung der Stimme, die ich nicht kenne, und entdecke einen jungen Mann, der an der Wand gegenüber lehnt. Er taxiert mich mit absoluter Teilnahmslosigkeit und hat die Arme vor der Brust verschränkt. Selbst unter diesen Umständen komme ich nicht umhin, seine außergewöhnlichen Gesichtszüge zu bemerken, die sich scharfkantig von seinem schwarzen Rollkragen abheben: Sie sind so gerade und symmetrisch, als hätte ihn jemand aus Marmor gemeißelt. Er sieht beinahe zu perfekt aus, um hübsch zu sein. *Beinahe.* Schwarze Haare fallen ihm ins Gesicht, das er nun zu einer grimmigen Fratze verzogen hat.

Als ich merke, dass ich ihn schon viel zu lange anstarre, reiße ich mich schnell los und wende mich Melaina zu. Noch immer ruht ihre Hand auf meiner Schulter, ein entschuldigendes Lächeln auf ihren Lippen.

»Kannst du aufstehen?«

»Grace hat mich gewürgt«, erwidere ich statt einer Antwort. »Ihre Augen ...«

»Das war nicht Grace«, kommt es von Marmor-Boy.

Melaina zieht frustriert die Augenbrauen zusammen. »Charon, wir waren noch nicht fertig mit ...«

»Wir waren schon fertig, bevor du damit angefangen hast, Melinoë«, unterbricht er sie kühl. *Melinoë ...?*

»Mel. Und das hast du nicht zu entscheiden«, knurrt sie und wirft ihm einen Blick zu, der selbst von der Seite gruselig aussieht. Dann schaut sie wieder mich an. »Komm Alma, ich bring dich in dein Zimmer.«

»Du bringst sie nirgendwo hin, *Mel.*« Marmoy-Boy stößt sich von der Wand ab und kommt zu uns rüber. Ich kann nicht anders als mich schnell aufzusetzen und die Muskeln anzuspannen, bereit, vor ihm zu flüchten. Er hält inne und sein Blick verschiebt sich zu mir.

»Alma«, sagt Melaina sanft und drückt meine Schulter. »Keine Angst, Charon wird dir nichts tun.«

Ein freudloses Lachen entflieht Charon, wie Marmoy-Boy anscheinend heißt. *Seltsamer Name.*

»Ich habe dir tatsächlich ›Grace‹ vom Hals geschafft. Oder besser das, was von ihr Besitz ergriffen hatte.«

»Charon«, faucht Melaina wieder.

Meine Augen müssen tellergroß sein, doch es kümmert mich nicht. *Was von ihr Besitz ergriffen hat.* Seine Worte hallen in meinem Kopf wider. *Besitz ergriffen?*

»Das von ihr …? Was?«, entfährt es mir und nun kriege *ich* den wütenden Blick von Melaina ab. Ich kauere mich darunter zusammen und schaue in meinen Schoß. Adrenalin rauscht durch meine Adern und lässt meine Haut kribbeln, wie gestern in Giselas Wohnung. *Besitz ergriffen.* Wieder und wieder lasse ich den Satz in meinem Inneren abspielen, blende das wütende Flüstern von Charon und Melaina aus, verliere absolut den Fokus. Sehe wieder Graces Gesicht vor meinem inneren Auge, teilnahmslos und kalt. *Schwarze Augen.*

Ohne dass ich etwas dagegen tun könnte, heben sich meine Hände empor und krallen sich in meinen Haaransatz. Alles in mir spannt sich an. Das kann unmöglich passiert sein. Ausgeschlossen.

»Es ist mir egal, ob du sie beschützen willst, Melinoë!«, holt mich Charons plötzlich laute Stimme zurück in die Realität. »Schau sie dir an! Sie kauert da wie ein Kind, das in der Straßenbahn entführt wurde, verdammt!«

»Es geht nicht um das, was du willst, Char!«, erwidert Melinoë nicht minder geladen. Melaina. *Ach, egal.* Zitternd atme ich tief ein und löse meine Finger aus meinem Haar, strecke den Rücken durch und schaue dann zu Charon und meiner Mitbewohnerin, die sich ansehen, als würden sie sich jeden Augenblick prügeln.

»Wieso waren ihre Augen schwarz?«

Meine brüchige, leise Stimme holt die beiden aus ihrem Streit. Ich versuche, das Beben meines Körpers zu unterdrücken, ehe ich eine weitere Frage stelle.

»Was, wenn nicht Grace, war das?«

Charon blickt mich mit einer emporgezogenen Augenbraue an, ehe er Melaina ein triumphierendes Grinsen zuwirft.

»Wag es nicht, Charon.« Sie hält ihm eine Hand vors Gesicht, als würde sie ihn abklatschen wollen, doch dreht sich zu mir. »Wir sollten wirklich in dein Zimmer gehen, Alma. Bitte.«

Ich richte mich vorsichtig auf, doch anders als erwartet, strauchle ich dabei nicht. Mir ist nicht mehr schwindelig. Anscheinend habe ich nichts als ein paar steife Glieder von dem Angriff abbekommen.

»Okay.« Ich nicke den beiden zu und lasse mich von Melaina in mein Zimmer begleiten.

Charon folgt uns nur widerwillig und schaut drein wie sieben Tage Regenwetter. In meinem Zimmer trifft mich jedoch der Schlag. Noch immer liegt meine Kleidung vom Vortag auf dem Boden vor dem Bett und ich stürze vor, um wenigstens meine Unterwäsche aufzusammeln, bevor Marmor-Boy sie zu sehen bekommt. Dass er die nächsten fünf Minuten meinen Blick meidet, bestätigt jedoch meinen Verdacht, dass ich nicht schnell genug war. Ich lasse mich im Schneidersitz auf meinem Bett nieder, das Gesicht brennend heiß. *Was ein großartiger erster Eindruck, Alma.*

Ich fixiere Melaina, die sich meinen Schreibtischstuhl vorgezogen hat und zwischen mir und Charon sitzt, der gegen den Tisch gelehnt steht. Wieder hat er die Arme vor der Brust verschränkt und sein Blick ruht auf meinem Fenster.

»Mir ist klar, dass du viele Fragen haben musst, Alma«, beginnt Melaina mit ruhiger Stimme. »Und so gerne ich sie dir auch sofort beantworten möchte, müssen Charon und ich erst Rücksprache halten.«

»Mit wem?«, rutscht es mir heraus. »Ich bin gerade von einer Grace mit verdammt noch mal schwarzen Augäpfeln fast erwürgt worden, Melaina!«

Charons Lippen erklimmt ein spöttisches Grinsen, das jedoch erstirbt, als ich ihn wütend anstarre.

»Du musst mich nicht mit Blicken erdolchen, Süße. Mel will nicht mit dir reden, ich schon.«

»Nenn sie nicht so, du Arsch«, faucht Melaina schneller, als ich es denken kann. Sie schaut mich weiterhin an, mitleidig und auf eine eigenartige Weise, als würde sie mich verstehen. *Bilde ich mir das nur ein?*

»Alma, wir müssen wirklich erst mit unserem … Vorsitzenden reden, bevor wir dir weitere Einzelheiten erklären können.«

Ich ziehe scharf die Luft ein, doch wieder komme ich nicht dazu, etwas zu sagen, denn Charon bricht in ein hämisches Lachen aus.

»Vorsitzenden! Das erzähl ich ihm später.«

»Was soll ich sonst sagen? Oberhaupt?« Sie funkelt ihm wütend entgegen, doch er grinst nur dämlich und schaut mich an.

»Sag es so, wie es ist. Unserem …«

»Untersteh dich!«

»Protos.«

Ich verziehe das Gesicht zu einer verwirrten, fragenden Grimasse. Melainas Ausdruck hat sämtliche Wärme verloren und würde ich es nicht besser wissen, hätte ich jetzt Angst um Charons Sicherheit.

»Was ist ein Protos?«

Melaina verdreht die Augen, sagt jedoch nichts und wendet sich an Charon. Ich lasse meinen Blick ebenfalls zu ihm gleiten und fordere ihn stumm auf, mir zu antworten, doch er schweigt und scheint auf etwas zu warten.

»Gut! Dann mach doch, was du willst!«, faucht Melaina schließlich und wirft frustriert die Hände in die Luft. »Wenn der Protos dich rauskickt, komm nicht bei mir angekrochen, Ha …«

»Nenn mich nicht so.« Charons Stimme ist kälter und stechender als ein Eiszapfen. Wut blitzt in seinen Augen auf, doch nicht auf die hitzige Art. Ich zucke zusammen und ziehe die Beine vor die Brust, um mich an ihnen festzuhalten, doch als Charon sich mir zuwendet, trägt er nichts als eine ausdruckslose Maske im Gesicht.

»Der Protos ist derjenige, der unserem Arm von Styx vorsteht.«

Ich blinzle überrascht. *Hat er das gerade wirklich gesagt? Styx?* Ich spüre, wie mein Mund aufklappt, doch ich kann nichts dagegen tun.

»Ja, Styx. Du hast richtig gehört. Wir sind die Kinder des Flusses, über die hinter vorgehaltenen Händen gemunkelt wird und von denen doch niemand so genau weiß, wer sie sind.« Er sagt das mit einem gewissen Stolz in der Stimme, einer leichten Überheblichkeit, die durch meine Sprachlosigkeit wohl auch gerechtfertigt ist.

»Und du brichst gerade den Eid des Styx, mein lieber Fährmann«, knurrt Melaina. Ich wünschte, ich wüsste mehr über die griechische Mythologie, aus welcher Styx entspringt, doch ehrlich gesagt bin ich mir nicht einmal sicher, was Styx überhaupt ist. Ein Fluss wahrscheinlich, wenn ich die Anspielung richtig deute? Ich bin mir relativ sicher, dass ich den Namen schon einmal gelesen habe, doch die Informationen sind tief vergraben. Die einzige Person, die ich jedoch danach fragen könnte, ist Melaina, und die schüttelt gerade säuerlich den Kopf.

»Der Eid kann im Falle bizarrer Vorfälle gebrochen werden, Mel. Das solltest du ebenso wissen wie ich. Und ein Obscura-Angriff auf *einen Menschen* ist eine solche Ausnahme.«

Obscura. Ich reiße die Augen auf. *Alma Obscura,* hallt es in meinem Kopf wider, springt gegen die Wände meines Schädels und wird zurückgeschleudert wie ein Flummi. Ich habe das Gefühl, dass mir sämtliche Luft aus den Lungen gedrückt wird, schnappe nach Luft und lasse die Beine schnell auf den Boden gleiten, während meine Hände die Bettkante umklammern. Ich habe das Gefühl, als wäre die Erdanziehung auf einmal zehnmal stärker geworden. Meine Fingernägel graben sich in die Matratze. Sowohl Melaina als auch Charon starren mich verwirrt an, doch das interessiert mich nicht. Nicht einmal, dass Marmor-Boy seine gemeißelten Gesichtszüge entglitten sind.

»Was ist das?«, bringe ich unter Anstrengung hervor und fixiere mit sämtlicher Kraft Charon. »Obscura. Sag es mir.«

»Alma, beruhig dich.« Melaina erhebt sich in einer fließenden Bewegung vom Stuhl, die Arme besänftigend erhoben. Sie lässt sich neben mir nieder und streicht mir mit der Hand über die Wange, eine seltsam vertraute Geste, die mich vollkommen irritiert.

Erst da merke ich, dass Tränen wie Sturzbäche mein Gesicht runterfließen, und schluchze auf.

Das ist einfach zu viel für mich. Ich lasse zu, dass meine Mitbewohnerin mich umsorgt, und wenn es nur ist, um mich auf das Gefühl zu konzentrieren und nicht nachdenken zu müssen. Doch gleichzeitig hasse ich es, jede Sekunde davon.

Woher kommt diese Wandlung in Melainas Verhalten? Seit diesem Brief ergibt nichts mehr Sinn. Nicht nur der Tod von Großtante Gisela und dieses verdammte Buch in ihrer Wohnung, nein, jetzt kommt auch noch Styx dazu.

Und das alles scheint mit mir verbunden durch dieses eine kleine, mir fremde Wort. *Obscura.*

Am liebsten würde ich schreien. Toben, wüten, verlangen, dass mir das Ganze erklärt wird. Ich spüre ein Brodeln in meinem Inneren, doch das Feuer darunter läuft auf Sparflamme. Es kostet mich alles, Melainas Finger zu ergreifen und sie ernst anzublicken. Wahrscheinlich sehe ich dabei lächerlich aus, verheult wie ich bin, aber ich versuche die Sorge für einen Moment zu verdrängen.

»Ich brauche Antworten. Bitte«, bringe ich mit brechender Stimme hervor. Langsam fange ich an, von mir selbst und meiner Weinerlichkeit genervt zu sein. Beiße mir viel zu hart auf die Lippe und kneife die Augen zusammen, als ich Blut schmecke.

»Hörst du, Mel? Lass sie nicht weiter im Dunkeln sitzen.« Im Gegensatz zu mir klingt Charon seelenruhig. Sein Timbre ist hell und klar, ganz unpassend zu seinem düsteren Auftreten.

»Du wirst von mir keine Erlaubnis bekommen, damit du mich später mit reinziehen kannst«, gibt Melaina zurück, ohne den Blick von mir zu nehmen. Nein, nicht von mir. Sie scheint wieder durch mich durchzuschauen, wie gestern schon.

»Okay. Gut.« Charon gibt einen Laut des Unmuts von sich und steht von meinem Schreibtisch auf, um zu uns rüberzukommen. Mein Griff um Melainas Finger verkrampft sich und sie zuckt zusammen, doch ich schaffe es nicht, mich von ihr zu lösen. Stattdessen starre ich Charon an, der vor meinem Bett in die Hocke geht und dann mein Gesicht mustert, als würde er es gerade das erste Mal wirklich wahrnehmen.

»Hör zu, Alma.« Sein Blick fokussiert den meinen und nimmt mich vollkommen ein. Seine Augen sind dunkel, das tiefste Braun, das ich je gesehen habe. »Deine Mitbewohnerin Mel ... *aina* und ich sind keine Menschen. Klingt für dich sicher unrealistisch, aber das ist mir egal. Was auf jeden Fall für dich real war, ist Grace, der Angriff durch sie, und ihre schwarzen Augen. Das war auch kein Mensch, jedenfalls nicht wirklich. Etwas hat sich Graces Körper bemächtigt und ihn gesteuert, wie ein Parasit, der sich in ihrem Gehirn eingenistet hat. Kannst du mir so weit folgen?«

Ich schüttle den Kopf. Wie soll ich ihm bitte folgen können, wenn er mir so einen Quatsch erzählt? Mein Leben ist doch keine Fantasy-Geschichte. *Graces Augen jedoch ... Waren das Kontaktlinsen? Und falls ja, warum sollte Grace mich erwürgen wollen? Wieso ist es Melaina, die zu meiner Rettung kommt? Ist das hier ein psychologisches Experiment?*

Verzweiflung betäubt mein Inneres, bis ich nichts mehr spüre, nichts mehr denke als eine einzige Frage: *Wieso ich?*

»Okay.« Nur am Rande nehme ich Charons genervte Stimme wahr. »Dann noch langsamer. Deine Mitbewohnerin Grace hat dich angegriffen, korrekt?«

Ich nicke abwesend. Ja, dessen bin ich mir sicher. Es war ganz sicher Grace. Ich habe sie gesehen, habe ihren Duft nach Veilchen wahrgenommen.

»Du hast dabei ihre Augen gesehen und sie waren schwarz«, spricht Charon weiter mit mir. Nur schwer kriege ich mich aus meinen Gedanken gezogen und auf seine Worte fokussiert. »Normalerweise sind die Augen von Menschen nicht schwarz, was die These unterstützt, dass etwas mit Grace nicht richtig war. Dieses Etwas war die Tatsache, dass ein Wesen von ihr Besitz ergriffen hat, sie wurde quasi ferngesteuert. Verstehst du das?«

»Natürlich verstehe ich deine Worte«, murmle ich und breche den Blickkontakt. »Aber das ist doch ... unmöglich echt.«

»Schau mich an«, knurrt Charon missmutig. »Sind schwarze Augäpfel echt?«

»Manchmal«, weiche ich aus. »Es gibt Kontaktlinsen, Tätowierungen ...«

»Hat Grace tätowierte Augen?« Er zieht eine Augenbraue empor. »Oder glaubst du, das waren Kontaktlinsen?«

Hilflos zucke ich mit den Schultern.

»Du wolltest wissen, was ein Obscura ist«, wechselt Charon seine Strategie.

Ich sinke in mir zusammen. Nein, eigentlich will ich das gar nicht mehr wissen. Eigentlich will ich nur, dass es aufhört. Ich will die Zeit zurückdrehen und dieses Erbe ausschlagen, alles vergessen und in Ruhe leben, ich will ...

»Ich breche es mal stark herunter. Ein Obscura ist etwas, was du Schattendämon nennen könntest. Eine Entität, die in unserer Welt körperlos ist und deswegen den Körper eines Menschen besetzt.«

Wieder spüre ich, dass Tränen über meine Wangen fließen, wieder frisst sich Verzweiflung durch meine Eingeweide, wieder schluchze ich auf. Dann schüttle ich den Kopf und blicke hilflos zur Decke hoch. »Das kann ich nicht glauben.«

»Alma, ich weiß, dass es schwer ist, aber Charon sagt die Wahrheit.« Vorsichtig legt Melaina eine Hand auf meine Schulter und drückt sie. »Obscura sind so real wie er und ich.«

»Ist das ein schlechter Scherz?«, frage ich leise. »Macht ihr euch über mich lustig?«

Mir ist klar, dass ich Ausflüchte suche. Wie hätten die beiden das Erbe meiner Großtante fingieren sollen? Wie ihren Namen kennen, einen Notar dazu überreden, sich mit mir durch Papiere zu wühlen, die bei einer Farce gar nicht existieren dürften? Und wenn Großtante Gisela wirklich tot und das Erbe real ist, wie könnten Melaina und Charon genau eines der unverständlichen Worte aus dem Grimoire nennen, das ich *zufällig* gelesen habe? Das mich beinahe schon *magisch* angezogen hat. *Himmel.*

Langsam dringt die Realität in meinen Kopf, sickert in kalten, kleinen Rinnsalen in meinen Verstand und lässt eine Mischung aus Angst, Übelkeit und grimmiger Akzeptanz zurück. Doch nicht nur das bleibt zurück, sondern vor allem eine Menge Fragen.

Ich schaue in Charons Gesicht und atme zitternd aus. »Wie geht es jetzt weiter?«

»Wir nehmen dich mit.«

Mein Herz setzt kurz aus und ich greife unbewusst nach Melaina, die ihren Arm beruhigend auf meinen legt.

»Zu Styx, meine ich. Ins Verbindungshaus.« Charon schaut beinahe ein wenig schuldbewusst aus. »Nur für ein Gespräch mit dem Protos, es dauert nicht lange.«

»Und es ist vollkommen freiwillig«, fügt Melaina hinzu, woraufhin er die Augenbrauen missmutig zusammenzieht, jedoch nicht widerspricht. »Wir sind auf deiner Seite, Alma. Du kannst uns vertrauen.«

Kann ich das? Ich ächze auf und fahre mir mit den Händen übers tränenfeuchte Gesicht. Styx. Schattendämonen. *In was bin ich da reingeraten?* Verzweifelt schüttle ich den Kopf und blicke wieder zu Charon.

»Du hast gesagt, ihr seid keine Menschen. Was seid ihr? Auch Dämonen?« Nicht, dass ich die Geschichte wirklich glaube …

»Nein, es gibt keine anderen Dämonen. Obscura sind die einzigen Wesen aus anderen Welten, von denen wir wissen.« Er weist mit einem Nicken zu Melaina, ehe er weiterspricht. »Mel ist so was wie ein Medium, sie sieht Seelen.«

Ich werfe ihr einen ungläubigen Blick zu und sie lächelt schwach.

»Und Charon gehört zum Volk der Fae, er ist also quasi so was wie ein Elf.«

Am liebsten würde ich mit einem ›Sure, Jan!‹ antworten und in bester Brady-Bunch-Manier einen verurteilenden Seitenblick darbieten, doch das schaffe ich leider nicht. Stattdessen starre ich von Melaina zu Charon und wieder zurück wie ein einfältiges Schäfchen. Eines, das ihnen folgen soll. Zu Styx. Ich lasse den Kopf und die Schultern hängen, während ein Hurrikan widersprüchlicher Gefühle in meinem Inneren tobt.

»Es gibt eine Menge paranormaler Wesen in dieser Welt, aber die meisten von uns gehen als Menschen durch. Das ist unser Glück«, ergreift Charon wieder das Wort. »Und Gruppierungen wie Styx existieren überall auf der Welt, elitäre Verbindungen, die ihre Mitglieder angeblich super vorsichtig auswählen. Dabei sind wir lediglich, um es mal stumpf auszudrücken, übermenschlich.«

»Styx verschafft uns Verbindungen in unsere Gemeinde und hilft uns dabei, mit unseren Kräften leben und umgehen zu lernen. Denn auch wenn man mit ihnen geboren wird, ist das nicht immer einfach. Man ist schnell ein Außenseiter, weil man einfach irgendwie ... anders ist.«

Ich blicke zu Melaina auf. Sie weiß nichts von meiner Vergangenheit, hat keine Ahnung, wie sehr sie mir damit aus der Seele spricht. Oder? Ihr Blick zuckt unruhig herum, ehe die nebelgrauen Iriden sich wieder auf mich fokussieren.

»Mittlerweile habe ich mich gut im Griff, was die Seelen angeht, aber wie du gerade gesehen hast, kann ich auch anders. Und glaub mir, wenn ich sage, dass niemand gerne mit dem Mädchen rumhängt, das einen nie richtig anschaut und nervös hin- und herblickt. Meine Kindheit und frühe Jugend waren ziemlich einsam.«

»Die Welt ist hart und ungerecht, nicht nur für Menschen.« Charons Stimme hat einen eisigen Tonfall angenommen. »Aber solange unsereins zusammenhält, werden wir leben. Das ist das Motto von Styx.«

»Abgekupfert vom altgriechischen Eid des Styx, deswegen klingt es so übertrieben dramatisch«, fügt Melaina flüsternd hinzu, als würde sie ihren Kumpan nicht unterbrechen wollen. »Generell basiert viel von der Geheimgesellschaft auf der griechischen Mythologie, dabei wurde Styx erst im neunzehnten Jahrhundert gegründet.«

Ich spüre das Blut in meiner Schläfe pochen und hebe meine Finger, um sie beruhigend darauf zu legen. Sie sind eiskalt auf meiner Haut.

»Ich weiß, dass du uns nicht glaubst, Alma.« Wieder Charon, doch seine Stimme ist wärmer. Freundlicher. Beinahe schon sympathisch.

»Wie sollte ich das auch?«, gebe ich zurück und blicke ihm emotionslos entgegen. Noch immer sitzt er vor mir auf dem Boden, das Gesicht auf meiner Höhe, als wäre ich ein Kind, dem er keine Angst machen möchte.

»Was ihr mir hier weismachen wollt, geht gegen alles, was ich bisher gekannt habe. Ihr redet von Dämonen, Geisterseelen und Elfen. Fantasiegestalten, mit denen ich mich nie rumschlagen musste. Bisher war meine größte Sorge, dass ich das Museumsmanagement-Modul nicht bestehe!«

Am liebsten würde ich aufbrausend werden, ihn anblaffen und vor die Tür setzen, doch das kann ich nicht. Wenn ich jetzt Gefühle zulasse und sie nicht aus meinem Inneren ausschließe, dann werde ich in wenigen Sekunden ein weinender Blob voller Überforderung sein. Ich schlucke also meine Emotionen runter und schaue wieder zu Melaina, die mich besorgt mustert.

»Also soll ich jetzt mit zu Styx kommen, richtig?«, frage ich tonlos. Sie nickt und scheint etwas sagen zu wollen, verkneift es sich dann jedoch. Stattdessen blickt sie zu Charon und ich folge ihren geradezu vibrierenden Augen. Wie sie so überhaupt etwas sehen kann, ist mir schleierhaft.

»Wir sind nur zufällig hier gewesen, als der Obscura dich angegriffen hat, Alma. Das war nicht geplant, eigentlich wollte ich Melinoë nur fix hier absetzen und dann weiter, aber jetzt wäre es das Klügste, wenn wir dich schnell zum Verbindungshaus bringen. Und zum Protos.«

Wie um seine Worte zu unterstreichen, erhebt sich Charon zu voller Größe, jedoch nicht, ohne zu ächzen und leise zu fluchen, dass er zu lange in der Hocke gesessen hat. Ich höre, wie Melaina neben mir ein Prusten unterdrückt, doch mein Blick bleibt auf Charon gehaftet, der auf mich hinabschaut und sich dann missmutig abwendet, als wäre ich ein lästiges Kleinkind. In meinem Inneren spüre ich Nervosität und Angst, doch sie sind weit entfernt von meinem Bewusstsein. Als Melaina neben mir aufsteht und mir dann ihre Hand hinhält, schlucke ich schwer und raffe mich endlich auf.

»Danke, es geht schon«, murmle ich und schlage somit höflich ihre Hilfe aus. Obwohl sie mir wahrscheinlich verdammt gutgetan hätte, denn sobald ich stehe, tanzen bunte Punkte vor meinen Augen. Ich blinzle ein paarmal gegen das Flimmern an und verdränge den Gedanken, dass einfach alles gerade zu viel ist.

Als ich Charon auf den Flur folge, fällt mein Blick wieder in den Spiegel neben meiner Tür. Melaina schaut mich voller Mitgefühl an, während ich aussehe wie eine wandelnde Leiche. Einen besseren ersten Eindruck kann ich bei Styx wohl kaum machen.

5

Erst als wir das Manzanita Square verlassen haben und eine frische Brise Morgenluft meine Nase kitzelt, scheine ich aus meiner Passivität aufzuwachen. Tief ziehe ich die Luft in meine Lunge und versuche, eine innere Ruhe wiederzufinden, die ich seit einer gefühlten Ewigkeit nicht mehr gespürt habe. Dass diese *Ewigkeit* nur zwei Tage waren, kommt mir noch unwirklicher vor als die angebliche Tatsache, dass ich neben einem Medium und einem Fae über den Campus stiefle.

Und nicht nur das. Meine Gedanken fangen an, sich zu überschlagen, als mir das Ziel unseres Spaziergangs bewusst wird. *Styx*. Auch nur daran zu denken, dass die Verbindung real sein soll, lässt meinen Magen rumoren. Ich löse den Blick von den grauen Gehwegplatten und spähe zu Charon, der links von mir geht. Sein Gesicht ist stur geradeaus gewandt, seine Konturen brechen das helle Morgenlicht in harsche Kanten. Viel weiß ich über Fae nicht, so populär sie in den Medien auch sind, und ich fange mich unweigerlich zu fragen an, was wohl dran ist an den Geschichten. Gibt es auch Drachen und Vampire?

War Gisela eine Hexe?

Nervös schaue ich wieder auf den Boden, bevor Charon mein Starren noch kommentiert, doch seine hübschen Gesichtszüge haben sich genau wie Melainas graue Iriden in meinen Geist gebrannt. Ob alle Mitglieder von Styx solche Merkmale haben? Oder alle Übernatürlichen? Ich schlucke schwer, als direkt darauf eine Frage meine Gedanken kreuzt, die ich bisher gar nicht gefragt habe: *Und was ist mit mir? Wieso sollte mich ein Obscura angreifen? Von allen Menschen dieser Welt, wieso ausgerechnet mich?*

Ich spüre, wie sich in meinem Unterbewusstsein etwas regt, mich an etwas erinnern will, doch je mehr ich mich darauf konzentriere, desto panischer scheine ich zu werden. *Habe ich etwas vergessen? Etwas verdrängt? Ist mein ganzes Leben eine Lüge? Aber wieso sollte ich …*

»Du wirst unruhig«, reißt mich Charon aus meinen Gedanken. »Wir sind gleich da, was ist das Problem?«

Seine harschen Worte treffen mich komplett unvorbereitet und ich zucke unter ihnen zusammen wie unter einem Peitschenhieb. Als ich zu ihm aufschaue, ist sein Gesicht immer noch zu der steinernen Maske erstarrt, die ich unmöglich deuten kann.

»Du musst wirklich keine Angst haben, Alma«, ergreift Melaina das lose Ende der Konversation. »Wir wollen dir nur helfen.«

Charon stößt genervt die Luft aus und ich wende mich schnell Melaina zu, die daraufhin zögerlich meine Hand nimmt und sie tätschelt, was ihr offensichtlich genauso fremd ist wie mir. Dennoch versuche ich mich an einem erzwungenen Lächeln und lasse meine Finger in ihren ruhen, bis sie endlich loslässt.

»Es ist nur alles zu viel«, murmle ich schließlich, ehe ich wie ein Trottel noch einmal wiederhole: »Einfach alles zu viel.«

Melaina nickt verständnisvoll. »Das kann ich mir vorstellen, für mich war das schon überwältigend genug, als ich vor zwei Jahren Styx vorgestellt worden bin – dabei wurde ich darauf vorbereitet. Ich kann mir nicht vorstellen, wie nervenaufreibend es für dich sein muss.«

Ich will gerade darauf antworten, als sowohl Charon als auch Melaina stehen bleiben.

»Wir sind da.«

Der Zusatz ist kaum vonnöten, denn das Gebäude, vor dem wir stehen, fesselt mich sowieso viel zu sehr, als dass ich weitergehen könnte. Obwohl ich in dieser Gegend aufgewachsen bin, habe ich das Verbindungshaus von Styx noch nie gesehen. Anders als die Gruften der Geheimgesellschaften in Yale, ist der Hauptsitz der Verbindung unbekannt, ist doch sogar die Existenz von Styx selbst mehr Mythos und Legende am Campus als tatsächlicher Fakt. Hätte mir jemand ein Foto dieses Hauses vorgelegt, das vor mir aufragt und dem Abhang des Hügels trotzt, so hätte ich jedoch keine Sekunde daran gezweifelt.

Das Haus ist beeindruckend, um das Mindeste zu sagen. Die Fassade ist aus weißen Holzlatten und irgendwie typisch für San Francisco, doch der Stil ist anders. Hohe, schmale Vertikalschiebefenster mit geraden Fenstergiebeln und dreieckigem Außenstuck erinnern mich an das viktorianische England, doch die vorspringende Dachtraufe, die von Konsolen gestützt wird, lässt die Assoziation direkt wieder in sich zusammenfallen. Ich fühle mich klein und irrelevant vor dem gewaltigen Bau, der trotz seiner drei Stockwerke nicht aus der Umgebung hervorspringt. Anders als die Nachbarhäuser hat es auch keinen idealistischen weißen Lattenzaun, und so behindert kein Tor unseren Weg zu den Eingangspforten.

Mir schlägt das Herz bis zum Hals, als wir die drei Treppenstufen zur geradezu winzigen Veranda hochsteigen, und ich versuche mich damit abzulenken, fieberhaft nach dem Namen des Architekturstils zu suchen. Antebellum? Italianate? Georgianisch? Es liegt mir auf der Zunge, ich kenne diesen Stil, doch in meinem Kopf herrscht absolute Leere, in der eine dumpfe Nervosität pocht.

Als hätte ich alles bereits vergessen, worüber ich den gesamten Weg hierher nachgedacht habe, bricht erneut eine Welle des Eiswassers über mich ein. *Styx ist real. Ein Dämon hat von Grace Besitz ergriffen. Melaina ist ein Medium. Ich sitze tief in der Klemme. Verdammt, ich sitze tief in der Klemme.*

Kann ich mich noch umdrehen und einfach gehen? Mein Blick frisst sich in die tiefschwarz lackierte Eingangstür, die gleichzeitig bedeutungsschwer und so, so unschuldig aussieht. *Nein, es ist zu spät.* Das weiß ich, noch bevor Charon den Zeigefinger auf die Klingel legt und ich den gedämpften Ton einer klassischen Melodie durch die Tür hören kann.

»Irgendwer ist immer da«, höre ich Melainas Stimme neben mir sagen, doch sie klingt unendlich fern. Kalte Finger greifen nach meinem Handgelenk. Damit ich nicht wegrenne? Nein, bloß Melainas Versuch, mir etwas Stärke zu geben. Sie lächelt schwach, als unsere Blicke sich kreuzen.

Ich atme ein weiteres Mal tief durch und versuche, mich zu beruhigen. Noch weiß niemand von den Geschehnissen dieses Morgens und wenn ich ein wenig Glück habe, dann wird auch niemand davon erfahren. Wenn Grace sich an nichts erinnert, dann ...

Meine Gedanken fallen wie ein Kartenhaus in sich zusammen, als die Eingangstür sich öffnet und eine leere, wenngleich opulente Halle offenbart, die viel zu groß für das Äußere des Hauses wirkt. Helle Wände und ein steinerner Boden aus schwarz-weißen Karos. Ich blinzle verwirrt, doch Charon scheint das nicht zu wundern, denn er tritt einfach ein.

»Sammle bitte jeden ein, der gerade da ist«, spricht er in den Raum und verstärkt somit mein Gefühl, dass sich doch jemand darin befinden muss. Erst als Melainas Hand sich zwischen meine Schulterblätter legt und mir einen sanften Schub in Richtung des Hauses gibt, schaffe ich es, über die Schwelle zu treten.

Anders als erwartet fühle ich keine Magie auf meiner Haut kribbeln, keinen Widerstand eines Schutzzaubers oder sonst etwas, das mir gezeigt hätte, dass ich gerade das Hauptquartier einer Verbindung für übernatürliche Wesen betreten habe. Das Verbindungshaus ist nicht mehr und nicht weniger als eben das: ein Haus. Hinter uns schließt sich die schwarze Eingangstür und als ich einen flüchtigen Blick über die Schulter werfe, trifft er auf neugierige Augen, die mich unverhohlen mustern. Etwas ist seltsam an ihnen und erst nach ein paar Sekunden verstehe ich, dass es ihre geschlitzten Pupillen sind.

»Habe ich mich unverständlich ausgedrückt, Adrasteia?«

Charons schneidende Stimme lässt mich zusammenzucken, auch wenn sie nicht mir gilt. Adrasteia, die ungefähr Ende zwanzig und asiatischer Herkunft sein muss, interessiert sein Tonfall hingegen herzlich wenig. Sie betrachtet mich ausführlich, ehe sie sich Melaina zuwendet und den Kopf ein wenig zur Seite neigt.

»Interessant«, murmelt sie mit einer Stimme, die klingt, als hätte sie zum Frühstück dreizehn Zigarren gepafft. »Ich hab nicht mit euch gerechnet.«

»Wir auch nicht«, entgegnet Melaina, doch bevor sie weitersprechen kann, unterbricht Charon sie mit einem geblafften »Adrasteia!«, woraufhin die Angesprochene die Augen verdreht. Mit einem letzten Blick auf mich verschwindet sie schließlich durch eine der Türen, die von der Halle abführen.

»Unterrichtest du den Protos oder soll ich?« Melainas Hand liegt noch immer auf meinem Rücken, als würde sie erwarten, dass ich jeden Augenblick umdrehe und die Flucht ergreife. Charon hingegen steht mitten in der Halle und selbst ich, die ihn kaum kennt, kann erkennen, dass er vor Wut bebt. Still bewundere ich die Ruhe, die Melaina ausstrahlt, denn mich machen allein seine breitschultrige Haltung und die geballten Fäuste unendlich nervös. Wenigstens steht er mit dem Rücken zu uns, ansonsten würde mir der Schweiß wahrscheinlich bereits die Stirn runterlaufen.

»Charon …« Melainas Stimme hat etwas Barmherziges an sich, als sie von mir ablässt und auf ihren Verbindungsbruder zutritt.

»Spar dir deine Gefühlsduselei für deine Mitbewohnerin auf, die hat's nötig«, stößt Charon aus und dreht sich dann zu uns. Mir gefriert das Blut in den Adern. Nicht nur, weil er gerade auch gegen mich geschossen hat, nein. Es sind seine gebleckten Zähne, die meinen Puls in die Höhe schnellen lassen. Seine Gesichtszüge kommen mir noch kantiger, noch schneidender vor und für einen Augenblick kommt mir der irrwitzige Gedanke, dass man an seiner Kinnkontur Parmesan hobeln könnte, so scharf hebt sie sich ab. Dann schnellt mein Blick zu seinen Augen.

»Weglaufen bringt dir nichts«, stellt er klar. Kühler Zorn trieft aus seinen Worten, seinem Blick, seiner Haltung.

Nicht, dass ich weglaufen könnte, selbst wenn ich wollte. Mein Körper versagt mir jeglichen Dienst, der nicht automatisiert ist. Ich schaffe es nicht einmal, den Kopf zu schütteln oder auch nur ein jämmerliches Fiepsen hervorzubringen. Stattdessen starre ich Charon an und realisiere mehr und mehr, dass er kein Mensch ist. Es sind nicht nur seine Konturen, die noch geradliniger als je zuvor erscheinen, nein. Es ist die Aura, die er ausstrahlt, die mich in ein unsichtbares Funkeln taucht, das ich nicht sehen, aber doch erkennen kann. Seine spitzen oberen Eckzähne, die sich über sein restliches Gebiss schieben, und die leicht spitz zulaufenden Ohren.

Scheiße.

»Machst du dir jetzt ins Hemd?«, fragt er höhnisch und ich senke den Blick schnell gen Boden. Dennoch hat sich das Bild in meine Retina eingebrannt. Wenn ich bis gerade noch Bedenken hatte, was das Übernatürliche angeht, haben sie sich nun verflüchtigt. Mit aller Logik komme ich nicht gegen spitze Ohren und Fangzähne an, von dem seltsamen Prickeln auf meiner Haut ganz abgesehen.

»Verdammt, Charon, du benimmst dich wie das letzte Aas«, flucht Melaina neben mir und lässt endlich die Hand von meinem Rücken sinken. Sie tritt zwischen mich und den Fae, als würde sie mich vor ihm beschützen müssen, und ich werfe einen kurzen Blick über die Schulter – noch immer steht die Haustür offen und wenn ich mich beeile, dann schaffe ich es vielleicht bis auf die Straße, bevor meine Mitbewohnerin und Marmor-Boy meine Flucht bemerken.

Doch ich bewege mich nicht. So gerne ich es auch würde, etwas hält mich in diesem Haus. Ist es meine eigene Neugier? Ich weiß es nicht.

»Fein!«

Ich zucke zusammen, als Melainas laute Stimme die Eingangshalle erfüllt. Es ist das erste Mal, dass ich sie ernsthaft wütend höre, doch immerhin gebührt ihr Ärger nicht mir. Ich beobachte, wie sie ihre Haare in einer unterschwellig aggressiven Geste über die Schulter wirft, als würde sie ihre überschüssige Energie loswerden müssen, um Charon nicht anzugreifen. Leider habe ich nicht mitbekommen, wieso sie so ungehalten ist, doch als sie sich zu mir umdreht, zittern ihre Augen noch viel stärker als ich es bisher gesehen habe.

»Ich geh und rede mit dem Protos. Charon wird dich schon mal in ein ruhigeres Zimmer bringen, Alma«, unterrichtet sie mich, ehe sie sich wieder zu Charon dreht und ihm drohend einen Finger ins Gesicht hält. »Benimm dich«, knurrt sie, was er mit einem Augenrollen kommentiert, dann verschwindet sie schnellen Schrittes durch die Doppeltür gegenüber dem Eingang, hinter der sich die Eingangshalle fortzusetzen scheint. Ich erhasche einen Blick auf eine breite Treppe aus Stein, ehe die Tür hinter Melaina zufällt.

Erst da wird mir bewusst, dass ich nun mit Charon allein bin. Ruckartig schaue ich zu ihm und spüre ein Kribbeln auf meiner Haut, das sich meine Arme hochzieht und einen Schauer meinen Nacken empor schickt, der sich auf meiner Kopfhaut fortsetzt. Seine dunklen Augen fixieren mich, sein

Gesicht wirkt noch abweisender als zuvor und beinahe erwarte ich, dass er sich wortlos umdreht und geht. Doch er überrascht mich, als er stattdessen den Blickkontakt bricht und mit einem Nicken zu einer der Türen weist.

»Hier entlang«, sagt er und hält mir die Tür auf. Ich folge seiner Aufforderung wortlos.

Der Raum, den er gewählt hat, ist eine Bibliothek. Teppichboden dämpft unsere Schritte und die deckenhohen, dunklen Holzregale lassen das Zimmer urig wirken. Ein wenig hat es den Charme einer englischen Universität inne, alt und staubig und Ehrfurcht gebietend. Die Luft fühlt sich trocken in meiner Lunge an und ich öffne die Lippen einen Spalt breit, als würde das etwas ändern.

Hinter mir ertönt das Geräusch einer zufallenden Tür, doch ich schenke ihr oder Charon keine weitere Beachtung. Gegenüber dem Eingang ist ein Erkerfenster, in dem eine gemütliche Sitzecke eingerichtet worden ist, im Raum verteilt stehen Sekretäre und Lesesessel. Die Bibliothek könnte nicht gemütlicher sein, doch als ich an eines der Regale trete und die Titel auf den Buchrücken zu entziffern versuche, schwindet die heimelige Atmosphäre wieder. Es sind keine Bücher über wissenschaftliche Themen oder Historik, die hier die Regale füllen, sondern Fantasyromane.

Erst nachdem mir der Gedanke gekommen ist, verstehe ich, dass die Wälzer über Drachen, Gargoyles und Vampire wohl keinesfalls der Fantasie entsprungen sind. Schweigend schreite ich an der Wand entlang und versuche zu akzeptieren, dass all diese Wesen vielleicht real sind. *Anatomie der Chimären, Encyclopaedia Phasmatum* sowie ein besonders dickes Werk über Gestaltwandler lassen mich das Gesicht verziehen. Das soll alles echt sein? Und wenn ja, wie kann es dann sein, dass die Menschheit nichts davon weiß?

Am liebsten würde ich es verleugnen, doch ein kurzer Blick zu Charons spitzen Ohren macht es mir schwer. Er hat sich in einem der Lesesessel niedergelassen und liegt mehr in den Polstern, als dass er wirklich sitzt. Den Kopf im Nacken, die Augen geschlossen, sieht er beinahe friedlich aus und nicht annähernd so abweisend wie bisher.

Jetzt, wo ich mich unbeobachtet fühle, mustere ich ihn eingehender. Er ist schlank, doch nicht auf eine schlaksige Art, das sehe ich trotz seines dunklen Rollkragenshirts. Die dunkelgraue Jeans ist weder eng noch weit, und steht am Bund etwas ab. Nur mit Mühe ermahne ich mich, den Blick nicht tiefer wandern zu lassen, und blicke stattdessen in sein Gesicht. Zu meinem Glück hat er die Augen noch immer geschlossen. Seine Augenbrauen sind ungewöhnlich dünn für einen Mann, doch ich muss gestehen, dass es zu seinen Zügen passt. Er hat ein geradezu anmutiges Gesicht, wenn er es nicht böse verzieht. *Elfenhaft* könnte man sagen.

Ich wende mich ab und schreite leise weiter an den Regalen vorbei, doch es fällt mir schwer, mich erneut auf die Bücher zu konzentrieren. Stattdessen werfe ich einen Blick aus dem großen Erkerfenster, von dem aus zu meiner Verwunderung nicht die Straße zu sehen ist, ehe ich mich darunter niederlasse und anfange, auf meiner Unterlippe herumzukauen. Was wird jetzt passieren? Wie lange wird Melaina weg sein? Ich wünschte, Charon wäre es gewesen, der den Protos holt, denn dann würde ich jetzt wenigstens mit Melaina reden können. An den Fae möchte ich hingegen lieber kein Wort richten.

Stille füllt die Bibliothek, lässt mir die Minuten elendig lang vorkommen und erinnert mich daran, dass ich mein Handy im Wohnheim liegen lassen habe. Ob Bram erneut versucht hat, mich anzurufen? Ich versuche, nicht darüber nachzudenken, welche Sorgen sich mein Bruder vielleicht macht, und lasse den Blick in meinen Schoß sinken, bis endlich etwas geschieht. Erst ganz leise, doch dann immer lauter, nehme ich Schritte wahr, und auch Charon scheint sie zu hören, denn er seufzt und setzt sich dann in dem Sessel auf. Kurz durchsucht er den Raum, bis sein Blick auf mich fällt und seine Augen schmal werden.

Ich frage nicht nach, was sein Problem mit mir ist. Dafür habe ich auch gar keine Zeit, denn die Tür der Bibliothek öffnet sich kurz darauf schwungvoll und fordert unser beider Aufmerksamkeit.

Es ist Melaina, die den Raum betritt und die Tür für einen Mann aufhält, der sofort den Fokus auf sich zieht. Er ist riesig, mindestens zwei Meter groß, und er muss sich bücken, um überhaupt durch die Tür zu passen. Seine Arme, seine Brust, ja sogar sein Hals sind stark behaart, und auch sein Bart ist lang gewachsen. Oder besser das, was er an Bartwuchs hat, denn neben einem dichten Schnurrbart und dem ewiglangen Kinnbart scheinen seine Wangen geradezu glattrasiert.

Noch während er eintritt, hebt er eine E-Zigarette an seine Lippen und inhaliert den Dampf, ehe er ihn in den Raum entlässt, der augenblicklich süß und fruchtig riecht.

»Da ist sie«, setzt er mit einer dunklen, rauchigen Stimme an, »das Mädchen, das von einem Obscura attackiert wurde.« Kurz mustert er mich, dann schwenkt sein Blick zu Charon und er fügt hinzu: »Du hast dafür gesorgt, dass ihre Mitbewohnerin sich an nichts erinnert, ja?«

»Natürlich, Dak.«

»Gut, mein Junge.« Der Mann nickt ihm zu, ehe er einen weiteren, tiefen Zug von seinem Vaporizer nimmt und dann nachdenklich zu mir schaut. »Alma, richtig?«

Ich nicke ebenfalls, weil ich auch ohne den Versuch zu sprechen merke, dass mir die Worte fehlen. Ich weiß nicht, was ich von dem Vorstand einer Geheimgesellschaft erwartet habe. Das Wort Protos hat in mir irgendwie die Vorstellung eines alten, weißen Mannes im Anzug hervorgerufen, vielleicht mit südeuropäischen Wurzeln. Der Mann, der noch immer an der Tür der Bibliothek steht, ist so weit davon entfernt wie möglich.

Wie die Frau an der Tür ist auch der Protos asiatischer Herkunft, doch seine Haut schimmert bronzefarben unter all den Körperhaaren hindurch. Die langen, schwarzen Kopfhaare ergrauen am Ansatz und umrahmen seine Gesichtszüge, lassen die hohen Wangenknochen sanfter erscheinen. Falten durchziehen sein Gesicht, doch er wirkt nicht verkniffen. Im Gegenteil, ich bin mir fast sofort sicher, dass es Lachfalten sind, denn der Ausdruck auf seinen Zügen könnte entspannter und glücklicher nicht sein.

»Und erst seit gestern Abend hat sie eine übernatürliche Aura?«

Mein Blick zuckt vom Protos zu Melaina, die vom Boden zu mir aufschaut, als das Wort an sie gerichtet wird. Wieder scheinen ihre Iriden zu pulsieren, scheinen zitternd durch mich durchzuschauen. *Übernatürlich?* Ich spüre, wie mir schlecht wird. Die schrecklich fruchtig riechende Luft macht es nicht besser.

»Wir sehen uns nicht jeden Tag, doch gestern war das erste Mal, dass ich sie bemerkt habe«, antwortet Melaina. Mir wird klar, wieso sie gestern so nett zu mir war. Warum ihr Blick so lange auf mir lag.

»Okay.« Der Protos scheint einen langen Moment nachzudenken. Wieder inhaliert er den Dampf und atmet ihn aus, ehe er den Raum mit drei großen Schritten durchquert und auf dem Weg einen der Lesesessel mit sich zieht, als wäre er ein Campingstuhl. Ohne es zu wollen, beiße ich die Zähne fest aufeinander und kralle meine Hände in die Sitzpolster unter mir. Ob ihm bewusst ist, wie beängstigend seine Größe und seine Kraft wirken?

»Zuallererst einmal«, setzt der Protos an und platziert den Stuhl vor der Sitzecke, sodass ich keinen Fluchtweg habe. Angst erfüllt meinen Körper und lässt meine Zähne weh tun. Was auch immer jetzt kommt, ich habe keine Chance, mich dagegen zu wehren. Ich schlucke schwer und schaue gehetzt zu Melaina, die noch immer am Eingang der Bibliothek verweilt. Als mein Blick jedoch wie automatisch durch die Tür neben ihr fällt, gefriert mir das Blut in den Adern. Adrasteia steht an den Rahmen gelehnt, gemeinsam mit einigen anderen, die mich neugierig beäugen.

Wieder steigt Übelkeit in mir auf, unterstreicht meine Furcht, und ich richte meinen Blick schnell wieder auf den Protos, der dadurch endlich weiterspricht.

»Willkommen, Alma, in den Armen des Styx.«

Diese Aussage begleitet er mit einem so gutväterlichen Lächeln, dass ich meine Angst für einen Moment vergesse.

»Es tut mir leid, unter welchen Umständen du zu uns gefunden hast, der Angriff, die Eile, doch sei dir einer Sache gewiss: In unserer Mitte bist du sicher.«

Er macht eine Pause, um einen Zug von seiner E-Zigarette zu nehmen, und spricht dann weiter: »Du gehörst nun zu den Geheimnisträgern, die über den wahren Charakter des Styx wissen, und als solche bist du hier stets willkommen. Mein Name ist Dakila Cruz Marasigan, doch für dich und alle anderen

Kinder des Styx bin ich der Protos; der erste Sohn des Flusses, der diesem Arm des Styx übersteht.«

Erst als er lacht, merke ich, dass ich die Stirn in Falten gelegt habe und ihn perplex anstarre. Zweifelnd. Seine Worte sind noch nicht wirklich in meinen Kopf vorgedrungen, nur ein Teil davon erreicht meinen Geist.

»Wie Melinoë und Charon dir bereits erklärt haben, ist ein Angriff durch Obscura auf einen Menschen äußerst rar«, fährt Dakila fort und lehnt sich auf seinem Sessel zurück, der unter seinen ewiglangen Gliedmaßen geradezu lächerlich winzig erscheint. »Und auch die Präsenz einer Aura um dich, wie Melinoë sie bestätigt, ist … ungewöhnlich.«

»Menschen haben keine Aura.«

Beinahe hätte ich vergessen, dass Charon sich ebenfalls noch im Zimmer befindet, doch seine genervte Stimme lässt es nicht zu. Ich hasse ihn in diesem Moment, hasse, wie alltäglich er diese Behauptung in den Raum wirft, hasse, dass es ihm wahrscheinlich absolut egal ist, was er mit diesem Satz in mir auslöst. *Menschen haben keine Aura.*

Aber was bin ich dann?

6

»Alma.«

Mein Blick schnellt zurück zu Dakila, der sich langsam vorbeugt und den Abstand zu mir verringert. Erst dann spricht er mit ruhiger Stimme weiter.

»Ich weiß, ich verlange viel von dir, aber wir müssen diese Fragen so schnell wie möglich klären.«

Wieder nimmt er einen Zug von seinem Vaporizer, wieder dringt der süßliche Fruchtgeruch in meine Nase. Dieses Mal jedoch mischt sich noch etwas anderes darunter, etwas Strenges, das ich kenne und doch nicht einordnen kann. Ich versuche, flach zu atmen und möglichst wenig von dem Geruch aufzunehmen, doch es klappt nicht.

»Bitte nimm dir Zeit, gründlich nachzudenken, bevor du antwortest. Jedes Detail kann wichtig sein, okay?« Die braunen Augen des Protos fixieren mich nachdrücklich. Als er nicht weiterspricht, verstehe ich, dass er eine Antwort darauf erwartet, doch mein Kopf ist wie leergefegt. Ich nicke, auch wenn die Bewegung sich fremd anfühlt.

»Gut. Ist dir in den letzten Tagen etwas Ungewöhnliches widerfahren? Gab es Anzeichen, vielleicht seltsame Gefühle oder skurrile Begebenheiten? Hast du jemand Neues kennengelernt?«

Etwas? Tausend Dinge rauschen durch meinen Kopf, Bilder blitzen für eine Sekunde vor meinem inneren Auge auf; der Brief, der Notar, die Wohnung, das Buch. Der Spruch. *Seltsame Gefühle*. Wieder überkommt mich eine Woge der Übelkeit.

Erneut trüben bunte Punkte meinen Blick, lassen ihn verschwimmen und überlagern das Bild, das meine Augen aufnehmen. Den Protos, Melaina an der Tür, die immer größer werdende Ansammlung vor der offenen Tür. Charon, der aufsteht und damit meine Aufmerksamkeit auf sich zieht. Ich erkenne sein Gesicht nicht, doch kann mir vorstellen, dass er wütend auf mich ist. Genervt, dass ich nicht so funktioniere, wie ich es sollte. Dass ich keine Antwort gebe. Ich kneife die Augen zu und sinke in mich zusammen. Vergrabe das Gesicht in meinen Händen. Ich will einfach nur hier weg. *Bitte.*

Das Geräusch der sich schließenden Tür erschreckt mich so sehr, dass ich zusammenzucke. Es kostet mich alles, gegen das verschwimmende Bild anzublinzeln und mich nicht dem Wunsch, mich zu verstecken hinzugeben. Charon lehnt an der Tür und hat die Arme verschränkt. Keine neugierigen Blicke mehr, nur noch seiner. Kalt. Ausdruckslos.

Ich breche den Blickkontakt ab, bevor ich noch anfange zu weinen. Lediglich ein Winseln entweicht meiner Kehle, so armselig klingend, dass sich Hitze über meiner Haut ausbreitet wie ein Film.

»Es ist in Ordnung«, verkündet Dakila und streckt eine Hand nach mir aus, die sich problemlos über meine gesamte Schulter legt. Für einen Moment lässt er sie dort ruhen, still, sagt nichts weiter, dann lässt er mich los. Ich fühle mich seltsam, doch ich kann nicht sagen, ob es an seiner Berührung liegt oder nur an der Situation, in der ich mich befinde. Der strenge Geruch ist stärker denn je. Verwirrung füllt meinen Kopf, schiebt alles beiseite, das keinen Bestand hat.

»Meine Großtante«, murmle ich, ohne es aufhalten zu können. »Ich … Ich war in ihrer Wohnung. Ich habe einen Zauberspruch gesprochen.«

Der Gesichtsausdruck des Protos verändert sich, wird zum ersten Mal ernst, seitdem er die Bibliothek betreten hat.

»Deine Großtante«, wiederholt er mit einer unverkennbaren Frage in der Stimme.

»Gisela.« Ich wispere ihren Namen, als hätte ich Angst, ihn auszusprechen. »Sie ist tot.«

Hinter Dakila bewegt sich etwas, doch ich bemerke es nur am Rande meines Bewusstseins. Weiß ehrlich gesagt nicht einmal, wo ich bin, geschweige denn, wer noch bei mir ist. Die Erkenntnis sollte mich nervös machen, mir Angst einjagen, doch das tut sie nicht. Mein Kopf leert sich mit jeder Sekunde mehr. Ich nicke, ohne etwas gesagt zu haben. Dakilas Augen sind schmaler geworden, zweifelnd, skeptisch. Eine stumme Aufforderung, weiterzusprechen.

»Ich weiß nicht warum«, sage ich, als die Stille unerträglich wird. »Warum ich den Spruch gesprochen habe. Warum sie ein Grimoire hatte. Warum sie mir die Wohnung vererbt hat.«

»Wann war das?« Die Stimme des Protos ist bedrohlich tief geworden, was die Angst in mir wieder aufflammen lässt wie eine Kerze in der Dunkelheit, die meine restlichen Gedanken wieder in Licht tauchen will. Ich schlucke und schaue hinter ihn, will Melaina ansehen, doch sie ist weg. Lediglich Charon steht an der Tür und hält den Kopf gesenkt, wie in einer Andacht.

»Alma, das ist wichtig«, brummt Dakila und ich wimmere auf. »Wann hast du diesen Spruch gesprochen? Hat Gisela noch gelebt?«

Mein bebender Körper macht es mir nicht leicht, die Worte hervorzupressen, doch irgendwie schaffe ich es »Nein, es war gestern. Gestern Nachmittag« zu sagen.

Charon hebt den Kopf und sein Blick bohrt sich tief in mich.

Ich schnappe nach Luft, versuche verzweifelt, die abgestandene Luft durch meinen Mund zu atmen, um den seltsamen Dunstmix aus Frucht und irgendwas anderem nicht zu riechen. Die Donuts in meinem Magen rebellieren, wollen wieder raus, doch ich kann mich nicht übergeben. Nicht hier. Mein Blick wandert hektisch durch die Umgebung, über Bücherregale und leere Sessel. Die Bibliothek. *Ich bin in der Bibliothek.* Wie konnte ich das vergessen?

»Du sprichst über Gisela Bromberg, richtig?« Von der Bedrohlichkeit ist nichts mehr zu hören, doch Dakilas Blick ruht noch immer schwer auf mir. »Weißer Bobschnitt, helle Augen und …«

»Ich weiß nicht, wie sie aussah«, bricht es aus mir hervor. »Ich habe sie lange nicht mehr gesehen. Aber ja, ich spreche über Gisela Bromberg.«

»Okay.«

»Ich weiß nicht, wieso sie mir alles vererbt hat, was ich mit diesem Buch soll – werden so Hexen erschaffen? Sind es Bücher, die Menschen Magie geben?« Die Frage bildet sich aus dem Nichts und ist mir schneller über die Lippen gekommen, als ich sie verstehen konnte. Doch sie scheint etwas in mir losgetreten zu haben, denn plötzlich füllen Hunderte weitere Fragen meinen Kopf, die noch vor vierundzwanzig Stunden allesamt nach Fantasy geklungen hätten. Eine Gänsehaut zieht sich über meinen Körper.

»Nein«, antwortet Dakila, dann schweigt er eine Weile, ehe er sich erhebt und den Stuhl packt. »Entschuldige mich bitte einen Moment, Alma. Ich muss … nein, möchte jemanden konsultieren. Charon wird dir deine Fragen beantworten, bis ich wieder da bin.«

Ich weigere mich, den Kopf in den Nacken zu legen und zu dem Protos hochzuschauen. Stattdessen ergebe ich mich meinem Schicksal und nicke einfach. Das scheint mir sowieso die einzige Möglichkeit zu sein, die ich seit Eintreffen des Notarbriefs habe. Wortlos akzeptieren, was mir widerfährt.

Erst als die Tür der Bibliothek sich öffnet und leises Gemurmel an meine Ohren dringt, erinnere ich mich an die Meute, die sich davor angesammelt hat. Für einen Moment hat sie freie Sicht auf mich und ich auf sie, als wäre ich ein Tier im Zoo. Mir wird eiskalt. Schweiß rinnt mir die Stirn hinab, den Rücken, überallhin. Dann schließt Charon die Gruppe wieder aus und wir sind allein.

»Danke«, sage ich leise und bemerke dann mit Entsetzen, dass er zu mir kommt.

»Passt«, gibt er knapp zurück. »Ich hab keine Lust, dass du anfängst zu heulen.«

Wieder legt sich Hitze über meinen Körper und es wird auch nicht besser, als Charon vor der Sitzecke stehen bleibt und sich mit verschränkten Armen vor mir aufbaut. Wieder habe ich das Gefühl, in der Falle zu sitzen, doch dieses Mal wirft seine Haltung mich zusätzlich zurück in eine Zeit, die ich am liebsten verdrängen würde. Hätte ich Lunchgeld dabei, würde ich es ihm wahrscheinlich aus Reflex zuwerfen.

»Du hast Fragen.« Charons Tonfall lässt in mir jede Hoffnung darauf absterben, um ein Gespräch herumzukommen. »Raus damit.«

»Ähm«, versuche ich, Zeit zu schinden und gucke überall hin, wo Charon nicht ist. Dem scheint das nicht gerade zu passen, denn er fletscht die Fangzähne und lässt mich dadurch noch mehr zusammenzucken.

»Hexen. Viel kann ich dir dazu nicht sagen, aber sie sehen meistens wie Menschen aus. Werden geboren, nicht geschaffen.« Seine Worte klingen hart, nicht wie eine Lehrstunde, sondern als würde er mich mit ihnen attackieren. »Die wenigsten Übernatürlichen werden erschaffen.«

»Okay«, murmle ich und meide weiterhin seinen Blick. »Wo ist Melaina?«

»Melinoë. Gewöhn dich an ihren Ordensnamen, du wirst ihn hier nutzen müssen.«

»Was?« Verwirrung lässt mich nun doch zu ihm aufschauen. »Wieso sollte ich?«

»Du hast noch nicht ganz begriffen, was diese Situation für dich bedeutet, was?«, unterbricht Charon mich schroff.

»... Nein«, erwidere ich und versuche zu ignorieren, dass mir Tränen in die Augen steigen. Charon hingegen scheint das nicht zu können, denn er stößt einen leisen Fluch aus und lässt sich dann widerwillig neben mir nieder. Die Sitzecke ist so schmal gearbeitet, dass sein Knie dabei an meines stößt, was ein Kribbeln durch mein Bein schickt. Ich schlucke schwer und versuche, die Empfindungen zu ignorieren, die er in mir auslöst.

»Gut, dann ganz langsam«, gibt er kehlig von sich und lehnt sich vor. Sein Gesicht ist somit noch näher an meinem und ich komme nicht umhin, seine spitzen Ohren erneut zu bemerken. Da sind keine Nähte, keine Übergänge. Keine Anzeichen, dass seine Ohrspitzen aus irgendetwas anderem bestehen als seiner Haut.

»Der Protos hat dich als Geheimnisträger offiziell anerkannt. Du bist kein Mitglied von Styx, doch du wirst von uns akzeptiert und wir werden dir deine Erinnerung an uns nicht nehmen.« Seine Augen ruhen auf mir, halten mich fest, ohne dass er auch nur einen Finger an mich legt.

»Das ... das könntet ihr?«

»Problemlos«, erwidert er leichtfertig, ehe er fortfährt und mir somit keine Zeit gibt, deswegen weiter Panik zu schieben. »Doch dann wüsstest du nichts mehr von uns, und wir müssten dich wieder neu einweihen, wenn die Antworten auf das Warum weitere Fragen aufwerfen.«

»Also behalte ich meine Erinnerungen ... Vorerst.«

»Endgültig, denke ich. Du bist keine Gefahr.«

Mir entgeht nicht der hämische Unterton, der die Aussage noch zu unterstreichen scheint. Nicht, dass er nicht recht hätte. Ich bin für niemanden eine Gefahr – wahrscheinlich nicht einmal für einen Grundschüler, solange der gesund ist. Himmel, ich verliere ja sogar jeden Sommer den Kampf gegen die Sonne und verbrenne mich an Stellen, die nicht mal in der Sonne gelegen haben!

»Melinoë«, beginnt Charon und ruft mir damit meine ursprüngliche Frage wieder ins Gedächtnis, »ist wahrscheinlich etwas zu deiner Großtante klären gegangen.«

»Kommt sie wieder?«, frage ich leise, was ihn spöttisch eine Augenbraue hochziehen lässt. »Melinoë, meine ich.«

»Hoffentlich. Ich will nicht länger mit dir hier feststecken als notwendig.«

Mein Herz setzt für einen Moment aus, auch wenn ich nicht verstehe wieso. Eigentlich sollte es mich freuen, dass Charon mich genauso ungern um sich hat wie ich ihn. Doch gleichzeitig fange ich an, mich zu fragen, wieso er mich anscheinend nicht leiden kann. Dass mir zeitgleich tausend Gründe einfallen, die bei *weinerlich* starten und bei *Fischgesicht* aufhören, hilft nicht wirklich. Kann dieser Tag bitte einfach enden?

Nur schwer widerstehe ich dem Drang, mein Gesicht in meinen Händen zu verstecken und so zu tun, als wäre ich nicht mehr da. *Du bist jetzt erwachsen,* erinnere ich mich selbst. *Du gehst zur Uni.* Charons Augen ruhen noch immer auf mir und lassen meine Kopfhaut kribbeln. Ich hasse es, dass er mich beobachtet, dass er mir keine Ruhe gönnt, keinen Rückzugsort.

»Du kanntest deine Großtante nicht wirklich?«, fragt er plötzlich und ich blinzle überrascht über diesen Kommunikationsversuch, ehe ich nicke.

»Ich hab sie das letzte Mal als Kind gesehen.«

Kaum eine Sekunde nach meinem letzten Wort fragt er ruhig: »Wie alt warst du da?«

»Ähm«, mache ich und tue so, als müsste ich nachdenken. Mein Blick wandert in meinen Schoß. Ich weiß, dass ich fünf Jahre alt war und gerade von der Tagesstätte in den Kindergarten gekommen bin, wo wir das Alphabet gelernt haben. Je öfter ich in den letzten vierundzwanzig Stunden darüber nachgedacht habe, desto mehr Details scheinen mir wieder einzufallen. Ich mochte Großtante Gisela, sehr sogar. Wieso habe ich also damals einfach so akzeptiert, dass sie weg ist?

»Eher ein Kleinkind oder eher ein Teenager?«, versucht Charon mir auf die Sprünge zu helfen, was vielleicht nett wäre, wenn er dabei nicht so genervt klingen würde.

»Fünf Jahre.«

»Ein Kind also«, murmelt er. Als ich seinen Blick suche, ist er auf einen Punkt irgendwo unterhalb meines Gesichts und gleichzeitig in die Ferne gerichtet. Aus der Nähe sehen seine Gesichtszüge noch geradliniger aus, seltsam spitz und noch viel mehr, als wäre er aus Marmor gemeißelt worden. *Marmor-Boy.*

Als sein Blick sich wieder auf meine Augen fokussiert, schrecke ich zusammen.

»Wieso das Lächeln?«, fragt er knurrend und lehnt sich zurück, ehe er ablehnend die Arme verschränkt.

»Ich, ähm«, stottere ich, doch mir fällt keine Ausrede ein. Ich kann ihm ja schlecht sagen, dass ich gerade einen ironischen Spitznamen für ihn im Kopf hatte, oder?

»Was auch immer du gedacht hast«, fährt Charon mit eisiger Stimme fort und schenkt mir einen besonders düsteren Blick. »Lass es.«

Ich nicke und schaue wieder in meinen Schoß, jedoch nicht, ohne *Alles klar, Marmor-Boy* zu denken. Dann schweigen wir uns eine Weile an, in der ich seinen stechenden Blick auf mir liegen spüre wie eine Decke aus Gewichten, die mich runterziehen. Erst als die Tür sich geräuschvoll öffnet, schnellt mein Blick hoffnungsvoll empor.

Ich habe Glück, es ist tatsächlich Melaina. Nein, halt – es ist tatsächlich Melinoë, die mir einen mitfühlenden Blick schenkt und dann zu Dakila schaut, der hinter ihr eintritt. Neben ihm sieht sie winzig aus, wie ein Kind, und ich beginne mich zu fragen, wie groß der Protos wohl ist. Viel mehr Zeit kann ich der Frage jedoch nicht widmen, denn er wartet nicht darauf, dass

Melinoë die Tür schließt, sondern schreitet mit wenigen Schritten durch den Raum.

Charon erhebt sich neben mir, offensichtlich erleichtert, dass er nicht mehr mit mir allein ist, und ich teile seine Gefühle. Mein Blick springt vom Protos zu Melinoë, dann zurück. Anspannung erfüllt mich, erfüllt die Luft und jeden anderen hier im Raum. Sie ist beinahe greifbar.

»Entschuldige bitte die Wartezeit, Alma«, fängt Dakila gemächlich an zu sprechen. Jedes seiner Worte scheint er zu überdenken, was mich nur noch nervöser macht. »Ich hoffe, Charon konnte dir ein wenig weiterhelfen.«

Nein, denke ich, doch wage nicht, es auszusprechen. Ich sehne mich innerlich danach, dass der Protos und er den Raum verlassen. Wenn ich nur mit Melinoë allein sein könnte, mit jemandem, den ich wenigstens annähernd kenne, wenn ich nur ...

»Ich will dir nichts verschweigen, Alma, das ist nicht mein Stil.« Behäbig verschränkt er die Pranken vor dem Körper und betrachtet mich eingehend. »Es macht mir Sorgen, dass du mit Gisela verwandt bist, und dass du scheinbar fähig warst, einen Spruch aus ihrem Repertoire insofern zu wirken, dass er einen Obscura auf dich aufmerksam gemacht hat.«

Mit großen Augen blicke ich zu ihm hoch, nicht fähig, das Gesagte wirklich zu verdauen. Es ist, als würde sich nicht nur mein Kopf, sondern mein ganzer Körper dagegen wehren, mir einzugestehen, was mir eigentlich schon die ganze Zeit hätte klar sein müssen. Der Spruch ist schuld. Ich habe mein Unglück selbst heraufbeschworen.

»Die Fragen, die wir uns jetzt stellen müssen, sind nicht weniger besorgniserregend. Was bist du?« Wieder pausiert der Protos. Erst als er die Hände voneinander löst und die E-Zigarette hinter seinem Rücken hervorzaubert, bemerke ich, dass er gar nicht geraucht hat. Schnell nehme ich einen Atemzug, bevor der süßliche Dampf den Raum wieder verpesten wird, merke dabei jedoch, dass der strenge Geruch immer noch in der Luft liegt.

»Falls Charon diese Information noch nicht an dich herangetragen hat, Alma: Gisela war das, was der normale Mensch als Hexe bezeichnen würde. Eine besonders mächtige noch dazu. Falls auch du eine Hexe bist, dann frage ich mich, warum du bisher keinerlei Anzeichen bemerkt hast. Solltest du keine Hexe sein, dann stellt sich mir die Frage, wie es sein kann, dass du so kurz nach dem Sprechen eines Zauberspruchs von einem Obscura angegriffen worden bist. War es Zufall? Oder war der vermeintliche Spruch eine Beschwörung?«

»Ist die Frage nicht viel eher, was wir jetzt mit ihr machen?«, fragt Charon tonlos. Der Blick des Protos löst sich von mir und wandert zu dem Fae, nimmt einen Ausdruck an, den ich schwer deuten kann. Ist es vorwurfsvoll? Skeptisch? Wütend? Was auch immer es bedeutet, Charon lässt sich davon nicht erweichen, er starrt seinen Vorgesetzten mit derselben Kälte an wie zuvor mich.

»Nun, mein Junge«, beginnt Dakila, dann schaut er wieder zu mir. »Ich verstehe, dass du dir diese Frage insbesondere stellst.«

Charons einzige Reaktion darauf ist ein wütendes Naserümpfen, dann wendet er den Blick ab. Ich hingegen blicke den Protos umso gespannter an.

»Dir scheint es genauso zu gehen, wenn ich deinen Blick richtig deute, Alma.« Er lächelt mir zu. »Zuerst einmal müssen wir herausfinden, was genau bei dem Spruch geschehen ist. Da die Antwort darauf aber nicht so leicht herauszufinden sein wird, werden wir prüfen, ob dir irgendwelche Kräfte innewohnen, welche die Präsenz einer Aura und auch den Angriff durch einen Obscura erklären würden.«

Ich schlucke schwer. Meine Kräfte prüfen? Wie soll das funktionieren? Allein die Erwähnung einer Prüfung lässt meinen Puls emporschnellen.

»Daher habe ich mich an Harriet gewandt, welche jeden Moment hier eintreffen dürfte … solange der Feierabendverkehr das zulässt.« Dakila zieht gedankenverloren an seinem Vaporizer und entlässt eine reinweiße Dampfwolke in die Bibliothek, die augenblicklich noch ein bisschen süßer stinkt. Falls es Melinoë oder Charon ebenfalls so stickig vorkommt wie mir, verstecken die beiden es gekonnt.

»Harriet ist …?«, fragt Melinoë, als Stille einkehrt. Es beruhigt mich, dass sie anscheinend auch keine Ahnung hat und ich nicht allein ahnungslos bin.

»Eine der ältesten Hexen der Stadt.« Der Protos wendet sich kurz Melinoë zu, was mir die Gelegenheit gibt, einen kurzen Blick zu Charon zu werfen. Er sieht unendlich genervt aus, scheint die Minuten zu zählen, bis er endlich hier wegkann. Gut, wahrscheinlich hat er sich seinen Sonntagmittag auch anders vorgestellt, doch Mitleid empfinde ich beim besten Willen keines.

Als ich wieder zum Protos schaue, blicke ich ihm direkt in die Augen.

»Harriet wird wissen, ob du Kräfte in dir trägst, die du noch nicht kennst, Alma. Doch bis sie hier ist, erlaube mir noch ein paar Fragen.«

»Sie kann ja schlecht Nein sagen«, knurrt Charon von der Seite und fängt sich wieder einen undeutbaren Blick von seinem Protos ein. »Kann ich gehen?«

Irgendwie bewundere ich die ignorante Scheißkerl-Aura, die er gerade ausstrahlt, insbesondere, da er es zweifelsohne ganz genau weiß und trotzdem keinen Pfifferling draufgibt. Doch Dakila scheint das nicht zu imponieren.

»Nein«, gibt er mit einem Lächeln zurück, das sein Gesicht noch faltiger erscheinen lässt. »Aber du kannst dich gerne wieder setzen, Charon. Du auch, Melinoë, komm her.«

Ich beobachte stumm, wie meine Mitbewohnerin die Stirn runzelt und dann zu uns rüber eilt. Dass sie auf dem Weg Charon anstößt und mit sich zieht, wirkt beinahe beiläufig.

»Du hast also gestern einen Spruch gesprochen, Alma«, steigt Dakila wieder in das Gespräch ein, noch bevor Melinoë neben mir Platz genommen hat. »Was ist dann passiert? Gibt es noch irgendwelche Details, die für uns von Wichtigkeit sein könnten?«

Kurz durchforste ich meine Erinnerungen, dann erzähle ich von dem fast sofortigen Temperaturverlust, dem Gefühl der Überforderung, der Nervosität und der Taubheit des Vortags. Dakila, der sich wieder einen Sessel herangezogen hat, hört still zu und zieht gelegentlich an seinem Vaporizer.

Kaum bin ich mit der Nacherzählung der Nacht fertig, ertönt leise eine klassische Melodie, welche die drei Styx-Mitglieder aufhorchen lässt, doch erst als Dakila aus dem Sessel aufsteht, verstehe ich, dass es die Türklingel ist.

»Das wird Harriet sein«, informiert Dakila mich und fügt dann hinzu: »Ich werde sie begrüßen gehen.«

Still beobachten wir, wie der Protos den Raum verlässt und dieses Mal sogar selbst die Bibliothekstür öffnet und schließt, ehe wir in ein Schweigen verfallen. Ich würde gerne etwas sagen, würde gerne Fragen stellen, doch meine Zunge ist wie gefesselt. Mel und Charon tauschen zwar Blicke, doch auch sie bleiben ruhig, was die Nervosität in mir noch weiter anwachsen lässt. Als Daks Stimme vor der Bibliothek erklingt, stehen die beiden auf, was ich als Aufforderung nehme, um mich ebenfalls zu erheben.

Meine Glieder zittern, doch gleichzeitig bin ich froh, dass ich aufgestanden bin, denn so kann ich unruhig von einem Fuß auf den anderen treten, als Harriet und Dakila den Raum betreten.

Die Hexe sieht nicht wirklich aus, wie ich mir eine Hexe vorstelle. Weder trägt sie einen langen Umhang oder einen Spitzhut noch hat sie Warzen im Gesicht oder eine besonders lange Nase. Ihre dunkelgrauen Haare verschwinden unter einem bonbonrosa Hut, der dieselbe Farbe wie ihr Rollkragenpullover hat. Kaum hat sie uns entdeckt, da steht sie schon vor mir und mustert mich von oben bis unten.

»Gigis Nichte«, sagt sie schließlich mit weicher Stimme und greift nach meinen Händen, um sie vor ihre Brust zu ziehen.

Ich habe kaum Zeit, »Großnichte« zu nuscheln, da zieht sie schon scharf die Luft ein. Ihre Augen weiten sich und auch ihr Griff um meine Finger wird schmerzhaft fest.

»Himmel, Kind«, stößt sie aus, dann wirft sie einen Blick über die Schulter zum Protos, der an der Tür stehen geblieben ist und die Bibliothek wieder volldampft.

»Es steht außer Frage, Dak, sie *ist* von Giselas Blut.« Ihr entfährt ein kurzes, freudloses Lachen, dann schüttelt sie den Kopf und blickt wieder zu mir. »Und du hast nie einen Zauber gewirkt, meine Kleine? Nie jemandem Unglück gewünscht, der daraufhin vom Pech verfolgt schien? Nie in Zungen geredet?«

»Nein«, gebe ich schwach von mir.

»Das ist unmöglich«, murmelt Harriet und quetscht meine Hände noch ein bisschen fester. »Sollte unmöglich sein. Kind, du trägst Kräfte in dir, die ihresgleichen suchen!«

Hilfesuchend schaue ich zu Melinoë, die neben mir steht und ebenso überfordert aussieht wie ich. Ihre sturmgrauen Augen liegen ruhig auf mir, als würde sie versuchen, mir Kraft zu schenken. Ich wende mich wieder Harriet zu, die mich so intensiv fixiert, dass ich in der Bewegung einfriere.

»Sie ist also eine von uns«, ertönt es von Dakila. In meinem Kopf hallen seine Worte nach, vermischen sich mit denen von Harriet und lassen mich hilflos zurück. Denn auch, wenn die genauen Worte noch nicht gefallen sind, ist mir klar, was diese Sätze bedeuten. Ich bin eine Hexe.

7

Eine Hexe. Wie irrsinnig dieses Wort plötzlich auf mich wirkt, kann ich kaum beschreiben. Ich soll Zauberkräfte haben, die *ihresgleichen suchen*? Das kann doch nicht wahr sein!

Doch wie sonst will ich das alles erklären? Die seltsame Reaktion auf den Spruch, den Angriff durch Grace, ihre schwarzen Augen, Charons Ohren und Zähne.

Erst als von Harriet ein warmes »O Kindchen« kommt, bemerke ich, dass mir Tränen aus den Augen rinnen.

»*Drek*«, fluche ich leise und entreiße ihr meine Hände, um meine Wangen abzutrocknen. Meine Mutter wäre nicht stolz auf mich, dass ich so einen Kraftausdruck von mir gebe, doch ich kann einfach nicht anders.

»Harriet, ist dir jemals so etwas untergekommen?«, fragt Dakila mit einer verdammten Ruhe in seiner Stimme, als wäre dies ein ganz normaler Sonntag für ihn. Wie kann er so ruhig bleiben?

»Sehe ich etwa so aus?«, erwidert Harriet die Frage schnippisch. »In all meinen Jahren nicht, mein Lieber.«

Es kommt mir beinahe bedrohlich vor, wie sie ihre Handschuhe aus den Rocktaschen zieht und in diese hineinschlüpft. Als sie sich jedoch wieder an mich wendet, ist all die Säure aus ihrem Auftreten verschwunden.

»Hör mir zu, Kindchen. *Von Blut zu sein* ist keine Strafe, ganz im Gegenteil. Es ist eine Gabe, die nur wenigen zuteilwird. Reiß dich zusammen und lass dir von Styx helfen, dann wirst du schon bald sehen, welch ein *Geschenk* deine Kräfte sind.« Ein weiteres Mal greift sie nach meinen Händen, doch dieses Mal zieht Harriet sie nicht empor, sondern drückt sie lediglich sanft.

Ich nicke und schniefe so leise wie möglich, doch die Tränen rollen trotzdem weiter aus meinen Augen.

Mit einem kurzen Seufzen lässt Harriet los und nimmt zu meinem Entsetzen meinen Kopf zwischen ihre behandschuhten Hände. Ihr Blick ist weich und ernst zugleich, während sie mir tief in die Augen schaut, als würde sie etwas in mir erahnen und doch nicht klar sehen können. Sanft wischen ihre Daumen die Tränen weg, die mir vor Schreck immerhin ausgegangen sind.

»Dir wird es gut gehen, Alma«, sagt sie nachdrücklich und nickt mir dann zu. »Du wirst dich an alles gewöhnen. Styx wird dir helfen, dafür ist die Verbindung da. Hast du mich verstanden?«

»Ja«, murmle ich leise. Der weiche, warme Klang ihrer Stimme entkräftet die Härte ihrer Worte, lässt mich tatsächlich für einen Moment glauben, dass ich vielleicht nicht ganz verloren bin – doch dann lässt Harriet mich los und wendet sich wieder von mir ab, und ich falle innerlich zurück in das tiefe Loch, aus dem sie mich zu heben versucht hat.

»Ich werde mit den anderen Kontakt aufnehmen und mich dann bei dir melden, Dak.« Bei jedem Schritt, den Harriet auf den Protos zuschreitet, schwingt ihr dunkler Tellerrock raschelnd nach. »Kümmere dich gut um das Mädchen, das sind wir Gigi schuldig.«

Ich horche auf. Das sind sie Großtante Gisela schuldig? Was soll das bedeuten?

»Natürlich, Harriet«, erwidert der Protos. »Daran musst du mich nicht erinnern.«

Fragend schaue ich zu Melinoë, doch auch sie wirkt eher verwirrt und hat ihre Augen auf die Hexe gerichtet. Als sie meinen Blick bemerkt, zuckt sie kaum merklich mit den Schultern.

»Ich bringe Harriet zur Tür. Melinoë, Charon, ich erwarte von euch, dass ihr Alma die Zeremonie und den Schwur erklärt, während ich weg bin.«

Ohne auf eine Antwort zu warten, folgt der Protos Harriet aus dem Raum und lässt uns allein. In diesem ganzen Hin und Her finden meine Gedanken keine Ruhe und ich habe das Gefühl, dass sie zu einem Knäuel verwoben nur noch zuckend vorankommen. Wieder eilen Charon und Melinoë zu den Fenstern, doch ich bleibe betäubt im Raum stehen. Meine Hände sind kalt und gleichzeitig verschwitzt, hängen zitternd neben meinem Körper, schlaff. Ich würde sie gerne an meine Wangen heben, um zu schauen, ob sie so heiß sind, wie sie sich anfühlen, doch das schaffe ich nicht. Alles fühlt sich falsch an, surreal, wie ein Filmstreifen, der an mir vorbeizieht. Für eine angeblich begabte Hexe fühle ich mich ziemlich schwach.

»Alma«, sagt Melinoë mit schwacher Stimme, ehe sie ihre Hand auf meine Schulter legt. Ich spüre es nur entfernt und muss mich schwer zusammenreißen, um meine Muskeln dazu zu bewegen, dass ich mich zu ihr drehe.

»Komm, setzen wir uns. Und du, Charon, geh ruhig. Du kannst den Protos auf dem Rückweg abfangen und fragen, ob du nun freigestellt bist. Dann hat Alma ein bisschen mehr Zeit zum Verarbeiten.«

»Top«, gibt der Fae kurz angebunden zurück. Meine Augen folgen ihm wie automatisch, während er aus dem Raum verschwindet und die Tür achtlos hinter sich zuschmeißt.

»Was für ein Chaos«, seufzt Melinoë. Kurz darauf schiebt sie sich in mein Blickfeld und wirft mir einen zweifelnden Blick zu. »Kommst du klar oder muss ich mich darauf vorbereiten, dich aufzufangen, weil du gleich umkippst?«

»Alles gut«, presse ich hervor und strenge mich noch einmal an, um meinen Körper endlich aus seiner Starre zu holen. Die wenigen Schritte zu der Sitzecke unter dem Erkerfenster fühlen sich mechanisch an, doch als ich mich auf den Sitzpolstern niederlasse, scheint eine Last von meinen Schultern zu gleiten, von der ich nicht wusste, dass sie auf ihnen gelastet hat. Fast augenblicklich fällt mein Kopf nach hinten und knallt an das gekippte Fenster.

»Scheiße«, kommt es von Melinoë, noch ehe ich wieder nach vorne zucke. »Hast du dir was getan?«

»Ich fühl gar nichts«, gebe ich ehrlich zurück und lasse mich seitlich auf das Sitzkissen sinken. »Hab kaum den Aufprall gespürt.«

»Es tut mir so leid, Alma«, wiederholt meine Mitbewohnerin zum was-weiß-ich-wievielten Mal. »Das ist alles so verrückt, für mich schon, da will ich mir gar nicht vorstellen, wie es dir damit gehen muss!«

»Schrecklich«, erwidere ich schwach. Die Polster sind weich und riechen nach Mangodampf, doch ich würde am liebsten trotzdem mein Gesicht darin vergraben, selbst wenn ich daran ersticken sollte. Meine Lider flattern, als ich versuche sie zu öffnen. »Was ist mit meinem Leben passiert, Melinoë?«

»Nenn mich ruhig Mel, dann musst du nicht immer zwischen zwei Namen hin- und herwechseln.«

Ich seufze schwer und drehe den Kopf, um sie anzuschauen. Melinoës Kopf liegt auf ihren verschränkten Armen, die auf dem Rahmen des geöffneten Fensters liegen, doch ihr Blick ruht auf meinem Gesicht.

»Ich hab Angst«, gebe ich offen zu und kann nicht verhindern, dass meine Stimme dabei zu zittern beginnt. »Wenn ich jetzt einschlafe, wache ich dann in meinem Bett wieder auf und das war alles nur ein Fiebertraum?«

»Ich befürchte nicht«, antwortet sie ruhig. Für einen Moment schauen wir uns schweigend an, beide gleichermaßen überfordert von der Situation, dann richtet sie sich auf und macht die Fenster wieder zu. Ich schließe die Augen und konzentriere mich auf die Geräusche. Alles, was sich nicht mit mir selbst auseinandersetzt, klingt gerade richtig.

»Du musst dich vor nichts fürchten«, setzt Mel schließlich an unsere Unterhaltung wieder an. Fast zeitgleich spüre ich, wie sie sich nahe meines Kopfes auf die Polster setzt. Ich stoße ein Stöhnen aus und versuche, ihr ein wenig Platz zu machen, doch wirklich von der Stelle gerobbt komme ich nicht.

»Darf ich fragen, wovor du Angst hast?«

»Vor allem«, erwidere ich bitter. »Jetzt gerade? Abgesehen davon, dass ich anscheinend kein Mensch bin – vor der Zeremonie und dem Schwur, den der Protos erwähnt hat.«

»Den Schwur kennst du schon, das ist der Eid des Styx, den Charon und ich dir vorhin erklärt haben. An sich wird dem Eid nur ein bisschen mehr Klimbim angehangen und du wirst in die Studentenverbindung aufgenommen. Das nennt sich dann die Zeremonie.«

»Ich soll Styx beitreten.« Mit aller Kraft öffne ich die Augen und starre Melinoë ausdruckslos an. Es ist keine direkte Frage, aber irgendwie auch keine Aussage. »Das ist doch irrsinnig.«

»Na ja, laut Harriet bist du eine Hexe. Und wenn du eine bist, dann gehörst du in unsere Reihen. Jedes paranormale Wesen, das an den Universitäten der Bay Area studiert, findet hier seinen Platz.«

Da sind sie, die Worte, die mir seit Harriets Prophezeiung im Kopf herumschwirren. »Ich kann keine Hexe sein, Mel. Ich konnte mich nicht einmal gegen Grace wehren!«

»Weil du überfordert warst«, erwidert sie leichthin. »Und auch wenn du eine Hexe bist, heißt das nicht, dass du sofort mit deinen Kräften um dich schmeißen kannst. Die wenigsten Wesen beherrschen ihr volles Potential ohne Training, so wie Menschen nicht von Geburt an laufen und sprechen können.«

Ich gebe ein weiteres Stöhnen von mir, das gleichzeitig ergeben und genervt klingt, ehe ich meine Augen mit meinem Arm bedecke. Die Dunkelheit gibt mir für einen Moment ein trügerisches Gefühl von Sicherheit, doch dann blitzen Bilder vor meinen geschlossenen Lidern auf, die ich am liebsten nie wieder sehen würde. Graces ausdrucksloses Gesicht. Schwarze Augäpfel. Dunkelheit.

»Das ist doch krank«, stoße ich hervor und setze mich so abrupt auf, dass ich beinahe von der Sitzecke falle, würde Mels ausgestreckter Arm mich nicht in letzter Sekunde festhalten. »Wie kann es sein, dass ich bis gestern nichts davon wusste, dass ich angeblich Hexenkräfte hab?«

»Ich glaube, dieselbe Frage stellen sich Harriet und der Protos auch«, erwidert sie und zuckt mit den Schultern. »Aber das werden wir sicher gleich rausfinden, wenn Dakila und Charon zurück sind.«

»Als ob Charon zurückkommt, der hasst mich und will nur hier weg.«

Melinoë schüttelt lediglich den Kopf, antwortet jedoch erst, als ich mich endlich ein wenig sicherer auf den Polstern positioniert habe. Ein Lächeln ziert ihre Lippen, als sie meinen Blick auffängt. »Nein, der hasst dich nicht. Eher die Umstände, unter denen ihr euch kennengelernt habt. Er ist nur ein wenig ... speziell.«

Ich gebe ein verächtliches Schnauben von mir, sage aber nichts dazu. Dennoch kann ich mir nichts vormachen, es beruhigt mich, dass der Typ mich anscheinend doch nicht hasst.

»Und ich befürchte, der Protos wird ihn nicht gehen lassen, denn er hat bei Styx eine ziemlich, sagen wir mal, spezielle Rolle. Weißt du, wer Charon in der Mythologie war?«

»Nein«, gebe ich zu und seufze. »Ich hab ehrlich gesagt wenig Ahnung von griechischer Mythologie, abgesehen von den bekanntesten Göttern. Und ich hab Disneys *Herkules* gesehen, als ich ein Kind war.«

Für einen Moment verschärft sich Melinoës Blick und ich habe Sorge, sie damit irgendwie vor den Kopf gestoßen zu haben, doch als Verwirrung auf ihr Gesicht tritt, entspanne ich mich sofort.

»Ich hatte irgendwie im Gefühl, dass du so was studierst.«

»Anthropologie«, helfe ich ihr auf die Sprünge, »mit Museologie als Nebenfach. Aber mein Fokus lag eher auf der Archäologie als auf den Details der griechischen Geschichte. Das kommt erst nächstes Semester dran.«

Unruhig rutsche ich auf dem Polster hin und her. Langsam wird die Bibliothek ziemlich kühl, doch ein leicht süßlicher Hauch liegt noch immer in der Luft. Wie lange bin ich eigentlich schon hier?

»Ach was, echt? Das klingt ja interessant!«, lenkt Melinoës freudiger Ausruf meine Aufmerksamkeit zurück auf unsere Konversation. Ihr Lächeln sieht ehrlich aus, und ich nicke zur Bestätigung.

»Ich studiere klassische Philologie, also die Schriften, Kunst und Sprache des antiken Griechenlands und Römischen Reichs. Wenn du dazu also mal Hilfe brauchst, klopf einfach bei mir an.«

»Dann bist du sicher eine Meisterin der griechischen Mythologie«, lenke ich das Thema vorsichtig zurück. Falls Mel auffällt, dass wir abgeschweift sind, dann überspielt sie es gut.

»Eine Meisterin ist vielleicht übertrieben, aber ich kenne mich ganz gut aus. Jedenfalls gut genug, um dir mehr von Charon zu erzählen. Vielleicht erinnerst du dich noch daran, dass es bei Herkules eine Unterwelt gab, in der Hades lebt?«

Ich nicke und Melinoë fährt fort: »Diese Unterwelt ist von sechs Flüssen durchzogen, die sowohl in der Welt der Menschen als auch in der Unterwelt fließen. Wer in die Unterwelt will, muss den Fluss Styx oder den Fluss

Acheron überqueren, je nach Quelle. Da die Flüsse jedoch wild und gefährlich sind, wird dafür ein Boot benötigt, und das einzige Boot, das die Flüsse zur Unterwelt überqueren kann, ist das des Fährmann Charon. Er ist ein beängstigender Kerl, sehr prinzipientreu und unbarmherzig. Nur wer die damaligen Bestattungsriten empfangen hatte und dem Fährmann einen Obolus zur Bezahlung geben konnte, wurde von ihm in die Unterwelt gebracht. Sein Name kommt von *Charopós*, was so viel heißt wie ›mit funkelnden Augen‹.«

»Ich fange an zu verstehen, wieso Charon diesen Namen trägt«, murmle ich. Sein eisiger Blick hat sich in mein Gedächtnis eingebrannt, und ich bin wirklich froh, dass er nicht mehr im Raum ist.

»Wie bereits gesagt, hat Charon – also unser Charon, nicht der aus der Antike – eine spezielle Rolle in der Verbindung. Genau wie der Fährmann ist es auch seine Aufgabe, sich um Neuankömmlinge zu kümmern. Er ist eigentlich immer hier anzutreffen, weil er im ersten Stock ein Zimmer hat, musst du wissen.« Melinoë deutet mit dem Zeigefinger über unsere Köpfe. »Er ist nicht sonderlich begeistert davon, aber gleichzeitig ist er derjenige mit der meisten Erfahrung, was Styx angeht. Die meisten von uns sind erst Mitglied geworden, als wir zu studieren angefangen haben, aber Charon wohnt schon seit Jahren hier.«

Melinoë macht eine kurze Pause, als würde sie überlegen, was sie noch sagen kann, doch als sie wieder zum Sprechen ansetzen will, öffnet sich die Tür der Bibliothek ein weiteres Mal. Meine Muskeln verkrampfen, noch bevor mein Blick auf Charon fällt, der eintritt und dem Protos die Tür aufhält. Passender könnte der Name wirklich nicht sein, denn als ich seinen Blick auffange, funkelt er mir wütend entgegen.

»Alma«, erhebt Dakila das Wort, noch während er sich duckt, um durch die Tür zu treten, »ich muss dich um etwas bitten.«

Überrascht blicke ich zu Melinoë, doch sie zuckt nur mit den Schultern und legt den Kopf schief. Erst als ich wieder zum Protos schaue, bemerke ich, dass er sich abgewandt und die Hand nach Charon ausgestreckt hat.

»Charon hier wird dir in den folgenden Wochen mit Rat und Tat zur Seite stehen, Alma, und er wird dich beschützen, sollte noch ein Obscura versuchen, dich zu attackieren.«

Er macht eine Pause, in der ich zu begreifen versuche, was er gerade gesagt hat. Charon soll mich beschützen? Ich muss so verzweifelt aussehen, wie ich mich fühle, denn Dakila seufzt schwer auf.

»Harriet und ich sind uns nicht sicher, ob es realistisch ist, dass du noch einmal angegriffen wirst, oder ob es eine einmalige Sache war, aber sicher ist sicher und Charon kann dich besser beschützen als Melinoë.«

»Aber …«, setze ich an, doch als Dakila eine seiner riesigen Pranken hebt, verstumme ich.

»Charon wird dich begleiten und auf dem Campus ein Auge auf dich haben, du musst dir keinerlei Sorgen machen. Er hat eine Menge Erfahrung und er wird dir so ziemlich jede Frage beantworten können, die du zur paranormalen Welt hast.« Er schenkt dem Fae ein warmes Lächeln, das diesen jedoch kalt lässt. »Er wird dir den Übergang in unsere … ich meine, in deine Welt erleichtern, glaub mir.«

»Die Bitte«, sagt Charon unwirsch, noch ehe der Protos weitersprechen kann. »Alles andere kann ich ihr auf dem Heimweg erzählen, Dak.«

»Natürlich.« Dakila wirft ihm einen Blick zu, den sogar ich lesen kann – warnend, wie ein Vater sein vorlautes Kind ansehen würde. »Alma, ich möchte dich darum bitten, das Grimoire deiner Großtante zu holen und mir zu bringen. Mit dem Spruch können wir vielleicht herausfinden, was genau geschehen ist – ob Gisela vielleicht ihre Kräfte in diesen Spruch gelegt hat und du deshalb plötzlich über solche Kräfte verfügst, oder ob es etwas ganz anderes ist.«

»Okay«, gebe ich leise zurück. Mein Blick schnellt zu Charon, der lediglich die Augen verdreht. »Aber ich weiß nicht genau, wann ich es schaffe, ich muss für die Uni …«

»Das macht nichts, es hat keine Eile. Nächsten Samstag findet erst einmal deine Zeremonie statt, danach können wir uns um alles kümmern.« Der Protos schenkt mir ein Lächeln, dann klopft er Charon neben sich auf die Schulter. »Du gehörst jetzt zu uns, Alma. Wir werden schon rausfinden, was es mit deinen Kräften auf sich hat.«

Als er schließlich seine Hand nach mir ausstreckt, stehe ich auf und ergreife sie zögerlich. Sie ist warm und weich, und anders als erwartet schüttelt er sie nicht, sondern beugt sich hinab und deutet einen Handkuss an. Es ist seltsam, auf einen so großen Menschen hinabzugucken, noch dazu einen, den man kaum kennt. Sein Haaransatz ergraut langsam und aus der Nähe erkenne ich, dass auch sein Schnauzer bereits graue Haare hat, wenngleich der Großteil seiner üppigen Bart- und Haarpracht noch schwarz ist.

»Wir werden uns nächsten Samstag sehen, Alma. Ich wünsche dir eine angenehme Woche.« Dakila richtet sich auf und wirft mir ein weiteres großväterliches Lächeln zu, ehe er den Raum verlässt. Charon und Melinoë sind noch einen andächtigen Moment lang still, der sich wie eine Ewigkeit zieht. Dann fängt Charon an zu fluchen. Wut durchströmt seine Worte, seine Körpersprache und den Blick, der mich keine Sekunde später mit ganzer Wucht trifft. Ich kann nicht verhindern, dass ich weiche Knie bekomme und mich hilfesuchend zu Melinoë wende.

»Das ist ja jetzt nicht so gut gelaufen, was, Charon?« Sie zwinkert mir zu, als wäre das ein ganz normales Verhalten, und erhebt sich, ehe sie sich zwischen mich und den Fae stellt.

»Ach, halt die Schnauze, Mel«, erwidert er grimmig und wendet sich ab, was mir immerhin etwas Erleichterung verschafft. Ich weiß nicht warum, doch sobald sein Blick auf mir liegt, werde ich unruhig. Wie eine Maus, die ganz genau weiß, dass sie von der Katze beobachtet wird. Als mich keine Sekunde später die Erkenntnis trifft, dass ich mich die ganze nächste Woche so fühlen werde, wird mir übel.

»Ich kann nicht glauben, dass er mir schon wieder einen Neuling aufdrückt«, grummelt Charon, ohne sich zu uns zu drehen.

Melinoë ignoriert es gekonnt und schaut mich stattdessen über die Schulter hinweg an. Ich sollte in ihrem Gesicht wohl lesen können, was sie von mir will, doch ich schaffe es nicht. Starre sie einfach nur ausdruckslos an und verzweifle innerlich.

»Wollt ihr hier Wurzeln schlagen?!«, blafft Charon uns aus dem Nichts an.

Ich zucke heftig zusammen, was Sorge auf Mels Gesicht treibt, und ein hitziges Gefühl der Scham auf das meine. Schnell senke ich den Blick auf den Boden und versuche, meine Atmung zu beruhigen, doch mein Herz schafft es nicht, einen normalen Schlagrhythmus zu finden. Stattdessen steigen lediglich wieder Tränen in mir auf, die sich verräterisch an meinem Wimpernkranz sammeln. *Nicht weinen, bitte, nicht weinen,* flehe ich mich selbst an und schaue an die Decke, in dem kläglichen Versuch, die Tränen wegzublinzeln.

»Meine Fresse, ist ja gut, du musst doch nicht gleich heulen«, höre ich Charon in einem Tonfall murmeln, der mich zurück in mein Senior Year versetzt. Mein Atem wird schwerer, doch ich versuche, die Erinnerung mit aller Macht zurückzudrängen. Versuche mich von ihr abzuschirmen, als wäre das ein anderer Mensch gewesen, eine andere Version von Alma, die jetzt nicht mehr existiert. Niemand, weder in diesem Raum noch in diesem Haus noch an der Uni, kennt diese Alma.

»Wollen wir zurück ins Wohnheim?«, fragt Melinoë. Ich nicke und richte den Blick auf sie, kann jedoch nicht verhindern, dass er kurz zu Charon zuckt, der mich düster mustert. Würde er wenigstens versuchen, seine Gereiztheit hinter einer Fassade zu verstecken … Damit wäre mir schon geholfen. Ich schlucke den Kloß in meinem Hals runter, der sich wieder gebildet hat. Die Aussicht darauf, mich in den nächsten Wochen ständig mit dem Fae umgeben zu müssen, lässt mein Herz auf eine unangenehme Weise stolpern. Er hat etwas an sich, das mich unweigerlich in eine andere Zeit zurückversetzt. Das eine andere Version meiner selbst wiederbelebt. Eine Version, die ich längst begraben hatte. Und so muss es bleiben.

Erst als wir das Verbindungshaus verlassen, schaffe ich es, mich wieder zu entspannen. Ich atme tief die Herbstluft ein und versuche zu verarbeiten, was ich in den letzten Stunden erfahren habe. Noch immer klingen die Gedanken absolut irrsinnig in meinem Kopf. *Magie existiert. Ich, eine Hexe. Und Charon, mein Beschützer.* Vorsichtig spähe ich zu ihm rüber, doch der Fae hat die Hände tief in seinen Jackentaschen vergraben und blickt grimmig auf den Boden. *Gut,* beschließe ich still und wende mich an Melinoë, die auf der anderen Seite neben mir geht.

»Kann ich dich etwas fragen, Mel?«

»Natürlich.« Ihre sturmgrauen Augen werden von Neugier erhellt. »Worum geht's?«

»Um … Obscura«, bringe ich stockend hervor. »Angriffe durch sie, meine ich. Passiert so was oft?«

Melinoë schüttelt den Kopf. »Eigentlich gar nicht. In den letzten Jahren habe ich vielleicht von zwei, drei Fällen gehört.«

»Besetzungen kommen häufig vor«, brummt Charon. »Doch dass ein Obscura jemand anderen als den Besessenen angreift? Das passiert kaum.«

»Besetzungen«, wiederhole ich. Grace drängt sich in mein Gedächtnis, ihr Lachen vom Vortag, ihre unverhohlene Neugier zu dem Brief des Notars. Wie ihre Augen geleuchtet haben, grün und hell. Und dann die schwarzen Augäpfel wie aus einem Film, als ihre Hände sich um meinen Hals geschlossen haben. Ein Schaudern lässt meinen Körper erbeben.

»Die meisten Obscura sind klug genug, sich zu verstecken, wenn sie einen Körper besetzen«, erklärt Charon weiter. »Sie wissen, dass wir sie sonst finden und auslöschen.«

Mein Herz stolpert. »Bitte was?«

»Soll ich's dir aufschreiben?«, fragt Charon gereizt. »Obscura sind Abschaum, der sich von Schmerzen nährt. Wir sorgen dafür, dass sie es lassen.«

»Deswegen halten sie sich von uns fern … Und deswegen ist es so ungewöhnlich, dass ein Besessener jemanden attackiert.« Melinoë seufzt schwer und als ich sie anschaue, ist ihr wild schwankender Blick in den Himmel gerichtet. »Umso seltsamer ist es, dass dieser Obscura Graces Körper dazu genutzt hat, dich anzugreifen. Noch dazu, ohne dir Schmerzen zuzufügen.«

Ich schlucke schwer. So gerne ich etwas sagen würde, mir fällt nicht ein einziges Wort ein. Meine Gefühle hingegen fahren Achterbahn. Ich kann es kaum erwarten, endlich im Wohnheim anzukommen.

»Du musst dir aber keine Sorgen machen, Alma«, reißt Melinoë mich aus meinen Gedanken. »Obscura können nur Menschen besetzen, also wird dir nichts geschehen, solange Charon und ich in deiner Nähe sind.«

Wieder greift sie nach meiner Hand, wieder tätscheln ihre Finger meinen

Handrücken in einer seltsam unsicheren Art. Dieses Mal jedoch werfe ich ihr ein ehrliches, dankbares Lächeln zu und muss es nicht erzwingen. Ich bin überfordert, ja, doch immerhin bin ich nicht allein.

Als wir um die letzte Ecke biegen und das Wohnheim schließlich in meinem Blickfeld auftaucht, spüre ich eine innere Ruhe in mir aufkommen. Obwohl ich erst seit den Sommerferien im Manzanita Square wohne, fühlt es sich bereits so sehr nach Heimat an, wie es zuvor nur das Zimmer bei meinen Eltern getan hat. Erleichterung flutet mein Bewusstsein und ich seufze leise auf.

»Wir sollten langsam klären, wie wir die Woche über verfahren.« Charons düsterer Blick ist auf das Wohnheim gerichtet, als wäre es die Wurzel allen Übels. »Dak will, dass du jederzeit beschützt wirst, nur für den Fall, dass ein weiterer Angriff passiert. Das heißt, sollte etwas passieren und ich bin nicht bei dir, reißt er mir den Ar …«

»Es geht nicht um dich und deine Gefühle, Charon«, unterbricht Mel ihn kühl. »Versuch jetzt nicht, ihr ein schlechtes Gewissen zu machen.«

»Das hab ich gar nicht vorgehabt!« Wütend funkelt er an mir vorbei, doch keine Sekunde später trifft sein Blick auch mich. »Tu mir einfach den Gefallen und mach keinen Blödsinn, ja?«

»War nicht mein Plan«, murmle ich leise, was Melinoë ein Kichern entlockt.

»Ihr solltet Nummern austauschen«, fügt sie hinzu, bevor Charon zu schimpfen ansetzen kann. »Es wäre sicherlich das Beste, wenn Charon dich außerhalb unseres Apartments begleitet, aber im Square kann ich das übernehmen. Die Chance auf einen weiteren Angriff ist sowieso … verschwindend gering.«

Wieder klopft mir das Herz bis zum Halse, doch ich weiß nicht, was es mehr zum Schlagen bringt: die Aussicht auf einen weiteren Angriff … oder darauf, Charon in meinen Kontakten zu haben, noch dazu auf Abruf bereit.

Charon gibt ein Brummen von sich, das sowohl zustimmend als auch ablehnend sein könnte, doch bis wir schließlich vor den Türen des Wohnheims stehen bleiben, hüllt er sich in Schweigen. Dann stößt er ein lautes Ächzen aus und blickt missmutig auf mich hinab.

»Lass dir von Mel meine Nummer geben und schreib mir deinen Wochenablauf. Und wann immer du das Wohnheim verlässt, will ich eine Viertelstunde vorab eine Nachricht von dir haben. Egal, ob du nur kurz zum Supermarkt willst oder bis ans andere Ende der Stadt, verstanden?«

Trotz regt sich in meiner Brust, doch leider kommt er nicht gegen den Kloß in meinem Hals an. Zu gerne würde ich ihm sagen, dass er sich den Tonfall sparen kann, dass er mir nichts zu verbieten hat – doch der Gedanke an einen weiteren Angriff, gegen den ich mich nicht wehren kann, lässt mich den Kopf senken und nicken.

»Gut«, höre ich Charon sagen, dann ächzt er wieder auf. »Spar dir deine Kritik, Mel. Ich bin weg.«

Gerade so erhasche ich noch einen Blick auf das bitterböse Gesicht, das Melinoë ihm schenkt, dann hebt sie genervt eine Hand an die Stirn und schüttelt den Kopf.

»Männer«, murmelt sie, gefolgt von einem »Was für ein Trottel. Ignorier seine Possen einfach, Alma.«

Ich versuche zu lächeln, doch es fällt mir schwer. Vorsichtig, als hätte sie Angst mich zu verschrecken, legt sich Mels Hand erneut auf meinen Rücken.

»Komm, lass uns reingehen. Ich bin mir sicher, das war auch für dich genug Aufregung heute.«

Damit hat sie eindeutig recht. Still folge ich ihr in den Aufzug, lasse mir ihre und Charons Handynummern diktieren und verspreche, ihr eine Nachricht zu schicken. Erst als wir uns vor meiner Tür voneinander verabschieden, kehrt etwas Gefühl in meinen Körper zurück.

In meinem Zimmer sinke ich vor dem Bett auf den Boden und lege erschöpft den Kopf auf meine Matratze. Meine Finger tasten nach meinem Telefon, das noch immer verwaist auf dem Boden liegt. Am liebsten würde ich mich einfach nur unter meine Decke verkriechen, die Augen schließen und darauf hoffen, dass, wenn ich sie wieder öffne, alles nur ein irrer Fiebertraum war.

Die Vibration einer eingehenden Nachricht lässt mich schließlich das Smartphone finden, ohne dass ich den Kopf heben muss. Schwerfällig befördere ich es auf die Matratze und blinzle gegen das helle Licht des Bildschirms. Fünfzehn verpasste Anrufe und unzählige Nachrichten von Bram. Erschrocken richte ich mich auf. *Bram! Den hab ich total vergessen!*

Meine Finger zittern, während ich ihm eine kurze Entwarnung schicke. Selbst im Textformat kann ich seine sich steigernde Sorge klar erkennen. Keine fünf Sekunden später ruft er auch schon an, lässt sich von mir eine fadenscheinige Ich-war-krank-Ausrede erzählen und ringt mir das Versprechen ab, mich die kommende Woche zu schonen. Ich seufze auf und spüre die Tränen in mir aufsteigen.

»Was ist los?«, fragt er mitfühlend, ehe er hinzufügt: »Immer noch krank? Vielleicht war das Erbe zu viel für dich.«

»Ich glaube, ich bin eine Hexe«, murmle ich und halte die Luft an. Kurz folgt Stille, dann höre ich Bram prusten.

»*Schmonzes,* du bist doch keine Hexe, Schwesterherz. Ein wenig anders vielleicht, aber das war's auch schon.«

Enttäuscht atme ich aus und akzeptiere seinen Aufmunterungsversuch. Ich hasse es, Geheimnisse vor Bram zu haben, doch die Wahrheit versuche ich ihm wohl vorerst nicht beizubringen.

8

Während ich am Sonntag das Gefühl hatte, dass der Tag ewig dauert, zieht die Woche geradezu an mir vorbei. Ich treffe nur einmal auf Grace, die noch blasser als ich scheint, kränklich-schwach, und etwas von einer Grippe murmelt, die sie erwischt hat. Die Vorlesungen kommen und gehen, doch ich kriege kaum etwas von ihnen mit. So sehr ich auch versuche, mich auf sie zu konzentrieren, immer wieder schwindet meine Aufmerksamkeit, immer wieder landet mein Fokus beim vergangenen Wochenende. Noch immer kommt es mir unglaublich vor.

Magie ist real. Es gibt Fabelwesen, es gibt Monster. Es gibt Dämonen.

Ich bin eine Hexe.

Ich google mehrmals nach Hexen, nach Dämonenbeschwörung, doch nichts von dem, was ich finde, erinnert mich nur im Entferntesten an die vergangenen Tage. Hexen beschwören Dämonen durch Dämonenkreise, durch Ritualmagie, durch zeremonielle Altare – nicht durch seltsame Sprüche, die sie in einer Bibliothek murmeln. Würden Charon und Melinoë nicht stetig an meiner Seite sein, teils abwechselnd, teils auch gemeinsam, so würde ich wohl an meinem Verstand zweifeln. Mit ihnen ist es mir jedoch unmöglich, die Existenz des Übernatürlichen zu leugnen. Nur in meinen Vorlesungen bin ich ohne sie. Oder in meinem Zimmer. Es ist ein seltsames Gefühl, nicht mehr allein über den Campus zu laufen, nicht mehr mit dem Hintergrund zu verschmelzen wie ein Statist in einem Film. Ungewohnt. Ob ich es gut oder schlecht finde, weiß ich jedoch noch nicht. Wäre es nur Melinoë, könnte ich sicher besser damit umgehen, doch Charon …

Mir graut es bereits davor, die Vorlesung zu verlassen und seinen stechenden Blick auf mir zu spüren. Er hält Abstand zu mir, als würde er mich beschatten, und manchmal vergesse ich sogar für einen Moment, dass er da ist. Doch dann rieselt wieder dieses Gefühl meinen Rücken hinab und ich weiß, dass ich nicht allein bin. Weiß, dass er in diesem Moment mich und nicht die Umwelt beobachtet, weiß auch ohne ihn anzusehen, dass er die Augenbrauen zusammenzieht.

Erst als die Tasche eines Kommilitonen gegen die Lehne meines Stuhls stößt, schrecke ich aus meinen Gedanken auf. Die Vorlesung ist zu Ende, der Dozent hat bereits seine Sachen zusammengepackt. Verzweifelt starre ich auf den Block, auf dem ich normalerweise mitschreibe, der mich heute jedoch voller Leere angähnt. Nicht ein Wort habe ich notiert. Verdammt.

Hastig fange ich an, meine Sachen in meine Tasche zu stopfen, doch es ändert nichts daran, dass ich eine der Letzten bin, die den Saal verlässt. *Eine der Ersten, die kommt, und eine der Letzten, die geht. Es hat sich nichts geändert seit der Highschool.* Ich beiße die Zähne fester zusammen und vertreibe den Gedanken mit aller Macht. Seitdem ich aus dem Zimmer mit Elle ins Manzanita Square gezogen bin, kommen immer häufiger die Erinnerungen in mir auf, seit Samstag allerdings fühle ich mich ständig in den Mikrokosmos meiner Highschool zurückversetzt. Dabei möchte ich diese Zeit am liebsten für immer vergessen …

Doch das ist unmöglich. Es gibt Dinge, die vergisst man einfach nicht, so gerne man das auch möchte. Erst recht nicht dann, wenn man einen Raum verlässt und direkt in ein mürrisches Gesicht schaut, das einen von der anderen Seite des Flurs anstarrt. Charons Blick scheint mir noch durchdringender als vor der Vorlesung, dunkle Augen, die sich in meine Seele bohren und mir das Gefühl geben, dass ich allein in diesen Hallen und Gängen bin. Isoliert von allen anderen, als hätte ich nie dazugehört und würde auch niemals die Chance dazu haben. Mein Griff um den Trageriemen meiner Tasche wird schmerzhaft fest. Ich will mich nicht so fühlen. Ich will das alles nicht.

Als Charons Silhouette sich von der Wand gegenüber abschält und in festen Schritten auf mich zukommt, beiße ich die Zähne fester zusammen. Normalerweise spricht er mich nicht an. Normalerweise hält er Abstand. Was ist heute anders?

»Wir müssen reden.«

Drei Worte, die mir fast den Boden unter den Füßen wegreißen. Habe ich etwas falsch gemacht? Mein Blick muss die Panik in meinem Inneren ausdrücken, denn Charon rollt genervt mit den Augen und bedeutet mir dann, ihm zu folgen. Der Weg aus dem ersten Stock nach draußen kam mir noch nie so lang vor wie heute und ich schaffe es nicht, meine Finger davon abzuhalten, unruhig am Saum meines Pullovers zu nesteln. Charon hingegen bleibt still, bis wir endlich die Fakultät verlassen haben und auf dem kleinen Platz vor dem Fine Arts Gebäude stehen. Studenten füllen die Betonbänke, die überall verteilt stehen, und ein paar kleine Gruppen fläzen sich auf den Rasenflächen. Ihre Gespräche sind zu leise, als dass ich sie verstehen könnte, doch gemeinsam ergeben sie ein Hintergrundmurmeln, das es einem erschwert, jemand Bestimmtes zu belauschen.

Abwartend schaue ich zu Charon, der seinen Blick jedoch über die Studenten schweifen lässt. Dann erst tritt er einen Schritt näher an mich heran und fängt meinen Blick auf. Ich sehe ihm an, dass er nach Worten sucht, ohne sie zu finden, sehe, wie seine Augenbrauen sich noch ein Stückchen weiter zusammenziehen, und wie sein Blick härter wird. Ich muss etwas Dummes gemacht haben, das ist die einzige Erklärung, die mir einfällt. Irgendwas, das mir nicht aufgefallen ist, aber trotzdem so falsch war, dass er mir jetzt eine Standpauke halten muss.

»Ich …«, setze ich bereits an, um mich zu entschuldigen, als er endlich etwas von sich gibt.

»Hör zu, es gab einen Angriff. Du wirst es heute Abend sowieso in den Nachrichten erfahren, aber Dak fand es besser, dir sofort Bescheid zu geben.«

Ich erstarre mitten im Satz. Spüre, dass meine Augen größer werden, als wollten sie aus meinem Gesicht kugeln. Ein Angriff?

»Ein paar Obscura haben in SoMa 'ne Gruppe Touristen angegriffen. Sieht übel aus, und Styx ist sich ziemlich sicher, dass es indirekt mit dir zu tun haben muss.« Kurz unterbricht er den Blickkontakt, schaut sich um und umgreift dann fest meinen Oberarm. »Wir sollten weitergehen.«

Ohne auf Widerworte zu warten, zieht er mich weiter. Ich traue mich nicht, einen Blick über die Schulter zu werfen, stolpere mehr, als dass ich einen Fuß grade vor den anderen setze. Würde Charons Griff mich nicht stabilisieren, würde ich wahrscheinlich auf die Nase fallen.

Ein weiterer Angriff. Mehrere Obscura. Die Worte schwirren in meinem Kopf umher, vermischen sich mit Gesprächsfetzen vom vergangenen Sonntag, dass Angriffe durch Obscura *selten* sein sollen. Was hat Mel gesagt? In den vergangenen Jahren nur ein paarmal? Panik flammt in meinem Bauch auf, lässt mich die Zähne fester zusammenbeißen. Charon schaut mich nicht an, zieht mich nur unermüdlich weiter, bis wir auf dem Malcolm X Plaza der Uni stehen bleiben. Dann erst dreht er sich wieder zu mir, die Augen dunkel und kühl wie ein morgendlicher Regenschauer im Dezember.

»Wag es nicht, irgendetwas im Alleingang zu machen. Denk nicht einmal daran.« Sein Blick nagelt mich an Ort und Stelle fest. »Sobald du auch nur darüber nachdenkst, euer Apartment zu verlassen, will ich Bescheid wissen, verstanden?«

Ich nicke. So wenig mir der Tonfall gefällt, in dem er es sagt, so wenig habe ich Lust, noch einmal das Opfer eines Angriffs zu werden. Angst schnürt mir die Kehle zu, doch sie lähmt nicht meine Gedanken, die wild durch die Erinnerungen der letzten Woche springen. Charon war immer an meiner Seite, wenn ich das Wohnheim verlassen habe. Waren die Obscura es auch?

Mein Blick wandert über die Menschen, die im Quad, dem Uni-Park, das milde Wetter dieses Herbstes genießen. Einige tragen Sonnenbrillen, hinter denen man problemlos die schwarzen Augen verbergen könnte ... oder?

»Denk nicht drüber nach«, reißt mich Charons Stimme von ihnen los. Anscheinend ist er jetzt unter die Gedankenleser gegangen. »Das macht dich nur paranoid.«

Es könnte beinahe nett klingen, besorgt sogar, doch das tut es nicht. Bohrt sich mit sämtlicher Kälte in mein Herz. Ich schaue ihn an, versuche so genervt auszusehen, wie er sich anhört, doch falls es klappt, lässt er sich nichts anmerken. Stattdessen starrt er ausdruckslos zurück, so lange, bis ich nicht mehr standhalten kann.

»Gut. Willst du noch irgendwohin?« Er verschränkt die Arme vor der Brust, als wäre es durch den ablehnenden Tonfall nicht deutlich genug, dass er nicht aus Höflichkeit fragt. »Ich hab noch 'ne Menge zu tun, also wenn ich dich zurück ins Wohnheim bringen kann …«

»Nein, noch nicht«, unterbreche ich ihn. Seine Art geht mir auf die Nerven, zu sehr, als dass ich ihm den Gefallen tun werde. Ich spiegele seine verschränkten Arme und verlagere das Gewicht auf eine Seite. »Ich will in die Innenstadt.«

Im Augenwinkel kann ich wahrnehmen, wie ihm die Gesichtszüge entgleisen. »Ist das dein Ernst? Shoppen?«

»Nein«, gebe ich unwirsch zurück und blicke ihn mit aller Kraft direkt an. »Aber gut zu wissen, dass du Sexist bist.«

Das hat gesessen. Zum ersten Mal, seit ich ihn kenne, sehe ich seine Augenbrauen überrascht hochspringen, bevor er seine Arschloch-Attitüde wiederfindet und wegschaut.

»Was dann?«

Natürlich entschuldigt er sich nicht. Mistkerl. Doch so gerne ich ihm schnippisch antworten würde, dass er das schon noch sehen wird, wenn wir da sind, traue ich mich doch nicht. Meine Selbstsicherheit ist fürs Erste aufgebraucht.

»Zu Giselas Wohnung«, antworte ich stattdessen. Leise, damit er nicht merkt, wie meine Stimme dabei zu brechen droht. Obwohl es heute Abend eine Woche her sein wird, dass ich den Brief von Mister Bennett geöffnet habe, fühlt es sich nicht weniger unwirklich an, dass meine Großtante ihre Wohnung an mich vererbt hat. Dass sie dadurch zu *meiner* Wohnung wird, verdränge ich lieber.

»Das Buch holen?«

Das Buch. Eine schöne Umschreibung für ein Grimoire, das womöglich voller gefährlicher Zaubersprüche ist. Und in dem noch dazu mein Name steht. Ugh.

Erst als er mich fragend anschaut, wird mir bewusst, dass ich ihm nicht geantwortet habe. »*Oy veh.* Ja, das Buch holen. Wenn diese Attacke wirklich damit zu tun hat … dann sollte ich das nicht zu lange aufschieben.«

»Gut«, sagt er langsam und schiebt den Ärmel seines Mantels hoch, um auf seine Uhr zu schauen. Erst jetzt fällt mir der leichte Trenchcoat auf, der seine schlanke Silhouette noch fließender wirken lässt. »Wenn wir uns beeilen, kann ich heute Abend noch lernen. Erst zum Manzanita?«

Ich nicke und lasse meinen Blick ein letztes Mal über die Leute im Quad huschen. *Angriffe durch Obscura sind selten,* versuche ich mir selbst zu sagen. *Obscura chillen nicht in Parks.* Aber so ganz werde ich das ungute Gefühl trotzdem nicht los.

Den Weg nach Downtown verbringen wir schweigend. Erst als wir für das letzte Stück des Weges in eine Straßenbahn steigen, bricht Charon die Stille zwischen uns.

»Wenn's noch viel weiter ist, dann kann ich das Lernen knicken«, knurrt er, als wäre es meine Schuld. »Hat deine Tante am Hafen gewohnt, oder was?«

»Wir sind fast da.« Ich verkneife mir die Frage danach, was er so verzweifelt lernen möchte. Am Ende glaubt er noch, dass ich mich für ihn interessiere. Sein Blick richtet sich zum Glück auf die Häuser, die an uns vorbeiziehen. Ohne es wirklich zu wollen, fange ich an, ihn zu betrachten. Keine spitzen Ohren, die unter den dunklen Haaren hervorragen. Die Konturen gerade, wie gemeißelt, doch nicht so scharfkantig wie sie im Verbindungshaus waren. Mittlerweile fühlt sich der Sonntag nur noch mehr nach einem Fiebertraum an, und Charons *normales* Gesicht zu sehen macht das nicht besser.

Erst als mich sein düsterer Blick trifft, merke ich, dass ich ihn anstarre. Und so unangenehm mir das auch ist, so wenig schaffe ich es, mich loszureißen. Dass er kein Mensch sein soll, liegt mir zu schwer im Magen. So wie er dasitzt, die Arme verschränkt, in sich zusammengesackt, sieht er aus wie ein ganz normaler Teenager oder junger Erwachsener. Während seine Lippen sich teilen, fällt mein Augenmerk auf seine Zähne. Normale Zähne, keine Fänge, keine perlweißen Veneers.

Als er schließlich die Hand hebt und sie vor meinem Gesicht ein paarmal schnipsen lässt, schaffe ich es endlich, mich loszureißen.

»Wo müssen wir raus?«, fragt Charon betont langsam und deutlich. In seinen typisch genervten Gesichtsausdruck mischt sich noch etwas anderes, das mir auf der Zungenspitze liegt und doch nicht einfällt. Ich werfe einen

Blick aus der Bahn und ziehe die Augenbrauen zusammen, als mir bewusst-wird, dass wir fast da sind. Wie lange war ich festgefroren?

»Jetzt.« Noch während die Bahn langsamer wird, stehe ich auf und springe ab, sobald sie langsam genug ist. Hinter mir höre ich Charon fluchen, und ich bin mir sicher, der Fahrer der Bahn schimpft ebenfalls, doch der Absprung hilft, meinen Kopf klarer zu bekommen. Es ist egal, ob er ein Mensch ist oder nicht. Ob *ich* ein Mensch bin oder nicht. Wichtig ist jetzt nur, das Grimoire für Dakila zu besorgen.

Ich gehe langsam, bis Charon zu mir aufgeschlossen hat. Seine wütende Frage, was das sollte, ignoriere ich jedoch. Nicht nur, weil ich die Antwort darauf selbst nicht kenne. Es ist auch sein Verhalten, das mich stört, die abweisende Art, der finstere Blick. Dass er genervt ist von der Aufgabe, schön und gut, aber kann ich denn was dafür?

Erst im Fahrstuhl von Großtante Giselas Apartmentkomplex richte ich das Wort wieder an ihn.

»Ich hab mir die Wohnung nur kurz angeschaut, als ich das letzte Mal da war.« Ich meide den Blick in einen der Spiegel und starre stattdessen auf die Fahrstuhltüren. »Wie lange hast du Zeit?«

»Wenn du so fragst, gar keine.« Er ächzt und schweigt, bis wir endlich auf der Etage der Wohnung ankommen. »Aber ich kann dich nicht allein lassen, erst recht nicht mit dem Grimoire.«

Fragend ziehe ich eine Augenbraue hoch und leite den Weg zum Apartment. Meint er damit, dass es ihm egal ist, wie lange wir bleiben? Dass es meine Entscheidung ist, da er sowieso auf mich aufpassen muss? Es soll mir anscheinend ein Rätsel bleiben, denn er schweigt weiterhin, statt mir einen Hinweis zu geben.

Das Geräusch des einrastenden Schlüssels klingt laut durch die Stille. Das letzte Mal, als ich durch diese Tür getreten bin, stand ich unter Adrenalin. Dieses Mal jedoch fühle ich mich seltsam ruhig und geerdet, und ich halte Charon sogar noch die Tür auf, bevor ich sie leise hinter ihm schließe. Als wäre mit dem Eintritt in Großtante Giselas Wohnung sämtlicher Ärger von mir abgefallen.

»Heilige Scheiße, das ist mal ein Protzbau.« Charon stemmt die Hände in die Seiten und lässt den Blick durch den Flur ins Wohnzimmer gleiten. »Und die hast du geerbt?«

»Ja«, gebe ich mechanisch zurück. Obwohl ich erst einmal hier war, fühlt sich der Flur vertraut an. Ich streife meinen Mantel ab und hänge ihn an die Garderobe. War die beim letzten Besuch auch schon dort?

»Heilige Scheiße«, wiederholt Charon, dieses Mal leiser. Dann dreht er sich zu mir um. »Kann ich mich umschauen?«

Ich weiß nicht, kannst du? Die Antwort schießt mir sofort in den Kopf, doch ich verkneife sie mir und mache stattdessen eine ausladende Bewegung. »Tu dir keinen Zwang an. Solange hole ich das Grimoire.«

Er nickt knapp und verschwindet dann in Richtung Wohnzimmer und Küche, während ich die Bibliothek betrete. Noch immer ruht das Grimoire an seinem Platz, genau dort, wo ich es zurückgelassen habe. *Natürlich, du Schmegeggi.* Wo sollte es auch sonst sein? Ich verdrehe über mich selbst die Augen, doch nähere mich trotzdem so vorsichtig, als würde das Buch jeden Moment aufspringen und mich anfallen. Die abnorme Anziehungskraft, die ich bei meinem ersten Besuch gespürt habe, ist nicht zurückgekehrt. Keine Aufregung, die durch meine Glieder fährt, und keine Spannung, die die abgestandene Luft elektrisiert. Ich stehe in einem ganz normalen Lesezimmer – einer Hexe, ja, doch darauf stößt man erst beim zweiten Blick.

Seufzend lege ich die letzten Schritte zurück und nehme das Buch von seinem angestammten Platz. Natürlich musste die Erbschaft mit einem Haken kommen. Ich presse das Buch an meine Brust, hart und kühl und schwer ruht es in meinem Arm, während ich mit den Fingerspitzen über die schwarzen Kristalle streiche, die den Rest des Regalbretts bevölkern. Ob sie einen speziellen Nutzen haben? Und überhaupt, wie funktioniert Magie?

Die Frage lässt mich nachdenken. Bisher hatte ich das Thema gut von mir weggeschoben, doch nun, mit einem Hexenbuch ausgestattet, lasse ich meinen Gedanken freien Lauf. Die Luft ist stickig und so gehe ich zum Fenster und öffne es, bevor ich mich in einem der Lesesessel niederlasse und die Beine an meinen Körper ziehe, das Buch zwischen Oberschenkel und Torso, als würde ich es beschützen wollen.

»Alles okay?« Beim Klang von Charons Stimme zucke ich zusammen. Er steht in der Tür des Lesezimmers, lehnt mit der Schulter am Rahmen, die Arme wie immer verschränkt. Doch sein Gesichtsausdruck ist anders, und auch das Timbre seiner Stimme. Sanfter, nicht so bitter.

»Wenn du bleiben möchtest, dann bleiben wir noch. Wenn ich meine Klausur deinetwegen verhaue, dann ist es halt so.«

»Mhm«, gebe ich zurück. Ob er als Fae auch Magie wirken kann? Abgesehen von seinem Aussehen, das sich im Verbindungshaus verändert hat, habe ich davon noch nichts gesehen. Aber wie frage ich am besten danach?

»Das war ein Witz, Alma«, knurrt er. »Du darfst lächeln, wenn du möchtest.«

»Kannst du zaubern?«

»... Was?«

Entgeistert starrt er mich an und ich glaube, ich starre genauso entgeistert zurück. *Kannst du zaubern?* Wie blöd bin ich eigentlich?! Ich blicke auf das Buch vor meiner Brust und dann wieder zu ihm. Immerhin ist Charon wegen meiner dummen Frage genauso sprachlos wie ich. Mein Mund ist trocken und ich versuche ein paarmal zu schlucken, bevor ich ihn wieder anschaue.

»Du kannst dein Aussehen ändern«, setze ich an. »Aber du sollst mich beschützen, und das wirst du wohl kaum durch dein Äußeres tun. Also ... wie kämpft man gegen Obscura? Karate, Magie?«

Widerwillig wiegt Charon seinen Kopf hin und her, als würde er still mit sich debattieren, dann jedoch löst er sich vom Türrahmen und kommt auf mich zu, die Hand mit der Handfläche nach oben ausgestreckt.

»Ich würde es nicht zaubern nennen.«

Fasziniert beobachte ich, wie sich in seiner Hand eine Masse zu sammeln beginnt, die ich erst nach ein paar Sekunden als herumwirbelnden Schnee erkenne, je höher sich der Mikro-Blizzard in der Luft empor schraubt. Als er schließlich die Hand zur Faust ballt, hört der Luftstrom abrupt auf. Das letzte bisschen Energie lässt die Partikel in der Luft zerstäuben und schließlich als feine, weiße Flocken hinabrieseln, die jedoch in der Wärme der Luft schmelzen, bevor sie den Boden erreichen.

»Kampfkunst bringt dir nur bedingt etwas gegen körperlose Mächte«, fährt Charon fort und lässt sich vor meinem Sessel auf dem Boden nieder. »Auch wenn Obscura zum Beispiel Menschen besetzen, sind sie nicht der Körper, der dich angreift. Darum ist es wichtig, dass man schon früh lernt, die eigenen Kräfte zu kontrollieren und zu leiten.«

Mir fallen wieder seine spitzen Ohren auf und ich frage mich, wann er seine Tarnung aufgegeben hat. Es ist so ein feiner Unterschied, doch sobald ich ihn bemerke, kann ich es nicht mehr ungesehen machen. Nur seine Augen bleiben gleich, haben den intensiven Ausdruck, mit dem er mich immer anstarrt.

Er streicht seine Handflächen übereinander und als er sie trennt, glüht etwas zwischen ihnen. Ich spüre keine Hitze, doch das Bitzeln auf meiner Haut kommt mir dennoch so bekannt vor wie das Gefühl von Sonnenlicht. Als würde ich es kennen, in- und auswendig, obwohl ich es doch nie gespürt habe – oder?

»Jede Spezies nutzt diesen Energiestrom anders, und auch die Menschen kennen ihn und nennen ihn in ihren Schriften. Ob man ihn jetzt als Qi, als Äther oder als Kraft der Gedanken bezeichnen möchte. In Melinoë fließt dieselbe Kraft wie in mir und in dir. Aber unsere Form, wie wir diese Energie nutzen, ist unterschiedlich.«

»Und Großtante Gisela hat diese Kraft ebenfalls genutzt.« Es ist eine Feststellung, keine Frage. Ich spüre das Verlangen, die Finger nach seiner Hand auszustrecken, will mehr von diesem Kitzeln spüren, doch ich verharre. Nach und nach ebbt die Energie ab, die seine Hände ausstrahlen, dann lässt er sie sinken und schaut mich zweifelnd an.

»Ich weiß es nicht. Bis du aufgetaucht bist, hatte ich nie von deiner Tante gehört. Scheiße, ich hab selbst Harriet bisher nur aus der Ferne gesehen. Die Hexen sind … anders.«

Fragend blicke ich auf ihn herab. Mein Herz schlägt verzweifelt gegen meine Brust, laut und kräftig, als wolle es ausbrechen und Giselas Buch berühren. Ich presse es instinktiv noch fester gegen mich, mag den Klang seiner Stimme nicht, wenn er von Hexen spricht. Von … meinesgleichen?

»Keine Energieform gleicht der anderen. In deinen Worten gesprochen, wir zaubern alle unterschiedlich. Und wie Hexen ihre Energie nutzen, das ist mir völlig fremd.« Er hält inne und sein Blick verschiebt sich nach rechts, wird unbestimmt. »Ich bin kein guter Lehrer, ich kann dir nur erklären, wie es für mich ist. Und für mich gehört es zu meinem Leben wie jede andere Fähigkeit meines Körpers. Ich muss nicht angestrengt daran denken, einen Blizzard entstehen zu lassen. Wenn ich es möchte, dann passiert es, so wie du nicht den bewussten Befehl gibst, das Buch festzuhalten, sondern es einfach machst.«

Sein Blick fällt auf das Buch, ehe er mir wieder ins Gesicht schaut. »Ich hätte mir ein Hexenbuch irgendwie anders vorgestellt.«

»Ja?«, frage ich und lasse zögerlich die Beine von dem Sessel gleiten, um das Buch auf meinen Knien abzulegen. Geistesabwesend streichen meine Finger über den ledernen Einband. »Wie denn?«

»Keine Ahnung. Vielleicht wie das Nekronomikron?« Er zuckt mit den Schultern und streckt dann eine Hand nach dem Grimoire aus.

Alles in mir verkrampft sich, will nicht, dass er auch nur einen Finger auf mein Buch legt. Giselas Buch. *Verdammt.* Ich beiße die Zähne fest zusammen und beobachte, wie Charon den Einband anstupst und dann das Gesicht verzieht.

»Was ist das Nekronomikron?«

»Egal«, murmelt er und lehnt sich dann zurück. »Und du hast 'nen Spruch aus dem Buch gesprochen?«

Jetzt zucke ich mit den Schultern. »Weiß nicht, glaube schon.«

»Wie, du weißt es nicht? Plötzliche Amnesie, oder was?« Auch ohne seinen zweifelnden Gesichtsausdruck höre ich seiner Stimme direkt an, dass er genervt ist.

»Ganz ehrlich? Ich erinnere mich nicht mehr gut daran, nein. Es war wirklich eine Menge, was an dem Tag passiert ist. Der Notar, danach die Wohnung. Und dann war da dieses Buch ...«

Meine Haut glüht förmlich unter seinem Blick, doch ich versuche, mir den Samstag wieder ins Gedächtnis zu rufen. Gehe mental noch einmal den Weg von Bennetts Büro zur Wohnung, erkunde die Zimmer. Das

Telefonat mit Bram. *Gott, Bram … Ich wünschte, er wäre hier, wünschte, ich könnte mit ihm sprechen.*

»Und dann?«, ruft Charon mich zurück in die Gegenwart. Kühl, distanziert. War er das eben auch schon?

»Es hat mich fasziniert. Ich bin nähergetreten und habe es mir angeschaut, habe es geöffnet. Die Seiten durchgeblättert.« Erinnerungen branden vor meinem inneren Auge auf, zerschellen jedoch an meinem Bewusstsein, bevor ich sie ganz greifen kann. »Ich habe etwas ausgesprochen, glaube ich. Aber wieso?«

Wieso? Die Frage stößt in meinem Inneren auf verschlossene Türen. Es ist, als wäre die Erinnerung in dicke, schwarze Finsternis gewoben, die ich nicht durchdringen kann. Wieso kann ich mich nicht erinnern?

»Hast du mal drüber nachgedacht, dass deine Tante dir gar nicht die Wohnung vermacht hat, sondern stattdessen dieses Buch?«

»Ich – nein.« Mit großen Augen starre ich erst Charon und dann das Buch an.

»Bist du blöd?« Er versucht, ein abstoßendes Auflachen zu unterdrücken, klingt dadurch aber eher, als würde er ersticken. Dabei bin ich es, die das Gefühl hat, keine Luft zu bekommen. Als hätte ich einen Schlag gegen den Kehlkopf abgekriegt.

»Scheiße, Mann, fang jetzt nicht schon wieder an zu heulen«, flucht Charon. Erst da bemerke ich die Tränen, die auf meinem Wimpernkranz thronen. Schon wieder. Wieso muss ich auch immer heulen?

»Entschuldige mich«, bringe ich brüchig hervor und stehe in einer überraschend flüssig wirkenden Bewegung auf. Ich muss aus diesem Zimmer, muss weg von diesem Arsch.

»Ich meinte es nicht so!«, ruft er mir hinterher, doch seine Stimme klingt zu genervt, als dass ich's ihm abkaufe.

Wieder presse ich das Grimoire an meine Brust, und auch als ich im Wohnzimmer stehe, lege ich es nicht weg. Es fühlt sich falsch an, es aus der Hand zu geben. Ich blinzle die Tränen weg und lasse meinen Blick durch den Wohnbereich wandern. Neben dem Kamin, den in San Francisco wohl niemand braucht, ist ein weiteres Bücherregal in einem Alkoven eingebaut, doch hier steht neben ein paar alt wirkenden Büchern vor allem Dekor. Ich trete näher und betrachte ein paar eingerahmte Fotos, die allesamt Menschen zeigen, die ich nicht kenne.

Nein, halt, das stimmt nicht. Auf einem der Fotos erkenne ich Mister Bennett in einem Hawaiihemd. Und neben ihm … Großtante Gisela. Mit dem Foto fällt mir ihr Gesicht sofort wieder ein, wie sie lächelt, wie sie die Augen verdreht. Ich höre sie förmlich ein *Oy veh* seufzen. Erinnerungen aus meiner Kindheit, die ich längst verloren geglaubt hätte. Ich schaue mir die anderen Fotos intensiver an, durchforste sie nach Hinweisen. Gisela ist auf allen zu sehen, unverändert. Der schneeweiße Bobschnitt ist akkurat geschnitten, die schwarze Brille mit dem dicken Gestell sticht dagegen hervor. Genau so sah sie in meiner Kindheit aus. Hat sie sich in all den Jahren nicht verändert oder sind das hier Fotos, die so alt sind wie ich?

Auf manchen scheint sie mit einer Gruppe unterwegs zu sein, einige Fotos sind jedoch Selfies bei Sehenswürdigkeiten, sowohl aus der Bay Area als auch mir unbekannte. Lediglich den Eifelturm erkenne ich, glaube ich – aber ganz sicher bin ich mir nicht. Mit den Fotos wirkt es noch surrealer, dass meine Tante nun tot sein soll. Und doch kann ich nicht anders als mich zu fragen … wer war Großtante Gisela wirklich? Was für ein Leben hat sie geführt? Womit hat sie ihr Geld verdient, dass sie sich so eine Wohnung leisten konnte?

Und … was für eine Hexe war sie? Beklommen schlucke ich den Kloß in meinem Hals herunter und schaue auf das Grimoire hinab. Eine leise Stimme in mir wispert, dass ich es öffnen soll, drängt mich geradezu, mich hinzusetzen und einen weiteren Blick in das Buch zu riskieren. Immerhin werde ich es morgen an den Protos aushändigen, oder?

Bei dem Gedanken wird mir schlecht. Vor Nervosität, weil mir eine Aufnahmezeremonie bevorsteht, aber irgendwie auch vor … Wut. Ich versuche das Gefühl zu ergründen, versuche zu verstehen, wieso mich der Gedanke wütend macht, das Grimoire wegzugeben, doch ich finde nichts. Nur die Ablehnung. Ich will es nicht weggeben, es ist doch meines. Vielleicht hat Charon ja recht, das Aas. Vielleicht hat Großtante Gisela mir dieses Buch vererbt und die Wohnung war nur ein Vorwand. Ein ziemlich luxuriöser Vorwand, zugegeben. Aber ist das Buch nicht vielleicht so viel mehr wert?

Ich zögere noch einen Moment lang, ehe die Neugier schließlich doch siegt und ich mich mit dem Buch auf dem Sofa niederlasse, das drei Erkerfenstern gegenübersteht. San Francisco leuchtet draußen förmlich, sowohl die hellen Fassaden der Häuser gegenüber als auch der strahlend blaue Himmel. Das Buch hingegen ist ein dunkler Fleck in Giselas hellem Wohnzimmer. Ich streiche die Kante des Buchdeckels entlang und atme tief ein. Dieses Mal passe ich auf, dass ich nichts ausspreche. Dann kann gar nichts passieren, oder?

Ein letzter nervöser Blick in den Flur, ob Charon vielleicht dort steht und mich beobachtet, dann öffne ich den Buchdeckel. Da ist es wieder, dieses Kribbeln des Adrenalins, das durch meinen Körper rauscht. Ich blättere das Aquarell weg und betrachte die Sigille auf der Rückseite, streiche über die griechischen Buchstaben und nehme mir fest vor, ihre Bedeutung herauszufinden. Die Worte sehen für mich wie *navta pei* aus, doch mir ist bewusst, dass sich die griechischen Buchstaben nicht wie unsere lateinischen lesen lassen. Irgendwo in meinem Kopf läutet ein Glöckchen, das allerdings übertönt wird von einem schwachen Echo des Gefühls von letztem Samstag, als ich das Grimoire das erste Mal öffnete.

Plötzlich bin ich mir sicher, dass dieses Buch in meiner Hand mächtiger ist, als ich es mir vorstellen kann. Die Schriften in ihm sind zahlreich, das habe ich bereits festgestellt, und wenn jede Seite einen oder mehrere Zauber enthält …

Mein Herz schlägt wie wild, als ich endlich umblättere und die erste Seite genauer inspiziere. Die Buchstaben beginnen vor meinen Augen zu verschwimmen, werden zu Schriftzeichen, die ich nicht kenne und doch verstehe; sie werden zu Worten, die meine Lippen nachsprechen wollen, ohne ihre Bedeutung zu kennen, und doch fühlen sie sich richtig an, heimisch irgendwie, als würden sie zu mir gehören, zu meinem Körper, meinem Blut. Ich beiße die Zähne fester zusammen, sauge die Zunge fest an meinen Gaumen. Kämpfe mit aller Macht dagegen an, auch nur einen Ton über meine Lippen kommen zu lassen.

Die Schrift brennt sich in mein Gedächtnis, dunkel und wispernd, doch darunter spüre ich, dass sie wild ist, ungezähmt. Sie kleidet sich in ein Mysterium, das niemand verstehen soll, und doch sehe ich hindurch. Wimmere, während sich Zeichen um Zeichen in mein Inneres ritzt. Meine rechte Hand blättert ohne mein Zutun durch die Seiten und ich überfliege fieberhaft Satz um Satz. Panik breitet sich in mir aus, als endlich, endlich in meinem Kopf ankommt, was ich gerade tue. Sie ist ein dumpfes Pochen in dem irren Kitzeln von Macht, das durch das Grimoire pulsiert. Gemeinsam erzeugen sie eine Kakophonie des Schmerzes, der gegen meine Schläfen trommelt und durch die sich windenden Schriften des Buches nur noch schlimmer gemacht wird.

Letztes Mal war das doch nicht so, schießt es mir siedend heiß durch den Kopf. Jeder Gedanke tut weh, jede Ablenkung von dem Buch schmerzt in meinem Kopf, meiner Brust, meiner Seele. Ich kann mein Umfeld nicht mehr wahrnehmen, sehe lediglich Giselas hektische Schrift, höre die fremdartigen Worte in den Schatten flüstern. Das Dunkle fühlt sich vertraut an, als wäre ich nie ein Kind des Lichts gewesen. Eiskalte Tränen rinnen meine Wangen hinab.

Ich will, dass es aufhört, bitte, bitte. Keine Ahnung, wen ich anbettele, mich selbst, das Buch? Doch es scheint zu klappen. Langsam, beinahe vorsichtig, scheint mein eigenes Bewusstsein wieder die Kontrolle über meinen Körper zu erlangen. Meine Hand zittert wie verrückt, doch ich zwinge sie dazu, das Buch zu schließen. Atme bebend aus, als der Deckel endlich wieder auf den verfluchten Seiten ruht und das Flüstern abrupt endet.

»Scheiße, es tut mir leid, okay?«

Mir entfährt ein peinliches Kreischen, als Charons Stimme vom Flur erklingt, und der Satz vom Sofa macht es auch nicht besser. Mit einem leisen *klonk* landet das Buch auf dem Boden, doch weder Charon noch ich widmen ihm einen Blick.

»Was geht denn bei dir?«, fragt er verwirrt und bleibt im Durchgang stehen. Sein Blick mustert mich von oben bis unten, ehe er auf das Grimoire fällt.

»Alles gut«, lüge ich, auch wenn dem offensichtlich nicht so ist. »Du hast mich erschreckt, das ist alles.«

»Und wieso hast du geheult wie ein Schlosshund?« Seine Augenbrauen sind zweifelnd zusammengezogen. »Wenn es meinetwegen war, dann …«

»Nein.« Das Wort ist so schnell meiner Kehle entkommen, dass nicht nur Charon davon überrascht ist.

»… sondern?«

Ich schlucke. Will ich ihm verraten, was ich getan habe? Je mehr ich darüber nachdenke, umso verbotener fühlt es sich an, und ich weiß nicht, ob ich es ertrage, jetzt auch noch von Charon runtergeputzt zu werden. Aber soll er mich nicht beschützen und mein Wegbegleiter ins Übernatürliche sein? Und was ist, wenn ich durch das pure Lesen dieses Buchs bereits Unheil angerichtet habe?

»Kannst du bitte mit mir reden?«, knurrt Charon und unterbricht damit die Diskussion mit mir selbst. »Ich hasse es, wenn du mich nur so ausdruckslos anstarrst.«

Betroffen wende ich mich ab, wobei mein Blick auf das Regal fällt. »Ich habe mir Fotos angeschaut. Von Gisela. Es hat Erinnerungen in mir wachgerüttelt.«

Die Worte kommen zu mechanisch, um glaubhaft zu wirken, doch Charon ist offensichtlich zu genervt, um das zu bemerken, denn er verdreht lediglich die Augen und murmelt »Na klasse«.

Zitternd atme ich ein und aus, blicke auf den Boden, um ihn nicht schon wieder anzustarren, und überlege gerade, ob ich das Grimoire aufheben soll, als er näher zu mir tritt.

»Äh, was für Fotos denn? Zeig mal her.«

Nun ist es an mir, zweifelnd die Brauen zusammenzuziehen, während ich ihm das Regal zeige. Seine Augen huschen hin und her, verweilen nie lange auf einem der Bilder, doch dann scheint er etwas zu entdecken. Zu meiner Überraschung ist es jedoch keines der Fotos, nach dem er greift, sondern ein dünnes, abgegriffen aussehendes Buch, das neben einer Reihe identischer Bücher steht.

»Was ist das?«, frage ich und trete näher an ihn heran, um einen Blick auf die Seite werfen zu können.

»Keine Ahnung, sag du es mir. Was ist das für eine Schrift?«

Mein Atem stockt, als er sich mit einem Schritt zu mir wendet und damit plötzlich noch viel näher ist als zuvor. Zu nahe. Ich kann seine Körperwärme förmlich spüren. *Starr ihn jetzt bloß nicht an,* flehe ich mich selbst an, und starre dafür umso intensiver in das Büchlein – und stocke.

»Das ist Hebräisch.« Ich kneife die Augen zusammen und versuche angestrengt, die Buchstaben zu lesen. Als Kind hatten meine Eltern mich für kurze Zeit jeden Sonntag in eine Hebräisch-Schule geschickt, doch mein Interesse damals hielt sich sehr in Grenzen. Es war einfach seltsam, mit anderen jüdischen Kindern zusammenzusitzen, deren Eltern sich sehr viel mehr an Tora und Talmud hielten, während meine Eltern gerade mal kein Schweinefleisch aßen, außer Bacon. Den wollte Dad nie aufgeben.

»Deine Tante hat Hebräisch gelesen?« Charon klingt irgendwas zwischen verwirrt und beeindruckt, und ich erlaube mir endlich, ihn anzuschauen.

»Wir ... sind jüdisch. Ich denke mal, sie hat es nicht nur gelesen, sondern auch gesprochen.« Ob sie sich dem Judentum verbundener fühlte als meine Oma? Wieder einmal fällt mir auf, dass ich nichts über Großtante Gisela zu wissen scheine.

»Oh.« Er nickt langsam, schließt das Büchlein und stellt es wieder zurück, ehe er sich wieder mir zuwendet und mich erneut mustert. Ich fluche innerlich auf, wissend, was jetzt kommen wird.

»Du siehst gar nicht jüdisch aus.«

Oy gevalt. Am liebsten würde ich fragen, wie Juden für ihn aussehen. Ob wir alle schwarze Anzüge und Vollbart tragen müssen, eine große Nase wichtig ist oder ob ihm ein gestreifter Pyjama reicht, doch wie so oft fehlt mir dazu der Mut. Es ärgert mich maßlos, dass ich selbst im Angesicht von so einem rassistischen Müll nicht den nötigen Schneid aufbringen kann, noch viel mehr als die dumme Aussage von Charon. *Wieso bin ich so? Warum muss er so sein?* Ich will allein sein, einfach weg von ihm, weg von diesem doofen Zauberbuch und wieder in meinem Zimmer im Manzanita Square. Doch das kann ich nicht. Das machen mir Charon und seine funkelnden Augen nur allzu deutlich.

Immerhin bemerkt er seinen Fehler selbst und presst die Lippen zu einem Strich zusammen, ehe er wegschaut. »Das war ziemlich dumm, oder?«

»Warte einfach im Flur. Nimm das Grimoire mit.« Ich seufze schwer und hebe eine Hand, als er den Mund zum Widerspruch öffnet. »Bitte, Charon. Ich will einfach nur nach Hause, aber davor muss ich noch ins Bad. Warte einfach draußen, ja?«

Ein kurzes Zögern, doch dann nickt er und hebt das Grimoire auf, ehe er geht. Erst als die Wohnungstür sich mit einem Klicken schließt, fällt sämtliche Anspannung von mir ab. Ich bin allein. Nicht nur in dieser Wohnung, auch mit meinen Gedanken, mit diesen Zeichen, die sich in mein Gedächtnis gebrannt haben und meinen Gefühlen, die mich in einen Abwärtsstrudel ziehen und ertrinken lassen.

9

»Ich fass es nicht!« Melinoë stößt ungläubig die Luft aus und stemmt die Hände in die Hüften. »Wie kann er sich nur so danebenbenehmen?!«

Ich zucke lediglich mit den Schultern und rolle mich noch ein bisschen mehr auf meinem Bett zusammen. Seit einer knappen Stunde bin ich mittlerweile zurück im Wohnheim, und Mel hat kurz darauf an meine Zimmertür geklopft. Ob sie nach mir sehen wollte oder lediglich überprüft, dass mich noch kein Obscura erwürgt hat, weiß ich nicht. Ist mir aber auch egal. Es ist ein ungewohntes, schönes Gefühl, dass sich jemand um mich sorgt, so oder so, und ich könnte mich daran gewöhnen.

Mel lehnt an meinem Schreibtisch, ihre zitternden Augen schauen mich und alles um mich herum an. »Ich hätte wirklich Besseres von ihm erwartet, Alma, es tut mir so leid.«

»Es ist ja nicht deine Schuld«, murmle ich. »Ist schon okay. Ich bin es eigentlich gewohnt, dass …«

»Nein!«, unterbricht sie mich so energisch, dass ich zusammenzucke. »Nur weil etwas oft passiert, heißt das nicht, dass man es normalisieren darf. Es ist nicht ›schon okay‹!«

Ich nicke beklommen. Mel hat recht und ich spüre ja nur zu deutlich, dass mir Charons Kommentare nahe gehen. Ob sie sich jetzt auf seine Taktlosigkeit oder den unterschwelligen Antisemitismus bezieht, weiß ich nicht genau, doch eigentlich ist es mir auch egal. Ihre Sorge um mich löst ein warmes Schummern in meinem Bauch aus.

»Eines kannst du mir glauben, ich werde morgen mal ein ernstes Wörtchen mit ihm reden. Ach, was sag ich da, am besten noch heute! Ich weiß, dass Charon seine Probleme hat, aber das heißt nicht, dass er sie an dir auslassen darf.« Mit düsterer Miene verschränkt sie die Arme vor der Brust und schüttelt den Kopf. Am liebsten würde ich nachhaken, was für Probleme sie meint, doch ich traue mich nicht. Ich kann nicht riskieren, die einzige nette Person zu verlieren, mit der ich über alles reden kann, was Styx betrifft.

Oder fast alles. Ich habe Melinoë nicht von dem Grimoire erzählt, auch wenn die Zeichen mir noch immer vor den Augen schwirren. Es fühlt sich einfach falsch an. Zudem ist das Buch nun mit Charon auf dem Weg zu Dakila und damit nicht mehr mein Problem, oder? Ich runzle die Stirn und beginne auf meiner Unterlippe zu kauen. Ob ich mit dem Protos darüber reden kann?

»Worüber denkst du nach?«, fragt Mel und kommt zu meinem Bett rüber, um sich am Fußende niederzulassen, während sie hinzufügt: »Immer noch der Schwur?«

Himmel, der Schwur. Morgen ist die Aufnahmezeremonie. Das hatte ich beinahe vergessen. Ich nicke, einerseits dankbar für die Ausrede, andererseits voller Sorge. »M … muss ich irgendwas beachten?«

»Wir dürfen außerhalb des Verbindungshauses nicht über interne Themen sprechen«, erwidert sie und weicht meinem Blick aus. »Eigentlich dürfte ich den Schwur nicht einmal erwähnen. Aber bitte, mach dir nicht zu viele Gedanken, dir wird alles erklärt werden. Und du bist zu keiner Zeit allein.«

»Also bleibst du morgen den ganzen Tag bei mir?«, frage ich hoffnungsvoll. Langsam spüre ich, wie die Müdigkeit an meinen Gliedern zerrt, obwohl draußen gerade erst die Dämmerung einsetzt. Eigentlich müsste ich noch an meinem Essay für *feministische Anthropologie* schreiben, doch allein der Gedanke an Konzentration lässt meine restliche Energie dahinfleuchen. Der Essay wird warten müssen.

»Ich bin auf jeden Fall in deiner Nähe«, erwidert Melinoë zögernd. »Aber ich führe dich nicht durch die Aufnahme.«

»Sondern …?«

»Charon. Es ist seine Rolle in der Verbindung und daran lässt sich nichts ändern.« Sie schenkt mir einen mitleidigen Blick, während ich versuche, nicht wie immer in Tränen auszubrechen. Wieso muss das auch mein Modus Operandi sein?!

»Okay.« Dann werde ich also morgen die gesamte Zeit mit ihm verbringen dürfen. Es ist beschlossene Sache. Nichts zu machen.

»Ich rede mit ihm, versprochen. Jetzt gleich.«

Langsam nicke ich und atme zitternd aus, dann schaue ich sie an. »Danke, Mel. Ich bin froh, dass ich dich habe.«

Ihre sturmgrauen Augen sehen dunkler aus als sonst, doch das allzu vertraute Zittern ist immer noch da. Sie lächelt ein kurzes, trauriges Lächeln, das dennoch ihren Blick erreicht. »Gerne.«

Dann steht sie auf und verlässt den Raum.

***

Der nächste Morgen startet unerwartet gut. Mit dem ersten Augenaufschlag bin ich wach, fühle mich so energiegeladen und motiviert wie selten. Der Gedanke an den bevorstehenden Tag gibt mir einen ersten Dämpfer, doch ich versuche, das zu ignorieren.

Stattdessen schäle ich mich aus den Laken und gähne herzhaft, während ich in meine Kleidung schlüpfe und dann nach meinem Handtuch greife. Gestern Abend hatte ich nicht die Muße zu duschen, also werde ich wohl jetzt eines der beiden Badezimmer des Apartments blockieren. Ein Blick auf die Uhr verrät mir, dass es gerade einmal neun Uhr ist. Das bedeutet, dass Hailey noch schläft, während Grace wahrscheinlich schon unterwegs ist.

Mein Herz sinkt ein Stückchen tiefer bei dem Gedanken an sie. Seit dem Angriff habe ich sie nur einmal getroffen, und da sah sie schrecklich aus. Ich werde mit ihr reden müssen, das ist mir bewusst, doch noch bin ich dazu nicht bereit. Noch überfordert mich alles an der Situation, und da erscheint es mir leichter, einfach nicht an sie zu denken und mein Zimmer nur für Vorlesungen zu verlassen.

Noch während ich mein Handtuch über die Schulter werfe und mich zur Tür wende, bemerke ich, dass etwas anders ist als sonst. Ich gerate ins Stocken und lasse den Blick über den Eingangsbereich meines Zimmers rasen, springe hin und her, bis ich endlich den Übeltäter ausmache, den Fehler in meinem Alltag: ein dunkelgrauer Briefumschlag, der geradezu unschuldig unter meiner Zimmertür hervorlugt.

Augenblicklich scheint mein Herzschlag zu explodieren. Mir wird schwindelig, das Handtuch fällt zu Boden, und ich stolpere die wenigen Schritte zur Tür mehr, als dass ich sie gehe. Wieso muss da schon wieder ein verdammtes Kuvert in meinem Leben auftauchen? Hatte ich davon nicht schon genug?

Ich falle auf die Knie und greife danach. Es fühlt sich schwer in meinen Händen an, und ich muss erst ein paarmal durchatmen, bevor ich es schaffe, mit fahrigen Fingern die untergeschobene Lasche hervorzunesteln. Ein weißer Bogen Papier. Ich stutze, ziehe ihn hervor und bemerke sofort, dass das Gewicht des Umschlags nicht nachlässt. Ein Blick hinein verrät mir auch warum. Eine goldene Münze liegt in ihm, und als ich sie herausfische, fühlt sie sich kühl und seltsam rau an.

»*Drek*«, entfährt es mir, ohne dass ich etwas dagegen tun kann. Schlimmer noch, ich nehme zwar entfernt wahr, dass ich fluche, doch es kümmert mich nicht einmal. Stattdessen betrachte ich das goldene Plättchen, das viel dünner ist als jede andere Münze, die ich je in der Hand hatte. Drei Linien deuten auf der Vorderseite Wasser an, die Rückseite ist glatt, ohne Prägung. Ich lasse sie durch meine Finger gleiten und wende mich dem Briefbogen zu. Nur sieben Worte stehen darauf.

3 Uhr nachmittags, Hieron. Bring den Obolus.

Ausdruckslos starre ich sie an, lese sie wieder und wieder, ohne sie wirklich zu verstehen. Hieron. Obolus. Was? Ich blinzle, als würden die Worte sich dann zu etwas ändern, das mehr Sinn ergibt. Leider tun sie das nicht. *Obolus* habe ich zwar schon einmal gehört, doch meine Erinnerung will nicht helfen. *Hieron* ist mir gänzlich fremd. Ist das ein Titel? Eine Beleidigung? In mir bekämpfen sich Panik und Taubheit, was ein abenteuerliches Gefühl ist. Doch diese Mischung erlaubt es mir immerhin, alles herunterzuschlucken und das einzig Kluge in dieser Situation zu tun: aufzustehen und mein Handy vom Nachttisch zu klauben, um den *Drek* zu googeln. Leise flüstere ich eine Entschuldigung an meine Mutter, die mir für das Fluchen die Ohren langziehen würde, während mein Augenmerk sich auf die Ergebnisse vor mir richtet. Ich überfliege sie nur kurz, doch das reicht, damit der Groschen endlich fällt.

Die Münze in meiner Hand ist der Obolus, eine kleine, altgriechische Münze. Und wenn sie altgriechisch ist, dann wird sie mit Styx zu tun haben, jener vermaledeiten Studentenverbindung, in die ich heute aufgenommen werden soll. Was auch immer Hieron bedeutet, der Brief bezieht sich auf die Zeremonie heute. Ich spüre meinen Puls in die Höhe schießen, während ich das zweite Mysterium mit Google auflöse: Hieron bezieht sich auf einen heiligen Ort im antiken Griechenland. Missmutig ziehe ich die Augenbrauen zusammen. Das Verbindungshaus? Einen wirklichen Tempel werden sie wohl kaum meinen, oder?

Wäre es wirklich so schwer, normale Anweisungen zu geben?

Mir entfährt ein lautes Ächzen, bevor ich die Münze auf meinem Kopfkissen platziere und auch den Brief feinsäuberlich danebenlege. Dann schnappe ich mir wieder mein Handtuch und trample beim Verlassen meines Zimmers mit voller Absicht auf den blöden Briefumschlag, der noch immer bei der Tür liegt.

Bis ins Bad komme ich jedoch nicht, denn davor treffe ich auf Melinoë, die gerade aus der Küche kommt.

»Guten Morgen«, sagt sie leise. Sie meidet meinen Blick und scheint nur schnell in ihr Zimmer zu wollen.

»Hieron«, gebe ich aus einem Reflex zurück und sie zuckt zusammen. »Damit ist das Verbindungshaus gemeint, richtig?«

»Shhhhh!« Geradezu panisch wirft sie einen Blick über die Schulter, doch wir sind allein. Stille umgibt uns wie ein Schleier, der jedes Geräusch verschluckt.

»Wieso diese Geheimniskrä ...«, setze ich an, doch sie unterbricht mich mit einem weiteren Zischen.

»Kein Wort mehr!«, ermahnt sie mich mit einem Finger vor meinem Gesicht und wild zuckenden Iriden. »Später. Du weißt wo.«

»Das Verb ...«

»Ja«, faucht sie, dann hält sie inne und lauscht.

Auch ich versuche, etwas in unserem Apartment zu hören, doch da ist nichts. Weder aus Haileys Zimmer noch aus dem von Grace kommt auch nur ein Ton.

»Sei pünktlich.«

Kaum hat sie das gesagt, rauscht Melinoë schon an mir vorbei und verschwindet hinter ihrer Zimmertür. Ich bleibe noch einen Moment im Flur stehen, überfordert und verwirrt, ehe ich ins Bad trotte. Gestern schien es mir noch, als wären wir Freunde. Das jetzt gerade hingegen ... Schmerz erdolcht mein Herz, ein eiskaltes Brennen, das erst dann aufhört, als ich nackt unter der Dusche stehe und die ersten warmen Tropfen meine Haut befeuchten. Auch wenn ich eigentlich alles verstehe, so ergibt doch nichts einen Sinn. Melainas Verhalten, der Obolus, die Aufnahme in die Arme des Styx. Ich schließe die Augen und versuche das alles zu vergessen, mich nur auf das Gefühl des Wassers auf meiner Haut zu konzentrieren. *Heute Nachmittag um drei wird das alles Sinn ergeben,* sage ich mir. Doch glauben tue ich das nicht.

***

Als ich schließlich fünf Minuten zu früh vor dem Verbindungshaus stehe, fühlt es sich nicht mehr so an, als hätte ich heute Morgen noch geduscht. Tatsächlich schwitze ich so sehr, dass ich am liebsten umkehren würde, um eine erneute Dusche zu nehmen. Ich kann mir nur allzu gut vorstellen, wie meine Haare fettig an meinem Kopf kleben und Styx von mir den Eindruck gewinnen wird, dass ich noch nie in meinem Leben ein Badezimmer von innen gesehen habe.

Jetzt hör aber mal auf, fluche ich innerlich, doch meine Angst flüstert mir weiterhin zu, dass sie mich alle verurteilen werden. Ich werde alles falsch machen und sie werden mich nicht nur hassen, sondern hochkant wieder rauswerfen.

Meine Hand klammert sich um den Obolus in meiner Manteltasche. Ich habe mindestens eine Stunde ratlos vor meinem Kleiderschrank gestanden, unsicher, was man zu einer Aufnahmezeremonie wohl anzieht. Nun stehe ich in Bluejeans und weißem Hemd vor der Tür von Styx und fühle mich wie eine Praktikantin, die gleichzeitig over- und underdressed ist. Oder eine Vertreterin von Avon. Meine Gefühle katapultieren mich schon wieder zurück in die Mittelstufe und ich kann nichts dagegen tun, spüre die Übelkeit in mir aufsteigen und meinen Magen rebellieren. Mehr als eine Banane habe ich nicht herunterbekommen, doch die scheint nun unbedingt Bekanntschaft mit der Tür machen zu wollen. Ich schlucke mit aller Gewalt und umklammere die Münze noch fester, während ich die andere Hand hebe, um zu klingeln.

Die Tür öffnet sich einen so schmalen Spalt breit, dass ich einen Moment brauche, um zwischen Tür und Rahmen etwas zu erkennen. Charon. *Natürlich*.

Es dauert einige Sekunden, in denen wir uns stumm anstarren, bis ich verstehe, dass er auf etwas wartet.

»Hi«, krächze ich das Erste, das mir einfällt.

Keine Reaktion.

»Darf ich eintreten?«, füge ich nach einer Weile des Schweigens hinzu.

Ich höre ihn genervt die Luft ausstoßen, was mir das Blut in die Wangen treibt, ehe er die Tür einen weiteren Spalt breit öffnet und eine filigrane Hand ausstreckt.

»Der Obolus«, brummt er.

»Oh«, entgegne ich wie der *Klutz*, der ich bin. Natürlich muss ich das Geld für den Eintritt zahlen. Das hätte mir auch schon früher aufgehen können. Vielleicht hätte ich es sogar lesen können, hätte ich die restlichen Stunden nicht in fiebriger Angst verbracht, sondern das bisschen Grips benutzt, das ich doch eigentlich in meinem Oberstübchen habe.

Leider hat mich die Furcht ebenso sehr gelähmt, wie sie mich jetzt lähmt.

Charon hat weder Mitleid noch Geduld für mich übrig, denn er reißt die Tür nun endgültig auf und packt mich an der immer noch erhobenen Hand. »Die Münze, du Trottel!«

»Ja!«, rufe ich so laut, dass eigentlich nur noch ein Sir dahinter fehlt. Wann habe ich mich das letzte Mal so zum Affen gemacht? Ich könnte heulen, schaffe es jedoch stattdessen, die Faust mit dem Obolus aus meinem Mantel zu ziehen, ohne Charon damit zu boxen. Ein kleiner Teilerfolg. Jedoch sehe ich trotzdem eine Ader auf seiner Schläfe pochen und schaue schnell wieder auf meine offene Hand, in welcher der Obolus scharfkantige Abdrücke hinterlassen hat.

Charon schnappt sich das Goldplättchen und lässt es hinter der Tür verschwinden, eher er sie endlich weit genug öffnet, dass ich eintreten kann. Kühle Luft empfängt mich, geruchsfrei und erfrischend. Ich atme tief durch und schließe die Augen, versuche mich zu beruhigen, doch als Charon die Tür hinter uns zufallen lässt, zucke ich zusammen.

»Willkommen in den Hallen der Wasser des Grauens«, fängt er an zu sprechen, »unserem Verbindungshaus, das wir Hieron nennen. Ab heute wirst auch du es so nennen, wenn wir uns treffen, niemals jedoch in Hörweite der Unwissenden.«

Ich schlucke den Kloß in meinem Hals runter und wende mich Charon zu, nur um festzustellen, dass er ein tiefblaues Etwas trägt, das so dunkel ist, dass es im Schatten schwarz aussieht. Mein Blick wandert an ihm herab und dann wieder hinauf, fassungslos, noch viel überforderter als schon zuvor. Es ist eine bodenlange Robe, die seine schlanke Gestalt verhüllt und ihn eindrucksvoller wirken lässt als je zuvor.

»Atmen«, seufzt er entnervt, woraufhin ich nach Luft schnappe und realisiere, dass ich das tatsächlich eingestellt hatte. »Ich werde dir alles erklären, okay? Folge nur meinen Anweisungen.«

»Okay«, gebe ich kleinlaut zurück und betrachte den dunkelglänzenden Stoff seiner Kleidung, auf dem ich nun feine Linien erkennen kann, die bei jedem Heben und Senken seines Brustkorbs zu verschwimmen scheinen.

»Gut, dann folge mir.« Er greift nach meinem Oberarm und schließt die Finger fest darum, wie er es auch gestern getan hat. Nein, nicht ganz. So eisern sein Griff auch wirkt, er tut mir nicht weh, und auch sein Schritt ist angepasst an den meinen. Ich spüre die Wärme seiner Hand selbst durch den Stoff von Mantel und Hemd, und sie löst ein Kribbeln in meinem Arm aus, das sich bis hoch in meine Schulter und Brust zieht. Wieder schlucke ich, schaue in sein Gesicht und versuche dort zu lesen, was mich erwartet, während er mich schweigend durch die Doppeltür und zu der steinernen Treppe führt.

»Charon«, flüstere ich leise und kann nicht verhindern, dass meine Stimme zittert. Falls er mich hört, lässt er sich nichts anmerken. Ich versuche, kein weiteres Geräusch von mir zu geben, versuche das Wimmern in meiner Kehle zu verdrängen und den Blick von ihm abzuwenden, doch es gelingt mir nicht.

»Ich bringe dich in ein Zimmer im Obergeschoss. Dort werde ich dir alles erklären.« Kurz schaut er mich an, seine Pupillen im Halbdunkel so weit, dass ich nicht sagen kann, wo sie aufhören und seine Iris anfängt. Ich nicke, unfähig, ihn nicht weiter anzustarren. Seine Augen sind so dunkel, als hätte es nie ein Licht in ihnen gegeben; eine endlose Nacht, die sich schwer und ohne Erbarmen um einen legt, getüncht von Schmerz und Erkenntnis, die nur jenen vorbehalten ist, die zu vergessen wagen. Er atmet schwer, wirkt aber nicht angestrengt, während wir die Treppen emporsteigen.

»Bitte«, sagt er leise, als wir oben ankommen, »kannst du aufhören, mich anzustarren?«

Es ist das erste Mal, dass ich dieses Wort aus seinem Mund höre. Das erste Mal, dass er eine *Bitte* an mich stellt, keine Anweisung, keinen Befehl. Ich blinzle betroffen und wende mich mechanisch nach vorne. Der Flur ist schmal und nur von Kerzen erleuchtet, die ihn in ein flimmerndes Licht tauchen. Ein paar Schritte folgen wir dem Verlauf, bevor Charon abrupt anhält und ich stolpernd neben ihm zum Stehen komme.

»Hör zu, Alma«, fängt er ruhig an und legt die freie Hand auf die Klinke. »Mir gefällt diese ganze Prozedur ebenso wenig wie dir. Wenn es nach mir gehen würde, dann …«

Er bricht ab und scheint nach den richtigen Worten zu suchen, sich dann jedoch zu besinnen, dass er sie nie finden wird, denn er öffnet nur stumm die Tür und bedeutet mir, einzutreten.

Mit klopfendem Herzen betrete ich das Zimmer, das ebenfalls in Kerzenlicht getaucht ist. Es ist klein, kleiner als mein Zimmer im Wohnheim, und mit mehreren altmodischen Kleiderschränken gefüllt. In der Mitte des

Raums steht eine Chaiselongue und neben dem Außenfenster, das von einem bodenlangen Vorhang verhangen ist, findet sich zudem ein Frisiertisch. Ich werfe einen fragenden Blick über die Schulter, doch Charon bleibt nicht etwa vor der Tür stehen, sondern tritt mit mir ein.

Als er die Tür hinter mir schließt, wirkt es seltsam endgültig. Als wäre hiermit meine letzte Chance vertan, doch noch die Flucht zu ergreifen, und als er sich zu mir umdreht, scheint ihm das genauso bewusst wie mir.

»Mein Name lautet Charon, wie du dir vielleicht schon durch den Obolus gedacht hast«, fängt er an zu sprechen, und ich verstehe erst da, dass es ein Text ist, den er jedem Neuling vortragen muss.

»Willkommen in den Armen des Styx. Ab heute wirst auch du ein Kind des Flusses sein und deinen alten Namen ablegen, um dich in seinen Wassern zu baden und unverwundbar zu werden, wie einst Achilles unverwundbar ward.« Er schluckt so schwer, dass ich seinen Adamsapfel auf und ab springen sehen kann. »Doch bevor wir dich in unsere Reihen erheben, erzähle ich dir mehr zu Styx. Bitte entledige dich derweil deiner Kleidung.«

»Bitte was?!«

»… du musst dich ausziehen.«

»Das habe ich schon verstanden!«, stoße ich entgeistert hervor. Mein Herz schlägt gegen meine Rippen wie ein Vogel, der aus seinem Käfig ausbrechen will, verzweifelt und wild. Das Blut rauscht durch meinen Körper, lässt meine Haut vor Hitze brennen. Mein Gesicht muss puterrot sein. »Ganz sicher nicht!«

»Ich verstehe, dass es dir widerstrebt, und ich würde diese Tradition ebenfalls gerne ignorieren, aber …«

»Ich ziehe mich ganz sicher nicht vor dir aus«, unterbreche ich ihn. Es ist mir egal, was er will und nicht will, aber das geht zu weit. »Ist das eine bescheuerte Masche, um leichtgläubige Studentinnen zu missbrauchen?!«

»Nein«, faucht er wütend, so laut, dass ich zusammenzucke. »Es ist eine beschissene Tradition von 1907, wegen der Beulenpest, Gott verdammt.«

Ohne es zu wollen, kauere ich mich zusammen und schlinge die Arme um meinen Oberkörper. Auch wenn Charon kaum drei Zentimeter größer ist als ich, wirkt er in seiner Wut bedrohlicher, als ich es zugeben möchte. Als würde er zu demselben Entschluss kommen, zuckt er zurück und macht einen Schritt rückwärts, wobei er an die Tür stößt.

»Ich hasse diese Tradition mehr als du, Alma. Und du kannst dir sicher sein, ich habe in meiner Zeit als Fährmann hier schon mehr nackte Körper gesehen, als ich zählen kann. Du bist nichts Besonderes für mich.«

Mein Blick fällt zu Boden. Ich sollte mich darüber freuen, dass er das sagt, daraus ein wenig Beruhigung schöpfen können, und doch tut es auf eine vollkommen irrsinnige Art und Weise weh.

»Nein«, erwidere ich verbissen, weil ich nicht weiß, was ich sonst sagen soll. Das werde ich nicht tun. Das ist es mir nicht wert. Das ist … das ist doch vollkommen bescheuert. Oder?

»Styx wurde 1870 von drei Freunden in Berkeley gegründet«, setzt Charon erneut an. »Lloyd Baxter, John Hastings und Phoebe Amherst gehörten zu der kleinen paranormalen Gemeinde Kaliforniens, die sich zwischen dem Ende des Goldrausches und der nationalen Depression zusätzlich mit den Gefahren des Paranormalseins überfordert fühlten und nach einem Halt in ihrem Studium suchten. Angelehnt an die Geheimgesellschaften der Yale Universität, an der Baxter zuvor studiert hatte, starteten sie schließlich Styx.«

Ich schlinge die Arme noch fester um mich und schaue mich in dem Zimmer um. Erst jetzt fällt mir der Eimer auf, der neben der Chaiselongue steht und aus dem ein langer, hölzerner Stiel ragt. Himmel, er meint das wirklich ernst.

»Bis 1880 zählte Styx gerade einmal zehn Mitglieder, wobei drei von ihnen nicht einmal Alumni einer Universität waren, sondern Ehepartner jener. Doch mit dem Ausbau der Eisenbahn ins südliche Kalifornien und dem rasanten Wachstum der Wirtschaft war Styx zum neuen Jahrhundert auf eine Zahl von fünfzig Mitgliedern herangewachsen, von denen einige längst Ehemalige waren, welche nun die Organisation finanzierten. Das Hieron entstand 1902 in den Hügeln bei Berkeley und steht dort noch immer. Phoebe Amhersts Ehemann, ein fähiger Weltenspringer, verband in den folgenden Jahrzehnten mehrere Gebäude in der gesamten Bay Area mit dem Hieron, sodass die Eingangstüren wie Portale funktionieren. Auch in diesem Moment befindest du dich in Berkeley.«

Missmutig ziehe ich die Augenbrauen zusammen und lasse mich auf der Chaiselongue nieder. Ein Blick in den Eimer verrät mir, dass sich Wasser in ihm befindet, und für einen Moment frage ich mich, ob es wirklich Wasser aus dem Styx sein kann, doch dann spricht Charon weiter und lässt die Frage verblassen.

»In all den Jahren hat sich vieles verändert, doch niemals das Credo unserer Brüder und Schwestern. Der Eid des Styx, jenes heiligen Flusses, auf den die Götter in der Antike ebenso schworen, wie wir Paranormale es heute tun.« Er macht eine Pause und betrachtet mich. Ist da eine Regung eines Gefühls in seinem Gesicht? Oder ist es das Flackern der Kerzen, das mir einen Streich spielt?

»Solange unsereins zusammenhält, werden wir leben.« Sein Blick findet den meinen, dunkelste Nacht, schwermütig, melancholisch. »Ich schwöre auf den Styx, dass ich meine Brüder und Schwestern niemals verraten werde. Kein Mensch wird je ein Wort über sie von mir erfahren, kein Gott je ihre wahren Namen von mir wissen.«

Für eine ewig lange Zeit starren wir einander an, schweigend, als wäre dies ein heiliger Moment, den wir nicht stören dürfen. Dann endlich wendet Charon sich von mir ab und ich schaffe es, den Blick auf den Boden zu senken.

»Wenn du dich ausziehst, werde ich dich in dem Wasser des Styx baden, um dich unverwundbar zu machen und den Schmutz der Welt von dir abzuwaschen. Das ist rein symbolisch, natürlich, also mach keinen Blödsinn. Danach erhältst du eine Robe wie die meine, die du anziehst, ehe ich dir die Aufnahmezeremonie erkläre und dir auf jede Frage Antwort gebe, die auf deiner Seele brennen mag.«

Er verlagert sein Gewicht auf den anderen Fuß und reibt sich einen Oberarm, ehe er das Gesicht halb nach hinten wendet. »Ich muss dich waschen. Lass deinen Slip an, wenn du dich damit besser fühlst, und glaub mir, wenn ich sage, dass ich nicht wirklich auf deinen Körper achte. Die Riten sind für Styx von großer Wichtigkeit, Alma. Egal was du und ich darüber denken.«

»Aber was ist der Sinn dahinter?«, frage ich leise. Alles in mir windet sich bei dem Gedanken, mich vor Charon, *ausgerechnet Charon,* entkleiden zu müssen, und doch lässt mein verräterisches Gehirn Erinnerungen an Artikel in mir aufblitzen, die mit Geheimgesellschaften zu tun haben. *Hazing* heißt die Prozedur, bei der neue Mitglieder erniedrigt werden, um ihren Wert für die Gesellschaft zu beweisen und den Zusammenhalt durch Demut zu stärken.

»Du legst alles ab, bevor du in den Styx steigst. Jede Reue, jeden Fehler, jeden Schmerz und jede Angst. Du bist rein, wenn du in unseren Armen empfangen wirst. Und diese Reinheit macht dich stark, unverwundbar, wie einst Achilles, als seine Mutter Tethis ihn in den Styx tauchte.« Wieder verlagert er sein Gewicht, und mir wird bewusst, dass nicht nur ich mich unwohl fühle. »Die Tradition entstand wie gesagt 1907, als ein weiteres Ausbrechen der Beulenpest in San Francisco die Furcht so weit schürte, dass dieses rituelle Waschen vor jedem Treffen gefordert wurde. Davon über blieb jedoch nur das Waschen bei der Initiation.«

Zitternd atme ich aus und lasse mir alles durch den Kopf gehen, was Charon mir erzählt hat. Es ist vollkommen irrsinnig, doch das lässt sich über die komplette letzte Woche sagen. Dämonen, Magie, Hexen, Fae und Geister. Eine übernatürliche Geheimgesellschaft an den kalifornischen Universitäten.

»Darf ich meine Brust bedecken?«, wispere ich und kann gleichzeitig nicht glauben, dass ich das frage. Dass ich so weit den Verstand verloren habe, als dass ich ernsthaft in Erwägung ziehe, mich vor Charon auszuziehen.

»Eigentlich nicht«, erwidert dieser, doch bevor ich etwas sagen kann, fährt er fort: »aber was soll's, wenn wir dann endlich weitermachen können.«

»Wohin mit meiner Kleidung?« Ich erhebe mich, zitternd und von Nervosität erfüllt, doch es geht mir nicht anders als ihm.

»Leg sie auf das Sofa und sag mir, wenn du … ich beginnen kann.«

Peinliche Stille füllt das Zimmer, während ich mich aus meiner Kleidung schäle, Stück für Stück, bis ich nur noch mit einer Hello-Kitty-Unterhose bekleidet hinter Charon stehe. Scham brennt auf meinen Wangen, nicht nur, weil ich ausgerechnet heute diesen kindlichen Slip wählen musste. Ich kann nicht fassen, dass ich wirklich blank ziehe für eine Studentenverbindung. Mit einem letzten tiefen Atemzug lege ich meine Arme quer über die Brust und umfasse mit einer Hand meine Schulter, als müsse ich mich selbst beruhigen.

»Bitte beeil dich«, gebe ich Charon leise das Okay, sich umzudrehen. Starre auf den Boden, um ihn nicht anschauen zu müssen, nicht sehen zu müssen, ob er mich betrachtet oder nicht, ob er innehält, vielleicht sogar ein widerliches Grinsen auf den Lippen hat.

Falls er das tut, so hat er dabei wenigstens den Anstand, zügig zu arbeiten, denn kaum habe ich ihm das Zeichen gegeben, greift er auch schon nach dem Eimer und zieht an dem langen Holzstiel einen Schwamm hervor, mit dem er meinen Körper eilends abreibt. Das Wasser ist eiskalt und riecht nach nichts, trocknet jedoch viel schneller auf meiner Haut, als es eigentlich dürfte. Ich versuche, diesen Fakt zu ignorieren und mich stattdessen auf das raue Gefühl des Schwamms zu konzentrieren, um nicht in ein ungläubiges Japsen auszubrechen.

Charon ist unerwartet gründlich, und es dauert einige Minuten, während denen er den Schwamm wieder und wieder in den Eimer taucht, bis mein gesamter Körper nass und ausgekühlt ist. Zitternd halte ich der Prozedur ohne einen Laut stand, beiße die Zähne aufeinander und denke an alles, nur nicht daran, dass ich gerade so ziemlich nackt vor diesem Typen stehe.

Als er schließlich das Schweigen bricht, habe ich das Gefühl, bereits ein Eis am Stiel zu sein.

»Mit diesem Bad hast du die erste Hürde der Initiation geschafft. Bald wirst du ein vollwertiges Mitglied des Styx sein, deinen eigenen Ordensnamen erhalten und selbst den Schwur des Styx sprechen.«

»Du kannst den Mist wirklich auswendig, oder?«, frage ich ungewohnt zynisch. Vielleicht ist es die Pein, vielleicht die Kälte, welche meine Gedanken einmal in meinem Leben frei herauskommen lässt. Fakt ist jedoch, dass Charon nicht minder überrascht davon ist als ich.

»Ja«, antwortet er und verliert dabei sogar seine allzeitgenervte Art. »Das ist meine Rolle.«

Ich beiße die Zähne fester aufeinander, nicht nur, weil mir darauf nichts einfällt. Okay, vielleicht doch deswegen.

»Wo war ich?«, fragt Charon leise, ehe er sich fängt und fortfährt. »Als Kind des Flusses wirst du ein Leben lang zu uns gehören und dich auf uns verlassen können, egal wie sehr die Zeit auch alles ändern mag. In der Ruhelosigkeit des Styx liegt eine Beständigkeit, so wie das Wandeln und Werden dem Menschen zugrunde liegt und ihn zu dem macht, was er ist.«

»Poetisch«, murmle ich, »krieg ich jetzt eine Robe, Aristoteles?«

»Heraklit war es, tatsächlich, auf den viele der Lehren von Styx aufbauen. Von ihm nehmen wir unsere Parole, ein Kennwort quasi, um Mitglieder der neuen Generation auch dann finden zu können, wenn wir selbst längst die Alma Mater hinter uns gelassen haben.«

Ich werfe ihm einen finsteren Blick zu, woraufhin er sich endlich in Bewegung setzt und einen der Kleiderschränke öffnet, um daraus den fließenden blauen Stoff zu ziehen, aus dem auch seine Robe geschneidert ist.

»In dieselben Flüsse steigen wir hinab und nicht hinab, wir sind es und sind es nicht, denn in denselben Strom vermag man nicht zweimal zu steigen«, zitiert er beinahe ehrfürchtig, ehe er mir die Robe reicht und sich von mir abwendet. »Alles fließt und nichts bleibt.«

»Ganz schön langes Kennwort«, gebe ich zurück und ziehe mir das Kleidungsstück über den Kopf.

»Panta Rhei.«

Ich halte inne. *Panta Rhei*. Das müssen die Worte in Großtante Giselas Grimoire bedeuten. *Alles fließt und nichts bleibt*. Und noch etwas wird mir klar, während ich mich fröstelnd in die Robe kuschle. Ich habe dieses Motto schon einmal gehört. Nämlich in der Kanzlei von Mister Bennett, was bedeuten würde, dass auch er ein Alumni von Styx ist … und dass er versucht hat, zu ermitteln, ob ich es auch bin. Ich hasse es, wie sich langsam immer mehr ein fein gewebtes Spinnennetz zwischen sämtlichen Geschehnissen der letzten Zeit ergibt. Die Frage ist nur, wer ist die Spinne, die es webt und mich fressen will?

»Es gibt einige Regeln, die du beachten musst, sobald du Styx beigetreten bist«, bricht Charon die andächtige Stille. »Mit dem Schwur stimmst du ihnen zu sowie den nötigen Konsequenzen, solltest du sie brechen.«

Stumm nicke ich und signalisiere ihm fortzufahren. Mit dem Sichtschutz und der Wärme der Robe scheint meine Schlagfertigkeit Geschichte zu sein. Ich schlinge meine Arme um mich und trete von einem Bein auf das andere. Der dunkelblaue Stoff ist schwer und fühlt sich gleichzeitig hauchzart auf meiner Haut an. Er fällt weich an meinen kaum vorhandenen Kurven hinab wie Seide, ohne jedoch zu glänzen. Aus der Nähe erkenne ich verschlungene Stickereien, die im flackernden Kerzenschein zu fließen scheinen.

»Alma.«

Ich schrecke auf und blicke in Charons Gesicht, das unerwartet nah vor meinem ist. Wann ist er an mich herangetreten?

»Je schneller wir das hier durchgekaut haben, umso schneller geht es zur eigentlichen Initiation, also hör mir bitte noch einen Augenblick zu.« Sein Atem schlägt sich warm und feucht auf meiner Nasenspitze nieder, lässt meine Lippen unangenehm kribbeln und meinen Magen Salti schlagen. Er hingegen gibt sich große Mühe, nicht genervt auszusehen, doch schafft es nicht ganz, seine Emotionen zu verbergen.

»Also. Außerhalb des Hieron sprichst du nicht über Styx. Wie du weißt, gibt es Ausnahmen, keine Frage, im Kern bleibt die Gesellschaft jedoch Tabuthema. Deine Mitgliedschaft wird niemandem gegenüber erwähnt, selbst Paranormalen nicht, einziges Erkennungsmerkmal ist Panta Rhei. Verstanden?«

»Natürlich«, murmle ich. Langsam kriege ich kalte Füße, und das meine ich nicht nur im übertragenen Sinne.

»Gut. Wir treffen uns jeden Samstag im Hieron, manchmal auch woanders, je nachdem, was ansteht. Du wirst vom Protos eine Nachricht erhalten, wenn es eine feste Zeit oder einen anderen Treffpunkt gibt, ansonsten trudeln die meisten ab Mittag hier ein. Die Anwesenheit ist verpflichtend, selbst wenn du nichts tust, als hier zu lernen.«

Ich nicke, um ihm zu signalisieren, dass ich noch immer zuhöre. Dann greife ich zögerlich nach meinen Socken.

»Wir sprechen einander meistens nur mit unseren Ordensnamen an«, fährt Charon unbehelligt fort, während ich mich auf der Chaiselongue niederlasse und in Socken und Schuhe schlüpfe. »Wenn Unwissende dabei sind, ob Menschen oder Paranormale, switchen wir aber mittlerweile zu den Alltagsnamen, jedenfalls die meisten. Teile deinen Ordensnamen mit niemandem, der nicht Mitglied der Paranormalen ist.«

Wieder nicke ich. Die Regeln sind relativ simpel und um ehrlich zu sein, hätte ich mehr erwartet. Umso nervöser machen mich jedoch die bevorstehende Zeremonie und der Schwur, den ich längst vergessen habe. *Ich schwöre auf den Styx, dass …?*

»Dann sind wir so weit«, erklärt Charon mit einem Seufzen. »Ich werde dich jetzt in den Innenhof bringen, den wir häufig als Versammlungshalle nutzen. Wir nennen ihn Atrium. Dort treffen wir uns auch jeden Samstag.«

»Moment«, bringe ich schwach hervor und erhebe mich. »Ich weiß nicht, ob ich bereit bin …«

»Du wirst nie bereit sein«, schmettert er meinen Einwurf kühl ab.

Da ist er wieder, dieser Blick, als würde er mich und jeden Moment mit mir hassen. Mein Magen rutscht mir in die Kniekehlen.

»Die anderen warten bereits seit Stunden im Atrium, also lass uns endlich losgehen.« Ohne auf eine Antwort zu warten, greift Charon nach meinem Handgelenk und zieht mich zur Tür.

»Aber ich kenne den Schwur nicht auswendig!« Selbst in meinen Ohren hört sich dieser Einwand nach kleinkindlichem Quengeln an, doch zu meiner Überraschung reagiert Charon nicht mit Ablehnung.

»Dak wird dir alles vorsagen«, antwortet er geradezu beruhigend. »Du wirst durch den gesamten Ritus geleitet, mach dir keinen Kopf, okay?«

Ich nicke, als er mir einen kurzen Seitenblick zuwirft, doch das mindert meine Nervosität nur minimal. Dass Charon auch noch meinen Arm auf den seinen legt, als wären wir ein Paar auf dem Weg zu einem Tanz, macht es nicht besser. Die dunkle Robe schwingt um meine Beine, während wir den Flur entlanggehen, und verstärkt dieses seltsame Gefühl zunehmend. Jeder Schritt fühlt sich lustig an, wie auf Wolken zu gehen. Charons Körper schmiegt sich fließend und weich an meine Seite, als würde der Typ nicht zu neunzig Prozent aus Kanten bestehen.

Marmor-Boy, denke ich und blicke zu ihm. War ich ihm jemals so nahe? Ich könnte die Poren auf seiner Haut zählen, spüre seine Körperwärme, nehme ganz bewusst wahr, wie ruhig sein Atem geht. Gott, ich wünschte, er wäre nicht so hübsch. Selbst mit den spitzen Ohren und den sich scharf abhebenden Gesichtszügen lässt es sich nicht verleugnen, tatsächlich scheint es seinem Aussehen nur noch mehr zugute zu kommen. Als hätte Michelangelo selbst ihn aus Stein gemeißelt.

Geradeso kann ich verhindern, dass mir ein Seufzen entfährt, und ich blicke schnell nach vorne. Erst als wir vor einer Doppeltür im Erdgeschoss stehen bleiben, wage ich es wieder, mich zu ihm zu wenden, und erschrecke, als ich seine dunklen Iriden auf mir ruhend finde. Im Halbdunkel sehen sie komplett schwarz aus, was ihm ein seltsam sanftes Erscheinungsbild gibt. Oder sind es seine Augenbrauen, die mal nicht zusammengezogen sind? Ich weiß es nicht, doch wie er mich anschaut, löst etwas in mir aus, das mir ganz und gar nicht geheuer ist.

»Folge einfach nur den Anweisungen, Alma.« Für eine Sekunde legt sich seine eiskalte Hand auf meinen Arm und drückt ihn, was das Flattern in meiner Brust nur noch verstärkt, dann richtet er den Blick nach vorne und klopft dreimal an die Tür.

Ein Keuchen entweicht meinen Lippen, als sie sich fast augenblicklich öffnet und Charon mich erbarmungslos in den Raum führt. Oder besser, in den Innenhof. Er ist groß und rechteckig, mit einer Glasdecke, die jedoch schwarz angestrichen scheint und den Hof in Dunkelheit taucht, die nur durch ein paar spärliche Kerzen erhellt wird. Ich spüre, wie mir das Blut in den Kopf schießt, als ich die Masse an Personen in dunkelblauen Roben wahrnehme, die sich im Raum verteilen. Mein Blick rast von einer Gestalt zur nächsten, bleibt kurz an Melinoë hängen, die mich anstrahlt, und eilt dann weiter. Ich schätze, dass sich mindestens fünfzehn, eher fünfundzwanzig Leute im Raum befinden, und jeder Einzelne hat seine Aufmerksamkeit auf mich gerichtet.

Ich versuche, bekannte Gesichter zu finden, doch neben Mel, Charon und Dakila ist da nur Adrasteia, die Asiatin, die uns letzten Sonntag an der Tür begrüßt hat. Wieder beäugt sie mich neugierig, während Charon mich zum Protos führt wie eine Braut zum Altar.

Dass hinter Dakila tatsächlich ein Glastisch steht, auf dem ich neben einem Kelch auch ein Messer erkennen kann, macht das nicht besser. Vielleicht bin ich doch weniger Braut als viel mehr Opferlamm. Neben dem Protos sieht der Tisch lächerlich klein aus, und Dakilas schlanke Gestalt wirkt in der blauen Robe noch endloser. Er lächelt, dasselbe warme Lächeln, das er schon am Sonntag auf den Lippen hatte, und streckt eine Hand nach mir aus. Mir schlägt das Herz bis zum Hals und doch schaffe ich es, nicht zu stolpern, als Charon abrupt stehen bleibt, und den kurzen Weg zum Protos allein zu überbrücken.

»Willkommen in den Armen des Styx, mein Kind«, richtet dieser das Wort an mich. Laut und klar spricht er die Worte aus, als müsse er sich bemühen, die Stille zu übertönen. Dabei sind alle Augen auf uns gerichtet, niemand sagt ein Wort, als ich neben ihm zum Stehen komme. Wieder steigt mir sein seltsam tierischer Geruch in die Nase, und ich versuche flach zu atmen.

»Unverwundbar bist du nun, gewaschen mit den Wassern des Styx und gekleidet in seinen Gewändern.«

Ich schlucke und starre zu ihm hoch, versuche, nicht auf die restlichen Menschen im Raum zu achten, doch kaum hat Dakila zu Ende gesprochen, setzen sie sich in Bewegung. Mit weit aufgerissenen Augen sehe ich reglos zu, wie ein paar von ihnen hervortreten und sich vor uns niederknien. Sie alle tragen Dinge bei sich, die sie mir darbieten.

»Der Moment ist gekommen, in dem du auch die letzte Hülle fallen lässt, die dich noch von uns trennt«, spricht Dakila weiter, »und deinen Ordensnamen wählst. Vor dir siehst du sechs Wege, die du nehmen kannst; sechs Gegenstände, von denen du nur einen wählen wirst; sechs Namen, sorgfältig von uns verlesen.«

Mein Blick huscht über die sechs Namensträger. Drei Frauen, drei Männer, keiner von ihnen älter als dreißig. Sie schauen mich nicht an, als würden sie meine Wahl nicht beeinflussen wollen, haben die Augen auf den Boden gerichtet. Dennoch spüre ich, wie jeder andere Blick des Raumes an mir klebt, während ich nur wie versteinert dastehe und überfordert bin.

»Wähle deinen Gegenstand mit Bedacht, denn dieser Name wird dich bis zu deinem Tode begleiten. Nimm den, zu dem du die größte Bindung spürst.« Dakila legt mir eine Pranke auf den Rücken und gibt mir einen sanften Schub nach vorne, doch ich bewege mich nicht. Kann mich nicht rühren, spüre nichts als Panik, die meinen Magen Saltos schlagen lässt. Wie bin ich nur in dieser Misere gelandet?

10

Mein Blick schweift über die dargebotenen Gegenstände.

Auf den Händen der jungen Frau ganz links liegt eine weiße Statue einer nackten Frau. Ihre dunkelbraunen Locken fallen ihr ins Gesicht und verdecken es. Neben ihr kniet ein Junge mit blasser Haut, der locker noch als Highschool-Schüler durchgehen könnte. Das silberweiße Blatt in seiner Hand reflektiert den Kerzenschein und ist nur dadurch als Schmuckstück zu erkennen, so realistisch ist es gearbeitet. Der Mann daneben ist blond und muskulös, was den Flakon in seinen Händen, in dem sich etwas Dunkles befindet, noch zarter erscheinen lässt. Neben ihm wartet eine Afroamerikanerin, die ihren Blick auf das goldene Tablett gerichtet hat, das sie trägt. Ein Lorbeerkranz liegt auf ihm, gemeinsam mit einem weiteren Obolus und einem Fläschchen mit gelber Flüssigkeit. Als würde sie meinen Blick spüren, schaut sie auf und grinst schief, ehe sie die Augen wieder abwendet. Daneben sieht der schlichte, weiße Schleier ihres Nebenmannes geradezu langweilig aus, ebenso wie die Krone aus Muscheln, welche von einem rothaarigen Mädchen mit Sommersprossen gehalten wird, das ich auf mein Alter schätzen würde.

»Darf … darf ich die Gegenstände anfassen?«, frage ich, noch immer maßlos überfordert.

»Natürlich.« Dakilas Hand auf meinem Rücken schiebt mich wieder leicht nach vorne, und dieses Mal folge ich dem Anstoß.

Ich lasse den Blick erneut über die Gegenstände wandern, treffe eine erste Auswahl, ehe ich eine zitternde Hand nach der Phiole ausstrecke. Der Muskelprotz blickt zu mir hoch, neugierig und freundlich, und für einen Moment erinnert er mich an Bram. Dann reicht er mir das Fläschchen, in dem sich eine wässrige Flüssigkeit befindet. Ich lasse sie hin und herfließen, verliere meinen Fokus im Glanz des Wassers, das mehr als nur das sein muss, und streiche über das hauchzarte Glas. Obwohl es so zerbrechlich wirkt, wiegt es schwer in meinen Fingern.

Als Nächstes nehme ich die Frauenfigur, die aus einem weißen Stein gearbeitet ist. Sie entspricht dem antiken Schönheitsideal, ist irgendetwas zwischen kurvig und muskulös, plump und doch fit, mit kleinen Brüsten und breiten Hüften. Sie fühlt sich angenehm kühl an, schmiegt sich geradezu in meine Handfläche, und doch spüre ich, dass sie nicht die richtige Wahl ist. Etwas stört mich an ihr und ich kann beim besten Willen nicht sagen, ob es an ihrer Nacktheit liegt, ihren Kurven, die so fernab von meiner Realität scheinen, oder einfach der fehlenden Faszination.

Ich blicke auf das silberne Blatt, das Tablett, den Schleier und die Krone, doch sie ziehen mich nicht an. Offen gesagt finde ich sie langweilig, auch wenn mich die Namen hinter ihnen interessieren würden. Mein Fokus fällt wieder auf den Flakon mit dem glänzenden Wasser, welchen der Bram-Verschnitt mir noch immer darbietet wie eine Opfergabe. Nur zu einem Gegenstand spüre ich eine Bindung und das ist er.

»Die Phiole«, sage ich leise in die Stille des Atriums. »Ich wähle die Phiole mit dem schwarzen Wasser.«

»So sei es.« Der Protos macht eine Handbewegung und die restlichen Gegenstandsträger stehen auf.

Nur Blondie kniet weiterhin, grinst mich nun jedoch an. Wortlos reicht er mir die Phiole und ich nehme sie, unsicher, was ich nun damit tun soll. Lasse das Wasser in ihr kreisen und betrachte, wie es im Kerzenschein finster schimmert.

»Fahren wir fort«, reißt mich Dakilas Stimme aus der Betrachtung. Wieder streckt er eine Hand nach mir aus, doch dieses Mal hebt er sie nicht so weit an, sodass klar wird, dass er die Phiole will. Ich zögere einen Moment, noch nicht bereit, den Flakon wieder abzugeben, doch dann gebe ich mir einen Ruck und reiche sie weiter. Immerhin hat niemand gesagt, dass ich den auserwählten Gegenstand behalten darf.

Dakila legt die Phiole auf dem Tisch ab und greift dafür nach dem Kelch, von dem ich nun sehen kann, dass er mit einer dunkelroten Flüssigkeit gefüllt ist.

»Nimm diesen Gral in die Linke, trinke einen Schluck und reiche mir deine rechte Hand«, weist er mich an. Zögernd nehme ich den Kelch entgegen, der sich schwer und kühl in meiner Hand anfühlt. Mit wachsendem Unbehagen sehe ich zu, wie er nun den silbernen Dolch nimmt, der in seiner Hand wie ein Brotmesser wirkt. Hat er wirklich vor, mir die Hand aufzuschneiden? Meine Finger verkrampfen sich um den Stil des Kelches.

»Du hast eine Phiole mit dem dunklen Wasser des Styx gewählt, das Schimmern der Dunkelheit in seinem Fluss, und mit dieser Entscheidung trittst du nun ein in die Riege des Styx. Fortan bist du eine von uns, ein Kind des Flusses, ein Leben lang, und du wirst den Namen Orphne tragen.«

Orphne. Der Name klingt seltsam in meinen Ohren, fremd und doch vertraut, und ich beginne mich zu fragen, welche Namen hinter den anderen Gegenständen gesteckt hätten. Ich nehme einen Schluck aus dem Kelch und verziehe das Gesicht, als ich Rotwein erkenne, der trocken und bitter schmeckt. Doch meine Gedanken stoppen, als Dakila den Dolch in den Wein taucht und dann meine rechte Hand in seine nimmt. Mein Herz legt einen Sprint ein, als er den tropfenden Dolch über meine Handfläche zieht, doch ich spüre keinen Schmerz. Verwirrt schaue ich auf meine Handfläche, in der sich lediglich das bisschen Wein sammelt, das von der Klinge getropft ist.

Der Protos lässt mir jedoch kaum Zeit, mich zu wundern, denn nachdem er den Dolch weggelegt hat, taucht er den Zeigefinger in den Wein auf meiner Handfläche und hebt ihn dann zu meiner Stirn empor. Ich erstarre, als er mir ein Symbol auf die Stirn malt, das ich mit etwas Konzentration als Auge wahrnehmen kann. Seine Hand ist warm und riecht nach … Stall?

»Sprich mir nun den Eid nach, Orphne«, weist Dakila mich an. Ich hole tief Luft, ignoriere den Geruch und präge mir die Worte ein, die er langsam vorgibt, ehe er mir den Kelch abnimmt und mir auffordernd zunickt.

»Solange unsereins zusammenhält, werden wir leben. Ich schwöre auf den Styx, dass ich meine Brüder und Schwestern niemals verraten werde. Kein

Mensch wird je ein Wort über sie von mir erfahren, kein Gott je ihre wahren Namen von mir wissen.«

Einen Augenblick lang ist das Atrium still, doch dann setzt Applaus ein und Leben kommt in den Hof. Melinoë drängt sich nach vorne, zusammen mit einigen anderen, während viele Mitglieder von Styx lieber auf Abstand bleiben. Ich schlucke schwer und beobachte Charon, der gemeinsam mit Blondie neben der Doppeltür lehnt und sich leise unterhält.

»Willkommen in Styx, Orphne«, reißt Melinoë meine Aufmerksamkeit an sich, grinsend, strahlend. Sie zögert kurz, doch schließt mich dann in ihre Arme, während ich wie versteinert dastehe und noch nicht ganz realisiere, was passiert ist.

In der nächsten halben Stunde gratulieren mir noch mehrere andere zur Aufnahme und stellen sich mit ihren Ordensnamen vor, doch ich kann mir kaum welche merken. Es ist einfach zu viel und ich bin überfordert. Erst als sich die Runde langsam auflöst und die ersten Mitglieder das Atrium verlassen, beruhige ich mich etwas.

Melinoë bleibt die ganze Zeit an meiner Seite, übernimmt viel des Smalltalks für mich und stellt mir jedes Mitglied vor, das mich nicht begrüßt hat, doch meine Aufmerksamkeit bleibt bei Charon, der noch immer auf der anderen Seite des Raumes verweilt.

»Wollen wir gehen?«

Ich blinzle und reiße dann meinen Blick los, um sie anzuschauen. »Ist das okay?«

»Natürlich. Wir sehen uns sowieso alle heute Abend auf der Party wieder.« Sie lächelt entschuldigend und greift dann nach meinem Arm, um ihn zu drücken. »Hat Charon dir nichts davon erzählt?«

»Nein«, fiepe ich. *Natürlich* hat Marmor-Boy das nicht getan. »Was für eine Party?«

»Orphne.«

Ich schrecke zusammen, als der Protos neben mich tritt. Trotz seiner Größe habe ich ihn nicht kommen hören, und ehrlich gesagt habe ich auch nicht mit ihm gerechnet.

Der Name *Orphne* klingt nach wie vor fremdartig in meinen Ohren, doch ich fange bereits an, mich daran zu gewöhnen.

»Ich weiß, wie überfordernd diese Aufnahme ist. Mir ging es bei meiner Initiation nicht anders, und in all den Jahren hat sich nicht viel geändert. Aber sei dir versichert, du wirst deine Ordensschwestern und -brüder noch ausführlich kennenlernen und eine neue Heimat im Hieron finden.«

Wieder lächelt er sein Großvaterlächeln, dann klopft er mir unterstützend auf den Rücken. »Ich bin seit knapp fünfzig Jahren der Protos von Styx und mir ist noch kein Alumni untergekommen, der nicht wohlwollend an seine Zeit bei uns zurückdenkt.«

Wortlos nicke ich und hoffe, dass es sich damit erledigt hat und ich mit Melinoë weiter über diese Party reden kann. Seit meiner ersten Woche am Campus vor über einem Jahr habe ich keine Partys mehr besucht. Mir wird schlecht bei der Vorstellung, in einem noch persönlicheren Setting als diesem den Abend verbringen zu müssen.

»Falls du Fragen hast, wende dich an Charon. Er weiß über alles Bescheid und du kannst ihn und mich eigentlich jeden Abend im Hieron antreffen.« Kurz verweilt Dakilas Hand auf meinem Rücken, dann endlich löst er sich von uns und verlässt mit großen Schritten das Atrium.

Als hätte er damit einen Startschuss abgegeben, leert sich der Raum zunehmend, während Melinoë und ich stehen bleiben und dem Fluss der Mitglieder zuschauen.

»Ich stell dir nachher ein paar Leute noch mal genauer vor, wenn wir auf der Party sind.« Sie lächelt bedröppelt. »Es tut mir leid, dass Charon so zu dir ist. Ich hab ihn noch nie so … nutzlos gesehen.«

»Vielleicht hasst er mich doch«, murmle ich und schlinge die Arme um meinen Körper. »Muss ich auf die Party?«

»Nein«, gibt Melinoë sanft zurück, und ich weiß nicht, auf welchen Teil sie damit antwortet. »Aber ich verspreche dir, dass du auf der Party Spaß haben wirst. Es ist immer eine Art riesige Soiree mit Getränken, Häppchen und Livemusik. Natürlich umsonst.«

»Oh.«

»Und falls es dir nicht gefällt, werden Charon und ich dich eben zurück zum Wohnheim begleiten. Würde ihm recht geschehen, die Party zu verpassen.«

Ich muss lachen, als sie ihm ein diebisches Grinsen zuwirft und die Augen zusammenkneift. Als Charon jedoch ihren Blick auffängt und sich von Blondie verabschiedet, um zu uns rüberzukommen, bleibt mir das Lachen im Hals stecken.

»Ich will gar nicht wissen, wieso du so gehässig aussiehst«, murmelt er in Melinoës Richtung. Dann fällt sein Blick auf mich und er zieht düster die Augenbrauen zusammen. »Wir müssen reden.«

»Falls es wegen der Party ist, ich habe Al ... Orphne bereits aufgeklärt.«

»Auch gut«, brummt Charon, ohne sie anzusehen. »Übernimmst du den Weg zum Manzanita Square oder muss ich euch begleiten?«

Melinoë seufzt, ehe sie mich am Arm mit sich zieht und ihm im Vorbeigehen ein »Geh schon, du Miesepeter« entgegenzischt. Ich stolpere ihr hinterher, tunlichst darauf bedacht, nicht auf die Robe zu treten und mich doch noch zu blamieren.

***

Erst als wir eine Viertelstunde später in unserer Alltagskleidung auf die Straße vor dem Hieron treten, schaffe ich es, mich zu entspannen. Die langsam eintretende Abenddämmerung sagt mir, dass es bereits nach achtzehn Uhr sein muss, auch wenn sich die Länge der Aufnahmezeremonie so viel kürzer angefühlt hat. Ich vergrabe die Hände in meinen Taschen und ziehe die Schultern hoch, um mehr Körperwärme zu speichern, doch allein der Gedanke daran, dass Mel und Charon mich heute auf eine Party mitnehmen sollen, lässt mich zittern.

»Ach, Alma, jetzt guck doch nicht so«, bricht sie das Schweigen, als wir die Hauptstraße erreichen. »Niemand wird dich zwingen, mitzukommen, weder ich noch Charon oder der Rest von Styx. Du kannst auch im Wohnheim bleiben.«

»Aber was macht das für einen Eindruck?«, frage ich leise. Mein Blick wandert die Straße hoch und runter, doch ich sehe weder Autos, wegen denen wir stehenbleiben müssten, noch potenzielle Angreifer, die sich beeilen, in unsere Nähe zu kommen. Es fühlt sich merkwürdig an, ohne Charon in der Öffentlichkeit zu sein, ohne seinen angeblichen Schutz die Straße zu betreten, wenn ich selbst auf dem Campus zu keiner Zeit allein sein soll.

»Ja gut, unsere Gruppe wäre vielleicht verwirrt, aber der Rest weiß ja noch nicht einmal von deiner Existenz – abgesehen natürlich von Harriet.«

»Der Rest?«

»Charon hat dir wirklich gar nichts erzählt, hm?«, fragt Melinoë, ihre Stimme irgendwo zwischen enttäuscht, wütend und genervt. »Also, die Kurzfassung: Es gibt regelmäßig diese Partys, damit wir in Kontakt bleiben. Dabei treffen sich Styx und ein paar der Clubs und Gewerkschaften der Bay Area, also an sich alles Mögliche zwischen achtzehn und dreißig, was nicht menschlich ist. Je nachdem, wo die Treffen stattfinden, sind natürlich andere Leute dabei, die South Bay Leute sind zum Beispiel eher selten in San Fran, aber in Palo Alto trifft man sie häufiger.«

»Es kommen Leute aus der gesamten Bay Area?« Meine Stimme bricht beinahe an der simplen Frage, doch diese Offenbarung hat meine Sozialangst ins Unermessliche gesteigert.

»Meistens sind wir so zwischen hundert und zweihundert Leuten, also genug, um dich nicht wie auf dem Präsentierteller zu fühlen.« Sie schenkt mir ein zuversichtliches Lächeln, doch es hilft mir nicht. »Keine Sorge, du bist jetzt eine von uns und Styx passt auf seine Mitglieder auf.«

Auch wenn Melinoë das wahrscheinlich ernst meint, fühle ich mich grässlich unzugehörig. Kaum jemand hat mehr als ein, zwei Höflichkeitsfloskeln mit mir gesprochen – und fairerweise muss ich sagen, ich auch nicht mit ihnen –, sodass ich bezweifle, dass sie mich überhaupt heute Abend bemerken würden. Doch ich schweige, bis wir das Manzanita erreichen und durch die automatischen Schiebetüren in die klimatisierte Luft treten.

»Gibt es einen Dresscode?«, frage ich leise, als wir vor dem Fahrstuhl stehen und warten. »In meinem Freshman Year gab es haufenweise Themenpartys. Ich würde ungern auffallen.«

»Nein, nein, keine Sorge. Du kannst es zwar nutzen, um dich aufzustylen, aber in Jeans wirst du auch nicht auffallen.« Mel zuckt synchron zu dem *Pling* des Aufzugs mit den Schultern. »Bei der Willkommensfeier letzten Monat hatten ein paar der Mädchen Kleider an, während andere in Jeans und Crop Top da waren.«

Statt einer Antwort nicke ich und schaue auf den Boden des Fahrstuhls. Ich habe keine Ahnung, was ich anziehen soll, und das komplette Fehlen eines Dresscodes macht es nur noch schlimmer. Melinoë begleitet mich bis zu meiner Tür, wo sie mir kurz die Anweisung gibt, bis halb acht fertig zu sein und sich dann in ihr Zimmer verabschiedet.

Die Uhr an meiner Wand verrät mir, dass ich damit effektiv eine Stunde Zeit habe, mich in meiner Panik zu suhlen, und diese Stunde nutze ich, um mir auf Pinterest College Party Outfits anzuschauen. Bei den Frat Partys hatte ich nie die Qual der Wahl und immer die Gewissheit, dass die anderen Mädchen sich mehr in Schale werfen würden. Beinahe, als wäre ich unsichtbar, aber mit allen Vorzügen des Dazugehörens. Ich stoße ein ergebenes Seufzen aus, als mein Blick zurück auf die Uhr schwenkt. Für viel mehr Recherche bleibt mir keine Zeit, also lege ich das Telefon zur Seite und suche nach dem partytauglichsten Crop Top in meinem Schrank.

Die nächste halbe Stunde verbringe ich größtenteils in Unterwäsche, während ich zwischen verschiedenen Hosen und Tops wechsle. Immerhin denke ich dadurch daran, die Hello-Kitty-Unterhose gegen einen schwarzen Slip zu tauschen, der mich nicht bei jedem Toilettenbesuch daran erinnert, dass Charon mich so gut wie nackt gesehen hat. Wieder brennen meine Wangen bei der Erinnerung an das Ritual, doch gleichzeitig fühle ich mich seltsam gestärkt. Ich habe die Initiation überstanden, da werde ich sicher eine Party überstehen, auf der ich mich irgendwo am Rand aufhalten kann und hoffentlich untergehe.

Als es schließlich an meiner Tür klopft, stecke ich in einer karierten Highwaist Hose und einer luftigen weißen Crop Top Bluse. Ich rümpfe die Nase, doch damit ist mein Outfit wohl entschieden. Melinoë mustert mich neugierig, als ich ihr die Tür öffne. Mir fällt direkt der dunkle Kajal um ihre Augen auf, der das Grau noch heller erscheinen lässt. Fragend zieht sie die Brauen zusammen und legt dann den Kopf schief.

»Fertig?«

»Nicht wirklich«, gebe ich zerknirscht zurück, »aber besser wird es nicht. Nur noch Zähne putzen, dann können wir los.«

»Charon wartet schon unten.« Melinoë folgt mir zu der Nische mit dem Waschbecken, die wir uns zu viert teilen müssen. Immerhin gibt es zwei separate Toiletten mit Duschwannen.

»Ich beeil mich«, murmle ich, ehe ich mir die Zahnbürste in den Mund schiebe und dann wieder in mein Zimmer eile.

»Quatsch, lass dir Zeit! Der sitzt im Uber sicher und trocken, der soll nicht jammern.«

Sie lehnt sich mit einem Grinsen an meinen Türrahmen und schaut zu, wie ich ein paar Spritzer Parfüm auf die Bluse sprühe und dann in meine Sneaker schlüpfe. Kurz registriere ich ihr Outfit, eine Bundfaltenhose und ein Spitzenbralette, beides in einem beinahe schwarzen Lila, dann schlüpfe ich an ihr vorbei. Immerhin werde ich neben ihr nicht auffallen, auch wenn wir ein bisschen wie Tag und Nacht wirken.

»Schminkst du dich noch?«

Melinoës Frage erwischt mich unvorbereitet und ich kann nicht verhindern, dass ich mich klein mache. »Nein, das tue ich nie.«

»Allergisch?«

Ich werfe ihr einen Blick im Spiegel zu. »Nein, ich bin ehrlich gesagt nur zu blöd, mich anständig zu schminken.«

Sie lacht leise auf und mir wird unangenehm warm, als ihr musternder Blick über mein Gesicht huscht. Dabei ist es wahr. Entweder sehe ich aus, als wäre ich in einen Farbtopf gefallen, oder wie von Picasso gemalt.

»Alles Übung, glaub mir«, sagt sie schließlich. »Du musst natürlich nicht, mit deinen dunklen Wimpern und Augenbrauen siehst du auch ungeschminkt gut aus. Aber wenn du möchtest, dann kann ich dich auf der Fahrt etwas aufpimpen.«

Ich zucke mit den Schultern und schlucke die höfliche Ablehnung hinunter, die mir bereits auf der Zunge lag. Was spricht denn dagegen? Ich habe nichts gegen Make-Up, und wäre meine Highschool-Erfahrung damit nicht so grässlich gewesen, hätte ich es vielleicht selbst mal wieder ausprobiert.

»Klar, wieso nicht?« Das Lächeln, das ich ihr zuteilwerden lasse, wirkt leider eher unsicher als freundlich, doch ich ignoriere es. *Vielleicht,* flüstert eine Stimme in mir, *ist es einfach an der Zeit, die Vergangenheit ruhen zu lassen.*

Melinoës Grinsen ist dagegen ehrlich und herzlich. »Sehr cool, ich wollte schon immer mal jemand anderes schminken! Bin gleich wieder da!«

Mit klopfendem Herzen schaue ich ihr hinterher, ehe ich mich besinne und schnell meinen Mund ausspüle. Dann hole ich mein Smartphone aus meinem Zimmer, stopfe meinen Schlüssel in die Tasche meines Mantels und schließe die Tür hinter mir in dem Moment, in dem Melinoë die ihre öffnet.

»Hat er dich auch angerufen?«, fragt sie kopfschüttelnd, als sie das Telefon in meiner Hand sieht. »Kann er keine Viertelstunde warten?«

»Oh«, murmle ich und entsperre meinen Bildschirm. Eine neue Nachricht von Bram begrüßt mich, dazu drei von Charon, aber angerufen hat er mich nicht. »Nein, nur die Frage, wo wir bleiben.«

Melinoë verdreht die Augen und winkt ab, doch ihr Schmunzeln verrät, dass sie nicht wirklich genervt von Charons Attitüde ist. Wäre es mir dadurch noch nicht aufgefallen, dann spätestens an ihrem federnden Gang auf dem Weg zum Uber.

»Hach, ich bin richtig aufgeregt«, erklärt sie, kurz bevor wir den dunklen Sedan erreichen, der mit laufendem Motor in der Parkbucht vor dem Haupteingang wartet. »Hey, Charon!«

Das Letzte ruft sie geradezu in den Innenraum des Wagens, als sie einsteigt. Sie rückt auf den Sitz hinter dem Fahrer weiter, um mir Platz zu machen, ehe sie sich bei eben jenem für das Warten entschuldigt.

»Es kann doch nicht so schwer sein, pünktlich am vereinbarten Treffpunkt aufzutauchen!«, begrüßt Charon uns mit einem wütenden Blick. »Kaum seid ihr zu zweit, wirst du zu ’ner typischen Frau, Mel.«

Ich schnalle mich stumm an und versuche, nicht allzu eingeschüchtert auszusehen, während Melinoë ein lautes Ächzen ausstößt.

»Und du mutierst zum Chauvinisten, mein Lieber«, gibt sie zurück, dann dreht sie sich zu mir und hält plötzlich etwas in der Hand, das wie ein dicker Wachsmalstift aussieht.

»Was, ihr seid immer noch nicht fertig?!« Charon stößt ungläubig die Luft aus, während der Überfahrer aus der Parkbucht fährt. »Nächstes Mal fahr ich allein.«

»Viel Spaß beim allein Zahlen«, erwidert Melinoë lediglich. Sie hält mein Kinn zwischen Daumen und Zeigefinger, malt Striche auf meine Wangen und Lippen, die in meinem Kopf eher nach Kindergartenzeichnung als nach Make-Up aussehen.

Wenigstens fließt der Verkehr mäßig vor sich hin, sodass ich problemlos stillhalten kann und ihr Werk nicht durch plötzliche Bewegungen zerstöre. Geduldig schließe ich die Augen, damit sie mit dem Stift auch meine Augenlider anmalen kann, und frage mich, wie das Ganze wohl für Charon aussehen muss. Immerhin ist er still und meckert nicht weiter, sodass ich mich komplett auf meine nervösen Gedanken konzentrieren kann. *Herrlich.*

Ich zucke kurz zusammen, als Melinoë ihre Hände auf meine Wangen legt und mit den Daumen beginnt, dort zu reiben, wo sie zuvor die Striche gemalt hat. Charon gibt ein amüsiertes Geräusch von sich, das mir wieder Hitze auf die Wangen treibt, und als ich die Augen öffne, hat er ein süffisantes Grinsen auf den Lippen. Ich schenke ihm einen bösen Blick, dann konzentriere ich mich auf Mel und ihre gute Laune.

»Ah, ich wusste, dass dir der Ton stehen wird«, flötet sie, wie zur Bestätigung, dass ich ihn ignorieren kann. »Und das Make-Up ist so simpel, dass sogar Charon es auftragen könnte …«

»Was soll das denn heißen?«, fällt er ihr ins Wort, doch sie spricht trotzdem weiter, als wäre nichts gewesen.

»Auch wenn ich ihm nicht mit Wimperntusche über den Weg trauen würde, erst recht nicht während der Überfahrt.« Sie fängt mein Kichern auf und strahlt, ehe sie Mascara hervorzaubert – aus ihrem Ausschnitt. »Das machen wir aber besser, wenn wir in SoMa sind.«

»In SoMa?« Mir fällt das Lächeln aus dem Gesicht. Beinahe kann ich hören, wie es in der plötzlich erkaltenden Atmosphäre im Wagen zerschellt. Wie um mich zu versichern, wende ich mich an Charon, der noch immer halb nach hinten gewandt auf dem Vordersitz hängt und uns beobachtet. Hat er mir nicht erst gestern von einem Angriff in South of Market erzählt?

»Ja, die Party ist im alten Münzprägeamt. Du kennst das Mint, oder?« Auch Melinoë schaut jetzt zu Charon, fragend, als wäre ihr nicht bewusst, wieso ich plötzlich angespannt bin. »Ist das schlimm?«

»Es geht um den Angriff, Mel«, zischt dieser und bestätigt mich damit. Beklemmung macht sich in mir breit, doch ich vergesse sie ganz schnell, als Charon vor meinem Gesicht schnippst.

»Hey, du bist unter … uns.« Er räuspert sich und deutet mit einem Blick auf unseren Fahrer, der sich absolut nicht mit uns zu beschäftigen scheint. »Du bist den ganzen Abend unter Leuten, da kann gar nichts passieren. Erst recht nicht mit Groß … meistern.«

»Herrje, das hatte ich schon wieder ausgeblendet. Mach dir keine Gedanken, es ist so, wie Charon es sagt! Wir lassen dich nicht allein.« Melinoë legt eine warme Hand auf meine Hände, die ich unsicher zwischen meine Beine geklemmt habe.

Ich atme tief durch und nicke dann, darauf bedacht, sämtliche Angst und Nervosität endlich von mir zu stoßen. Wir schweigen, bis der Fahrer den Sedan gegenüber dem Haupteingang des Mints auf dem Halteverbotsstreifen zum Stehen bringt. Mel ist schneller ausgestiegen, als ich mich abschnallen kann, während Charon dem Fahrer einen Zwanzig-Dollar-Schein zusteckt und »Für die ganze Warterei« murmelt.

Warmer Wind wirbelt meine Haare durcheinander, während Charon und ich Melinoë über die Straße zu den steinernen Stufen folgen, die zum Haupteingang des Mints hochführen.

Ohne es zu wollen, greife ich nach Charons Arm und halte mich an ihm fest, als wäre dies immer noch Teil der Aufnahmezeremonie. Ehrfurcht pocht in meiner Brust, als ich einen Fuß auf die von unzähligen Schritten abgetragene Stufe setze. *Natürlich* kenne ich das Mint. Ich glaube, jeder Einwohner von San Francisco ist schon an dem alten Münzprägeamt vorbeigefahren und hat die imposante Fassade bewundert, die wie ein griechischer Tempel aussieht. Der Eingangsbereich wird von sechs dorischen Säulen getragen, die mindestens sieben Meter hoch sind. Inmitten der Downtown, zwischen Hochhäusern und Glasbauten, wirkt der neoklassische Bau beinahe fehl am Platz, doch das macht das Mint umso besonderer. Es ist nicht nur historisch, es ist eine Institution, ein Überbleibsel des Goldrauschs, welcher der Stadt einst so viel Reichtum gebracht hat.

Nie hätte ich mir erträumt, mal einer Party beizuwohnen, die als Location das Mint mietet. Doch jetzt, wo ich darüber nachdenke, passt wohl kaum ein anderes Gebäude in San Francisco so gut zu Styx und der griechischen Mythologie, welche die Verbindung verkörpern möchten.

»Du musst wirklich keine Angst haben«, raunt Charon mir zu, als wir durch die große, hölzerne Eingangstür schreiten. »Jedenfalls nicht vor Obscura.«

Ich würde ihn gerne fragen, was er damit meint, merke jedoch durch seine Worte, dass ich mich noch immer an seinen Arm klammere und lasse ihn schnell los. Melinoë scheint sich im Mint auszukennen, denn sie steuert uns zielstrebig durch den kurzen Flur des Eingangs weiter in das Gebäude, statt geradeaus in Richtung des Innenhofs. Durch die geöffneten Türen sehe ich in die Säle, gefüllt mit jungen Erwachsenen, höre gedämpfte Musik, die irgendwas zwischen Pop und Rapmusik zu sein scheint, und rieche das Buffet, noch bevor ich es sehe. Mein Magen knurrt, um mir zu verdeutlichen, dass ich noch kein Abendessen hatte und er darüber nicht glücklich ist.

»Ich verlass euch mal. Ich schick dir meine Location, damit du mich findest, wenn du nach Hause willst, Alma.« Charon schenkt mir einen letzten grimmigen Blick, ehe er in den Saal zu unserer Linken abdriftet, der durch terracottafarbene Wände mit weißen Ziersäulen besticht.

Wir machen einen kurzen Abstecher zu den Toiletten, wo ich mir die Wimpern unter Mels Anweisung tusche und einen kurzen Blick auf das simplistische Make-Up werfen kann, das sie im Uber gezaubert hat. Ein schimmernder, sanfter Beerenton lässt meine Augen blauer wirken, meine Wangen leicht glänzen und meine Lippen voller aussehen. Es ist interessant, wie Melinoë mit einer einzigen Farbe mein halbes Gesicht geschminkt hat, und wie gut es dennoch aussieht. Gemeinsam mit dem Crop Top, das ich eigentlich nie trage, wirke ich auf mich im Spiegel beinahe wie eine fremde Person; eine ganz normale hübsche junge Frau. Nicht wie das ehemalige Mobbingopfer der Highschool, nicht wie eine Hexe.

Leider bin ich dennoch beides.

»Wie du siehst, ist es wirklich rappelvoll hier.« Melinoë richtet ihr spitzenbesetztes Bralette im Spiegel und lockert ihre Haare auf, ehe sie zu mir schaut. »Du wirst also garantiert nicht auffallen. Komm, ich stell dir meine Freunde vor und dann tanzen wir etwas.«

Wie immer spüre ich Aufregung in meiner Brust kitzeln, doch heute ist etwas anders. Vielleicht liegt es daran, dass ich bereits die Aufnahmezeremonie hinter mir habe, von einem Kerl nackt gesehen wurde und nun aufgestylt auf einer Edelparty bin, vielleicht habe ich auch einfach nur die Schnauze voll von meinem eigenen Rumgejammer, doch als wir uns auf den Weg machen, nehme ich mir eines fest vor: Wenigstens für heute Abend lasse ich mein verletztes Teenager-Ich hinter mir zurück.

Tatsächlich landet kein einziges Augenpaar auf mir, als Mel mich quer durch den terracottafarbenen Saal zu einer behelfsmäßig aufgebauten Bar zerrt.

»Ein Hard Seltzer, bitte!«, bestellt sie, ohne zu zögern, und wendet sich dann mir zu. »Und für dich?«

»Ich muss erst mal was essen«, gebe ich zurück, woraufhin sie sich wieder zur Bar dreht und »Dann zwei« sagt.

»Welche Geschmacksrichtung?«, fragt der Barkeeper, ohne uns genauer anzuschauen, oder auch nur nach unseren Ausweisen zu fragen.

»Himbeere?«

Ich weiß nicht, ob sie den Barkeeper oder mich fragt, doch kurz darauf hält Melinoë mir eine Dose White Claw entgegen und grinst kess. »Du musst es ja nicht sofort trinken.«

»Besser ist es, sonst bin ich sofort betrunken«, murmle ich. »Die Erfahrung hab ich schon beim wöchentlichen *Kiddusch* gemacht, wenn der Wein auf leeren Magen geknallt hat wie nichts Gutes.«

»Dem wöchentlichen was?«, fragt Mel verwirrt, ehe sie ihre Dose öffnet und an ihr nippt. Gemeinsam bewegen wir uns durch den sich füllenden Saal in Richtung des nächsten Raums, in dem das Buffet aufgebaut ist, während ich ihr kurz erkläre, dass der *Kiddusch* ein Segensspruch am Sabbat ist, der vor dem Essen über einen Becher Wein gesprochen wird. Anders als Charon scheint meine Mitbewohnerin eher fasziniert von meiner Abstammung, und sie löchert mich mit Fragen zu meiner Familie, dem Jüdisch-Sein und anderen Gebräuchen, mit denen ich aufgewachsen bin. Es tut mir beinahe leid, dass meine Familie so ziemlich amerikanisiert ist und fast alles Jüdische abgelegt hat, als sie vor beinahe hundert Jahren auf Ellis Island ankam. Ich tue dennoch mein Bestes, ihr so viel wie möglich zu erzählen, während ich eine Portion *Chicken and Waffles* verschlinge.

»Isst deine Familie auch … äh, nach Regeln?« Melinoë verzieht das Gesicht angesichts des ihr fehlenden Wortes, was mich zum Lachen bringt.

»Koscher, nein. Die Eltern meiner Mutter, ja, aber nicht die Familie von meinem Dad und dementsprechend sind mein Bruder und ich unkoscher aufgewachsen.«

»Oh, du hast einen Bruder?« Sie nippt erneut an ihrem Seltzer und seufzt dann leise. »Neid! Ich musste immer allein spielen.«

»Immerhin konntest du spielen, Bram hat meine Spielsachen immer quer durchs Zimmer gekickt.«

»Segen und Fluch zugleich.« Sie grinst und lässt dann den Blick durch den Raum schweifen. »Ich muss gleich mal Tilly schreiben, wo sie sind. Sie ist sowieso immer am Handy.«

Ich schlucke die letzten Bissen meines Abendessens runter. Trotz meines Vorsatzes, heute Abend nicht so verunsichert zu sein, wird mir unangenehm flau in der Magengegend. »Ich bin total nervös, nur damit du Bescheid weißt. Falls ich kein Wort rausbekomme, musst du denen bitte sagen, dass ich wegen Großtante Giselas Grimoire meine Zunge verschluckt habe, okay?«

Mel lacht, was mir wenigstens ein kurzes Glücksgefühl gibt, doch nachdem ich meinen Teller zu dem dreckigen Geschirr gestellt habe, ist mir nur noch mulmig zumute und so öffne ich die Dose White Claw. Alkohol sollte niemals die Lösung sein, aber vielleicht hilft er mir ein wenig, meine Zunge etwas zu lockern.

Oy veh, denke ich langgezogen, spüle es jedoch mit einem großen Schluck Seltzer runter und folge Melinoë, die mit eiligen Schritten zurück in den terracottafarbenen Saal geht. Als sie jedoch zielstrebig weitergeht und in den Innenhof des Mints tritt, trinke ich schnell noch ein paar Schlucke. Lampions erhellen die Abenddämmerung, die den Himmel über uns in Lilatöne tüncht, und an den vielen runden Tischen sitzen und stehen verschiedenste Grüppchen. Ich erspähe Dakila und Harriet, die sich mit ein paar anderen älteren Gästen an einem Außentisch niedergelassen haben, weit weg von der Tanzfläche und Bühne, auf der eine Liveband basslastige Coverversionen von Hits der letzten zwanzig Jahre spielt.

»Ah! Da sind sie!« Mel greift mich am Arm und zeigt auf eine Gruppe junger Mädchen, die am Rand der Tanzfläche etwas abseits auf dem Steinboden hocken. Ich runzle die Stirn über die Sitzplatzwahl, habe jedoch kaum Zeit, darüber zu urteilen, bis eines der Mädchen uns schon entdeckt. Sie sagt etwas, woraufhin sich alle Köpfe zu uns drehen – nein, nicht zu uns. Zu mir. Am liebsten würde ich die Dose exen, doch auch daran hindert mich ihre ungeteilte Aufmerksamkeit.

»Heeey«, begrüßt Melinoë die Gruppe, sobald wir in Hörweite sind. Nur zwei von ihnen stehen auf, die anderen drei heben lediglich grüßend eine oder beide Hände. »Mädels, Alma – Alma, meine Freundinnen.«

Ich hebe unbeholfen die freie Hand und weiß nicht, wen ich anschauen soll, doch Melinoë nimmt mir die Entscheidung zum Glück ab, indem sie mir jede einzeln vorstellt.

»Brianna hier kennst du schon von Styx«, fängt sie mit der Schwarzen jungen Frau an, die eine der beiden war, die aufgestanden ist. Brianna lächelt schief und mir wird klar, woher sie mir tatsächlich bekannt vorkommt. Sie hatte mir bei meiner Aufnahme das goldene Tablett mit Münze, Öl und Lorbeerkranz angeboten.

»Nenn mich Bree.«

»Hi«, krächze ich und würde am liebsten im Boden versinken. Stattdessen räuspere mich, bevor ich mich gerade noch so davon abhalten kann, mich noch mal als Alma vorzustellen.

Mel stellt mir auch die restlichen Mädchen vor – Poppy, Andromeda, Riley und schließlich Tilly, welche tatsächlich die ganze Zeit an ihrem Smartphone ist, was sie jedoch nicht daran hindert, sich an der Konversation zu beteiligen.

Ich hingegen bleibe still und nippe weiter an meinem Seltzer, in der Hoffnung, dass ich doch noch den Mut aufbringe, mich mit ihnen zu unterhalten. Das letzte Mal in einer Gruppe von Gleichaltrigen war ich in der Junior High, und selbst damals war ich mehr geduldet als gemocht. Irgendwie war ich schon immer *die andere*, und doch fühle ich mich heute nicht ganz so weltfremd wie sonst.

Während ich der Konversation folge, erfahre ich, dass Poppy, Andromeda, Riley und Tilly allesamt Mitglieder des Bunds sind, des Verbunds paranormaler Auszubildender des County of San Francisco, der zwar gemeinsam mit Styx regelmäßig diese Partys veranstaltet, jedoch gänzlich anders funktioniert.

»Unsere Treffen finden außerdem nur einmal im Monat an einem Sonntag statt und so schicke Ordensnamen wie ihr haben wir auch nicht. Ein Trauerspiel, wirklich«, schließt Poppy die Erklärung betrübt ab.

»Außerdem sind unsere Ansprechpartner für Neulinge nicht so ein Augenschmaus.« Riley seufzt leise und mir wird bewusst, dass sie von Charon spricht. »Der Kerl dürfte mich auch gerne an die Hand nehmen.«

»Ich kann euch immer noch vorstellen«, wirft Mel ein, doch Riley schüttelt nur den Kopf und seufzt wieder.

»Ein Fae und eine Dryade? Das geht doch niemals gut.«

Ich versuche, Riley nicht zu sehr anzustarren. Erst jetzt wird mir wieder bewusst, dass alle diese Mädchen übernatürlich sind. Oder paranormal, wie sie es anscheinend lieber nennen. Neugierig betrachte ich sie eine nach der anderen.

»Darf ich fragen, was ihr seid?«

»Werhyäne«, gibt Bree sofort zurück, als wäre es eine ganz normale Frage – was es wahrscheinlich auch ist. »Quasi, ich stamme von den Bouda ab, aber das sagt dir Weißbrot sicherlich nichts.«

»Nein«, gebe ich verlegen zurück. Zum Glück tritt daraufhin jedoch keine Stille ein, denn auch die restlichen Mädchen beantworten meine Frage. Andromeda, die wie ich eine Hexe ist, beäugt mich neugierig, während Poppy sich als Formwandlerin outet und Tilly ausschweifend erklärt, dass sie Elektrizität lenken kann. Ich sauge jedes Wort in mich auf, einerseits überfordert, doch andererseits fasziniert von ihren Erzählungen. Grinse in mich hinein, versuche mich irgendwie am Gespräch zu beteiligen und genieße es, mich das erste Mal heute Abend nicht fehl am Platz zu fühlen.

11

Ich weiß nicht, wie lange wir auf dem Boden sitzen und uns unterhalten, doch als ich den Kopf in den Nacken lege, um den Rest meines White Claw aus der Dose zu schütten, ist der Himmel bereits voller Sterne. Lichtsmog lässt das Himmelszelt eher rötlich denn schwarz erscheinen, und doch schaffen einige Lichter es, ihn zu durchdringen. Kaum habe ich die Dose von den Lippen abgesetzt, klatscht Melinoë in die Hände.

»Endlich!«, ruft sie aus und erhebt sich mit einem Ächzen, als wäre sie nicht zwanzig, sondern zweihundert Jahre alt. »Komm Alma, ich will mehr Seltzer.«

»Du hast auf mich gewartet? Wieso sagst du denn nichts?!«, stoße ich quiekend aus und rapple mich auf. Das plötzliche Aufstehen hat jedoch einen Effekt, den ich nicht erwartet habe. Für einen kurzen Augenblick habe ich das Gefühl, dass die Schwerkraft aufgehört hat zu wirken. Ich schaffe es gerade so, nicht ins Taumeln zu geraten. Ist das der Alkohol, der mir bereits zu Kopf gestiegen ist? Dabei habe ich doch extra was gegessen!

Melinoë wirkt nicht so, als wäre sie auch nur leicht vom Alkohol beeinflusst. Sie schüttelt ihre Haare aus, lässt ihre Schultern kreisen und blickt mich dann auffordernd an.

»Ich komm mit euch«, verkündet Riley und grinst breit. »Will noch wer was von der Bar?«

Poppy winkt ab, jedoch nicht, um zu verneinen. »Bringt einfach 'ne Runde Surge mit.«

»Aye, aye!«

Riley fragt nicht erst nach gewünschten Geschmacksrichtungen, und ich frage mich, ob sie und Mel die Vorlieben der anderen wohl genug kennen oder einfach das mitbringen werden, worauf sie selbst Lust haben. Die Tanzfläche vor der Bühne hat sich in der Zwischenzeit gefüllt und wir müssen einen Bogen laufen, bei dem Riley bei mehreren Tischen stehen bleibt, um kurz mit den dort sitzenden Leuten zu quatschen, wobei Melinoë jedes Mal anfängt zu quengeln, dass sie *wirklich Durst* hat. Ich betrachte das Debakel schmunzelnd, mische mich jedoch nicht ein.

Als Riley am vierten Tisch anhält, den unser Weg kreuzt, hat meine Mitbewohnerin jedoch genug. »Wir gehen vor, Riley! Bis gleich!«

»Hey!«, höre ich Rileys Einwurf, doch Melinoë hält sich damit nicht auf und ich folge ihr lieber, anstatt bei den Unbekannten am Tisch zu bleiben, die mich mit offener Neugier gemustert haben.

»Immer diese sozialen Menschen, schrecklich«, höre ich Mel seufzen, dann schaut sie mich über ihre Schulter hinweg an. »Wenn dir das alles zu viel ist, dann sagst du Bescheid, ja?«

»Mache ich«, gebe ich zurück und kann nicht verhindern, dass ich verschämt lächle. »Danke.«

»Ich weiß, dass wir ein bisschen viel sein können, Charon hat keine fünfzehn Minuten mit den Mädels ausgehalten.« Sie wendet sich dem Barkeeper zu, der gerade zwei Lightbeer an einen Typen reicht, der mindestens dreißig sein muss. »Habt ihr White Claw Surge?«

»Nur Blutorange.«

»Wir nehmen sieben Dosen.« Sie lehnt sich an die Bar und lässt den Blick über die Menge im Saal schweifen. Ich tue es ihr gleich und lächle Riley an, die auf uns zukommt.

»Mea Culpa!«, ruft sie und macht eine entschuldigende Geste. »Nachdem ich letztes Mal ja auch nicht da war …«

»Ja, ja, alles gut«, unterbricht Melinoë sie und reicht ihr dann drei der Dosen. »Mach dich einfach jetzt nützlich.«

Wir wenden uns gerade dem Gehen zu, als Riley innehält. »Hach, seht ihn euch an. Was ein Kerl, huh?«

Ich folge ihrem Blick, doch leider ist es kein heißer Typ, der ihre Aufmerksamkeit auf sich gezogen hat, sondern … Charon. Mit einem Stirnrunzeln schaue ich zu Mel, die lediglich grinsend die Augen verdreht und eine der Surge Dosen auf der Bar abstellt.

»Wohl eher: Was für ein Trottel«, erwidert sie schließlich und öffnet das Seltzer. »Cheers, Mädels.«

Auch ich stelle eine der Dosen ab und stoße mit der anderen mit ihr an, ehe ich sie öffne. Riley schaut erst noch eine Weile verträumt zu Charon, ehe sie es uns gleichtut.

»Wäre er nur kein Fae«, seufzt sie schließlich. »Hach ja, schade Marmelade.«

»Wieso hindert dich das?« Die Frage ist mir schneller entschlüpft, als ich sie gedacht habe. Hastig nehme ich einen großen Schluck von dem Seltzer, damit ich nicht noch mehr Interesse zeige, das falsch gewertet werden könnte.

»Fae beherrschen die Natur und sie ist ein Naturgeist – das wäre zu toxisch«, erwidert Mel, ohne mich anzusehen. Ich nicke langsam, doch verschlucke mich, als Rileys funkelnder Blick sich mir zuwendet.

»Keine Sorge, er ist ganz dein«, trällert sie. Mir schießt das Blut ins Gesicht, was sie leider nur noch mehr in ihrem Verdacht bestärkt. »Ich kann sehr gut verstehen, was du empfindest!«

»Quatsch«, hasple ich schnell und schaue beschämt auf den Boden. »Angst, wenn überhaupt. Er hasst mich sowieso.«

»Ohhhhh«, macht Riley, was von Melinoës lautem Ächzen übertönt wird.

»Er hasst dich nicht, Alma!«

»Muss ich dich an gestern erinnern?«, frage ich verdrießlich.

»Was war gestern? Hat er was getan? Müssen wir ihn lynchen?« Riley stupst mit ihrem White Claw an meines und als ich den Blick hebe, schaut sie bitterböse aus. »Gib mir gerne einen Grund, ihn zu hassen!«

»Nein!«, quietsche ich schnell. »Ich will nicht darüber reden, aber ... einfach nein. Vergiss es, okay?«

Riley kneift die Augen schmal zusammen, ehe sie sich wieder Charon zuwendet und ihn von oben bis unten mustert. »Na gut. Aber auch nur, weil er so nett anzusehen ist.«

»Er hasst dich ganz sicher nicht, wirklich«, versichert mir Mel erneut, diesmal versöhnlicher. »Er ist nur ... dumm. Ein Mann halt.«

Riley gibt ein grunzendes Lachen von sich. »Hey, hey, Frau Misandristin, nicht alle Männer ...«

»Ja, ja«, unterbricht Mel sie seufzend. »Dann halt so: Er ist nur dümmer, als er es sonst ist.«

»Besser«, kommentiert Riley und wendet sich dann wieder mir zu. »Geh doch mal zu ihm rüber, Alma. Mel und ich beobachten ihn und sagen dir dann, was er wirklich denkt.«

»Nein, danke«, stoße ich aus, bevor Melinoë neben mir begeistert zustimmen kann. »Was soll ich überhaupt bei ihm? Sagen, dass du auf ihn stehst?«

Riley lacht laut auf und schüttelt dann den Kopf. »Bitte, tu dir keinen Zwang an. Ist eigentlich egal, was du ihm an den Kopf knallst. Geh einfach hin und sprich mit ihm, dann sag ich dir, ob er dich wirklich hasst, Süße.«

»Du könntest ihn fragen, ob er schon weiß, wann er los will, damit ich weiß, ob wir ihn später mitnehmen«, schlägt Mel breit grinsend vor.

»Muss ich wirklich?« Ich sinke noch ein kleines bisschen in mich zusammen bei dem Gedanken, wieder von Charon angeschnauzt zu werden. Dabei sieht er gar nicht so miesepetrig aus wie sonst, wie er dort zusammen mit einem blonden Kerl an einem der geöffneten Fenster zum Hof steht.

»Davor gehen wir nicht zurück zu den anderen, also hopp!«

Riley zwinkert mir zu, doch ich bin mir trotzdem nicht sicher, ob sie das nur scherzhaft meint. Mel gibt mir einen wohlgemeinten Stups nach vorne, und ich nehme einen letzten großen Schluck von dem White Claw, um mir Mut anzutrinken, dann seufze ich ein ergebenes »Okay« und versuche, nicht allzu verloren auszusehen auf meinem Weg durch die Halle.

Charon bemerkt mich vor dem blonden Mann, der mit dem Rücken zur Bar steht und am geöffneten Fenster eine E-Zigarette raucht. Ich schlucke meine Nervosität runter und umfasse die Dose fester, auch wenn ich das Gefühl habe, dass gerade Schmetterlinge in meiner Brust schlüpfen.

»Hey, Charon«, sage ich so lässig wie möglich und bin beinahe beeindruckt von mir selbst, dass meine Stimme dabei tatsächlich entspannt klingt.

Der Blonde dreht sich zu mir und ich erkenne, dass es der junge Mann ist, der mir am Nachmittag die Phiole mit dem dunklen Wasser gereicht hat. Sein Blick heftet sich an mein Gesicht, wandert dann an meinem Körper hinab und zu Charon, ehe er ein »Dude« murmelt. Fragend ziehe ich die Augenbrauen zusammen, doch alles, was Charon darauf erwidert, ist ein kurz angebundenes »Bro!«, und damit hat sich die Konversation zwischen den beiden erledigt. Im hellen Licht des Saals sieht der Blondie nicht mehr aus wie mein Bruder, sondern mehr wie der Quarterback aus dessen Highschool-Team.

»Orphne«, begrüßt mich der Quarterback, als wäre der Austausch eben nie passiert, und hält mir eine Faust entgegen, die ich nach kurzem Zögern mit meiner eigenen anstoße. »Cool, dass du auch hier bist!«

»Krieg dich ein, Theseus, du kannst sie auch einfach Alma nennen«, murmelt Charon. »Alma, du hast Chad ja vorhin schon kennengelernt, oder?«

»Nein«, gebe ich zurück und betrachte Chad ebenso ungeniert wie er mich. »Heißt du wirklich Chad oder ist das ein Spitzname?«

»Richtiger Name«, erwidert er und grinst. »Ich weiß, ich weiß, absoluter Giga Chad – aber was soll ich machen?«

»Auf Alma aufpassen, während ich die nächste Runde hole«, erwidert Charon und wendet sich dann mir zu. »Alles in Ordnung? Kommst du klar?«

Anders als sonst liegt keine Härte in seinem Tonfall, und während Chad plötzlich verschwindet, kann ich nicht anders als Charon misstrauisch zu beäugen. Er flucht zwar, als sein Kumpel weg ist, sieht jedoch entspannt aus, beinahe weich, obwohl er keine Verschleierung trägt. Seine spitzen Ohren zucken im Einklang mit seinen Augenbrauen, als er vergnügt grinst. »Das nehm ich mal als ein Ja.«

»Ja, natürlich«, murmle ich und werfe einen Blick über die Schulter zur Bar, wo Chad sich mit Mel und Riley unterhält. »Ich, äh … Mel fragt, ob du schon abschätzen kannst, wann du fahren willst?«

»Und sie schickt dich vor?« Charons volle Lippen werden von einem breiten Grinsen entzweit, das ich in der ganzen letzten Woche nicht bei ihm gesehen habe.

»Ähm. Anscheinend.« Fragend lege ich den Kopf schief und schaue ihm in die Augen. »Ist bei *dir* alles in Ordnung?«

»Ich hab dich im Auge gehabt, während du bei Mels Freunden warst, aber es ist schwer, deine Körpersprache zu lesen«, erwidert Charon statt einer Antwort. »Immer nervös. Wie ein Rehkitz.«

»Okay«, gebe ich langgezogen zurück. Ist er auf Drogen? Und wieso hat er mich die letzten Stunden beobachtet?

Charons Blick gleitet hinter mich und er fixiert etwas, während er weiterspricht. »Chad war überrascht, wie du ohne die Robe aussiehst. Die Hose steht dir. Betont deinen Arsch gut.«

»Bitte was?«, hauche ich fassungslos. Ist das gerade sein Ernst?! Ich stolpere einen Schritt rückwärts und stoße gegen jemanden. Chads Brust, stelle ich mit einem Blick fest. Zum Glück hat er seine Arme ausgebreitet, denn ansonsten wäre ich gegen die Shot-Gläser mit einer klaren Flüssigkeit gestoßen, die er in den Händen hält. Erst als er die Arme um mich legt, bemerke ich, was für eine seltsame Haltung das ist, wenn er nicht genau das vorhatte, was er gerade tut – mich von hinten umarmen.

»Prost, ihr zwei!«, röhrt er in mein Ohr, während er mir einen der Kurzen in die Hand drückt und sich von Charon ebenfalls einen abnehmen lässt. Dann gleitet er an mir vorbei, sodass wir in einem Dreieck zueinanderstehen.

»Zur Mitte, zur Titte, zum Sack, zack, zack!«

Die beiden exen ihre Kurzen wie Profis, ohne das Gesicht zu verziehen, und mir wird schlagartig bewusst, wie betrunken sie sein müssen.

»Auf zack, zack musst du trinken, Alma!«, ruft Chad, als er sieht, dass mein Glas noch immer voll ist. »Komm schon, ich hab dir extra einen ausgegeben!«

»Sie weiß, dass die Bar umsonst ist, Bro«, feixt Charon und schlägt seinem *Bro* mit der Faust gegen den Oberarm. »Versuch's erst gar nicht.«

Als er mich schließlich angrinst, fühle ich mich seltsam verloren. Wenn mir bisher eine Sache sicher war, dann war das Charons Arschloch-Attitüde. Wieder zuckt er mit den Ohren, wieder dieses breite Grinsen, das seine Gesichtszüge weicher wirken lässt, als würde er nicht nur aus Kanten bestehen. Wieso steht ihm das auch noch?

»Komm schon«, höre ich Chad quengeln, kann mich jedoch nicht von Charons Anblick lösen. Er ist wirklich betrunken. Ohne wegzuschauen schütte ich den Shot runter und verziehe das Gesicht, als der Alkohol scharf in meiner Kehle brennt. Chad jubelt und nimmt mir das Glas ab, um es auf der Fensterbank abzustellen und dann wieder seine E-Zigarette zu nehmen.

»Kein Vodka-Fan?«, fragt Charon lächelnd. »Dabei trinkst du quasi dasselbe, nur mit Sprudelwasser.«

»Und Geschmack«, keuche ich und nehme einen Schluck vom White Claw. Es war eine saudumme Idee, den Shot zu exen, das ist mir bewusst. Doch immerhin schaffe ich es dadurch endlich, nicht mehr Charon anzustarren, als wäre er der letzte Mensch der Welt.

Er ist auch nur ein Mann. Natürlich war mir das bewusst, aber gleichzeitig hätte ich nicht erwartet, dass etwas Alkohol sein Verhalten so krass ändert. Okay, eine Menge Alkohol, so wie er gluckst.

»Gefällt dir die Party denn?«, erlöst mich Chad von den Gedanken und bläst den Dampf nach draußen. »Ist 'ne Menge los, was?«

»Ziemlich. Ich bin froh, dass Mel bei mir ist, ansonsten wäre ich wohl verloren.« Ich zucke lächelnd mit den Schultern, als Chad ein leises »Aw« entgegnet.

»Char wäre sicher nicht abgeneigt, auf dich aufzupassen«, erwidert er schließlich und ich verschlucke mich an meinem Seltzer.

»Char«, wiederhole ich und blicke dann zu Charon, der mich unverhohlen mustert und erst nach ein paar Sekunden von meinem Körper aufschaut.

»Wie immer du ihn nennen willst, Charon, Char, H ...«

»Schnauze, Chad«, unterbricht Charon ihn barsch und boxt ihn gegen die Brust. Während Chad nach Luft schnappt, greift Charon ohne falsche Bescheidenheit nach der Dose in meiner Hand. »Bleiben wir bei Charon und Alma, ja? Ich bin kein Fan von Spitznamen.«

Ich starre ihn nach wie vor fassungslos an, wie er von meinem Seltzer trinkt und dabei den Blick nicht von meinem löst. Es hat beinahe etwas Provokantes, doch nicht in die aggressive Richtung, in die er sonst geht.

»Dabei sind unsere Ordensnamen auch Spitznamen«, lacht Chad keuchend und handelt sich die nächste Faust ein, wenn auch sehr viel schwächer als zuvor. Ich mustere ihn besorgt, doch als er einen weiteren Zug von der E-Zigarette nimmt, klingt die Sorge rasch ab. Charon reicht mir derweil mein Seltzer zurück und während ich daran nippe, schießt mir der dämliche Gedanke in den Kopf, dass wir uns damit indirekt geküsst haben. Wann bin ich wieder im Kindergarten angekommen?

»Ich wusste übrigens, dass du Orphne wählen wirst«, erklärt Chad selbstsicher. »Das war der einzige Gegenstand, bei dem du nicht mit den Lippen gezittert hast.«

»Mit den Lippen gezittert?«, frage ich, irgendwo zwischen perplex und beschämt.

»Machst du immer, wenn du unsicher bist«, kommentiert Charon, was es nicht besser macht. Hitze flammt auf meinem Gesicht auf. Noch ein Schluck Seltzer. Mittlerweile schmeckt es nicht mal mehr nach Blutorange, sondern nur noch entfernt alkoholisch. Ich atme tief durch und werfe einen Blick über die Schulter zu Melinoë und Riley, die noch immer an der Bar stehen und uns beobachten. Wie lange stehe ich schon bei den Jungs? Sollte ich langsam zurück?

Nein. Die beiden sehen geradezu begeistert aus, als würden sie eine neue Episode ihrer liebsten Fernsehshow gucken, und als ich nicht wegschaue, geben sie mir mit auffälligen Handzeichen zu verstehen, dass ich bleiben soll.

»Gut, ich hol die nächste Runde!«, sagt Chad und ich richte meinen Blick wieder nach vorne. Er hat die E-Zigarette abgelegt und reibt sich die Hände, als hätte er noch Großes vor. Dabei würde es mich überraschen, wenn er heute Nacht noch sein Bett erreicht, wenn er und Charon so weitertrinken.

»Bitte nicht«, keuche ich. »Ich hab mit dem Surge schon zu viel Alkohol gehabt!«

Chad zeigt lediglich auf sein Ohr und zuckt mit den Schultern, als würde er nichts hören, ehe er mit den leeren Gläsern verschwindet. Ich gebe ein verzweifeltes Geräusch von mir. Ich glaube, wenn ich noch einen Shot trinke, muss ich kotzen.

Charon nimmt mir wieder die Dose ab, stellt sie dieses Mal jedoch auf dem Fensterbrett ab – oder versucht es, denn er trifft nicht ganz und sie kippt nach außen weg.

»Oh«, mache ich, doch er merkt es nicht mal. Mein Blick findet seinen und ich merke, dass er wieder mein Gesicht mustert. Seine Hand hebt sich beinahe so geschmeidig wie er näher an mich tritt und ich halte inne in meiner Bewegung.

»Bist du deswegen so rot im Gesicht?«, fragt er. Ehrliches Interesse ziert seine Züge, fast so, als wäre die Frage ernst gemeint. Ich kann nicht antworten, bin erstarrt und zucke nicht einmal dann zusammen, als er über mein Gesicht streicht. Seine Fingerspitzen fahren die Kontur meiner Wangenknochen nach und verschwinden dann in meinen Haaren, während ich nichts anderes tun kann als ihn anzustarren wie ein Reh im Scheinwerferlicht. *Ein Rehkitz. Immer nervös.*

Er streicht die Strähnen nach hinten, eine ebenmäßige Bewegung, die ein seltsames Gefühl auf meiner ganzen Kopfhaut auslöst, als würde sich etwas in meinen Haaren bewegen. Mein Herz hat simultan aufgehört zu schlagen und prescht wie wild gegen die Grenzen meines Brustkorbs. Mir ist heiß und ich friere. Was tut er? Was soll das? Macht er sich über mich lustig? Versucht er auszutesten, wo meine Grenzen liegen, wann ich ihn wegstoße? Tausend Gedanken in meinem Kopf und doch kriege ich es nicht hin, irgendwas zu erwidern, auch nur etwas in Angriff zu nehmen, wenn er mich so anschaut. Dunkle Augen, die in den Schatten seiner Brauen liegen, mit großen Pupillen, schimmernd mit einem fernen Verlangen.

Ich spüre seine filigranen Finger sanft über meine Haare fahren, so viel sanfter, als ich es ihm je zugetraut hätte; hauchzart, als hätte er Angst, sich zu verbrennen, wenn er mich berührt, und doch hält es ihn nicht davon ab, weder seine Fingerspitzen noch seinen Blick, der ebenso streichend über mein Gesicht gleitet und schließlich den meinen findet und ungewohnt weich erwidert. Die Welt steht still um uns herum und ich habe alles vergessen. Wo ich bin, wer er ist. Ich will ihn von mir stoßen und an mich ziehen, will, dass er mich liebt und hasst, will mich verlieren und finden. Alles und doch nichts.

Und dann küsst er mich. Warme, weiche Lippen, die nach Orangen und Alkohol schmecken.

Ich bin wie versteinert, kann mich nicht wehren und will es auch gar nicht. Erwidere den Kuss, auch wenn ich das ebenso wenig will – oder? Ich weiß es nicht. Weiß gar nichts mehr, außer dass dieser Kuss anders ist als alles, was ich je gespürt habe. Aufregend, elektrifizierend. Meine Haut kribbelt, die

Luft um uns herum scheint voller Impulse zu sein. Und ich kann nicht anders, als Charon zu küssen, mich von ihm küssen zu lassen, leidenschaftlich und viel zu liebevoll. Ich hasse ihn in diesem Moment, hasse meinen verräterischen Körper, der sich nicht gegen ihn stellen kann, stellen will. Sich sogar wünscht, dass er mich in die Arme nimmt.

Doch alles, was er tut, ist, meinen Kopf zwischen seinen Händen zu halten und mich mit so einer Intensität zu küssen, dass mir die Luft wegbleibt. Seine Zunge spielt mit meiner. Wann sind wir zu einem Zungenkuss übergegangen? Ich kann es nicht sagen, habe sämtliches Zeitgefühl verloren. Jeder Gedanke, der über das Hier und Jetzt hinaus geht, verschwindet in einem Nebel, den ich nicht überwinden kann. Erst als Charon seine Lippen von mir löst und ich seufzend Luft hole, fängt mein Kopf zu realisieren an, was gerade geschehen ist.

Himmel, wann bin ich das letzte Mal geküsst worden? Bin ich überhaupt jemals *so* geküsst worden? Ich starre ihn an als wäre er ein Mondkalb, den Mund offen, stumm. Blinzle einmal, zweimal. *Was. War. Das?*

»Shots, Shots, Shots!«, dringt Chads Stimme an mein Ohr. Charon grinst und nimmt seinem ankommenden Freund einen Shot ab. Auch ich kriege wieder ein Glas in die Hand gedrückt, doch trinke es nicht. Mein Körper prickelt und ich spüre, wie die Nervosität in mir aufbrandet und mich vollkommen überfordert. Charon und Chad kippen ihre Shots runter, als wäre nichts passiert. Als hätte Charon mich nicht gerade mit der Intensität von tausend heißen Sonnen geküsst.

»Alma!«, höre ich eine erstickte Stimme hinter mir und werde am Arm berührt. Melinoë. Sie dreht mich zu sich, schaut mich an, aufgeregt, besorgt. Die Hälfte des Shots schwappt auf den Boden. »Ist … Ist alles gut?«

Hinter ihr steht Riley, den Mund offen, begeistert und doch überrascht. Ich schaue wieder zu Mel, kann nicht antworten, so gerne ich auch würde. Sie nimmt mir das Glas ab und reicht es an Chad, der über den verschütteten Alkohol jammert.

»Entschuldigt uns!«, fiept sie dann in Richtung der Jungs und packt meinen Oberarm, um mich mit sich rauszuschleifen. Mein Körper wehrt sich nicht, stolpert ihr nur hinterher, während sie mich über den Innenhof zurück zu der Mädelsgruppe zerrt.

»Wo wart ihr denn?!«, ruft uns Poppy bereits ungeduldig entgegen.

»Und wo sind die Getränke?« Andromeda mustert uns und merkt, dass etwas nicht stimmt, als Melinoë mich auf den Boden zieht und mir beruhigend über die Schultern streicht. »Was sind das für Blumen in deinem Haar, Alma?«

Ich fasse verwirrt in meine Haare und fühle etwas in ihnen, das dort vorher nicht war. Doch noch bevor ich eine Frage dazu formulieren kann, ergreift Brianna das Wort. »Ist was passiert?«

Ich stocke in meiner Bewegung. Alle Augen liegen auf mir. Mels, Rileys, die der anderen vier Mädchen. Prüfend, wertend. Ich atme bebend ein und spüre, wie ich die Kontrolle verliere. Die Nervosität gewinnt, Panik breitet sich in mir aus, tausend Fragen nach dem Warum und dem Danach. Ich schluchze und kann nichts dagegen tun, kann nur mein Gesicht in meinen Händen vergraben.

»O mein Gott«, höre ich Tilly hauchen.

»Was ist denn passiert?!« Briannas Stimme.

»Charon hat sie geküsst.« Riley. Sie klingt irgendwas zwischen begeistert und entsetzt.

»O mein Gott.« Den leise gemurmelten Satz kann ich keinem der Mädchen zuordnen und ich zwinge meinen Körper, sich zu beruhigen. Streiche die Tränen von meinen Wangen, auch wenn sofort neue folgen.

»Sorry«, stoße ich hervor und ärgere mich über meine brüchige Stimme. »Ich bin absolut überfordert. Sonst war er nicht einmal freundlich zu mir.«

Die Mädchen starren mich wortlos an. Verwirrung spricht aus ihren Augen, Überforderung, Fragen über Fragen, doch ich habe keine Antworten. Greife wieder in meine Haare und taste nach den Blumen, die Andromeda angesprochen hat. Zerquetsche die zarte Blüte beinahe, als ich fast sofort eine finde. Ihr Stängel scheint sich um eine Haarsträhne gewunden zu haben und es ziept leicht, als ich sie herausziehe. Eine schwarze Rose, deren Blätter so dunkel sind, dass sie im warmen Licht der Lampions wie Samt aussehen. Doch sie ist echt, das spüre ich, keine Kunstblume.

»Charon hat sie dir ins Haar gesetzt, als er darüber gestrichen hat«, erklärt Riley hinter mir und ich blicke sie fassungslos an. »Fae-Magie.«

Ich will etwas erwidern, doch kriege nur ein hohes, seltsames Geräusch raus. Als würde ich gleichzeitig schreien und die Lippen zusammenpressen.

»Soll ich uns ein Uber rufen und wir fahren nach Hause?« Mel streicht mir die Haarsträhne aus dem Gesicht und zwingt mich, den Blick von der Rose zu nehmen, um sie anzusehen.

»Ich glaube, das wäre gut«, erwidere ich leise. Mein Herz pocht noch immer wild, doch dieses Mal gesellt sich ein weiteres Gefühl dazu. Ein sanftes Kribbeln in meinem Bauch, als ich den Kuss erneut in meinem Kopf ablaufen lasse. »Wieso hat er mich geküsst?«

Ich wünschte, ich würde Wut fühlen, wünschte, ich wäre sauer auf ihn, doch nichts dergleichen. Nur dieses Kribbeln. Hilflos zucke ich mit den Schultern und versuche, ein erneutes Schluchzen zu unterdrücken.

»Hab euch ein Uber bestellt«, wirft Tilly ein. Dankbar versuche ich sie anzulächeln, doch schluchze nur auf, als ich sehe, dass sie ihr Telefon das erste Mal in meiner Gegenwart aus der Hand gelegt hat. »Aber jetzt erzähl, wie kam es zu dem Kuss?«

»Küsst er so gut wie er aussieht?«, wirft Riley von der Seite ein.

Wieder blicke ich auf die Rose in meiner Hand, wieder taste ich nach den anderen in meinem Haar. Ich bin überfordert von der Situation, von den Mädels, von den Fragen, die plötzlich in meinem Kopf aufploppen. Was bedeutet dieser Kuss? Oder war er lediglich dem Alkohol geschuldet? Wieder dieses Kitzeln in meinem Magen.

»Mel, könntest du erzählen?«, frage ich leise. Ich will einfach nur weg. Weg von Charon, weg von Chad und den Shots, weg von den Mädels. Weg von den Erinnerungen an den Kuss. Wie weich seine Lippen sind. Wie sanft seine Finger.

Oy veh. Ich brauche dringend ein weiteres Seltzer.

12

Mein Kopf pocht und summt schwerfällig, als ich am nächsten Tag erwache. Ich fühle mich wie erschlagen. Wie bin ich gestern ins Bett gekommen?

Ich blinzle gegen das helle Tageslicht an, das mein Zimmer erhellt, und kneife dann die Augen wieder zusammen. Mel hat mich nach Hause begleitet, wir haben ein Uber genommen und haben dabei weitergetrunken. Irgendwo mussten die Seltzer ja hin. Mels Worte, nicht meine. Kurz frage ich mich, ob das nicht illegal war, doch dann pocht wieder Schmerz zwischen meinen Schläfen auf und ich ächze. Es war auf jeden Fall dämlich, nach der Party weiterzutrinken. Und dennoch bereue ich es nicht. Ich habe das gebraucht, nachdem … Nach dem, was mit Charon passiert ist. Mein flauer Magen schlägt einen Salto. Ist das wirklich passiert? Hat er mich wirklich geküsst? Habe ich das wirklich zugelassen, ja sogar erwidert?

Ich würge und muss dadurch aufstoßen, was mich endgültig dazu bewegt, mich aus dem Bett zu schälen. Nicht, dass ich mich am Ende noch auf die Laken übergeben muss. Doch als ich stehe, geht es mir schon besser. Ein bisschen. Glaube ich, bis mein Blick auf meinen Schreibtisch fällt, auf dem nicht nur meine Bluse vom Vorabend liegt, sondern auch die Rosen, die in meinem Haar gesteckt haben. Die Charon in meine Haare gezaubert hat. *Hilfe.* Mein Herz flattert beim Anblick der dunklen Blütenblätter, von denen einige das Entfernen anscheinend nicht überlebt haben. Oder ich war einfach zu betrunken. Gut möglich.

Immerhin ist die größte Blume unbeschädigt und thront geradezu perfekt über ihren zerstörten Genossinnen. Ihr Anblick löst Gefühle in mir aus, denen ich mich im Augenblick wirklich nicht stellen möchte. Tapsig gehe ich die paar Schritte zu meinem Kleiderschrank und tausche meinen

Pyjama gegen eine blaue Yogahose und einen übergroßen Pullover, in dem ich versinke. Dann schlüpfe ich in meine Sneaker und werfe einen Blick in den Spiegel, wie immer, bevor ich das Zimmer verlassen will.

Mir starrt etwas entgegen, das halb Emo und halb Leiche zu sein scheint. Verlaufener Mascara zieht sich in Schlieren meine Wangen hinab, ein trauriger Zeuge dessen, dass ich gestern Nacht geheult habe wie ein Schlosshund. Ich ächze und blicke mich im Zimmer um, aber ich habe keine Abschminktücher oder so was. Wozu auch, wenn ich nicht mal einen Kajalstift besitze? Leider habe ich aber auch keine Idee, womit ich die schwarzen Rinnsale sonst bekämpfen kann. Doch eigentlich ist mir das auch egal, denn mein Magen knurrt just in diesem Moment so laut auf, dass ich mich beinahe erschrecke.

Seufzend schnappe ich mir mein Handy und stopfe es in den Bund der Leggins, dann klopfe ich bei Melinoë an.

»Mh«, murmelt diese, als sie die Tür nach zwei Minuten klopfen endlich aufmacht. »Morgen.«

Immerhin sieht sie genauso zerrupft aus wie ich, mit dicken schwarzen Rändern um die Augen. Sie hat sich wohl auch nicht abgeschminkt.

»Frühstück?«, frage ich und sie nickt, ehe sie sich umdreht und im Zimmer verschwindet. Ich werfe einen neugierigen Blick in ihr Reich, das an sich denselben Aufbau hat wie meines und von den Möbeln her identisch ist. Die Kleidung vom Abend liegt auf dem Boden und ihr Bett sieht zerwühlt aus. Ihre freie Wand hinter dem Bett hat Mel mit einem riesigen, mehrteiligen Bild geschmückt. Ich weiß nicht, welchen Ort sie abbilden, doch ich kenne die weiße Stadt, die sich neben dem intensivblauen Meer einen Berg hinaufzieht. Die ikonischen blauen Kuppelfenster bilden einen herrlichen Kontrast gegen den rosa-lila eingefärbten Sonnenuntergangshimmel.

»Hier«, brummt Melinoë und reicht mir ein feuchtes Tuch. Sie selbst reibt sich bereits die Kajalreste von den Augen und ich tue mein Bestes, auch meine Schlieren zu beseitigen.

Gemeinsam machen wir uns auf in die Küche, wo meine Mitbewohnerin uns erst einmal einen Kaffee aufsetzt, während ich den Kühlschrank plündere. Erst nachdem wir ein paar Bissen und den ersten Kaffee zu uns genommen haben, versucht Melinoë, ein Gespräch anzufangen.

»Wegen gestern«, setzt sie vorsichtig an und beobachtet mich mit zitternden Augen. Ich nicke langsam, um ihr zu bedeuten, dass sie fortfahren soll. »Ich hab Dak Bescheid gegeben, als wir gefahren sind, und Charon geschrieben, bevor ich ins Bett bin. Noch nichts von Charon, aber Dak wollte sich heute bei dir melden. Nur, damit du Bescheid weißt.«

»Würde mich wundern, wenn Charon heute was von sich hören lässt«, murmle ich, »und der nicht den totalen Kater hat.«

»Unterschätze niemals die Frat Boys«, erwidert Melinoë grinsend. »Ich hab Chad und Charon schon ein Wochenende durchfeiern sehen, und am Montag saßen beide in ihren Seminaren und haben gelitten.«

Gerade als ich darauf etwas erwidern möchte, beginnt mein Handy an meinem Bauch zu vibrieren. Ich verziehe das Gesicht zu einer Grimasse und fische es aus dem Bund meiner Hose. Ein Anruf von unbekannt. Fragend schaue ich zu Mel, die ebenso fragend zurückschaut.

»Hallo«, gehe ich mit leichtem Herzklopfen ran. Ein leises Rauschen lässt mich die Augenbrauen zusammenziehen, bevor eine bekannte Stimme ertönt.

»Orphne«, sagt Dakila langgezogen. »Hallo, guten Morgen. Ich hoffe, ich störe nicht?«

»Wir frühstücken gerade, Protos«, erwidere ich und gebe Melinoë damit Bescheid, wer der Anrufer ist. Sie öffnet erstaunt den Mund, bleibt jedoch still und lauscht.

»Nun, ich hoffe, das Frühstück bekommt euch wohl.« Dakila nimmt einen Zug aus seinem Vaporizer und ich verstehe nun, was das Geräusch am Anfang des Telefonats war. »Ich würde dich bitten, nach dem Essen herzukommen, Orphne. Allein. Es ist wichtig.«

Ich schlucke schwer und starre Mel an. »Okay, dann komme ich, sobald wir fertig sind.«

»Soll ich mitkommen?«, fragt sie leise, doch ich schüttle den Kopf.

»Sehr gut. Wir sehen uns gleich.« Dakila wartet nicht darauf, dass ich etwas erwidere, sondern legt direkt auf. Ich schaue auf den Bildschirm und seufze, ehe ich das Handy auf den Tisch lege und mich dann wieder meinem Toast zuwende.

»Hat er gesagt, worum es geht?«

»Nein, nur dass es wichtig ist und ich allein kommen soll.«

Mel verzieht das Gesicht und stopft sich die Reste ihres Fertig-Pancakes in den Mund. »Dann kommt Charon dich wohl abholen?«

Mein Atem stoppt. Verdammt, sie hat recht. Wenn Dakila mich nicht abholt und Mel mich nicht bringen soll, dann heißt das entweder, dass ich ab nun keinen Babysitter mehr brauche – oder dass Charon bereits auf dem Weg hierher ist. Ich weiß nicht, bei welcher der beiden Optionen ich mehr Herzflimmern bekomme.

»Weißt du schon, wie du mit ihm umgehen willst?« Sie streckt eine Hand nach mir aus und drückt sanft meine Finger. Ihre Hände sind ganz warm vom Kaffee, während ich das Gefühl habe, zu erfrieren.

»Ich hab keine Idee«, gebe ich ehrlich zu und greife nach meiner Tasse. »Was macht man, nachdem man so mit einem Kuss überfallen wurde?«

»Alexa, was sagt man, wenn man geküsst wurde?«, fragt Mel mit einem Blick auf mein Telefon. »Ich hab nämlich auch keinen Plan.«

»Alexa, spiel Despacito«, murmle ich und tippe den Bildschirm an. Den Sprachassistenten habe ich ausgestellt, sodass ich mir keine Sorgen machen muss, dass uns gleich wirklich Despacito um die Ohren gedudelt wird. Mel kichert, ehe sie ein »Das ist so traurig« hinzufügt.

Die Googlesuche hilft mir leider auch nicht weiter und schlägt mir nur so Perlen vor wie *jetzt kann ich sagen, dass ich das schönste Mädchen der Welt geküsst habe,* was Charon wohl nicht ganz so lustig fände.

»Ich hasse es, wie sehr sich mein Leben in zehn Tagen verändert hat«, murmle ich leise und trinke den Rest meines Kaffees, der mittlerweile kaum noch lauwarm ist. »Als wäre ich der Protagonist eines Fantasy-Buchs. Alma ist ein ganz normales Mädchen, bis sie plötzlich eine Hexe ist.«

Ich verdrehe die Augen, was Melinoë zum Lachen bringt. »Und dann noch der Love Interest, der dich auf einer Party küsst. Kunst imitiert eben doch das echte Leben.«

»Aber nicht so sehr, wie das echte Leben Kunst imitiert«, gebe ich zurück. Mel zuckt mit den Schultern und will gerade etwas erwidern, als mein Handy vibriert. *Charon.*

»Bring mich um, Charon ist auf dem Weg hierher.« Nervosität prickelt auf meiner Haut und ich fühle mich, als würde ich mein Frühstück wieder hochwürgen müssen.

»Geh dich waschen und anziehen, ich räum so lange ab.« Mel macht eine wegscheuchende Handbewegung und ich erwidere mit einer dankbaren Geste, ehe ich mich aufraffe und erst einmal auf Klo flüchte. Der Blick in den Spiegel, als ich mir die Hände wasche, zeigt, dass ich zwar die Spuren des Weinens beseitigt habe, jedoch immer noch schwarze Überreste am Wimpernkranz kleben. Ich schnappe mir meine Zahnbürste und versuche dann beim Zähneputzen so viel Mascara wie möglich mit Wasser und Papier zu entfernen. Kaum bin ich in meinem Zimmer, klingelt es auch schon an der Haustür.

Mein Herz macht einen Satz und Schmetterlinge flattern in meinem Bauch – verwirrte Schmetterlinge im Dunkeln, die auf der Suche nach dem Licht sind, das nicht existiert. Ich reiße eine dunkle Stoffhose und einen beigen Rollkragenpulli aus dem Schrank und ziehe mich so schnell um, dass es wahrscheinlich für einen Rekord reichen würde. Greife nach meinem Parfüm und verteile einen kleinen Spritzer zwischen den Handgelenken und reibe sie dann an der Haut hinter meinen Ohren, wie meine Mutter es immer macht. Dann fällt mein Blick auf die Rosen auf meinem Schreibtisch. Jeder Gedanke verfällt zu Staub und wird weggeweht vom Sturm der Gefühle, der sich in mir aufbaut. Bilder blitzen vor meinem inneren Auge auf. Sein Lächeln. Seine Augen. Wie er mich angeschaut hat, als seine Finger über mein Gesicht strichen. Ich spüre wieder seinen Mund auf meinem, schmecke Orangen wie die Hitze des Sommers auf meinen Lippen. Spüre meinen Herzschlag, der ebenso unentschlossen ist wie meine Gefühle.

Ich gebe ein ersticktes Seufzen von mir. Was auch immer das gestern war, gleich wird es einen Namen haben.

Während ich den Flur zur Wohnküche entlanggehe, lege ich mir hundert Sätze zurecht, die ich sagen könnte. Doch auch sie verfallen zu Staub, als ich

Charon erblicke, der mit verschränkten Armen an der Küchentheke lehnt und grimmiger denn je aussieht.

Melinoë, die gerade die Spülmaschine einräumt, bricht mitten im Satz ab, als sie mich bemerkt. »Ah, Alma.«

Charon schaut auf und erdolcht mich fast mit der eiskalten Intensität in seinen Augen. »Endlich.«

»Ich musste mich noch umziehen«, rechtfertige ich mich überrascht.

»Mir egal. Los, Dak wartet.«

Ich tausche einen Blick mit Mel, doch sie scheint genauso von der Situation überfordert, wie ich es bin. Schweigend nicke ich Charon zu und folge ihm dann auf den Flur vor dem Apartment und zum Fahrstuhl. Kein Wort verlässt seine Lippen und er meidet sämtlichen Blickkontakt.

»Ähm«, sage ich leise, als wir das Manzanita verlassen haben. Eigentlich will ich gestern ansprechen, will ihn fragen, was los war, los ist. Aber ich traue mich nicht. »Weißt du, was Dakila von mir will?«

»Nein«, erwidert er einsilbig. Sein Schritt ist schnell, sodass ich mich wirklich anstrengen muss, nicht hinter ihm zurückzubleiben. Ist er wütend? Meinetwegen?

Den restlichen Weg über schweigen wir, was mir ganz gelegen kommt, denn ansonsten wäre ich sicherlich außer Atem, als wir beim Hieron ankommen. Charon klingelt und wieder ertönt die klassische Melodie. Leise, wie ein Lied in der Ferne. Vielleicht spielt es dort, wo sich der Charon von gestern Nacht versteckt. Ich schiele zu ihm, doch er blickt nur genervt auf die Tür.

Als wäre nie etwas passiert.

»Ah, endlich«, begrüßt uns Dakila, als er die Tür öffnet. »Kommt rein, kommt rein. Wir gehen am besten ins Atrium.«

Charon rauscht wortlos am Protos vorbei und durch die Doppeltür gegenüber, während ich wie versteinert auf der Schwelle stehen bleibe. Dakila seufzt und bedeutet mir dann erneut, dass ich eintreten soll.

»Ich habe ihn direkt nach unserem Telefonat aus dem Bett gezerrt«, erklärt er und schüttelt gutmütig den Kopf. »Fand er nicht so lustig. Aber wer saufen kann, der kann auch arbeiten.«

Still nicke ich und frage mich, ob der Protos mitbekommen hat, was gestern Nacht passiert ist. Hat es jemand gesehen, der es ihm erzählt hat? Würde es ihn überhaupt interessieren? In Gedanken versunken folge ich ihm durch das Foyer und dann ins Atrium. Die Verglasung des Dachs ist heute durchsichtig und mit dem gleißenden Sonnenlicht, das den Raum erhellt, sieht das Atrium schon ganz anders aus als noch am Vortag. Ich ziehe eine Grimasse. Es ist keine vierundzwanzig Stunden her, dass ich hier in die Verbindung aufgenommen wurde, und doch fühlt es sich an, als wären seitdem Tage vergangen.

Anders als gestern ist der Hof nicht leergeräumt und voller Leute, sondern mit Sitzgelegenheiten gefüllt, was ihn ein bisschen kleiner wirken lässt. Die großen Fenster ins Innere des Hieron wirken wie schwarze Löcher in der Fassade und sie spiegeln das Tageslicht zu sehr, als dass ich hineinblicken könnte.

»Kommen wir direkt zum Punkt«, holt mich der Protos aus meiner Beobachtung. »Ich habe gestern Abend mit Harriet und Deborah gesprochen, zwei der ältesten Hexen der Stadt, und die beiden haben mir nahegelegt, dass wir einen Angriff auf dich nicht ausschließen können. Sie untersuchen das Grimoire deiner Tante zwar, jedoch hat Gisela es gut mit Zaubern geschützt, die den Leser verwirren und … nun … ihm schaden.«

Fröstelnd mache ich mich etwas kleiner. Ich erinnere mich nur zu gut an die zuckenden Schriften und wirren Zeichen, die in meinem Kopf getanzt haben. Bei dem bloßen Gedanken an sie flammt Schmerz in meinem Kopf auf. *Aber wieso habe ich diese Zauber nicht beim ersten Öffnen abbekommen?*

»Es ist sehr gut, dass du kein zweites Mal versucht hast, das zu lesen«, erklärt Dakila und ich schlucke. Hoffentlich sehe ich nicht allzu schuldig aus. »Der Schaden, den diese Magie auf eine ungeübte Hexe haben könnte, geht ins Unermessliche.«

Mein Blick huscht zu Charon, der sich auf einer Art Sofa niedergelassen hat und den Kopf in die Hände gestützt hält. Sicherlich hat er einen Kater, so betrunken wie er gestern war.

»Harriet hat mir nicht viel verraten, Orphne«, fährt Dakila fort und legt eine Hand auf meinen Rücken, um mich in Richtung der Sitzmöglichkeiten zu schieben. »Aber ich weiß, dass deine Tante mit vielen gefährlichen Zaubern gearbeitet hat. Sie war eine Meisterin ihres Fachs, musst du wissen. Sie hat Magie gewebt, von der andere Hexen nicht einmal in ihren finstersten Nächten träumen.«

Er lässt sich neben seinem Mündel nieder und schlägt die langen Beine übereinander. Die Bewegung lässt Charon zwar zusammenzucken, doch mehr als einen finsteren Blick für seinen Protos hat er nicht übrig. Nach kurzem Überlegen ziehe ich mir einen Sessel heran, was ein lautes, kreischendes Geräusch von sich gibt. Wieder sehe ich, wie Charon zusammenzuckt, dann wirft er mir einen vernichtenden, hasserfüllten Blick zu.

»Harriet und Deborah haben ausdrücklich betont, wie gefährlich dieses Grimoire in den falschen Händen wäre, Orphne, und sie haben mich ebenfalls dazu gedrängt, dir klar zu machen, dass auch du diese Magie beherrschen könntest.« Dakila macht eine bedeutungsschwangere Pause und stützt sich dann mit den Ellenbogen auf seine Knie, um mir näher zu sein. »Und wenn diese Magie etwas ist, was Obscura anzieht, dann müssen wir dich vorbereiten.«

»Also werde ich weiter angegriffen werden?«, frage ich kleinlaut. Die Neuigkeiten lassen mich zittern wie Espenlaub. »Für immer?«

»Nun, nein, nicht für immer. Gisela hat jedenfalls nie etwas davon berichtet. Und du musst wissen, dass wir Übernatürlichen normalerweise gar nicht in den Fokus von Obscura geraten, da wir uns leicht gegen sie wehren können.«

Ich nicke langsam. Irgendwo ist es beruhigend, dass meine Tante nicht durchgehend von diesen Dingern attackiert wurde. Großtante. *Ach, was solls.*

»Vielleicht kannst du schon absehen, wieso ich dich herbestellt habe, Orphne.« Wieder macht der Protos eine Pause, als würde er erwarten, dass ich natürlich verstehe, worauf er hinauswill.

Doch mein Kopf weigert sich geradezu, ordentlich nachzudenken. Ist erfüllt von Angst, von Stress und Ekel. Schmerz. Runen, die sich in meine Gedanken ritzen und jede Idee zerschneiden, bevor sie mein Bewusstsein erreichen kann. Wieder ist mir übel, wieder spüre ich Tränen in meinen

Augen und beiße mir auf die Lippe. Zu fest, denn ich schmecke Blut, auch wenn ich nichts fühle.

»Du musst lernen, dich zu verteidigen, Herrgott noch mal!«, faucht Charon plötzlich von der Seite. Seine Stimme ist kaum mehr als ein heiseres Raunen, doch seine Wut schlägt mir trotzdem mit solcher Wucht entgegen, dass sie wie eine Ohrfeige wirkt.

Tadelnd klopft Dakila ihm auf die Schulter, begleitet von einem »Na, na«, das Charon erbost zischen lässt. Dann wendet er sich wieder mir zu.

»Auch wenn er an seinem Temperament arbeiten muss, hat Charon recht, mein Kind. Ich bin mir sicher, dass dir das ebenso entgegenkommen wird wie unserem guten Fährmann hier, der in der letzten Woche regelmäßig seine Vorlesungen hat ausfallen lassen. Das ist natürlich kein Verhalten, das ich lange gutheißen kann, weder als Protos noch als Vaterfigur.«

Ich presse die Lippen aufeinander, damit sie nicht beben können, wie Charon es gestern meinte. *Er hat meinetwegen seine Vorlesungen verpasst.* Obwohl es mir hätte klar sein müssen, fällt mir erst jetzt wirklich auf, was es bedeutete, dass er immer da zu sein schien. Ich fühle mich entsetzlich dämlich.

»Keine Sorge, er wird bestehen, da bin ich mir sicher«, fasst Dakila meinen Gesichtsausdruck völlig falsch auf. Ich nicke lediglich und fühle mich noch schlechter, dass mir diese Sorge gar nicht erst gekommen ist.

»Nun, wir haben derzeit keine weitere Hexe in unseren Reihen und Harriet ist sich auch nicht sicher, ob es so ratsam wäre, dich von jemandem trainieren zu lassen, der von deiner Art der Magie korrumpiert werden kann«, fährt Dakila fort. »Deswegen haben wir uns darauf geeinigt, dass es am besten sein wird, wenn Charon dir beibringt, wie du deine Kräfte mobilisierst und einsetzt. Er hat mehr Erfahrung im Kämpfen als die meisten anderen Kinder des Styx, aber das kann er dir selbst erklären.«

Mir klappt die Kinnlade runter und ich starre den Protos mit großen Augen an, während dieser seinem Schützling das Knie tätschelt. Ist er wirklich so blind, dass er die Abneigung nicht bemerkt, die Charon mir gegenüber zu hegen scheint? Besorgt ihn die Wut nicht, mit der er mich angeblökt hat?

»Ich vertraue darauf, dass unser Fährmann dir alles beibringen wird, was er kann. Ohne sich erneut im Ton zu vergreifen.« Charon zuckt zusammen, als Dakilas Griff sich in sein Knie bohrt, als hätte er meine Gedanken gelesen. Ich stocke. Kann der Protos Gedanken lesen? Und was ist er überhaupt für eine Art Übernatürlicher?

»Ja, ja, ist ja gut, alter Mann«, knurrt Charon und greift nach der Hand des Protos. »Ich hab's kapiert, okay?«

»Das hoffe ich.« Dakilas Lächeln ist starr geworden und er löst seine Finger nur langsam, während er hinzufügt: »Ansonsten wirst du ein Disziplinarverfahren bekommen, das du für deinen respektlosen Umgang mit mir sowieso verdient hättest.«

»Verzeihung, Protos.« Charon zwingt sich zu einem neutralen Gesichtsausdruck und blickt dann zu mir. »Wir müssen besprechen, wann du Zeit für ein Training hast, Orphne.«

»Ich lasse euch beide dann mal planen. Zögere bitte nicht, dich zu melden, falls Charons Temperament dir Probleme macht.« Mit einem Ächzen erhebt sich der Protos und reibt sich dann die Hände, ehe er seinen Vaporizer aus seiner Gesäßtasche zieht. Als er nahe an mir vorbei zur Tür geht, erhasche ich wieder eine Nase von dem animalischen Geruch, der ihm anhaftet, und schlucke mein hochkommendes Frühstück herunter, ehe es ausbrechen kann. Dann fällt hinter mir die Flügeltür zum Atrium zu und ich bin mit Charon allein.

»Pass auf«, zischt dieser. »Ich hab tierische Kopfschmerzen und wenig Lust, mit dir zu reden. Vergiss bitte einfach alles, was gestern passiert ist, damit wir uns auf dieses Training konzentrieren können. Je früher ich dich los bin, desto besser.«

Ich habe das Gefühl, mein Herz brechen zu hören, spüre, wie sich die Splitter in meine Brust bohren, schmerzhaft und beißend, wie sie die Schmetterlinge aufspießen, die Charon zuvor noch in mir ausgelöst hat. Merke, wie die Tränen sich wieder in meinen Augen sammeln und meine Lippe bebt. Ich schlage eine Hand vor den Mund, versuche mich zur Ruhe zu zwingen. Charon schaut mich nicht an. Er weiß selbst, wie beschissen sein Verhalten ist, da bin ich mir sicher. Und doch wählt er keinen anderen Ansatz.

Vielleicht sieht er mich einfach gerne leiden.

»Du wirst dich sowieso auf deine Kräfte konzentrieren müssen«, fährt er fort, als hätte er mir nicht gerade verbal ins Gesicht gespuckt. »Gerade anfänglich wird es schwer werden, dich gegen mich zu wehren, aber wenn du es nicht schaffst, wirst du früher oder später wieder von Obscura angegriffen. Und dann werde ich nicht da sein, um dir den Arsch zu retten.«

Ich beiße mir auf die Lippe, bete, dass der Schmerz mich wieder reaktionsfähig macht, und habe endlich einmal Glück. Gut, er will es vergessen. Das sollte ich auch wollen, so wie er sich benimmt. Sein Verhalten ist toxisch, anders kann ich es nicht benennen. Doch statt Wut empfinde ich einfach nur Schmerz. Die Bestätigung, dass niemand mich möchte, so anders es gestern Abend auch gewirkt haben mag. Ich wünschte, es wäre nicht so, wünschte, ich hätte mehr Selbstwertgefühl. Doch ich habe es nicht.

»Ich hab den ganzen Tag Zeit. Ansonsten nachmittags. Du kennst meinen Stundenplan«, höre ich mich selbst tonlos sagen. Charon blickt auf, mustert für einen Moment mein Gesicht, ebenso ausdruckslos wie meine Stimme. Was er wohl denkt?

»Gut, dann fangen wir direkt an. So hab ich wenigstens den Abend für mich.«

Es dauert keine zehn Minuten, bis sämtliche Möbel zur Seite geschoben sind und das Atrium wieder in seiner leeren Pracht vor uns liegt. Ich stehe am einen Ende des Raumes, nestle am Saum meines Pullovers und betrachte Charon, der die letzten Gartentische in einer Ecke drapiert. Immerhin bleibt die Glasdecke auch jetzt durchsichtig und somit ist es sehr viel heller als gestern. Ohne es zu registrieren, reibe ich meine Hände aneinander, die sich eiskalt anfühlen.

Ich soll das Kämpfen lernen, damit ich mich verteidigen kann, wenn ich wieder angegriffen werde.

Noch vor zehn Tagen war das Einzige, gegen das ich mich verteidigen musste, dass meine Mutter mich mit *Scholent* und *gefilte Fisch* vollstopft. Nun kommt Charon mit seinem düsteren Gesichtsausdruck auf mich zu und ich wünsche mir beinahe, dass er mir *gefilte Fisch* vorsetzen will. Stattdessen umrundet er mich, stellt sich hinter mich und greift, ohne zu zögern, nach meinen Haaren, um einen hohen Zopf zu formen. Ich zucke zusammen, was ihn jedoch nicht abhält.

»Glaub mir, du willst deine Haare nicht im Weg haben«, murmelt er grimmig.

Kurz frage ich mich, womit er meine Haare zusammengebunden hat, doch ich traue mich nicht zu fragen. Ich stehe einfach nur wie versteinert da und versuche nicht zu zittern, während Charons Hände von meinen Haaren an meinem Hals hinabgleiten. Ein Schauer zieht sich meinen Rücken hinab, als seine Fingerspitzen meine Haut berühren. Schon wieder so sanft, dass mein Herz anfängt zu galoppieren.

»Das, was Menschen als Magie bezeichnen, ist ein Teil deines Körpers – wie jede Form der Energie, mit der dein Körper funktioniert, wird der Impuls dazu vom Hirn gegeben.« Er legt seine Finger auf meine Schultern, fest und schwer und doch beruhigend. »Gerade anfänglich musst du dich stark darauf konzentrieren wie ein Kind, das Laufen lernt. Es fühlt sich nicht sofort richtig an.«

»Okay«, flüstere ich. Dieser Moment fühlt sich so falsch an, so surreal. Gestern noch lagen seine Lippen auf meinen und jetzt sollen wir uns bekämpfen?

»Du wirst ein Kitzeln im Nacken spüren können, wenn du erste Impulse zustande bringst. Konzentrier dich darauf, versuch es durch deinen Körper laufen zu lassen. Du willst, dass dieses Gefühl deine Fingerspitzen erreicht.«

Seine Daumen drücken fest auf den Punkt, wo mein Haaransatz anfängt, und laufen dann meinen Nacken an der Wirbelsäule hinab. Ich kann nicht verhindern, dass ich mich unter der Berührung winde, als mich ein erneuter Schauer erfasst. Charon nimmt das als Anlass, mich so schnell loszulassen, als hätte er sich verbrannt.

»Für mich fühlt es sich kühl und fließend an. Wie Wasser, das meinen Rücken hinabrinnt, aber ohne die Nässe«, fährt er etwas harscher fort, während er mich in einem weiten Bogen umrundet und sich schließlich mir gegenüber positioniert. »Das muss es aber nicht für dich. Du musst deinen eigenen Fluss finden.«

»Halt, Moment!« Panik ergreift mich, als er beginnt sich angriffsbereit zu machen. »Wie verteidige ich mich denn? Muss ich was rufen? Die Arme bewegen?«

»Schütz dich einfach«, gibt er lapidar zurück, als wäre es das Einfachste der Welt. »Ich greif an.«

Und dann macht er eine wegwerfende Handbewegung in meine Richtung, ohne mir auch nur die Chance zu geben, mich auf eine Verteidigung zu konzentrieren. Ich sehe den Eiszapfen kaum, da rauscht er schon an meinem Gesicht vorbei und hinterlässt ein heißes Gefühl auf meiner Wange. Stoße ein Quietschen aus und zucke weg, doch bin zu spät. Spüre, wie mein Gesicht zu brennen anfängt, dort, wo er mich getroffen hat.

»Zu langsam«, kommentiert Charon beinahe schon gelangweilt. »Wäre ich ein Obscura …«

»Das kannst du doch nicht machen!«, unterbreche ich ihn aufgelöst. Beinahe überschlägt sich meine Stimme, doch es ist mir egal, ob ich kreische oder nicht. Meine Nerven liegen blank. Mit zitternden Fingern taste ich meine Wange ab und fasse in etwas Nasses. *Blut.*

»Doch, kann ich. Und jetzt hör auf, dich so anzustellen. Mit Konsequenzen lernst du schneller, dich zu verteidigen. Komm, geh wieder auf Position und diesmal versuch wenigstens, mich abzuwehren.«

»Aber wie denn?!«, brülle ich verzweifelt und versuche in mich hineinzufühlen und dieses dumme Kitzeln zu spüren, von dem er gesprochen hat. Aber da ist nichts, nur gähnende Leere. Dunkelheit.

Statt einer Antwort verdreht Charon lediglich die Augen, ehe er die Hände von der Brust wegbewegt. Dieses Mal weiß ich, dass ein Angriff kommen wird, versuche mit aller Macht, mich irgendwie zu schützen, will nicht getroffen werden, und doch spüre ich die eiskalte Luftwelle, die über mich hinwegrollt und mir die Tränen am Wimpernkranz gefrieren lässt, von denen ich zuvor nicht einmal wusste, dass sie da waren. Charons lautes Seufzen klingelt in meinen Ohren, die höllisch von der Kälte wehtun.

Wie kann er mir das antun? Wie kann er von mir erwarten, dass ich instinktiv weiß, wie ich mich verteidige? Wie?!

»Du wirst da draußen sterben, wenn du dich nicht zusammenreißt, Orphne.« Seine Stimme ist kälter als die Angriffe, die er mir entgegenschleudert. »Finde deine Kraft.«

»Vielleicht würde ich das mit einem anständigen Lehrer!«

Es ist mir egal, dass ich in hellem Aufruhr bin, dass meine Stimme bricht, während ich das plärre. Ich hasse ihn in diesem Moment mehr denn je, hasse jedes Gefühl, das er mir gestern eingeflößt hat, nur um mich heute so zu misshandeln. Doch all die Wut und all der Hass werden in mir verschluckt von einem betäubenden Gefühl der Stille.

»Mach dich bereit«, warnt Charon mich vor und ich versuche es. Balle die Hände zu Fäusten und mache mich kleiner, während mein Bewusstsein mit zitternden Fingern nach diesem verdammten magischen Impuls in mir sucht, der sich einfach nicht zeigen will.

Wieder schleudert Charon mir einen Angriff entgegen, wieder versage ich kläglich. Eine kalte Masse trifft mich hart auf der Brust und presst den Atem aus meiner Lunge, während die Kugel aus Eis und Schnee auf den Boden fällt wie ein nasser Lappen.

»Konzentriere dich endlich, Orphne!«, brüllt er mich an, als würde ich mich extra doof anstellen.

Ich wimmere und beiße die Zähne zusammen. Nein, ich werde jetzt nicht heulen, werde nicht zulassen, dass er mich weiter so behandelt. Mein Körper ist taub von der Dunkelheit in mir und ich erlaube ihr endlich, auch meine Gefühle zu verschlucken. Stille breitet sich in meinem Kopf aus, schluckt jeden Gedanken, jede Angst, jede Aufregung. Ich sehe die zuckenden und tanzenden Schriften aus Großtante Giselas Grimoire, wie sie sich vor meinen Augen winden. Wie sie mir aus den Schatten des Raums zuflüstern. Ist das real? Kann Charon sie auch sehen?

»Noch mal!«, weist er mich an. Ich sehe, wie er sich für einen Angriff bereit macht, spüre geradezu, wie er seine Kräfte sammelt, um sie auf mich zu fokussieren. Doch dieses Mal macht es mich nicht nervös. Es ist mir vollends egal. Ich lasse meinen Körper einfach agieren, fühle mich wie ein Betrachter, als ich den rechten Arm hebe, die Handfläche zur Decke gerichtet. Zucke nicht einmal dann zusammen, als Charons Körper von einer dunklen, wabernden Masse gepackt wird, die ihn mit Wucht gegen die gläserne Decke presst. Genugtuung räkelt sich in meiner Brust, ein seltsames Gefühl, das sich vollkommen fremd anfühlt.

Sein Keuchen durchschneidet die Stille, reißt mich aus der Trance, in die ich meinen Verstand habe gleiten lassen. Es zwingt mich dazu, den Arm wieder zu senken, langsam, damit er nicht die volle Deckenhöhe runterfällt.

Die Dunkelheit in mir ist unglücklich, zieht sich geradezu schlagartig zurück – und mit ihr die Kräfte, die ich zu besitzen scheine, denn den letzten Meter befindet sich Charon im freien Fall. Er schlägt mit einem dumpfen Geräusch auf dem Steinboden des Atriums auf.

Ich zucke zusammen. Mehr und mehr werde ich Herrin meiner Gedanken, meiner Sinne, und realisiere, was gerade passiert ist. Was *ich* gerade getan habe.

»*Holy fucking shit*«, flucht Charon bitter und starrt mich vom Boden aus an.

Sollte ich etwas erwidern? Mich entschuldigen? Ich habe keine Ahnung, stehe unter Schock. Stattdessen blicke ich auf meine Handfläche hinab, die genauso aussieht wie immer. Kein Zeichen davon, dass sie gerade eine schwarze Substanz hervorgerufen hat, die Charon an der Decke zerquetschen wollte.

»Es tut mir leid, Alma«, zieht Charon meine Aufmerksamkeit wieder auf sich. Ich starre ihn an, ausdruckslos, ohne Gefühle. Sein Gesicht ist schmerzverzerrt und ich sehe jetzt schon, dass es an der Seite geschwollen ist, mit der er an der Decke aufgeprallt ist. Die sonst so kantige Wangenkontur ist dick und rund.

»Was?«, frage ich, als er nicht fortfährt. Es interessiert mich nicht wirklich, wofür er sich entschuldigt, es hat keinen Wert für mich. Alles, was ich will, ist, dass er endlich aus meinem Sichtfeld verschwindet.

»Dass ich dich verletzt habe«, murmelt er und rappelt sich auf. Ich balle die Hände zu Fäusten, als er tatsächlich auf mich zu kommt. »Mit den Angriffen, meine ich. Alles Kalkül, um dich zu provozieren.«

Stumm fixiere ich ihn. Schmerz breitet sich in meiner Brust aus, und das nicht nur wegen dem verdammten Schneeball, der zu meinen Füßen schmilzt. Doch es ist ein kaltes Gefühl, ruhig und verheerend.

»Ich war mir sicher, dass du so schneller dazu kommst, deine Kräfte zu nutzen – und ich hatte augenscheinlich recht.« Er bleibt ein Stückchen entfernt von mir stehen, als wäre er unschlüssig, ob ich ihn nicht erneut angreife, wenn er auch die letzte Distanz überbrückt. Mit einem Ächzen rollt er seine Schulter und greift sich in den Nacken. »Wie hat es sich für dich angefühlt? War es ein Kitzeln?«

»Leere.«

Er zieht die Augenbrauen überrascht hoch und dann wieder zusammen. »Seltsam, aber gut. Dann weißt du ja, worauf du dich konzentrieren musst.«

»Sind wir dann fertig?« Noch immer starre ich ihn ohne einen Ausdruck im Gesicht an, und langsam kann ich ihm ansehen, dass er nervös wird.

»Alma, bitte, ich meine es ernst, dass ich dich nicht verletz …«

»Kann ich gehen?«, unterbreche ich ihn, bevor er weiter seinen *Drek* verzapfen kann. Denn ganz allmählich spüre ich, wie sich noch etwas in den Schmerz in meiner Brust mischt. Verletzung. Pein. Der Drang zu weinen. Die sanfte, weiche Alma, die ich immer bin. Und wenn sie hervorbricht, möchte ich nicht mehr in seiner Nähe sein. Ich will nicht, dass er meine Zartheit zu Gesicht bekommt, die er einfach nicht verdient hat. Er betrachtet mich schweigend, dann nickt er endlich und ich drehe mich auf dem Absatz um.

Beinahe erinnert es an eine Flucht, wie schnell ich das Hieron hinter mir lasse, doch kaum habe ich die Schuhspitze auf den Bürgersteig gesetzt, spüre ich bereits das altbekannte Zittern in meiner Atmung. *Scheiße. Scheiße, scheiße, scheiße.* Überforderung flutet mein Bewusstsein und lässt mich winseln, doch ich zwinge mich dazu, den Weg zum Manzanita anzutreten. Ich ziehe mein Smartphone hervor, doch weiß nicht, wen ich anrufen soll. Bram, der nichts verstehen würde? Mel, die ich auch gleich im Wohnheim treffen kann? Ratlos ziehe ich den Pullover fester um mich und halte mich selbst, während mein Oberkörper von Schluchzern erschüttert wird.

Es ist einfach alles viel zu viel.

»Verzeihung, Miss?«, spricht mich eine sonore Stimme plötzlich an.

»Mh?«, gebe ich statt einer Antwort zurück und zwinge mich, zu dem Mann aufzublicken, der neben mich getreten ist. Bin nicht bereit für das, was mich erwartet, doch immerhin verschlägt es mir sämtliche Tränen, als ich in sein Gesicht schaue und seine Augen sehe. Seine *Augäpfel* sehe.

Schwarz. Vollkommene Finsternis.

13

Adrenalin lässt meinen Körper schneller reagieren als mein Gehirn und ich mache einen Satz zur Seite. Ein Obscura?! Angst schnürt mir die Kehle zu, mein Herz schlägt so heftig wie nie zuvor, und ich krame verzweifelt nach dem Gefühl der Leere, das ich vor keiner Viertelstunde noch allgegenwärtig wahrgenommen habe.

»Bitte, hab keine Angst!«, haucht der Dämon und hebt die Hände in die Luft, wie um mir zu zeigen, dass er harmlos ist. »Ich will dir nichts tun, versprochen!«

Denkt er, ich bin von gestern? Ohne Zögern reiße ich die Arme vor die Brust, die Hände zu Fäusten geballt, als würde ich ihn boxen wollen. Das Telefon drückt sich in meine Handfläche. Er zuckt zusammen und tritt einen Schritt nach hinten.

»Bitte, Alma, ich möchte nur mit dir sprechen«, sagt er ruhig. Noch immer hält er mir die leeren Hände hin.

»W … woher kennst du meinen Namen?« Ich verfluche mich selbst dafür, dass ich stottere und meine Angst zeige. Dass diese Angst meinen Körper beherrscht und mich mit Emotionen überschüttet. Dass ich die Leere, die Dunkelheit nicht spüren kann, wie ich sie eben bei Charon gespürt habe. Was, wenn er mich anfällt und ich mich nicht wehren kann?

»Von Gisela«, erwidert der Obscura. »Sie hat viel von dir gesprochen.«

Ich reiße die Augen auf. Woher kennt er Großtante Giselas Namen? Ist das ein Trick? Können Obscura solche Dinge vielleicht aus einem filtern? *Wenn ich nur mehr über sie wüsste …* Mein Schweigen scheint der Dämon als stumme Frage zu werten, denn er fährt unaufgefordert fort.

»Mein Name ist Namtar.« Er lächelt charmant und lässt die Hände ein Stückchen sinken. »Ich war ein … Freund deiner Großtante.«

»Obscura sind keine Freunde«, spucke ich aus. Meine Fingernägel graben sich in meine Handflächen, so fest balle ich die Fäuste zusammen. Doch der Schmerz hilft nicht, den Impuls der Magie wiederzufinden. *Drek.*

»O Alma, sag so was nicht«, murmelt Namtar, als wären wir längst Kumpels. »Immerhin fließt auch in dir das Blut eines Obscura.«

Kälte erfasst mich, rinnt meinen Rücken hinab wie Eiswasser, was meine Haut zum Brennen bringt. Ich spüre die Hitze auf meinen Wangen, die Tränen in meinen Augen. »Bitte was?!«

»Giselas Vater. Er war ein Obscura.«

»Das ist unmöglich.« Ich blinzle gegen die Feuchtigkeit und beiße die Zähne aufeinander. Das ist völlig unmöglich. Nicht, dass ich meinen Urgroßvater kannte, denn er starb lange vor meiner Geburt. *Bubbe* Ilse spricht noch heute über den Schmerz, den ihre Familie damals gefühlt hat.

»Ich kann dir gerne mehr erzählen, Alma. Ich kenne Gisela schon so lange …« Namtars Blick ist gefüllt von Schmerz und Mitleid, soweit ich das bei seinen schwarzen Augäpfeln beurteilen kann. Seine Hände hat er mittlerweile neben den Körper sinken lassen. Er sieht ungefährlich aus, beinahe unschuldig. Seine dunkelblonden Haare fallen ihm locker in die Stirn, das weiße Hemd ist oben offen und unten unordentlich in eine dunkle Hose gestopft. Ein ganz normaler San Franciscoer mittleren Alters. Er erinnert mich an einen Schauspieler, doch ich weiß nicht, an welchen.

»Ich verspreche dir, dass ich dir nichts tun werde. Du bist zum Teil Obscura, wie könnte ich?« Er lächelt so sanft, dass mir schlecht wird.

Alma Obscura. Zitternd atme ich ein. Das ist es, was in Großtante Giselas Buch stand. Dass ich zum Teil Obscura bin. Ob darin auch stand, dass sie es zur Hälfte war?

»Ein Obscura hat mich bereits attackiert, Namtar«, stoße ich das Erstbeste hervor, das mir einfällt. Sein Name kommt mir seltsam leicht über die Lippen. Ich bin völlig überfordert, habe keine Ahnung, ob ich ihm wirklich trauen soll. Doch er wirkt nicht gefährlich, versucht auch nicht, mir näher zu kommen, bleibt auf zwei Meter Abstand, während ich zittere wie Espenlaub. Es kann nicht zu übersehen sein, dass ich nicht weiß, was ich tun soll.

»Und seitdem greifen Obscura überall in San Francisco Menschen an.«

»Ich weiß und das tut mir leid. Zum Teil bin ich auch deswegen hier und versuche, mit dir Kontakt aufzunehmen, obwohl ich Gisela versprochen hatte, es nicht zu tun – doch die Umstände haben sich geändert, so sehr, dass ich nicht anders kann.« Für einen Moment scheint er mit den Worten zu ringen, dann reibt er sich den Nacken. »Was weißt du über Obscura?«

»Dass ihr krank seid. Menschen quält. Bösartig seid.«

Namtar lässt die Schultern hängen und schaut mich mit einem Gesichtsausdruck an, der dank der schwarzen Augen an den Bettelblick des gestiefelten Katers aus Shrek erinnert.

»Das stimmt nur teilweise«, sagt er so leise, dass ich ihn kaum verstehe. Ich blicke mich auf der Straße um. Niemand ist in unserer Nähe, kein Autofahrer, nicht ein Fußgänger. Selbst wenn ich Charon jetzt schreibe, schafft er es hierher, bevor Namtar mich angreift? Und wenn ich zum Hieron renne?

»Der Hof der Schatten ist verzweifelt, Alma«, reißt mich Namtars Stimme zurück in die Konversation. »Wir haben keinen König, der uns führt, nur Prinzen, die um die Macht kämpfen. Wir sind zerrissen und es fehlt an Kraft.«

»Der Hof der Schatten?«, frage ich verwirrt.

»Ja, unser Lebensraum in der Anderswelt.« Wieder reibt Namtar sich den Nacken und schaut auf den Boden, als zögere er, wie viel er mir erzählen soll. »Der Hof der Schatten ist unsere Heimat in einem kargen Land aus Dunkelheit. Kaum etwas wächst dort. Niemand ernährt sich gerne vom Leid eines anderen, doch mein Volk ... Wir verhungern.«

Ein karges Land aus Dunkelheit. Ich spüre, wie sich eine Gänsehaut über meinen gesamten Körper zieht. Ist meine Magie deswegen nicht mit einem Kitzeln verbunden? Hat Großtante Gisela deswegen mit Zaubern gearbeitet, die andere Hexen sich nicht in ihren *finstersten Träumen* vorstellen konnten, wie Dakila sagte? Weil wir zum Teil Obscura sind? Aber wieso haben Dakila und Harriet mir nicht davon erzählt? Ich höre Harriets Worte wieder in meinem Kopf, *sie ist von Giselas Blut*. Sie wusste es, oder?

»Darf ich dir mehr über die Anderswelt erzählen, während ich dich zum

Wohnheim begleite?« Namtar dreht mir die leeren Handflächen zu, was wohl eine Friedensgeste sein soll. Ich schlucke schwer.

»Woher weißt du von meinem Wohnheim?«

»Alma, Gigi und ich waren ... mehr als nur Freunde.« Er macht eine Pause und blickt in den Himmel, als suche er dort oben nach ihr. »Sie war wie Familie für mich. Und das bist du auch. Ein Teil meines Hofs.«

Ich verziehe das Gesicht. »Wir sind keine Familie.«

»Bitte, lass mich dir mehr erzählen, dann verstehst du mich sicher besser.« Wieder ein Lächeln.

Schmerz pocht in meinem Schädel, meinen Handflächen, meinem Körper. Ich sollte Namtar misstrauen, das ist mir klar, und doch lockt mich etwas an ihm, will mich dazu bestärken, ihm zu trauen. Ist das sein Zauber? Oder sind es die Informationen zu Großtante Gisela, die er mir geben kann? Zu meiner eigenen Herkunft, wenn ich ihm Glauben schenke. Ich weiß es nicht. Ich weiß gar nichts mehr. Meine gesamte Welt wurde in den letzten Wochen so oft zerbrochen und wieder zusammengeklebt, dass die Scherben schon lange kein einheitliches Bild mehr ergeben.

»Drei Fragen«, sage ich ernst. Ich habe meine Entscheidung getroffen und das gibt mir die nötige Stärke, die ich für den folgenden Bluff brauche. »Danach entscheide ich, ob ich dich nicht doch noch zurückschicke, wo du herkommst.«

»Wenn du nicht reden willst, dann gehe ich«, antwortet Namtar ebenso ernst. Er lacht leise, als meine Augenbrauen emporspringen. »Alma, ich will dir nichts Böses. Ich meine es ernst, ich betrachte Gigi und dich als Teil meiner Familie.«

»Okay. Wo wohne ich?« Ich versuche, ihn so ausdruckslos wie möglich anzustarren. Wenn er mir keine Antwort geben kann, werde ich ihn sicherlich nicht zu meinem Wohnheim führen.

»Im Manzanita Square«, erwidert Namtar ruhig. »War das die erste Frage?«

Drek. Natürlich weiß er es, immerhin hat sein Kumpel mich ja dort angegriffen! Schön dämlich von mir. »Wie konnte ein Obscura meine Urgroßmutter ... Wie kann er der Vater sein, wenn ihr nur Körper besetzt?«

Namtar seufzt und verschränkt dann locker die Arme vor der Brust. »Du weißt wirklich nichts über unsere Art, befürchte ich.«

»Antworte mir oder hau ab!« Wut steigt in mir auf. Über meine eigene Dummheit, meine Unwissenheit. Über Styx, falls Namtar recht hat. Über Namtars übertriebene Freundlichkeit.

»Es gibt zwei Arten von Obscura«, fängt dieser nun an zu erklären. »Prinzen und Untertanen. Die Unterschiede sind gravierend, denn während Untertanen kaum Kräfte haben, können Prinzen mit ihrer Kraft ganze Hofteile speisen. Außerdem können Prinzen in die Welt der Menschen übertreten, während Untertanen lediglich ... Menschen besetzen.«

»Und sie foltern.«

»Ihnen Schmerzen zufügen, ja. Es ist ein ungerechtes Los, dass ausgerechnet dieses Gefühl uns sättigt, eines, das wir uns nicht ausgesucht haben und gerne loswerden würden. Doch kein Prinz hat die Macht, einen gesamten Hof zu ernähren. Das kann nur ein König.«

»Okay. Also war mein Urgroßvater tatsächlich ein Obscura-Prinz?« Ich schüttele den Kopf, ungläubig. »Das wäre doch aufgefallen, mit Augen wie deinen!«

»Oh«, gibt Namtar zurück, und für einen Moment glaube ich, ihn bei einer Lüge erwischt zu haben. Jedenfalls so lange, bis die Schwärze sich aus seinen Augen zurückzieht, sich am Rand immer mehr Weiß zeigt, bis sie bis auf die Pupille verschwunden ist. Haselbraune Iriden schauen mich schuldbewusst an.

»Prinzen können ihre Kräfte kontrollieren. Doch ich wollte, dass du mich direkt als das erkennst, das ich bin, damit du dich nicht von mir belogen fühlst, wenn ich es erst später offenbare.«

Mir klappt der Mund auf. Er wollte mich nicht in einer falschen Sicherheit wiegen. Entweder fädelt er perfide ein, dass ich anfange, ihm zu vertrauen, oder ... oder er ist wirklich ungefährlich. Mir ist schlecht vor Aufregung. Am liebsten würde ich rennen und Namtar einfach ignorieren, doch das kann ich nicht. Zu sehr will ich mehr über mich erfahren, über Gisela. Es ist schwer, an etwas anderes zu denken. Die Unsicherheit kriecht mir in den Nacken und lässt mich zittern.

Wieso bin ich so? Warum kann ich nicht einfach meine Fragen stellen und ihn dann in die Sahara schicken?

»Darf ich um die dritte Frage bitten?« Wieder lächelt Namtar, dieses Mal beinahe etwas schüchtern. Ich würge wieder stumm. Kann er nicht einfach bösartig wirken, bitte? Dann wäre es leichter, ihn als fiesen Dämon abzustempeln. So sieht er eher aus wie ein Nicht-ganz-so-hübscher-Chris-Hemsworth mit noch mehr Golden-Retriever-Vibes.

»Wieso sollte St – die Übernatürlichen mir nichts von Giselas Vater erzählen? Wieso sollten sie mir das verschweigen?« Ich trete von einem Bein aufs andere, fange langsam an in der kühlen Luft zu frieren. Hätte ich gewusst, dass ich länger draußen bin als nur den kurzen Weg zum Hieron, dann hätte ich eine Jacke übergezogen.

»Das weiß ich nicht«, erwidert Namtar ruhig. »Doch ich würde mich nicht für eure Gesellschaft verbürgen, Alma. Ich habe viele Jahre an Gigis Seite verbracht, und lange Zeit lag sie mit ihnen im Clinch. Es gab Phasen, da war sie nicht einmal in ihrer eigenen Verbindung willkommen – Styx, wenn ich mich recht entsinne. Ich gehe davon aus, dass auch du ein Mitglied bist?«

Statt einer Reaktion starre ich ihn weiter an. In meinem Kopf rasen die Gedanken, liefern sich ein Rennen mit Ängsten und Fragen. Nichts davon dringt bis an meine Lippen vor.

»Unsereins ist nicht besonders hoch angesehen unter den Wesen dieser Welt«, fährt Namtar schließlich fort, als ich weiterhin schweige. »Wir werden brutal ausgemerzt, als wären Obscura nicht auch lebende, denkende und fühlende Wesen.«

»Um die fühlenden Wesen unserer Welt zu beschützen«, hauche ich. Es tut mir leid, dass sein Volk leidet, doch was kann ich schon tun? Dieses moralische Dilemma lässt sich nicht mit Worten klären, schon gar nicht mit denen einer Sophomore-Anthropologie-Studentin. Stehe ich hinter meiner Aussage? Ich habe keine Ahnung, habe mich nicht ausreichend mit der Thematik beschäftigt.

»Natürlich.« Namtars Stimme ist weich und verständnisvoll, als hätte ich nicht gerade den Genozid der Obscura verteidigt. »Entschuldige, es ist ein schweres Thema und ich hätte es nicht so ansprechen dürfen. Es ist nur ... beängstigend.«

»Das glaube ich«, gebe ich zurück, weil ich nicht weiß, was ich sonst sagen soll. Wieder schaue ich mich um, hoffe beinahe darauf, dass Charon oder Dakila mir hinterherkommen, vielleicht ein Fußgänger, irgendjemand ... doch nichts. Die Straße ist wie ausgestorben. Nur ich und Namtar und all die Gedanken, die er in mir losgetreten hat.

»Was ich eigentlich sagen wollte – oder besser, hätte sagen sollen.« Der Obscura-Prinz räuspert sich und wartet, dass ich ihn wieder anschaue. »Giselas Blut war lange Zeit ein Streitthema zwischen Styx und ihr. Obscura sind für die Verbindung der Feind, was war also sie als Halb-Obscura? Nicht nur sie, auch ihre Art, ihre Kräfte zu wirken, waren schwer zu akzeptieren. Ob dem wirklich so ist, kann ich dir natürlich nicht sagen, doch vielleicht verschweigen sie dir deswegen Einzelheiten aus ihrem Leben. Weil Styx und Gisela selten gute Freunde waren.«

Stille kehrt zwischen uns ein. Ich bin überfordert von all diesen neuen Informationen, hasse es, wie sehr sie mit der Annahme kollidieren, dass meine Großtante ein Teil dieser Welt war und auch ich meinen Platz in ihr finden kann. Verschweigt Dakila mir wirklich, dass ich zum Teil ein Obscura bin? Oder versucht Namtar, mir das einzureden, damit er ... ja, damit er was? Mir eine Lüge erzählt hat, die ich beim nächsten Gespräch mit Styx aufdecken kann? Damit ich ihm traue und er mich angreifen kann, was er jederzeit tun könnte, auch jetzt und hier? Was wären seine Motive?

Doch ebenso mangelt es Styx an Motiven, mir so etwas Fundamentales zu verschweigen. Und was ich auch nicht vergessen darf, ist die Passgenauigkeit dieser Informationen. Wie sie mir spielend leicht Erklärungen liefern für Fragen, die ich mich kaum zu stellen gewagt habe. Mir fehlt es an Informationen an allen Ecken und Kanten, und ich kann so keine Schlussfolgerung ziehen. Alles, was mir an dieser Stelle machbar zu sein scheint, ist so viel wie möglich von diesem Dämon zu erfahren, der vor mir steht. Und das möglichst, ohne dabei zu erfrieren, denn obwohl die Mittagssonne mit voller Kraft auf uns hinabstrahlt, ist mir eiskalt.

»Erzähl mir mehr von Großtante Gisela«, sage ich leise und schlinge die Arme fester um meine Taille, um weniger Körperwärme zu verlieren. Namtar könnte das als Schwäche werten und irgendwo hoffe ich, dass er es tut. Dass er mich unterschätzt und sich dadurch in Vertrauen wiegt, in Sicherheit. Vielleicht verstrickt er sich dann in Lügen, die es mir leichter machen, ihn als klaren Feind zu sehen.

»Mit Vergnügen. Gigi war großartig«, setzt er an, seine Augen träumerisch in die Ferne gerichtet. Glück strahlt über seine Gesichtszüge, wird jedoch getrübt durch eine sanfte Melancholie, die sich schwer auf sein Lächeln legt. »Sie hatte zwei Welten in sich, die sich stets bekriegt haben, und doch hat sie sie vereint. Eine starke, forsche Frau mit Fokus, die wusste, was sie will. Gigi war niemand, der sich angebiedert hat, niemand, der stumm akzeptierte und Ja sagte.«

Sein Blick findet wieder meinen und das Lächeln verblasst. »Das war einer der Gründe, aus denen sie stets Probleme mit dieser Verbindung hatte. Sie war kein Jünger, der jeder Regel folgt.«

»Wie hast du sie kennengelernt?«

»Wie hätte ich sie nicht kennenlernen können? Sie war ein Kind des Hofes der Schatten, auch wenn sie nicht in der Anderswelt gelebt hat. Eines Tages kreuzte sie meinen Weg in dieser Stadt, und sobald ich sie sah, wusste ich um ihre Natur. So wie deine Welt einen Obscura erkennt, erkennen wir auch jene Menschen, in denen mehr Obscura steckt, als sie es zeigen.«

»Also habt ihr eine Art Radar für Menschen mit Obscura-Blut?« Ich ziehe die Augenbrauen zusammen, versuche mir vorzustellen, wie meine Welt für Namtar wohl aussehen mag. Und wie die Anderswelt wohl aussieht?

»So kann man es sagen.«

Ich sehe ihm an, dass er mit den Worten hadert, etwas sucht und doch nicht findet. Sprechen Obscura eine andere Sprache? Fragen über Fragen kommen mir in den Sinn.

»Wir können sie spüren, ihr Erbe erkennen. Je stärker es ist, desto weiter reicht es. Ich habe versucht, dich zu kontaktieren, Alma, seitdem ich erfahren habe, dass du angegriffen wurdest, doch du warst immer … in Begleitung.«

»Du hast mich gestalkt?«, frage ich und ziehe die Augenbrauen noch enger zusammen. »Wieso das? Was willst du von mir?«

»Mich entschuldigen für meinen Hof. Für den Angriff, den ich nicht verhindern konnte. Ich bin nur ein Prinz, doch ich werde fortan mein Bestes geben, dich zu schützen. Für Gigi. Doch sollte so etwas noch einmal passieren, Alma, bitte vergib ihnen. Sie wissen nicht, was sie tun.«

»Wie soll ich ihnen vergeben, dass sie mich töten wollen?« Bitterkeit tüncht meine Stimme und langsam spüre ich das Gefühl der Taubheit auf meinen Gliedern. Kommt es von der Kälte? Sind es meine Kräfte?

»Indem dir bewusst ist, dass sie nur Bauern auf diesem Schachbrett sind. Sie folgen lediglich Befehlen eines anderen Prinzen, der dich als Bedrohung sieht, weil du Giselas Blutlinie entstammst. Sie können sich nicht wehren.« Wieder hebt er die Hände, zeigt mir, dass sie leer sind, als müsse er mich an seine Unschuld erinnern. »Mir ist bewusst, dass meine Brüder und Schwestern ab dem Moment verloren sind, in dem sie diese Welt betreten. Ich bitte dich nur um eines: Vergiss nicht, dass auch Obscura fühlende Wesen sind.«

»Okay«, murmle ich. Wünschte, ich würde verstehen, was genau er damit bezweckt, doch habe keine Ahnung. Wie immer. Und langsam reicht es mir damit, ständig unwissend zu sein.

»Wir sind keine Monster, Alma. Das ist alles, was ich sagen möchte.« Namtar gibt ein ergebenes Geräusch von sich, das begleitet wird von einem unsicheren Gesichtsausdruck. »Möchtest du nicht langsam zurück ins Heim?«

»Mir wäre es am liebsten, wenn du jetzt gehst«, erwidere ich forsch. Doch kaum habe ich es ausgesprochen, betrügt mich mein Körper. Vertreibt die Leere, die ich eben noch gespürt habe, und ersetzt sie mit Herzklopfen und Nervosität. Hinzu gesellt sich keine Sekunde später das ängstliche Flüstern, was ich nun machen will, sollte der Obscura mich doch noch angreifen. Doch die Sorge ist unberechtigt.

»Natürlich. Ich hoffe, dass wir uns wiedersehen werden, Alma.« Er lächelt, wirkt wieder so treudoof wie ein Golden Retriever, als wäre er kein Prinz aus der Anderswelt, der sich vom Leid der Menschen ernährt.

Und dann verblasst er zu einer Schattengestalt, einer dunklen Silhouette seiner selbst, die mehr und mehr verschwindet, bis ich allein auf der Straße stehe. Nur ich, meine Gedanken, Gefühle, und die Gewissheit, dass ich dringend, ganz dringend mehr Kampftraining brauche.

14

Ich erzähle Mel nichts von der Begegnung auf dem Heimweg, und auch Charon verschweige ich die Visite des Obscura-Prinzen. Ich schreibe ihm lediglich, dass ich im Wohnheim bin und mehr Training für wichtig erachte, ehe ich den restlichen Sonntag damit verbringe, im Internet nach Obscura zu recherchieren, was kläglich scheitert. Am Abend telefoniere ich mit Bram, lasse mir von seinem Training erzählen und dass unsere Eltern sich Sorgen um mich machen, doch es rauscht an mir vorbei. Meine Gedanken sind gefüllt von der Anderswelt, von Obscura und der Frage, wie viel dieser Wesen in mir steckt.

Die nächsten Wochen vergehen wie im Flug. Ich gehe zum Unterricht, sehe Charon, anfänglich mit geschwollenem Gesicht und blauem Auge, in meinem Peripheriekreis wachen, verbringe die Nachmittage im Hieron. Entweder trainieren wir oder ich ziehe mich in die Bibliothek zurück, um über Obscura zu lesen. Eine seltsame Alltäglichkeit pendelt sich ein, in der ich eine Hexe bin, die versucht, ihr wahres Erbe zu finden. Und leider scheint Namtar nicht gelogen zu haben. Viele Informationen finde ich auch in der Bibliothek nicht, doch immerhin bestätigt sich, dass es Prinzen gibt, die um die Herrschaft ihres jeweiligen Hofes kämpfen, mit besonderen Kräften, eigener Gestalt, und dazu in jedem Abschnitt eine Menge Warnungen, keinem Obscura je zu trauen und dass sie einem nur Schmerz zufügen, die ich nach anfänglichem Durchlesen nur noch überfliege.

Immerhin zeigt sich die Alltäglichkeit auch in dem Training mit Charon. Immer öfter schaffe ich es, seine Angriffe abzuwehren, immer früher die Dunkelheit in mir selbst zu ergreifen und zu kontrollieren. Es ist ein unwirkliches Gefühl, einen Mantel aus Schatten um mich zu legen, um nicht von mehreren Eiszapfen erdolcht zu werden, doch auch ein gutes. Mit jedem

Training fühle ich mich stärker, nicht mehr ganz so nutzlos. Und mit jedem Buch über Obscura, über die Anderswelt und ihre Gefahren, fange ich an, mehr Sicherheit zu finden.

Ich wünschte nur, das würde sich auch in meinem Umgang mit Charon zeigen, doch leider verschlägt er mir immer noch regelmäßig die Sprache. Wie ein Mensch so unnahbar, arrogant und abwertend sein kann, ist mir schleierhaft. Und doch kann ich nicht anders, als jeden Abend von meinem Bett aus auf die schwarze Rose zu starren, die er mir an jenem Abend im Mint ins Haar gewoben hat. Der einzige Beweis, dass ich diese Version von Charon nicht geträumt habe, so sehr ich es mir auch manchmal wünsche.

Der Oktober beginnt, ohne dass ich es wirklich merke, und erst als meine Mutter wegen Rosch ha-Schana und Jom Kippur anruft, realisiere ich, wie weit der erste Tag des Studienjahrs bereits zurückliegt. Ich sichere ihr zu, wie jedes Jahr, zum Rosch ha-Schana Festmahl zu erscheinen, als auch zum Abendessen vor Sonnenuntergang an Jom Kippur da zu sein, damit wir gemeinsam mit Bram ein letztes Mahl einnehmen, bevor das traditionelle Fasten beginnt. Selbst unsere Familie, die sonst kaum religiös ist, trifft sich zum *Kol Nidre,* dem Gelübde vor dem Abendgebet an Jom Kippur, in der Synagoge. Auch auf die Gefahr hin, vielleicht doch noch von Obscura angegriffen zu werden, erzähle ich Charon jedoch nichts davon. Seine unterschwellig antisemitische Äußerung in Giselas Wohnung will mir einfach nicht aus dem Kopf gehen und ich habe das Gefühl, ihn von meiner jüdischen Seite fernhalten zu müssen. Und wenn Namtar wirklich auf mich aufpasst, habe ich dann etwas zu befürchten?

In der Synagoge ist alles wie immer, doch dieses Jahr fühlt sich der Versöhnungstag für mich anders an. Hatte ich die Jahre zuvor wenig Berührungspunkte mit dem Thema der Vergänglichkeit und eine regelrechte Angst vor dem Rückschauen auf mich selbst, so leicht fällt es mir nun, meinen Kopf mit dem Gedenken an Großtante Gisela zu füllen und über mich selbst nachzusinnen. Nie hätte ich mir erträumen lassen, wie stark mein Leben sich mit diesem neuen Studienjahr ändern würde.

Erst als Bram mich anstößt, merke ich, dass das Abendgebet vorbei ist und die Synagoge sich leert. Oma Ilse ist bereits mit meiner Mutter im Schlepptau auf dem Weg nach draußen, und für einen kurzen Moment flammt in mir die Idee auf, sie nach Gisela zu fragen. Dann fällt mir jedoch ein, dass ich noch immer nicht mit meinen Eltern über die Erbschaft gesprochen habe, dass ich ihren Tod ebenso verschwiegen habe und auch nicht wüsste, wie ich das Thema erklären soll. So sehr ich meine *Bubbe* auch nach ihrer Schwester fragen möchte, ich schaffe es einfach nicht.

Ich bin auf dem Heimweg vom Haus meiner Eltern, als Namtar ein zweites Mal in meinem Leben auftaucht. Wieder strahlt er diese treudoofe Energie aus, zeigt mir seine leeren Handflächen und lächelt.

»*Gmar chatima tova*«, begrüßt er mich auf überraschend gutem Hebräisch. Besser als meines ist es auf jeden Fall, und auch die Aussprache des kehligen ch-Lauts gelingt ihm sehr viel natürlicher als mir.

»... danke«, sage ich und bleibe kurz stehen, um ihm einen fragenden Blick zuzuwerfen. Ich hole mein Handy hervor, doch zögere wieder, Charon zu schreiben. Dann stecke ich es weg und gehe weiter.

»Gigi hat mir einige Begriffe beigebracht«, beantwortet er meine stumme Frage, ehe er sich in Bewegung setzt und mit mir in Richtung des Manzanita läuft. »Ich wünsche dir ein angenehmes und leichtes Fasten.«

»Wir fasten nicht so wirklich«, gebe ich zurück und frage mich sofort, wieso ich ihm das erzähle. »Also, nicht so streng, wie Gisela es wahrscheinlich getan hat.«

»Oh.« Namtar wirft mir einen neugierigen Blick zu, den ich zu ignorieren versuche. »Nun, sie war auch nicht die treuste Anhängerin ihrer Religion, doch ich glaube, das kommt mit dem Paranormalsein.«

Wir laufen einen Block schweigend nebeneinanderher, ehe er wieder das Wort ergreift. »Ich fand es immer sehr nobel, einen Tag lang auf Nahrung zu verzichten, um sich der eigenen Sterblichkeit bewusst zu werden. Das Essen wirklich zu schätzen, das man hat.«

Ich gebe ein leises »Mh« von mir, während seine Worte vom letzten Treffen in mir widerklingen. Sein Volk hungert, weswegen sie in der Welt der Menschen nach Nahrung suchen. Beinahe automatisch stecke ich meine Hände in die Taschen meiner weißen Daunenjacke – der einzigen weißen Jacke, die ich besitze, und die meine Mutter für die hohen Feiertage gekauft hat, an denen traditionell weiß getragen wird. Ich fühle mich wie ein Wattebausch in den bunten Straßen von Merced Heights, und daran ändert auch der tonlos dunkle Anzug von Namtar nichts.

»Ich komme aus einem bestimmten Grund, Alma«, wechselt dieser plötzlich das Thema.

Es ist nicht mehr weit bis zum Square, vielleicht liegt es daran. Fragend schaue ich zu ihm und wieder antwortet er, ohne dass ich einen Ton sagen muss.

»Die Unruhen am Hof der Schatten werden schlimmer. Ich befürchte erneute Großangriffe in San Francisco.« Bangnis zeichnet seine Züge, als wäre er kein Obscura, sondern ein menschlicher Diplomat, der an ihrem Hofe verweilt. »So schlimm war es lange nicht mehr.«

»Wieso warnst du mich?«, frage ich zweifelnd. Noch immer ist es mir nicht geheuer, dass ein Prinz der Obscura so vertraulich mit mir plaudert, insbesondere nach der Lektüre der letzten Wochen. Denn auch wenn diese fast alles belegt hat, was Namtar mir erzählte, so hat sie doch eines ganz deutlich gemacht: Ihnen zu vertrauen ist ein Fehler. Ob das auch für Achtel-Obscura gilt, stand allerdings nirgends.

»Weil ich mich um dich sorge«, erwidert er. »So wie Gigi es immer getan hat. Ich kann nicht verhindern, dass die Angriffe geschehen, aber ich kann dich vorbereiten, damit du nicht von ihnen überrumpelt wirst.«

Schwere legt sich auf meine Schultern, scheint mich mit allem Gewicht nach unten drücken zu wollen. Ich bleibe stehen und schlucke sowohl meine Sorgen als auch meine Einwände hinunter. Schaue Namtar so neutral wie möglich an, in der Hoffnung, dass er sich angegriffen fühlen wird von meiner Frage. Hoffe, dass er mich danach in Ruhe lassen wird, und ich ihn vergessen kann.

»Wieso kannst du sie nicht verhindern? Ich dachte, Prinzen sind mächtig, aber das bist du anscheinend nicht.«

Für einen Moment sieht er verdutzt aus, dann jedoch lacht er herzhaft auf.

Es ist ein warmes, liebliches Lachen, das seinen Charme noch zusätzlich unterstreicht, und mich noch viel mehr in die Bredouille bringt. Wie viel schwerer will er es mir noch machen, ihm zu misstrauen?

»Oh, ich wünschte, ich wäre mächtig genug. Aber leider ist nur ein König dazu imstande, andere Prinzen zu beherrschen, und ich bin meilenweit davon entfernt, ein König zu werden.« Sein Amüsement vermischt sich mit Bedauern, ehe er mich auffordert weiterzugehen und dann fortfährt. »Die meisten Obscura-Höfe sind gleich aufgebaut, und wenn es an ihnen keinen König gibt, der regiert, dann bekriegen sich die Prinzen untereinander. Wie ihr Menschen haben auch wir unterschiedliche Ansichten, wie wir unsere Leben leben sollten.«

»Fühlende, denkende Wesen eben«, murmle ich.

»Richtig. Nur leider leben wir in einer Anarchie, die nicht funktioniert.«

Er seufzt schwer, als wir an der Hauptstraße ankommen, die Merced Heights von der nächsten Nachbarschaft, Lakeside, trennt. »Hier verlasse ich dich, Alma. Ich sollte wieder zurück in die Anderswelt.«

Ich schweige, obwohl er mich auffordernd anlächelt. Was soll ich schon sagen? Okay? Tschüss? Als er nicht verschwindet, nicke ich ihm zu und werfe dann einen Blick den Junipero Serra Boulevard hinab, um zu sehen, ob ein Auto kommt.

»Bis bald, Alma«, verabschiedet er sich, als ich den ersten Fuß auf die Straße setze. Ich hingegen vergrabe nur die Hände noch tiefer in den Taschen, beiße die Zähne aufeinander und beeile mich, den Rest des Weges hinter mich zu bringen.

Im Manzanita treffe ich auf Grace und Hailey, die gemeinsam eine Serie streamen. Erstere sieht trotz der Wochen seit dem Angriff noch immer blass und kränklich aus, lächelt mich jedoch mit ihrer typischen Freude an.

»Na du bist ja heute 'ne ganz Helle«, frotzelt Hailey in Anspielung auf mein komplett weißes Outfit und kriegt direkt Graces Ellenbogen in die Seite.

»Du bist so eine Bitch, Hailey!« Grace seufzt laut, um ihre Enttäuschung noch zu unterstreichen. »Ignorier sie einfach, Alma. Hattest du einen schönen Tag mit deinen Eltern?«

»Alles gut«, gebe ich zurück und versuche mich an einem Lächeln. Tatsächlich verletzt mich der Kommentar zu meiner eigenen Überraschung nicht. Vielleicht liegt es an Charons Benehmen, das mich abgehärtet hat, vielleicht auch einfach daran, wie viel anderes derzeit in meinem Leben passiert. »Der Tag war ganz nett.«

Ich habe wenig Lust, den beiden von Jom Kippur zu erzählen, deswegen belasse ich es dabei. Wir unterhalten uns noch einen Moment und ich frage, wie ihr Tag jeweils war, ehe ich mich müde in mein Zimmer verabschiede und mich bettfertig mache.

Doch auch im Bett schaffe ich es nicht, mich von meinen Gedanken zu lösen. Namtars Auftauchen, die Frage nach dem Warum und die Erinnerung an Giselas Tod umkreisen sich in meinem Kopfkarussell wieder und wieder. *Bis bald,* hat er gesagt, also wird er mich wohl auch zukünftig aufsuchen. Nach wie vor stellt sich mich die Frage, was er damit bezweckt. Erst recht nun, da er mich anscheinend sogar vor seinem eigenen Volk warnt. Mir ist vollends bewusst, dass ein Gespräch mit dem Protos mir vielleicht helfen könnte, Klarheit zu erlangen, doch gleichzeitig habe ich das Gefühl, damit einen Fehler zu begehen.

Wenn Namtar die Wahrheit sagt, erklärt das immerhin, wieso Großtante Gisela ihr Grimoire sogar vor Styxmitgliedern geschützt hat, obwohl die Parole der Verbindung vorne drinsteht. Und wenn ich darüber nachdenke, wie feindlich Charon, Dakila und Melinoë sowie die ganzen Bücher im Hieron gegenüber Obscura sind, dann kann ich mir nur allzu gut vorstellen, wie die Verbindung auf eine Halb-Hexe reagiert hat, die zur anderen Hälfte Obscura ist.

Ob ich in ihrer Wohnung vielleicht Aufzeichnungen finden kann? Einen Computer hatte sie nicht, aber vielleicht verstecken sich irgendwo in den Schränken noch Tagebücher oder so was. Nachdenklich kaue ich auf meiner Unterlippe, durchsuche die Wohnung in Gedanken nach Plätzen, an denen ich ein Journal verstauen würde, und nehme mir fest vor, am Morgen Charon zu schreiben, dass ich in Giselas Apartment will. Mit etwas Glück finde ich dort eine Antwort.

Zu meiner großen Überraschung willigt Charon ein, direkt am späten Nachmittag in die Downtown zu fahren, solange er dort lernen kann. Den Weg über schweigen wir uns an, was gar nicht mal so schlecht ist, denn die Metro ist ziemlich voll und laut. Der Bus via Fisherman's Wharf wäre jedoch ebenso voll gewesen und hätte zusätzlich noch im Pendlerverkehr gestanden, sodass wir mit der Metro besser beraten sind.

Leider bedeutet Metro jedoch auch, dass wir an genau der Haltestelle aussteigen, die beinahe direkt am Mint liegt. Mein Herz flattert, als wir gemeinsam die Metrostation verlassen und ins Tageslicht treten. Wieso muss mein verräterisches Hirn sich ausgerechnet jetzt daran erinnern, wie wir gemeinsam die Stufen zum Mint emporgestiegen sind? Von dem zarten Gefühl einer beginnenden Vertrautheit ist seit meinem ersten Training nichts mehr übrig und ich würde den Kuss mit ihm am liebsten vergessen.

Als wir endlich Großtante Giselas Wohnung erreichen, setzt draußen bereits die Dämmerung ein. Ohne mich eines weiteren Blickes zu würdigen, verschwindet Charon im Wohnzimmer, wo er es sich auf der Couch gemütlich macht, auf der ich das letzte Mal zusammengebrochen bin. Als er einen Laptop aus seinem Rucksack zieht, wende ich mich von ihm ab. Widersprüchliche Gefühle sind das letzte, über das ich mir gerade Gedanken machen möchte. Ihn jetzt weiter zu beobachten, würde nur dazu führen, dass ich den Abend im Mint weiter in meinem Kopf Revue passieren lasse, und dafür habe ich keine Zeit.

Ich reiße mich von den Gedanken an Charon los und versuche, mich voll und ganz auf Großtante Giselas Wohnung zu konzentrieren. Doch je mehr Schränke ich öffne, je mehr Schubladen ich durchsuche, desto weniger schaffe ich es. Wieso muss er bloß so abweisend sein? Und warum schaffe ich es nicht, ihn einfach zu ignorieren, wenn selbst sein Anblick mich nervös macht? Es wäre alles so viel einfacher, hätte es nicht den Tag meiner Aufnahme gegeben. Würde er mich nicht immer so intensiv anschauen. Wenn da nur nicht diese Phase gewesen wäre, in der ich wirklich geglaubt habe, dass wir uns annähern …

Jegliches Zeitgefühl verlässt meinen Körper, während ich das Schlafzimmer durchforste und mich dann dem Flur und dem Lesezimmer zuwende.

Ich bin wie gefangen in meiner Suche, durchblättere sämtliche Bücher in den Regalen, ohne ein Journal oder auch nur ein interessantes Buch zu finden. Das einzige von Hand verfasste Schriftstück war das Grimoire und das habe ich abgegeben. Zweifel nagt an meinem Bewusstsein, sowie die stille Frage, ob es richtig war, das Buch an Styx und die Hexen auszuhändigen, doch ich versuche, beides zu ignorieren. Stattdessen erhebe ich mich aus dem Lesesessel und bereite mich innerlich darauf vor, ins Wohnzimmer zu gehen und dort weiterzusuchen. Draußen ist es bereits dunkel, und als ich auf den Flur trete, stelle ich überrascht fest, dass Charon nicht das Deckenlicht im Wohnzimmer angemacht hat, sondern lediglich ein schummrig-warmes Leuchten den Raum erfüllt.

»Hast du's endlich?«, begrüßt er mich, als er mich bemerkt, doch seine Stimme ist nicht ganz so genervt, wie sie den Rest des Tages war. Stattdessen sieht er beinahe verzweifelt aus, hängt mehr auf der Couch, als dass er sitzt. Das Lernen scheint ihm schwerzufallen und irgendwie gibt mir das Genugtuung.

»Mir fehlen noch Wohnzimmer, Esszimmer, Küche und Haushaltsraum.« Ich versuche nicht zu lächeln, als ihm ein niedergeschlagenes Seufzen entfährt. Immerhin bin ich nicht die Einzige, die keinen Erfolg hat.

»Beeil dich bitte, ich würde ungern erst nach Zwei in der Früh zu Hause sein«, grummelt er, ehe er den Blick wieder auf seinen Bildschirm heftet und direkt noch unglücklicher aussieht.

»Was? Wie spät ist es denn?«

Charons Augen fixieren mich wieder mit einem Ausdruck, der gleichzeitig fragend und verurteilend zu sein scheint, dann erst antwortet er.

»Ist das dein Ernst? Es ist fast elf Uhr abends, Alma.«

Mir klappt der Mund auf.

»Ist dir nicht aufgefallen, wie es draußen dunkel geworden ist?« Er zieht spöttisch eine Augenbraue empor. »Bist du wenigstens fündig geworden und warst deswegen so vertieft oder habe ich meinen Abend umsonst geopfert?«

»Leider nichts«, antworte ich und schaue mich im Wohnzimmer um. Neben den offenen Bücherregalen, in denen sich nur dicke Wälzer oder kunstvoll verzierte Antiquitäten zu befinden scheinen, erspähe ich lediglich ein Sideboard, auf dem ein Fernseher steht, der seltsam klein proportioniert scheint für solch eine Protzwohnung.

»Da geht meine Hoffnung auf nicht-vergeudete Zeit.« Sein Tonfall ist unendlich trocken und ich weiß nicht, ob das ein humoristischer Kommentar oder eine ernstgemeinte Aussage sein soll. Da er sich wieder in sein Lernmaterial vertieft, ist es mir jedoch auch egal und ich lenke meine Aufmerksamkeit auf das Sideboard.

Leider findet sich auch darin kein Tagebuch, nicht einmal ein Notizblock oder auch nur der Hauch eines Papiers. Stattdessen finde ich eine gläserne Schale mit staubigen Nüssen, eine Fernbedienung, eine Stereoanlage samt Vinylspieler-Top und eine Rattan-Kiste mit Bastel- und Nähutensilien.

»Sagst du Bescheid, wenn du dich dem Ende näherst? Dann kann ich uns schon mal eine Verbindung zur Uni suchen«, höre ich Charon ungewöhnlich neutral fragen, als ich das Sideboard schließe.

»Wir können die nächste nehmen, denke ich.« Ich werfe einen flüchtigen Blick in die Küche, in der unzählige geschlossene Schränke und Schubladen darauf warten, von mir durchsucht zu werden. Wenn ich für das überraschend spartanisch eingerichtete Schlafzimmer und das Lesezimmer bereits Stunden gebraucht habe, werde ich für die Küche auch mindestens ein paar Stunden brauchen. Abgesehen davon, dass Charon mich dafür nur noch mehr kritisieren wird, zehrt auch an mir langsam, aber sicher die Müdigkeit.

»Cool«, erwidert Charon kurz angebunden, dann ist es eine Weile still, ehe er hinzufügt: »Eine Viertelstunde, schaffen wir das?«

»Ich bin quasi fertig.« Mit verschränkten Armen lehne ich mich gegen das Sideboard. Ich habe das Gefühl, mich verteidigen zu müssen, obwohl er mir nicht einmal Aufmerksamkeit schenkt. Immerhin bin ich dadurch gewappnet, als sein Blick mich schließlich mit gewohnter Intensität trifft, und zucke nicht einmal mit der Wimper. »Von mir aus können wir los.«

»Gut, wir müssen sowieso nach Fisherman's Wharf laufen. Dann können wir das entspannt tun.«

Als wäre ich mit dir entspannt, denke ich trocken, nicke ihm jedoch lediglich zu. Während er seinen Laptop wieder in seine Tasche schiebt und sich anzieht, schlüpfe ich in meinen Mantel und werfe einen letzten Blick in das Lesezimmer von Großtante Gisela. Das Regalbrett, auf dem das Grimoire gelegen hat, sieht befremdlich leer aus. Licht spiegelt sich auf den glatten Oberflächen der lilafarbenen Kristalle und nimmt meinen Blick gefangen, bis Charon neben mich tritt. Dann lösche ich das Deckenlicht und folge ihm zur Wohnungstür.

»Wir nehmen den Achtundzwanziger quer durch den Presidio, um die Uhrzeit geht das schneller, als bis nach SoMa zu laufen.« Charon hält mir unerwarteterweise die Tür der Wohnung auf, hält den Blick jedoch auf sein Handy gerichtet. »Sind nur fünf Blocks bis zur Haltestelle und wir haben gut zwanzig Minuten, bis der Bus kommt.«

»Klingt gut«, erwidere ich. Den Weg nach draußen nutze ich, um Melinoë eine kurze Nachricht zu schicken, dass wir jetzt auf dem Rückweg sind.

Die Nachtluft ist kühl und klarer, als ich es so nah am Pier erwartet hätte. So spät liegt selbst die tagsüber so belebte Hyde Street beinahe verlassen da. Abgesehen von gelegentlichen Autos und schemenhaften Fußgängern in weiter Ferne, sind Charon und ich die einzigen Nachtschwärmer. Ein ungutes Gefühl kriecht mir in den Nacken und lässt mich die Arme um meine Taille schlingen. Ich weiß, dass ich mit Charon an meiner Seite nichts zu befürchten habe, und doch fühle ich mich nachts in den Straßen der Stadt nicht besonders wohl – nicht einmal in einem gehobenen Viertel wie Russian Hill. Wäre ich allein zu Großtante Giselas Wohnung gefahren, so hätte ich mich wahrscheinlich dazu entschieden, die Nacht auf der Couch zu schlafen.

Doch ich bin nicht allein. Ich schaue zu Charon, der seine Schrittgeschwindigkeit der meinen angepasst hat und tatsächlich mal entspannt neben mir geht, statt immer einen halben Schritt voraus zu sein. Er hat die Hände in den Taschen vergraben, den Blick auf den Boden geheftet und scheint in Gedanken versunken. Er trägt seine Tarnung, runde Ohrmuscheln und weichere Züge, und ich frage mich, ob er zwischen ihnen manchmal unbewusst wechselt. Wie seltsam es sein muss, ein unmenschliches Aussehen zu haben, auch wenn spitze Ohren schon seit Jahrzehnten durch chirurgische Eingriffe als Körperschmuck existieren. Die Blicke der Menschen ziehen sie dennoch an.

»Gott sei Dank«, grummelt Charon, als wir den ersten Block hinter uns gelassen haben und der Hügel vor uns abzufallen beginnt. Am Tage muss der Ausblick hier schön sein, doch in der dunklen Nacht und mit dem Lichtsmog San Franciscos sieht man das San Francisco Bay kaum. Ich verkneife mir jeglichen Kommentar und trotte nur still weiter, bis wir bei der nächsten Kreuzung abbiegen. Sanfter Ostwind weht vom Meer über die Stadt, was Charon einen leisen Fluch murmeln lässt und mir die Haare aus dem Gesicht pustet.

Irgendwie wirkt die Straße dunkler auf mich und ich kann nicht verhindern, dass mich ein schlechtes Gefühl beschleicht. Namtars Worte kommen mir in den Sinn, seine Warnung, dass der Hof der Schatten angreifen könnte, doch ich versuche, die Gedanken so schnell zu vertreiben, wie sie gekommen sind. *Schwarzmalerei*, versuche ich mir zu sagen, doch mir rinnt dennoch ein Schauer den Rücken hinab. Als würde in der kalten Luft Spannung liegen, die sich mir die Nackenhaare aufstellen lässt. Mein Schritt beschleunigt sich beinahe automatisch, und würde Charon kein fragendes Geräusch von sich geben, hätte ich es wohl nicht einmal gemerkt. Vor uns erstreckt sich ein besonders dunkles Stück Straße, das links von einer hohen, uralt aussehenden Steinmauer gesäumt wird, die völlig unpassend für dieses Stadtviertel wirkt.

Nein, irgendwas stimmt hier nicht. Ich spüre es, noch bevor ich es benennen kann. Ein Pulsieren liegt in der Luft, seltsam fremd und doch vertraut, und noch bevor die Worte meine Lippen verlassen haben, die Frage nach dem Warum anbringen können, registriere ich eine Bewegung zwischen den parkenden Autos vor uns. Sehe die Gestalt hervorschnellen und stolpere einen Schritt rückwärts, während Charon zwischen mich und sie springt, als hätte er ganz genau gewusst, was passiert. Geschockt kann ich nicht anders als zuzusehen, wie die Person sich auf Charon stürzt, während aus einem Hauseingang ein Stück die Straße hinab noch mehr Silhouetten strömen.

»Scheiße«, höre ich Charon fluchen. Ich werfe einen gehetzten Blick über die Schulter, gerade noch rechtzeitig, um mit einem Kreischen zur Seite zu stieben. Keine Sekunde später und die Hand eines jungen Mannes hätte sich in meinen Mantel gekrallt. So schnappen seine Finger ins Leere, während ich benommen rückwärts taumle.

Was passiert hier gerade?

»Wehr dich, verdammt noch mal!«, brüllt Charon mich an, eine Hand auf der Stirn der Frau, die zwischen den Autos gelauert hat. Instinktiv reiße ich die Fäuste nach oben, als könnte ich den Mann mit bloßer Körperkraft besiegen. Ich weiß, dass das Quatsch ist, dass er besessen ist, noch bevor ich im schummrigen Licht der Straßenlaterne seine schwarzen Augen sehe.

Panik lodert brennend heiß in mir auf und wird von der leblos zu Boden sackenden Frau vor Charon nur noch bestärkt. Er hingegen wirbelt herum, schleudert eine Handvoll Eiszapfen auf den Mann vor mir, brüllt mich erneut an und reißt dann den Arm hoch. Kalter Wind trifft mich im Gesicht, lässt die Tränen an meinen Augen schmerzhaft gefrieren und mich winseln. Doch es hilft, mich aus der Schockstarre zu holen.

Ich mache einen weiteren Satz nach hinten und konzentriere mich auf das betäubende Gefühl in mir, das zwischen der Angst versteckt lauert wie Schatten eines Feuers. Stoße mit dem Rücken gegen die Steinmauer und spüre es nicht einmal, sehe dem Obscura in die Augen, während die Leere sich in meiner Brust und meinen Armen ausbreitet. Ich hasse mich für das, was ich jetzt tun werde. Tun muss. Der Wirtskörper wird weitestgehend unversehrt bleiben, nur eine länger bleibende Schwäche, wie nach einer schweren Infektion. Wie bei Grace. Der Obscura hingegen wird sterben. Es ist mir schmerzlich bewusst, als ich die Muskeln anspanne und mich gegen ihn werfe. Das Überraschungsmoment nutze, um meine Hand auf seine Brust zu legen und mit einem Ruck emporzudrücken. Optisch gleicht das Ganze einem Handflächenschlag auf den Solarplexus. Ich spüre, wie meine Leere den Dämon umschließt und schluckt, noch bevor dieser registriert, was ich tue.

Und dann ist seine Existenz aus der Welt getilgt, dieser wie der Anderswelt.

Der Körper des Mannes taumelt rückwärts und fällt wie ein nasser Sack auf den Asphalt. Ich ziehe scharf die Luft ein, versuche nicht daran zu denken, dass ich gerade getötet habe, und scanne mein Umfeld. Charon kämpft mit zwei Gestalten, eine weitere liegt zwischen der Frau und mir auf dem Boden. Tränen rinnen mir das Gesicht hinab, doch ich habe nicht das Gefühl zu weinen. Mein Körper handelt eigenständig und stürzt zu dem Personenknäuel mitten auf der Straße.

Ich spüre nichts und alles, fühle mich, als würde ich einen 4D-Film schauen. Eiskalte Luft umgibt Charon wie ein Schutzschuld, der mir das Atmen erschwert. Ein weiterer Körper stürzt zu Boden. Der letzte Obscura gibt einen Schrei von sich, der halb Angst- und halb Kampfschrei zu sein scheint. In der Ferne höre ich eine Stimme irgendwas von Polizei brüllen. Dann rammt Charon dem Obscura das Knie in den Unterleib und packt dessen Kopf, als er sich vor Schmerzen krümmt.

»Charon, der Mensch …«, kreische ich mehr, als dass ich es rufe, doch Charon fletscht lediglich die Zähne darüber.

»Lauf, bevor die wirklich die Polizei rufen!«, faucht er mich an und ich gehorche. Höre mich selbst so dreckig fluchen wie noch nie in meinem ganzen Leben, während ich in Richtung Presidio sprinte, als würde mein Leben davon abhängen. Ich blicke nicht zurück zu den Körpern, die still auf dem Asphalt liegen bleiben. Hoffe, bete, dass es den Menschen gut geht und sie sich erholen werden, und versuche nicht darüber nachzudenken, dass Obscura nicht freiwillig angreifen. Dass sie verhungern. Dass sie leiden.

»Bieg hier rechts ab«, höre ich Charons Stimme rufen. Kurz darauf ist er neben mir, überholt mich und leitet dann einen unruhigen Zickzack-Kurs quer durch die Blocks, bis ich ihn außer Atem anflehe, dass wir anhalten müssen.

Er flucht, farbenfroh und unaufhörlich, doch immerhin wird er nach der nächsten Ecke langsamer und bleibt schließlich stehen. Keuchend beuge ich mich vornüber, versuche Luft in meine Lungen zu pressen und atme sie gleichzeitig schluchzend wieder aus.

»Geht's dir gut?« Sorge durchfärbt seine Stimme, lässt sie weich wie Seide wirken, zuerst kühl und dann doch seltsam wärmend. »Bist du verletzt?«

Ich möchte antworten, will ihm sagen, dass ich okay bin, doch ich kann es nicht. Schluchze nur noch mehr und zittere, je mehr die Realität in mein Bewusstsein dringt.

Wir sind angegriffen worden. *Drek*, wir sind wirklich angegriffen worden.

Obscura haben uns angegriffen. Namtar hatte recht. Ich habe getötet. *O Himmel, ich habe getötet.*

»Alma«, raunt Charon eindringlich. Seine Hände greifen nach meinen Schultern und ziehen mich hoch, damit er mein Gesicht begutachten kann. Dunkle Iriden, die sich klar und deutlich von den weißen Augäpfeln abgrenzen. Sein Blick ist anders, sanft und ... ängstlich. Wieder erschüttert mich ein nicht zu kontrollierendes Schluchzen und ich versuche, das Gesicht in meinen Händen zu verbergen.

»Fuck«, höre ich ihn seufzen. Und dann schließen sich seine Arme um mich. »Du musst dich beruhigen, Alma. Bitte. Hörst du meinen Herzschlag? Konzentriere dich nur darauf, nichts anderes. Ich bin hier, wir sind sicher.«

Charons Körper ist warm und fest, und von ihm umschlossen zu werden gibt mir den Halt, den ich gerade bitter nötig habe. Dennoch schnürt es mir die Kehle zu. Stumm schnappe ich nach Luft, doch lasse zu, dass er mich hält. Lege den Kopf auf seine Schulter und lasse mich fallen in der Berührung, in der Sicherheit, die sie mir vermittelt. Die er mir vermittelt, ungewohnterweise. Ich spüre seinen Herzschlag an meiner Brust, schnell und kräftig, und doch auf eine beruhigende Weise monoton. Ich lausche in die Geräusche der Nacht um uns herum, doch alles, woran ich denken kann, ist er. Seine Arme um meinen Körper.

»Alma ...«, haucht Charon an meinem Ohr. »Wir müssen hier weg, bitte. Im Bus können wir sitzen und zu Atem kommen. Du kannst dich bei mir anlehnen, okay? Ich verspreche es dir. Aber wir müssen weiter. Jetzt.«

Ich nicke und atme so tief es geht ein. Zittrig, doch immerhin habe ich wieder das Gefühl, Sauerstoff in meine Lunge zu bekommen.

»Ja ...« Meine Stimme klingt brüchig, und vielleicht hält er mich deswegen noch einen Moment fest in seinen Armen, bevor er sich von mir löst und mich prüfend anschaut. Jegliche Ablehnung, die ich von ihm gewohnt bin, hat sich im Eifer des Gefechts in Luft aufgelöst. Oder ist es nur der Schock, der sich anders bei ihm zeigt als bei mir?

Egal, beschließe ich und wische mir die Tränen aus dem Gesicht. »Okay, ich folge dir.«

15

Wir erwischen den letzten Bus Richtung Uni, ohne dass uns jemand aufhält. Schweigen einander an, während wir im hintersten Teil des Busses sitzen und unseren jeweiligen Gedanken nachhängen. Trotz seines Versprechens lehne ich mich nicht an ihn. Der Moment der Schwäche ist vorbei und so, wie er sich sonst benimmt, will ich ihm nicht das Gefühl vermitteln, dass ich Wert auf seine Nähe lege.

Doch das ist nicht der einzige Grund und ich wünschte, mir wäre das nicht so bewusst. Ja, ich bin bockig und möchte ihm kein bedürftiges Bild vermitteln, doch gleichzeitig spüre ich jetzt schon, wie mein Unterbewusstsein sich nach seiner Berührung sehnt. Dass mir sein Herzschlag an meiner Brust fehlt und die Wärme seines Körpers. Ausgerechnet er. Ich will es nicht wahrhaben, doch seine Umarmung hat mich daran erinnert, wie gut er sich anfühlt. Etwas, das ich am liebsten vergessen würde.

Und so meide ich jeden Kontakt mit ihm, schaue aus dem Fenster in das dunkle Grün des Presidio und später den Golden Gate Tunnel, welchen der Achtundzwanziger durchfährt, und versuche meine Gefühle und Gedanken zu ordnen. Auch der Sunset District rauscht an mir vorbei, ohne dass ich zu einem Entschluss komme. Mein Kopf springt zwischen Charon und dem Angriff hin und her, weiß nicht, welches Thema er jetzt lieber vermeiden möchte, bis unsere Haltestelle erreicht ist und wir vor der Uni aussteigen. Auf dem kurzen Weg zum Manzanita sehe ich niemanden, weder Studenten noch andere Gestalten, und als wir die zwei Treppenstufen zum Eingang hochgehen, wird mir erst bewusst, wie spät es ist. Nicht ein Nachtschwärmer findet sich in der Lobby. An der Tür drehe ich mich zu Charon, der stehengeblieben ist und meinen Blick meidet.

»Äh. Hm. Also, gut gekämpft heute.« Er reibt sich den Nacken. »Ich melde mich morgen, wenn ich mit Dak gesprochen habe.«

»Gut, dann … warte ich.« Keine Ahnung, was ich sonst sagen soll.

Für einen kurzen Moment fixiert mich Charon und nickt, dann wendet er sich ab und verschwindet schleunigst im Dunkel der Nacht. Ich schaue ihm hinterher, die Stirn in Falten gelegt und unsicher, was ich von seinem seltsamen Verhalten denken soll. Dann jedoch drängen sich die Bilder des Kampfes zurück in mein Gedächtnis, Obscura, die aus den Schatten treten, und ich beeile mich, in mein Apartment zu kommen.

***

Tatsächlich kriege ich direkt am nächsten Morgen eine Nachricht von Charon, noch bevor ich mich aus meinem Bett bequemt habe. Der Protos bittet darum, dass wir keine nächtlichen Trips mehr unternehmen, was Charon befürwortet. Außerdem sollen wir mein Training intensivieren, was er hingegen nervig findet. Ich rolle mit den Augen und scrolle statt einer Antwort durch meinen Newsfeed bei Instagram, doch wirklich darauf konzentrieren kann ich mich nicht.

Leider soll sich dieses Muster den ganzen Tag fortsetzen, in jeder Vorlesung und selbst beim Mittagessen. Immer wieder drängen sich die Obscura in meinen Kopf und ich erwische mich dabei, wie ich draußen unter meinen Mitmenschen Ausschau nach Namtar halte. Warum weiß ich nicht, doch ich habe das Gefühl, mich bei ihm entschuldigen zu müssen. Als müsste ich ihm sagen, dass ich mich schlecht fühle, einen seiner Leute ausgelöscht zu haben. Wann immer ich darüber nachdenke, zieht sich eine Gänsehaut über meinen gesamten Körper. Wieso wollten diese Obscura uns angreifen? Sind die Befehle eines Prinzen so mächtig? Sie müssten doch spüren, dass ich zu einem Achtel ihre Natur teile. Jedenfalls, wenn Namtar nicht doch gelogen hat. Aber warum sollte er das tun? Und wieso fühlt sich meine Magie dann so anders an als das, was Charon beschreibt? Ich nehme mir vor, es Dakila gegenüber anzusprechen, wenn ich das nächste Mal im Hieron bin.

Am nächsten Samstag ist es soweit. Charon schreibt mir in aller Frühe, dass der Protos uns trainieren sehen will. Missmutig sage ich direkt für den Mittag zu, auch wenn mir bei dem Gedanken, vor Publikum zu kämpfen, schlecht wird. Je früher das vorbei ist, desto besser.

Bis zum verabredeten Zeitpunkt verziehe ich mich mit meinem Laptop auf das Sofa im Wohnbereich, um meine nächste Vorlesung vorzubereiten, was erstaunlich schnell vonstattengeht, und mich schließlich an eine Hausarbeit zu setzen. Hailey gesellt sich nach einer Weile zu mir und beschwert sich über eine Lektüre, die sie für einen Kurs lesen muss, doch dann arbeiten wir still nebeneinanderher. Für ein paar herrliche Stunden wirkt mein Leben geradezu normal auf mich. Doch dann klingelt mein Wecker und ich erinnere mich an das, was mir bevorsteht.

Eine halbe Stunde später stehe ich gewaschen, in Styx-Blau gekleidet und auf die Minute pünktlich vorm Hieron, was Dakila beim Öffnen augenzwinkernd lobt. Ich trete an ihm vorbei und halte die Luft an, doch als ich nach ein paar Schritten wieder einatme, hängt trotzdem dieser Mief nach Tier und Mango in meiner Nase. Der Protos zieht unverfroren an seinem Vaporizer und stößt den süßlichen Dampf zur Seite aus, während er gemächlich neben mir her zum Atrium schlendert. Er duckt sich leicht beim Eintreten und wieder frage ich mich, wie groß er wohl ist, doch als mein Blick auf Charon fällt, der auf einer Bank sitzt und ein Buch liest, vergesse ich die Frage wieder.

»Nun, dann zeigt mir mal eure Fortschritte«, erhebt Dakila mit einem Glucksen das Wort, dann klopft er mir aufmunternd auf den Rücken und nimmt einen weiteren Zug von seiner E-Zigarette.

Charon wirft seinem Protos einen missmutigen Blick zu, der so ziemlich meine Gefühle widerspiegelt, doch er legt das Buch zur Seite, das mir seltsam bekannt vorkommt. Bevor ich jedoch weiter darüber nachdenken kann, schiebt er die Bank an die Mauer und bedeutet mir mit einer Geste, dass ich auf meine Seite gehen soll. Mittlerweile hat unser Training seinen eigenen Rhythmus entwickelt. Während er die restlichen Möbel fortschiebt, lege ich meinen Mantel auf dem Glastisch ab, binde mir die Haare in einen lockeren Dutt und beginne, mich auf die Dunkelheit zu konzentrieren. Ich finde das vertraute Gefühl der Leere, das in meiner Brust ruht wie ein Anker, der nur darauf wartet, in die stürmische See meiner Gedanken und Empfindungen geworfen zu werden. Im Hieron fällt es mir leicht, eine Verbindung zu meinen Kräften zu finden, und als Charon mir schließlich gegenübersteht, nicke ich ihm zu.

Noch während er zwischen seinen Händen einen Angriff entstehen lässt, konzentriere ich mich darauf, einen Mantel aus Schatten um mich zu legen, und mache einen Ausfallschritt zur Seite. Der mit Eiskristallen gespickte Windschlag fühlt sich kaum kühler als die Raumtemperatur an, als er an der Dunkelheit aufprallt und glitzernd in der Luft zerstäubt. Taubheit zieht sich durch meinen Körper, lässt meine Bewegungen hölzern wirken, während ich versuche, Charon ebenfalls in Dunkelheit einzuschließen. Leider ist er mittlerweile darauf vorbereitet und viel zu flink, als dass es klappt. Problemlos springt er aus der aufkommenden schwarzen Wolke hervor und schleudert mir gleichzeitig eine Handvoll Eiszapfen entgegen, die ich nur knapp mit beiden Händen abwehren kann.

Eine Weile geht das Spiel hin und her, wir greifen einander an und wehren ab, als wäre es ein Tanz und kein Duell. Versuchen, den Rhythmus des jeweils anderen zu durchschauen, die Angriffe vorherzusehen und intuitiv in unsere Abwehr einzubauen. Mir ist bewusst, dass unser Kampf früher oder später damit enden wird, dass Charon meine Verteidigung durchbricht und mich schlägt, denn im Gegensatz zu ihm fehlt es mir an Ausdauer. Es ist nicht nur die körperliche Anstrengung, meinen durch die Taubheit geradezu gelähmten Körper zu bewegen, sondern auch das Nutzen meiner Kräfte, das mich erschöpft.

Heute werde ich jedoch von Dakila erlöst, der nach einer Weile in die Hände klatscht und damit sowohl mich als auch Charon aus dem Fluss des Kampfes entlässt.

»Sehr schön, sehr schön. Ich sehe, ihr habt große Fortschritte gemacht in den letzten Wochen.« Er erhebt sich schwerfällig und zieht an seinem Vaporizer, ehe er weiterspricht. »Orphne, wie sicher fühlst du dich in deinem Training? Denkst du, dass du tagsüber allein auf dem Campus sicher genug bist?«

»Ich weiß es nicht, Protos. Ich denke schon?«, gebe ich japsend zurück. Mir ist verdammt warm, und der penetrante Geruch nach Mangodampf macht mir das Atmen nicht unbedingt leichter.

»Nun, tagsüber ist die Chance eines Angriffs geringer und abends würde dir unser guter Fährmann sicherlich wieder zur Seite stehen«, fügt Dakila hinzu. Als Charon ein Ächzen von sich gibt, schenkt er seinem Schützling einen warnenden Blick.

»*Natürlich* stehe ich auf Abruf bereit, Protos«, murmelt dieser sarkastisch, ehe er mich genervt ansieht. »Doch es wäre wirklich cool, wenn ich ab sofort meine Vorlesungen wieder wahrnehmen kann. Komm schon, Orphne, wenn was passiert, kann ich dich ja weiterhin babysitten.«

Finster ziehe ich die Augenbrauen zusammen. »Kann ich was dafür, dass ich anscheinend Ziel von Obscura-Angriffen bin?«

»Vielleicht durch den Spruch?«, erwidert Charon nicht minder düster.

»Genug jetzt!«, bellt Dakila. Es ist das erste Mal, dass ich ihn die Stimme erheben höre, und ich weiche bei der Lautstärke unwillkürlich zurück. Selbst Charon scheint das nicht gewohnt zu sein, denn auch er zuckt zusammen.

»Solange wir nicht wissen, was dieser Spruch ausgelöst hat, verbiete ich mir solche Bemerkungen, Charon.« Seine Wut ist dem Protos klar anzusehen. Nicht nur an seinem Gesicht, das seltsam fremd aussieht ohne das entspannte Lächeln auf den Lippen, sondern auch an seiner Haltung, die ihn größer und breiter wirken lässt. Hünenhaft. »Und sollte mir zu Ohren kommen, dass du dieser Anweisung nicht Folge leistest, dann …«

»Verstanden. Tut mir leid, Protos.« Charon nickt und deutet gleichzeitig eine Verbeugung an, ehe er den Blick auf den Steinboden richtet.

Ich schlucke den Kloß in meinem Hals runter und wende mich wieder dem Protos zu, der wieder sein Großvaterlächeln aufgesetzt hat. »Protos, ich habe eine Frage zu Großtante Gisela und mir.«

Wenn es je einen richtigen Zeitpunkt für diese Frage gab, dann jetzt. Dakila gewährt mir einen aufmerksamen Blick, der mich stumm zum Weitersprechen auffordert, doch ich trete stattdessen näher an ihn heran und warte, dass er sich zu mir hinab beugt. Charon soll die Frage nicht unbedingt mitbekommen, was ihn anscheinend stört, denn er rollt mit den Augen und lehnt sich betont entspannt gegen die Außenwand.

»War meine Großtante wirklich ein … eine Halbhexe?«, frage ich leise und mache im letzten Moment doch einen Rückzieher. Es fühlt sich falsch an, sie als Obscura zu bezeichnen, ohne die Gewissheit zu haben. Die bekomme ich jedoch noch bevor der Protos antwortet, denn ihm weicht die Farbe aus dem Gesicht, kaum habe ich das letzte Wort ausgesprochen. Seine warme Haut wird aschig, die Falten auf seiner Stirn tiefer denn je. Er nickt langsam, als habe ihm die Frage die Sprache verschlagen, und mir kommt es so vor, als könne ich die Gedanken in seinem Kopf rattern hören.

»Wie kommst du darauf?«, fragt er schließlich ruhig und streicht sich über den dünnen Kinnbart. »Aber ja. Ihr Vater war … nicht aus unserer Welt.«

»Mein Urgroßvater war ein Obscura«, murmle ich atemlos und wieder dauert es, bis er mit einem Nicken bestätigt. »Also bin ich … zu einem Teil …?«

»Ich vermute es«, erwidert er, »aber sicher sind wir uns nicht.«

»Was soll das heißen?«

»Dass niemand weiß, wie sich die Kräfte der Anderswelt in späteren Generationen zeigen. Es ist unklar, wie manche paranormalen Kräfte sich vererben, Orphne. Gerade die Magie der Hexen tritt unregelmäßig auf, wie eine rezessiv vererbte Genmutation. Manchmal schlafen die Kräfte für Jahrhunderte, bis sie schließlich in einer Generation durchbrechen. Wie du dir vielleicht vorstellen kannst, steckt die Forschung dazu in den Kinderschuhen, und Nachfahren von Menschen und Obscura sind selten.«

Der Protos richtet sich wieder zu voller Größe auf, den Blick prüfend auf mich gelegt. Beinahe fühle ich mich wie ein unartiges Kind vor einem Lehrer.

»Du hast meine Frage ignoriert«, sagt er, gerade laut genug, dass ich es gut verstehen kann. Ob die Worte bei Charon ankommen, weiß ich nicht. »Würdest du sie mir beantworten?«

Ich schlucke und versuche, so unschuldig wie möglich auszusehen, während ich so tue, als müsste ich nachdenken. »Deine Frage?«

»Woher kam die Frage?«

Er lächelt und legt eine Hand auf meine Schulter, schafft eine Verbindung zwischen uns, die zeitgleich Charon ausschließt und mich daran erinnert, dass ich hier nun ein Zuhause gefunden habe. Styx hat mich aufgenommen, das weiß ich, und ich habe keinen Grund, ihnen zu misstrauen ... richtig? Ich blinzle perplex, als mir die Gedankengänge unangenehm bewusst werden. Sie fühlen sich beinahe fremd an, als würde er sie mir einflößen. Wenn ich ihnen trauen kann, wieso hat er mir dann diese Halbwesengeschichte verschwiegen?

»Orphne?«, fragt Dakila erneut.

»Es stand in einem Tagebuch«, antworte ich und versuche so vertrauensselig wie möglich zu klingen. Ich hoffe, bete, dass er es akzeptieren wird und, sollte er mich wirklich mit seiner Berührung manipulieren, nicht erahnen kann, dass ich lüge.

»Ein Tagebuch von Gisela?«

»Als wir das letzte Mal da waren, Charon und ich, da habe ich es in ihrem Schlafzimmer gefunden.« Noch nie in meinem Leben ist mir eine Lüge so leicht über die Lippen gekommen. Vielleicht ist es das Adrenalin, das in meinen Adern wie Feuer brennt, vielleicht hilft mir auch einfach das Gefühl, dass der Protos nicht ganz ehrlich mit mir ist. Er hält noch einen Moment inne, dann drückt er meine Schulter und nickt.

»Stand noch etwas darin, bezüglich ihres Grimoires vielleicht?«

»Nein. Es ging um unsere Familie«, lüge ich weiter. Seit wann bin ich darin eine Meisterin? Es ist, als würden mir die Sätze von jemandem vorgesprochen werden. »Um den Streit zwischen meiner Großmutter und ihr.«

»Ich vertraue darauf, dass du wichtige Informationen mit uns teilst, Orphne. Bitte.« Dakilas Blick wird streng, leicht klagend, als hätte *ich* wichtige Informationen zurückgehalten und nicht er. »Jede Kleinigkeit könnte wichtig sein.«

Stumm nicke ich. Zu gerne würde ich ihm vorwerfen, dass er mir doch auch so etwas Wichtiges vorenthalten hat, doch allein bei dem Gedanken an die Worte spüre ich, wie in mir Tränen aufsteigen. Ich fühle mich verraten. Wie kann es sein, dass der Schattendämon mir die Wahrheit sagt und meine eigene Verbindung mich belügt?

»Ich werde euch beide dann weiter trainieren lassen.« Der Protos wendet sich Charon zu und führt eine stumme Konversation mit ihm. Ich sehe ihre Gesichtsausdrücke, doch ihre Bedeutung bleibt mir verborgen. Dann wendet er sich wieder mir zu und schenkt mir ein letztes, ehrliches, warmes Lächeln. »Wir sehen uns beim nächsten Treffen, Orphne.«

»Bis dann, Protos.« Höflich deute ich eine Verbeugung an, so wie die anderen Mitglieder es auch immer tun, dann schaue ich zu Charon. Noch immer lehnt er an der Außenwand, die Arme locker vor der Brust verschränkt, die Beine gekreuzt. Ecken und Kanten, wohin man auch blickt. Alles an ihm wirkt abweisend, die Haltung, der Blick. Ich starre nicht minder kalt zurück. Mittlerweile macht mich seine Ablehnung nicht mehr nervös. Nur noch seine Nähe. Sanft pocht etwas in mir auf, das sich wehren möchte, doch es wird verschluckt von der Leere, die ich herbeisehne.

Langsam hebe ich beide Arme, die Handflächen gen Decke ausgebreitet. Ich muss sie nicht anschauen, um zu wissen, dass Schatten sich um meine Arme schließen wie finsterste Nacht. Charons rechte Augenbraue zuckt synchron mit seinen Mundwinkeln empor. Dann stößt er sich von der Wand ab, gerade flink genug, dass die dunklen Schwaden ihn nicht treffen, die ich ihm entgegenschleudere.

Wieder lasse ich mich in die innere Leere fallen, und doch ist dieses Mal etwas anders. Die leise Gewissheit, dass meine Kräfte nicht normal sind. Dass der Obscura-Prinz mich nicht belogen hat. Eigentlich hatte ich erwartet, dass diese Offenbarung mich schwächt, mir Schmerzen zufügt, es schwerer macht, mich zu konzentrieren. Doch dem ist nicht so. Ich finde beinahe spielerisch in das Duell, habe das Gefühl, einen Tanz mit einem alten Partner wiederaufzunehmen, und meine Kräfte besser zu verstehen. Ich fühle mich betäubt, ja, und dennoch nicht gelähmt.

Leider ändert das nichts daran, dass mir die Waage zwischen Bewegung und kraftvoller Offensive nicht gelingt. Wenn ich es schaffe, Charon zu treffen, dann ist der Angriff so schwach, dass er ihm lediglich ein freudloses Lachen entlockt, gefolgt von einer Kritik. Starken Attacken hingegen entspringt er spielerisch, woraufhin ebenfalls Tadel kommt. Eine ganze

Weile geht das Spiel so weiter, bis schließlich vom Glastisch her ein Summen ertönt.

»Oh, das ist mein Telefon!« Ich warte einen Moment, bis Charon mit den Angriffen pausiert, dann beeile ich mich, zu meinem Mantel zu kommen. Gut, dass ich ihn auf dem Tisch abgelegt habe und nicht auf dem Sofa, denn sonst hätten wir den Anruf nie gehört. Ein Blick auf das Display lässt mich strahlen und Wärme in meine Glieder fahren.

»Hey, Bruderherz«, nehme ich den Anruf entgegen und setze mich mit einer Pobacke auf den Glastisch. Charon kommt ebenfalls näher und beobachtet mich aufmerksam, wenngleich fragend. »Was gibt's?«

»Hey, Schwesterchen! Ich dachte, dass auf Nummersichergehen angebracht ist und wollte mich versichern, dass du heute Abend beim Spiel bist? Ich kann doch nicht ohne meinen Glücksbringer spielen!«

»Oh«, mache ich überrumpelt. Tatsächlich hatte ich komplett vergessen, dass die Footballsaison wieder angefangen hat, ebenso wie mein Versprechen an Jom Kippur, bei Brams nächstem Spiel dabei zu sein, nachdem die letzten vier nicht in Kalifornien stattgefunden haben.

»Du hast es vergessen«, seufzt Bram in mein Ohr, was mir ein Winseln entlockt.

»Ja, habe ich. Entschuldige. Aber ich werde da sein, versprochen! Gegen wen spielt ihr gleich noch?« Ich klemme das Smartphone zwischen Schulter und Ohr fest und bedeute Charon mit einem Tippen auf mein Handgelenk, dass er mir die Uhrzeit geben soll. Anders als sonst scheint er regelrecht an der Konversation interessiert zu sein, denn er steht direkt neben mir und verdreht nicht einmal die Augen, sondern kommt noch näher, während er den Ärmel hochschiebt. Ein Blick auf seine Armbanduhr verrät mir, dass es bereits drei Uhr nachmittags ist.

»Die BYU Cougars«, erwidert mein Bruder und gibt ein Ächzen von sich. »Bin ich froh, dass wir hier spielen und nicht in Utah.«

»Gut, ich mach mich dann fertig und bestelle ein Uber, damit ich pünktlich da bin. Halb sechs geht es los, richtig?«

»Halb sechs? Heute Abend?«, wispert Charon neben mir.

Ich werfe ihm einen perplexen Blick zu und nicke, während Bram die Uhrzeit in meinem Ohr bestätigt. »Bram, warte mal eben.«

»Bram wie in Abraham Rosenhain?« Charon starrt mich nun mit solch unverhohlenem Interesse an, dass ich geradezu verstört bin und nur nicken kann. »Dein Bruder ist Kicker bei den Cardinals?!«

»Ähm, ja«, gebe ich zurück und rücke ein Stückchen von ihm weg. »Und heut Abend ist das Match gegen …«

»Gegen die Cougars. Ich weiß. Letztes Jahr haben sie gegen die in Provo verloren!«

»Klingt, als hättest du einen Fan bei dir«, meint Bram am anderen Ende und lacht. »Wer ist der Typ, Alma? Seit wann hast du Männerkontakt?«

Ich spüre, wie mir sämtliches Blut ins Gesicht schießt. Mein Bruder meint es definitiv nicht böse oder beschützend, und doch fühle ich mich seltsam ertappt. »*Oy veh*, so ist es gar nicht, er ist nur …«

»Haha, alles gut, Schwesterherz!«, unterbricht er mich. »Willst du ihn mitbringen? Dann sag ich am Gate Bescheid und besorg einen zweiten Sitzplatz.«

Charon formt mit den Lippen eine stumme Bitte und nickt bekräftigend, während ich nach wie vor das Gefühl habe, im falschen Film zu sein. Ich will ihn nicht dabeihaben und bin bereits drauf und dran, abzulehnen, als Bram weiterspricht.

»Ich freue mich, dass du Freunde gefunden hast, Alma. Oder was auch immer er ist. Es ist gut zu wissen, dass du nicht mehr allein bist.«

Seine Stimme ist warm und weich vor Gefühl, und ich spüre, wie sich ein Kloß in meinem Hals bildet. Anders als unsere Eltern hat Bram immer gewusst, wie sehr ich mit meinem Umfeld zu kämpfen hatte. Als wir das eine Jahr auf derselben Highschool waren, hat er mich noch in Schutz genommen. Erst nach seinem Abschluss wurde das Mobbing wirklich schlimm.

»Ja … Ich mich auch«, murmle ich. Hasse es, dass die Erinnerungen an meine Highschool-Jahre wieder hochkommen, höre beinahe das Würgen, das immer ertönte, wenn ich einen Raum betrat. *Anorexie-Alma* haben sie mich genannt, weil Anorexie und Bulimie in ihren Augen dasselbe war. Nicht, dass ich an einer der zwei Krankheiten litt, doch ich war zu abgemagert in ihren

Augen. Immerhin war ich damit *Ashkenazi-Alma* fast gänzlich los und es wurden keine Pennies mehr um mich herum fallengelassen.

»Super, dann sehen wir uns nach dem Spiel! Ich freu mich, Schwesterchen.« Bram legt auf und hat keine Ahnung, was sein Kommentar in mir losgetreten hat. Ich starre betroffen auf mein Smartphone, spüre Leere in mir, doch nicht die betäubende Art, die ich mit meinen Kräften verbinde. Es ist schmerzhaft, nagend, brennend. Ich schlucke gegen den Kloß an und lege das Telefon weg, um mir mit beiden Händen die Tränen aus den Augen zu wischen.

»Ich muss nicht mitkommen, wenn es dich so sehr stört«, wispert Charon neben mir und gibt mir damit wenigstens andere Gedanken. Als ich ihn ansehe, ist sein Gesicht ernst und besorgt. Seine typische Ablehnung fehlt. Wie nach dem Angriff. Ich seufze und konzentriere mich völlig auf seine ebenmäßigen Gesichtszüge. *Marmor-Boy.* Ich habe ihn gefühlt ewig nicht mehr so genannt.

»Ich kann doch nicht ohne meinen Leibwächter da hin«, scherze ich schließlich mit krächzender Stimme. Dann räuspere ich mich und wische mir ein letztes Mal die Tränen aus den Augen, die sich dort wieder gesammelt haben. »Nur schmerzhafte Erinnerungen.«

Er nickt und für einen Moment habe ich das Gefühl, Verständnis in seinen dunklen Augen zu sehen; Schmerz, der sehr viel tiefer geht, verborgen unter einer dicken Schicht aus Kälte und Wut. Ein Tumult in eisigen Fluten. Dann verschwindet er und es tritt wieder der typische Charon zum Vorschein, immer noch kühl und abweisend, doch ohne die Emotionen, die dahinter zu lauern scheinen.

»Natürlich nicht«, sagt er und grinst. »Aber ich danke dir trotzdem für diese einmalige Chance.«

***

Nachdem ich uns ein Uber bestellt habe, machen wir uns auf den Weg ins Manzanita, wo ich das Styx-Blau gegen Cardinal-Rot eintausche und Charon, der an der Tür stehengeblieben ist, ein Trikot von Bram leihe, das ich eigentlich als Glücksbringer in meinem Schreibtisch aufbewahre. Er zieht sich ungeniert vor mir das schwarze Rollkragenshirt aus, und ich bin zu überrascht, um den Blick abzuwenden. Charon ist schlank, das war mir ja bereits bewusst, doch von mager kann nicht die Rede sein. Vielleicht ist es mir nicht aufgefallen, weil er kaum größer ist als ich, doch unter seiner Kleidung versteckt sich eine gut trainierte Muskulatur, die mir wenigstens erklärt, wieso er so ausdauernd und gut kämpft.

Mein Blick bleibt auf der großen, weißen Sieben hängen, welche die Brust des Trikots ziert. Die göttliche Zahl der Vollkommenheit. Wie glücklich Bram darüber war, ausgerechnet die Zahl der Heiligkeit und Weihe auf seinem Trikot tragen zu dürfen.

»Soll ich mich noch mal umziehen oder kommst du auch so aus dem Starren wieder raus?«, reißt mich Charons bissiger Kommentar aus der herzlichen Erinnerung und ich spüre, wie ich kirschrot anlaufe.

»Ich musste nur an meinen Bruder denken«, bringe ich quietschend hervor. Charons Lippen öffnen sich, sicherlich, um mich weiter in die Bredouille zu bringen, doch das Vibrieren meines Handys rettet mich. Ich werfe einen Blick darauf und bemerke dabei, dass die schwarze Rose aus dem Mint ebenfalls auf meinem Schreibtisch ruht.

»Geh schon mal runter, der Fahrer ist hier«, weise ich Charon schnell an und hoffe, dass er sie nicht gesehen hat. »Ich komme gleich nach.«

Schnell ziehe ich ein enges, bauchfreies Shirt von der Stanford-Uni an und eine hochbündige, weiße Stoffhose, schnappe mir eine Jeansjacke und stopfe dann Handy, Geld, Ausweis und Schlüssel in die Hintertaschen der Hose – Taschen sind im Stadium sowieso nicht erlaubt.

Die Fahrt nach Stanford verläuft leider nicht so reibungslos, wie ich sie mir gewünscht hätte, und als der Fahrer uns auf dem rappelvollen Parkplatz des Stadions rauslässt, sind wir viel zu spät dran. Ich reiche ihm einen Zwanzig-Dollar-Schein nach vorne, ehe ich aus dem Auto springe und fluche.

»Bei der Schlange dauert es mindestens eine Stunde, bis wir drin sind«, kommentiert auch Charon, während er den Blick über das von Menschen verstopfte Gate 2 beim Ticketschalter schweifen lässt. »Wird wohl nichts mit pünktlich sein.«

»Quatsch«, gebe ich genervt zurück und laufe an Schalter und Gate vorbei, auf das kleinere Spezialgate zu, das zwischen den Bäumen hinter dem Ticketgebäude fast nicht auffällt. Ich winke dem Wachmann zu, sobald er Blickkontakt mit mir hat, und setze ein strahlendes Lächeln auf. Zum Glück ist es einer, den ich bereits kenne.

»Heute spät dran, was?«, begrüßt er mich, zieht jedoch verwundert die Augenbrauen hoch, als ich nicht durchs Gate trete, sondern mich suchend umschaue. Charon kommt ächzend hinter mir zum Stehen.

»Hat Bram Bescheid gesagt?«, frage ich den Wachmann und versuche, mich an seinen Namen zu erinnern. Cortez? García?

»Nope«, erwidert dieser und wirft einen Blick auf seine Unterlagen, ehe er mit den Schultern zuckt. »Aber passt schon, ich geb euch einfach einen Pass mit. Erzählt es einfach nicht weiter, ja?«

Ich stoße einen Schwall an Danksagungen aus, während Charon verdutzt den Spezialpass entgegennimmt. Doch ich warte nicht darauf, dass er etwas sagt, und greife nach seinem Handgelenk, um ihn zum Tunnel zu zerren. Aus dem Stadion sind bereits die die Kommentatoren zu hören und ich lege noch einen Zahn zu, während Charon hinter mir zu lachen beginnt und sein Handgelenk locker aus meinem Griff befreit, um zu mir aufzuschließen. Seine dunklen Augen blitzen verschmitzt im Sonnenlicht auf.

»Fuck, ich fühle mich wie ein Promi«, raunt er, während ich zielstrebig an der knüppelvollen Red Zone vorbeilaufe, bis wir den letzten Block erreicht haben. Ich sitze immer in Block 110, immer ganz vorne, wo Brams Studienfreunde mir einen Platz freihalten, damit mein Bruder mich gut sehen kann. Und auch dieses Mal werde ich nicht enttäuscht, sehe Ethan und Aaron, die ihre Jacken auf zwei Plätze gelegt haben und sich dafür sicher einiges anhören durften.

»Hi«, begrüße ich die beiden knapp und lasse mich auf einem der Sitze nieder, gerade richtig, um mitzubekommen, dass der Quarterback der Cougars den Münzwurf gewonnen hat. Um uns herum buhen die Studenten der Stanford University und schütteln rote Pompoms in der Luft, während der Quarterback entscheidet, dass sie mit einem Receiving Kickoff starten wollen. Ich seufze und springe wieder auf, während unser Special Team in Formation geht und Offense und Defense der Cardinals zurück an die Seitenlinie laufen.

»Ihr seid spät, Bram hat schon mehrfach nach dir gesucht«, ruft mir Aaron zu. Obwohl er direkt neben mir steht, verstehe ich ihn kaum durch das Gebrüll der Fans. Dennoch richte ich meine Aufmerksamkeit auf das Spielfeld und verfolge meinen Bruder, der an der 35-Yards-Linie in Position geht und einen kurzen Blick zu unserem Block wirft. Ich steige in den Trubel der Studenten mit ein und winke Bram zu, der sich mit einem Grinsen wieder dem Ball zuwendet. Kurz scheint das ganze Stadion den Atem anzuhalten, als *Rosenhain* Anlauf nimmt und dann den Football ankickt. Jubel erfüllt die Luft, während der Ball über den Platz segelt und vom Receiver der Cougars gefangen wird. Neben mir höre ich Charon johlen, Sekunden bevor die ersten Spieler aufeinandertreffen und ein wildes Gerangel auf dem Feld entsteht.

Ich lasse mich mit einem Lächeln wieder auf den Sitz sinken. Wir haben es geschafft, bevor Bram kicken musste. Vielleicht nicht pünktlich, aber doch pünktlich genug. Mein Blick schwenkt vom Spielfeld zu Charon, der mir keinerlei Beachtung schenkt. Begierig folgen seine Augen den Spielern, während er angespannt jeden Spielzug verfolgt und mit der Masse mitgrölt. Es ist ungewohnt, seinen Blick nicht auf mir zu finden – ebenso wie die Begeisterung auf seinen Zügen fremd ist. Wie er strahlt, während sich die Teams auf dem Spielfeld um den Ball prügeln. Euphorie erfüllt die Red Zone, als die Cardinals sich den Ball zurückerobern und gut über zwanzig Yards schaffen, bevor die Cougars sie stoppen. Charon schlägt mit der Faust in die Luft, während er in den Jubel einsteigt.

Im ersten Quarter schaffen es weder die Cardinals noch die Cougars einen Touchdown zu erzielen, und so wage ich mich kurz vor dem ersten Feldhälften-Wechsel gemeinsam mit Ethan zum Hot-Dog-Stand, um *Colossal Dogs* und Bier zu holen. Wir reden kurz über das Studium, wie Bram sich macht und wie es Ethan selbst geht, doch tiefer gehen unsere Gespräche nie. Aaron, Ethan und ich sehen uns bei den Spielen im Stanford Stadium, doch außerhalb davon kennen wir uns nicht.

Als wir zurückkehren, hat das zweite Quarter bereits angefangen und der Ball ist in Besitz der Cougars, die bedrohlich weit in unsere Zone vorgedrungen sind. Charon flucht und erklärt mir, wie das passieren konnte, doch wirklich zuhören tue ich nicht und reiche ihm stattdessen einen Riesen-Dog und ein Bier, was er dankbar annimmt. Wir stoßen mit Ethan und Aaron gemeinsam an, nur Augenblicke, bevor die Cougars den ersten Touchdown erzielen und eine Reihe an Buhrufen aus unserer Kurve abbekommen. Es dauert jedoch nicht lange, bis unser Team ausgleicht, und so geht es weiter, ein nervenzerreißendes Hin und Her, das die Stanford-Studenten auf ihren Plätzen springen lässt.

Mein Augenmerk liegt dagegen mehr und mehr auf Charon, je mehr Zeit vergeht. Wie er mitjubelt, die Cougars anbrüllt und gegen den Schiedsrichter wettert. Wie er mir immer wieder kurze Blicke zuwirft, wie um sich zu versichern, dass ich noch nicht getürmt bin, zur Halbzeit, zum dritten Quarter, zum vierten. Strahlende Augen, die von seinem breiten Grinsen ganz schmal sind. Er wirkt fast wie ein anderer Mensch, eine weitere Seite, die ich noch nicht kennenlernen durfte. Ist er so, wenn er mal nicht von der Situation genervt ist? Ich ziehe die Augenbrauen zusammen und bemerke nur am Rande, dass die Overtime beginnt.

War er so, bevor ich in sein Leben getreten bin? Bevor ich diesen dämlichen Spruch gelesen und damit nicht nur mein Leben ruiniert, sondern auch seines so verändert habe?

Wieder wirft er einen versichernden Blick über die Schulter zu mir, doch dieses Mal dauert er länger. Sekunden, in denen ich mich frage, wieso er nicht immer so lachen und strahlen kann, und in denen in seinem Kopf Gottweiß-was vorgeht, ehe ich bemerke, dass ich ihn missmutig anstarre und schnell wieder auf das Spielfeld blicke.

»Du kannst da doch nicht einfach so sitzen!«, ruft Charon geradezu pikiert und hakt sich dann bei mir unter, um mich von meinem Sitz zu ziehen. Ich bin zu überrascht, um mich zu wehren, stolpere neben ihn und wäre sicher weiter vorgefallen, würde er mich nicht festhalten.

Ich schaue zu der großen Anzeigetafel, die ich im letzten Quarter komplett vergessen habe, und stelle entsetzt fest, dass wir mit 44 zu 44 einen Gleichstand haben. Anscheinend hat unsere Offense gerade den Ausgleich erzielt, denn als ich wieder aufs Spielfeld blicke, sehe ich Bram von der Spielerbank aufstehen und zu uns hochblicken, ehe er an die Drei-Yard-Linie joggt.

»Wenn er jetzt trifft, haben die Cougars nur noch eine Chance zum Ausgleichen«, ruft Charon mir zu. Die Menge um uns ist ohrenbetäubend laut, doch als Bram in Position geht, kehrt für einen kurzen Moment Ruhe ein. Ich halte die Luft an und kralle mich in das Trikot, das Charon trägt, und damit gleichzeitig in dessen Brust. Bram nimmt einen kurzen Anlauf, dann tritt er den Football zielsicher durch die Goalposts hindurch und bringt damit das Stadion zum Jubeln.

Charons Gesicht strahlt vor Begeisterung, als er mich an sich reißt und in den Jubel einsteigt. Ich spüre seinen Arm um meine Schultern, spüre seine Brust an meiner, während wir aufgeregt den BYU Cougars zusehen, die ihre letzte Chance bekommen – und unter riesigem Getöse verlieren.

»Das ist das zweitbeste Spiel meines Lebens«, stößt Charon zwischen zwei Jubelrufen aus. Noch immer hält er mich im Arm, drückt mich sanft gegen sich, und ich kann seinen aufgeregten Herzschlag an meiner Brust spüren. Das Rascheln der Pompons um uns herum unterstreicht das Gebrüll der Fans. Ein Feuerwerk explodiert am langsam dunkler werdenden Himmel, bunt und wunderschön, und für einen Moment vergesse ich alles. Vergesse jede Angst, jede Sorge. Wünsche mir nichts sehnlicher, als dass er mich weiter festhält.

Doch dann besinne ich mich eines Besseren und löse mich von ihm, ehe ich ihm ein kesses Lächeln zuwerfe.

»Nur das Zweitbeste? Dann warte mal ab, bis wir gleich die Spieler bei den Umkleiden treffen!«

16

Es ist bereits Nacht, als ich endlich wieder im Manzanita bin. Eigentlich erwarte ich nicht, noch irgendwen zu treffen, doch ich werde überrascht. Melinoë wartet auf der Couch, halb sitzend, halb liegend, und grüßt mich mit einem müden Winken, ehe ihr Blick wieder zum Fernseher wandert.

»Was schaust du?«, frage ich und setze mich zu ihr.

»Eine Doku über altgriechische Kultur. Sterbenslangweilig«, murmelt sie und kritzelt irgendwas auf den Collegeblock, der auf ihrem Oberschenkel liegt.

»Ärgerlich«, gebe ich zurück und schaue zu, wie eine Frau mit warmer, brauner Hautfarbe und weißer Toga auf dem Boden kniet und Brot in einen Lehmofen schiebt.

»Wie war dein Tag? Als ich aufgestanden bin, warst du schon weg.« Sie gähnt herzhaft und greift dann nach der Fernbedienung, um die Doku zu stoppen. »Dachte erst, du bist mit Charon unterwegs, aber der war bei einem Footballspiel und hat mir bis eben gerade nicht geantwortet.«

»Wir waren gemeinsam dort.« Ich muss lächeln, als Mel mich mit aufgerissenen Augen anstarrt. »Mein Bruder spielt für Stanford und wollte mich gerne beim Spiel haben.«

Ungläubig zieht sie die Augenbrauen zusammen. »Und du hast Charon eingeladen? Von allen Menschen ausgerechnet ihn?«

»Na ja, eigentlich hat er sich selbst eingeladen. War ganz aus dem Häuschen, dass ich einen Spieler kenne und wir durch das Spezial-Gate reingekommen sind. Es hatte beinahe etwas Süßes an sich.«

»Also war er kein Arsch heute, das freut mich.« Sie wirft die Fernbedienung zur Seite und lässt sich dann wieder auf das Sofa sinken, ehe sie mich fixiert. Wie immer springen ihre Augen hin und her, was im Halbdunkel eine beinahe hypnotische Wirkung hat. »Hattest du wenigstens Spaß? Oder war es mehr so ein Du-konntest-nicht-nein-sagen?«

Mein Blick verschwimmt beinahe, doch ich blicke ihr weiter in die Augen und schüttle vorsichtig den Kopf. »Es war schön ... Ich weiß auch nicht, Mel. Manchmal fühlt es sich an, als hätte er zwei Gesichter. Das eine hasst es, mit mir Zeit verbringen zu müssen, und das andere ...«

»Mhm?«, macht Melinoë fragend, mit einem breiten Grinsen im Gesicht. Neckisch stützt sie ihr Kinn auf ihre Hände und zieht die Augenbrauen empor, sodass ich nicht anders kann als zu kichern.

»Du bist bescheuert«, murmle ich und schüttle den Kopf. »Aber ich weiß auch nicht. Er kann so aufmerksam sein, fast schon liebevoll.«

Bilder jagen durch meinen Kopf; wie er mich umarmt hat, nachdem die Obscura uns angegriffen haben; sein Blick am Nachmittag, als würde er meinen Schmerz verstehen, ja sogar nachempfinden können; der Kuss im Mint, seine Finger auf meiner Wange. Weich, so weich.

»Woran denkst du, dass du so rot wirst?«, reißt mich Mel mit einem Kichern aus der Erinnerung.

Hitze breitet sich auf meinem Gesicht aus und ich spüre, wie meine Lippe anfängt zu zittern, was sie noch mehr zum Lachen bringt. Ich schnalze mit der Zunge und gebe ihr einen sanften Stups, doch mein brennendes Gesicht verrät nur allzu deutlich, dass ich mich ziere, meine Gedanken zu auszusprechen.

»Du kannst mir gerne alles erzählen, ich verspreche auch hoch und heilig, es mit niemandem zu teilen«, stichelt sie weiter, doch dann seufzt sie und setzt sich auf. »Natürlich musst du nicht, aber ganz ehrlich, ich freu mich, dass ihr langsam zueinanderfindet. Irgendwie.«

»Tun wir das?«, frage ich. Leise, damit meine Stimme nicht zittert und noch mehr verrät, dass ich vielleicht anfange, mehr für Charon zu empfinden, als gut für mich ist. Ich gebe ihm die Schuld dafür, immerhin musste er mich betrunken küssen. Doch leider ändert das nichts daran, dass ich diejenige bin, die jetzt mit ihren Gefühlen kämpfen muss, wann immer er sich mal wieder dazu bequemt, seine gute Seite hervorzukramen. Anscheinend ignoriere ich nur allzu gerne jeden herzlosen Kommentar, jedes schreckliche

Benehmen, wenn er mich nur wieder so anlächeln würde wie vorhin im Stadium. Dass ich ihn nicht hasse, ist wohl der Inbegriff einer toxischen Romanze, das weiß ich, und doch …

»Na, auf jeden Fall kommst du besser mit ihm zurecht als noch vor ein paar Wochen.« Melinoë zuckt mit den Schultern, ehe ihr Blick in die Ferne wandert und wieder durch mich durchzublicken scheint. »Verrückt, dass es nicht erst eine Woche her ist, dass wir dich gefunden haben.«

»Gerettet, wohl eher«, murmle ich. Noch immer schüttelt es mich, wenn ich an diesen ersten Angriff durch Grace denke. Nicht nur, weil es mein erster Kontakt mit der paranormalen Welt war, sondern auch, weil es eine Freundin war, die besetzt wurde. *Eine Freundin*. Es ist seltsam, diese Worte zu denken, doch sie fühlen sich richtig an. Hailey und Grace haben in den zwei Monaten, die wir zusammenwohnen, immer mehr den Mitbewohnerin-Status verloren und sind mir ans Herz gewachsen. Selbst Haileys Spötteln macht mir kaum noch was aus.

Mel scheint zu merken, dass ich mich unwohl mit dem Thema fühle, also schwenkt sie auf das Football-Spiel und meinen Bruder um. Ich erzähle ihr alles und lasse sie ihre Späßchen darüber reißen, dass es wie ein Date auf sie wirkt, dass ich Charon mitgenommen habe. Dann verabschieden wir uns voneinander und ich mache mich schnell bettfertig, ehe ich mich unter meiner Daunendecke verkrieche und beinahe sofort eingeschlafen bin.

***

Den Sonntagvormittag verbringe ich mit Lernen und den Nachmittag damit, zusammen mit Bram bei unseren Eltern zu sitzen und mir das Gemecker von Mom anzuhören. Dad ist wie immer ruhig, deckt den Kaffeetisch auf und ab, und nickt zustimmend, wann immer sie ihn anspricht. Für eine Weile sprechen wir über Brams Studium, das Spiel gestern und das Drafting, das zum Ende des Jahres bevorsteht. Ich genieße es, nicht im Fokus zu stehen, und ich weiß, dass mein Bruder das Thema so gut es geht in die Länge zieht, um mir eine Pause zu gönnen. Unsere Mutter lobt ihn natürlich wieder in den Himmel, doch leider wendet sich das Gespräch danach wieder mir zu und ich versinke in den Anschuldigungen, mich nicht genügend um die Familie zu kümmern, bis ich mich am frühen Abend endlich loslösen kann.

Den Heimweg über schwelge ich in Gedanken zu meiner verkorksten Familie, dass wir nicht miteinander reden können, und wie dankbar ich doch darüber bin, wenigstens mit Bram so eine gute Bindung zu haben. Und als ich schließlich im Manzanita ankomme und auf Grace und Hailey treffe, die mit einer XXL Domino's Pizza am Esstisch sitzen, kann ich nicht anders, als mir selbst zuzugestehen, dass ich mich gar nicht mal so schlecht schlage, wenn man meinen Hintergrund bedenkt. Ich klaue mir ein riesiges Stück der Pizza und quatsche ein bisschen mit den beiden, bevor ich mich in mein Zimmer verabschiede und die letzten paar Vorlesungen vorbereite, die mir für die Woche noch fehlen.

Auch der Montag rauscht geradezu an mir vorbei, und es ist ein seltsames Gefühl, aus einer Vorlesung zu kommen und Charon nirgends finden zu können. Es ist nicht so, dass ich mich dadurch unsicher fühle, doch tief in mir spüre ich einen Hauch von ... Unglück. Jedenfalls so lange, bis ich ihm abends eine Nachricht schreibe, wie ungewohnt der Tag ohne ihn war und er mit einem *›bester Tag seit langem‹* antwortet. Seufzend schicke ich einen Screenshot davon an Mel, die mit einem die Augen verdrehenden Emoji reagiert, dann schiebe ich das Telefon und die Gedanken an Charon weg.

Doch zur Ruhe komme ich nicht. Ich kann mich nicht konzentrieren, weder auf das Lesen der Fachliteratur für die Uni noch auf die lustigen Tiervideos im Internet, die ich nach einer Weile anschalte, um mich aufzumuntern. Nachdem mich jedoch auch zehn Minuten später nichts erheitert, schäle ich mich missmutig aus meinem Bett und werfe mir eine Jogginghose über. Vielleicht hilft ein kleiner Spaziergang über den Campus.

Unsere Wohngruppe liegt still und verlassen da, und ich schnappe mir auf dem Weg nach draußen das letzte Stück der Pizza, das einsam und verlassen im Kühlschrank sein Dasein fristet. Das Manzanita Square ist dagegen wie fast jeden Abend von einem heiteren Summen erfüllt, wie ein Bienenstock voll emsiger Arbeiter, auch wenn mindestens die Hälfte der

Studenten nicht am Arbeiten ist. Ich lasse meinen Blick hier und da über die Grüppchen gleiten, während ich die Pizza *noshe* und schließlich den Komplex verlasse.

Die Luft draußen ist frischer als erwartet, und ich schüttele mich ein klein wenig, als mir die Kälte in den Nacken kriecht. Um meine Körpertemperatur in die Höhe zu treiben, beschleunige ich meine Schritte, und mache mich auf den Weg zum Malcom X Plaza, der zu dieser Uhrzeit verlassen daliegt. Stille empfängt mich, nur hier und dort unterbrochen von anderen Spaziergängern, die allesamt Abstand halten. Ich atme die Nachtluft ein und genieße die Ruhe, flaniere den Weg entlang bis zum Sukkulentengarten – einer kleinen Grünfläche mit verschiedensten Pflanzen, die jeden kalifornischen Sommer überstehen können –, bevor ich umkehre und durch den Quad zurück in Richtung Manzanita gehen möchte.

Doch ehe ich auch nur einen Fuß in den Quad gesetzt habe, spüre ich, dass ich nicht alleine bin. Es ist wie eine instinktive Gewissheit, als hätte sich ein vertrauter Hauch um mich gelegt und mir ins Ohr geflüstert, still und heimlich, und ich weiß, dass er da ist, bevor sich seine Gestalt aus den Schatten der Bäume schält. Namtar. Augenblicklich schießt mein Puls in die Höhe, obwohl er sich vorsichtig, ja geradezu zurückhaltend nähert. Alles in mir verkrampft sich, und ich spüre neben dem Gefühl der Leere auch ein anderes, das mehr und mehr meine Gedanken füllt.

Schuld.

»Alma«, sagt er tonlos, als er nur noch wenige Schritte von mir entfernt ist. Angst lässt meine Glieder schmerzhaft steif werden, und ich greife innerlich nach der Dunkelheit, die mir wieder und wieder aus den Fingern zu gleiten scheint. Sollte Namtar mir nicht mehr wohlgesonnen sein, könnte sich das als tödlich herausstellen, und dieser Gedanke lässt mich nur noch panischer werden.

»Es tut mir leid!«, presse ich hervor und taumle einen Schritt zurück, als er nähertreten will. »Ich wollte niemanden … töten.«

Kaum ist mir das letzte Wort über die Lippen gekommen, muss ich die aufkommenden Tränen herunterschlucken und klammere mich verzweifelt an das dumpfe Pochen hinter meinem Brustbein, das leiser und leiser zu werden scheint.

»Es muss dir nicht leidtun, dass du dich verteidigt hast«, gibt Namtar ruhig zurück. Sein Gesicht ist schmerzverzogen, doch er gibt sein Bestes, zu lächeln, als versuche er, seiner Worte Lügen zu kaschieren. »Du bist kein Monster, weil du leben willst. Meine Brüder und Schwestern hatten ihr Schicksal in dem Moment gewählt, in dem sie dem falschen Prinzen Treue schworen.«

»Und du bist der richtige?«

»Darauf hoffe ich. Und doch hat meine Politik dazu geführt, dass du angegriffen wurdest, und dafür muss ich mich entschuldigen, Alma.«

Verwirrt halte ich inne und mustere ihn, wie er mit hängengelassenen Schultern und schuldbewusster Miene vor mir steht. »Deinetwegen werde ich angegriffen?«

»Im weitesten Sinne, ja«, erwidert er, ehe er eine Hand nach mir ausstreckt und mein Herz damit wieder zum Galoppieren bringt. »Ich will es dir zeigen, wenn ich darf?«

Alles in mir schreit, dass ich weglaufen sollte. Umdrehen, solange ich noch kann, und einen Notruf an Charon senden. Ich weiß, dass das die einzig kluge Maßnahme wäre. Und doch kann ich nicht. Ich spüre, wie sich etwas in mir danach sehnt, ihm die Hand zu reichen. Ihm zu trauen. Wieso auch nicht? Hat er mir Anlass dazu gegeben, es nicht zu tun? Sind es nicht Styx und die Hexen, die nicht ehrlich zu mir waren?

Und doch ist er ein Obscura. Ein Prinz jener Wesen, die mich jetzt schon zum zweiten Mal attackiert haben. Seinetwegen, wenn ich ihm glauben kann.

Erst als Namtar seine Hand wieder sinken lässt, schaffe ich es, mich zu rühren. Ich umgreife meine eigene Faust vor meiner Brust und mache einen zaghaften Schritt auf ihn zu, der das Blut durch meine Adern schießen lässt, sodass mir schwindlig wird.

»Wieso werde ich angegriffen?« Die Frage ist mir schneller entwichen, als ich sie denken konnte. »Bitte sag es mir. Und wieso ist es deine Schuld?«

»Setzen wir uns auf eine der Bänke, dann gebe ich mein Bestes, es zu erklären.« Ein schmerzerfülltes Lächeln liegt auf Namtars Lippen und er fährt sich mit einer Hand durch die unordentlichen, dunkelblonden Haare, ehe er die nächste Parkbank ausserspäht und mir mit einer Geste bedeutet, ihm zu folgen.

Für einen Moment halte ich inne, blicke mich im Dunkel des Quads um und ziehe mein Smartphone aus der Jackentasche, um zu schauen, ob Charon oder Melinoë mir geschrieben haben. Nichts. Ich seufze, dann folge ich Namtar und lasse mich neben ihm nieder.

»Wir haben schon einmal darüber gesprochen, vielleicht erinnerst du dich daran«, sagt er so leise, dass ich mich anstrengen muss, ihn zu verstehen. »Mein Volk und ich, wir leben in einer anderen Welt, in der es kaum Licht gibt. Kaum Wärme. Es gibt wenig Nahrung, die wächst, und wir hungern – nicht zuletzt, weil es schwierig ist, Nahrung zu züchten, während der Weg in diese Welt so einfach scheint. Die Nahrung hier ist so viel leichter zu beschaffen.«

»Ich erinnere mich«, hauche ich. »Der Hof der Schatten liegt in einer kargen Landschaft aus Dunkelheit.«

»Richtig. Und doch können wir mit harter Arbeit auch dort überleben. Das Problem ist nur ... wieso hart arbeiten, wenn man dasselbe Ergebnis auf Kosten anderer haben kann?«

Ich schweige. Seine Worte liegen mir schwer im Magen, doch ich verstehe, worauf er hinauswill, noch bevor er es ausspricht.

»Es gibt Prinzen an unserem Hof, die sich für das Quälen von Menschen nicht nur einsetzen, sondern es geradezu zelebrieren. Sie sehen in dieser Welt ein Festbankett, an dem wir uns bedienen sollten, statt unsere Kraft damit zu vergeuden, unser Land fruchtbar zu machen.«

»Aber du bist dagegen.«

»Richtig. Ich sehe keinen Sinn darin, andere Lebensformen leiden zu lassen, wenn wir genauso ohne dieses Leid leben können. Nur weil unsereins sich als Spitze der Nahrungskette sieht, müssen wir nicht grausam sein. Zumal der Übergang in diese Welt für unsere Untertanen tödlich verlaufen kann.«

Er macht eine Pause und starrt in die Dunkelheit, während ich versuche, mich nicht daran zu erinnern, dass ich dieser tödliche Verlauf für gleich mehrere Obscura war. Als er sich schließlich zu mir wendet und mir seine offene Hand hinhält, schrecke ich auf.

»Ich kann dir einen Einblick verschaffen, Alma. Dir die Anderswelt zeigen, all den Schmerz und das Leid, das mein Volk ertragen muss. Vielleicht verstehst du dann, wieso diese Prinzen so handeln, wie sie es tun.«

Zitternd schüttle ich den Kopf und widerstehe dem Drang, seine Hand zu ergreifen. So neugierig ich auch bin, so sehr mich die Dunkelheit zu locken scheint, etwas in mir anzusprechen scheint, so wenig möchte ich das Leiden eines ganzen Volkes sehen. Erst recht nicht eines, dessen Mitglieder mich angreifen.

»Und weswegen fokussieren sie mich?«, frage ich stattdessen schwach. Er zieht seine Hand nicht zurück, lässt sie auf seinem Oberschenkel ruhen, die Einladung steht trotz meiner Ablehnung noch.

»Weil ich dir vertraue«, erwidert Namtar ruhig. »Weil in deinen Adern Giselas Blut fließt und ich auch ihr vertraut habe. Jeder Freund von mir ist ein Feind von ihnen.«

»Klingt barbarisch.« Mein Blick verweilt auf seiner Hand, während eine leise Stimme in mir darum bittet, sie zu ergreifen. »Wieso sollte ich das sehen wollen, Namtar?«

»Weil es eine Reise zu deinen Wurzeln ist. So schwach das Blut der Obscura in dir auch ist, es fließt in deinen Adern. Die Anderswelt war einst dein Zuhause und sie schenkt dir Kraft.«

»Ist es nicht gefährlich?«

»Nein, keine Sorge.« Er sucht meinen Blick, der seine ernst und doch zuversichtlich. »An meiner Seite bist du immer sicher.«

Ich spüre, dass ich schnippisch eine Augenbraue hochziehe, doch ich kann nichts dagegen tun. Es klingt einfach zu klischeehaft, und das merkt Namtar auch selbst, denn er schmunzelt und zuckt mit den Schultern.

»Vielleicht wann anders«, antworte ich schließlich und entscheide mich endgültig gegen die Versuchung. »Ich überlege es mir, versprochen.«

»Ich würde niemals etwas anderes von dir verlangen«, erwidert Namtar und nimmt endlich die Hand von seinem Bein. »Sollte dich doch die Neugier packen, dann findest du mich in den Schatten.«

»Kryptisch«, gebe ich mit einem Grinsen zurück, woraufhin er leise auflacht.

»Pass auf dich auf, Alma. Und fühl dich nicht allzu schlecht, wenn du dein Leben verteidigst.«

Und mit diesen Worten verschwindet sein Körper neben mir, wird zu einer Silhouette aus schwarzem Rauch, der sich in jeden Schatten zurückzieht, bis ich allein auf der Parkbank sitze. Nur ich und die Frage, ob ich seinen Hof nicht doch besuchen sollte.

***

Den Rest der Woche über passiert nichts Nennenswertes mehr. Ich ziehe meinen Uni-Alltag durch, bereite Vorlesungen vor und nach, und sitze an Hausarbeiten fest. Am Freitagabend koche ich gemeinsam mit Grace ein Rezept von TikTok nach, das überraschend einfach ist und gut gelingt. Mittlerweile hat ihr Gesicht wieder Farbe angenommen und auch die violetten Schatten unter ihren Augen sind längst nicht mehr so intensiv wie direkt nach dem Angriff, doch ihre Kondition ist immer noch am Schwächeln. Mehrmals muss sie sich während des Kochens hinsetzen, was sie selbst wohl am meisten frustriert. Irgendwo fühle ich mich schuldig, tief in mir, denn immerhin bin ich der Grund, aus dem sie besetzt wurde, doch leider macht das keinen Unterschied. Ich kann mich nicht entschuldigen und auch sonst nichts für Grace tun, außer Zeit mit ihr zu verbringen, wann immer sie fragt.

Am nächsten Morgen werde ich von einem leisen, aber penetranten Klopfen geweckt. Müde reibe ich mir die Augen und werfe einen Blick auf mein Handy, das bereits elf Uhr anzeigt, dann rufe ich ein heiseres »Es ist offen« in Richtung Tür.

Der gar nicht mal so frühe Besucher stellt sich als Melinoë raus, die gut gelaunt eintritt und die Tür hinter sich schließt, ehe sie zu mir ans Bett kommt und sich ans Fußende setzt. »Guten Morgen, Schlafmütze! Dachte mir, dass du noch nicht wach bist. Der Protos hat eine Rundmail geschickt, dass das Treffen heute bereits gegen zwei Uhr nachmittags beginnt.«

»Oh, so früh schon?«, frage ich, noch immer verschlafen, ehe ich herzhaft gähne und mich dann aufsetze. »Hat er geschrieben wieso?«

»Nope, nur dass wir dringend anwesend sein müssen. Sehr mysteriös, wenn du mich fragst. Das ist in den letzten zwei Jahren nicht einmal passiert.«

»*Oy*«, murmle ich, was Mel zum Grinsen bringt.

»Aber nicht *verklempt* werden«, scherzt sie und hält sich dann theatralisch die Brust. »Ich kann nicht allein untereinander sprechen und diskutieren.«

Ich bringe ein müdes Lächeln zustande über ihre Linda-Richman-Interpretation, doch dann muss ich erneut gähnen und strecke mich ausgiebig.

»Aber ansonsten keine Anweisungen? Keine Roben oder so?«

»Davon stand jedenfalls nichts in der Mail.« Sie zieht ihr Handy aus ihrer hinteren Hosentasche und wirft einen prüfenden Blick darauf. »Aber die Roben sind eigentlich auch nur für zeremonielle Anlässe, Gott sei Dank.«

»Also nur dunkelblau tragen«, murmle ich, mehr zu mir selbst, ehe ich die Bettdecke zurückschlage und aufstehe. »Hast du schon gefrühstückt?«

Sie verneint und wendet sich wieder ihrem Telefon zu, während ich mich in eine dunkelblaue Leinenhose, einen schwarzen Rollkragenpulli und einen dunkelblauen Trenchcoat kleide. Dann gehen wir frühstücken, bevor wir uns für das Treffen mit Styx fertigmachen und eine Viertelstunde zu früh vor dem Hieron ankommen.

Es ist Chad, der uns mit einem breiten Grinsen die Tür öffnet. Charon befindet sich ebenfalls in der Eingangshalle und empfängt uns mit einem finsteren Blick, der im krassen Kontrast zum letzten Samstag steht. Ich spüre, wie mein Magen augenblicklich ein Stückchen tiefer sinkt.

»Die meisten sind schon da, wir warten an sich nur noch auf Penthesileia, Morpheus und Achilles«, plaudert Chad munter los, ohne auf seinen Kumpel zu achten. »Wir warten hier, geht ihr schon mal ins Atrium, damit der Protos sich nicht unnötig aufregt.«

»Penthesileia ist Briannas Ordensname«, wispert Mel mir zu, ehe sie Chad umarmt. Seit dem Mint habe ich ihn nur zweimal im Hieron gesehen, Samstagabend, gemeinsam mit Charon in einer Ecke verkrochen und somit für mich an dem Ort, den ich als letztes freiwillig aufsuchen würde. Ihm scheint es egal zu sein, dass ich ihn nie begrüßt habe, denn auch ich werde von ihm in eine Umarmung gezogen und erwidere sie zögerlich. Melinoë boxt derweil Charons Oberarm und wechselt ein paar Worte mit ihm, die zu leise sind, als dass ich sie verstehen könnte.

Für einen kurzen Moment, nachdem Chad mich losgelassen hat und Melinoë bereits weitergegangen ist, stehen Charon und ich uns gegenüber. Da ist er wieder, dieser Ausdruck in seinen Augen. Ablehnend und geringschätzig und so eiskalt, dass er mein klopfendes Herz einzufrieren scheint. Habe ich ihm etwas getan? Was ist schon wieder sein Problem?

»Orphne, kommst du?«

Ich breche den Blickkontakt ab, dankbar, einen Grund dafür zu haben, und beeile mich, zu Mel zu gehen. Sie schaut mich nicht minder ratlos an als ich mich fühle, und ich zucke mit den Schultern. Weigere mich innerlich, mich davon runterziehen zu lassen und versuche es zur Seite zu schieben. Wahrscheinlich ist er einfach nur genervt davon, dass er den Samstagnachmittag im Hieron verbringen muss.

Gemeinsam betreten wir das Atrium, in dem wieder sämtliche Sitzmöglichkeiten zur Seite geschoben worden sind. Dakila ist in ein Gespräch mit zwei Styxmitgliedern vertieft, doch als er Melinoë und mich entdeckt, kommt er sofort auf uns zu.

»Orphne, wir müssen reden«, sagt er ohne Umschweife. Mir rutscht das Herz in die Hose und der Magen in die Kniekehlen. Nicht mal ein Hallo? Noch dazu Charons finsterer Blick an der Tür. Was ist passiert? Haben sie mich mit Namtar beobachtet und sind deswegen wütend?

»O Gott, ist alles in Ordnung?«, höre ich Mel neben mir fragen. Ihre Stimme klingt heiser vor Aufregung.

»Nein, aber das werden wir in der Gruppe besprechen, sobald alle da sind.« Der Protos legt jeweils eine Pranke auf ihre und eine auf meine Schulter und drückt sie sanft. Es beruhigt mich für eine Sekunde, doch als sein besorgter Blick wieder zu mir wandert, fängt mein Blut an, in meinen Ohren zu rauschen.

»Aber davor möchte –, nein, *muss* ich dich aufklären«, fügt er vage hinzu, während er uns in Richtung der Eingangstür des Atriums delegiert.

»Ich verstehe nicht …«, setze ich an, will mich verteidigen und fragen, wieso es direkt einer ganzen Versammlung bedarf, doch er räuspert sich lediglich und unterbricht somit meine zaghaften Einwände.

Erst als wir auf dem Flur stehen, erhebt Dakila wieder seine Stimme. »Harriet hat sich heute früh bei mir gemeldet, Orphne. Der Zirkel konnte den Nutzen des Spruchs bestimmen, den du gewirkt hast.«

»Oh«, gebe ich gepresst von mir. Jeder Gedanke, den ich an Namtar hatte, scheint für einen Moment verschwunden. Angst sickert wie ein Rinnsal Eiswasser meinen Rücken hinab. Endlich werde ich erfahren, was ich ausgelöst habe. Doch ist die Gewissheit wirklich besser zu vertragen als das Unwissen? Mein Herz pocht dumpf in meinen Ohren. Ich spüre, wie Melinoë einen Arm um mich legt, sehe in ihr besorgtes Gesicht und schlucke.

Erst als ich wieder zu Dakila blicke, spricht dieser weiter, wenngleich mit beschwörender, raunender Stimme. »Die Hexen sind sich sicher, dass der Spruch einen Bannzauber gelöst hat, der den Übergang zwischen unserer Welt und der Anderswelt verhindert hat. Das erklärt auch, wieso die Angriffe durch Obscura in den letzten Monaten rapide zugenommen haben. Harriet vermutet, dass deine Großtante einen Obscura-Prinzen befreien wollte, jedoch bei dem Versuch verunglückt ist, und dass du das letzte Siegel dazu gebrochen hast. Bitte sei versichert, dass Styx hinter dir steht. Wir geben dir keine Schuld daran, Orphne, und derzeit versuchen Harriet und ich, die Sache so klein wie möglich zu halten. Es war ein Fauxpas, der so nie hätte geschehen dürfen. Jonathan hätte das Grimoire trotz der Anweisung im Testament nicht an dich geben dürfen, auch wenn er dachte, dass du Teil der Verbindung, ein Kind des Flusses bist …«

Er schüttelt den Kopf, irgendwas zwischen enttäuscht und wütend, doch ich teile seine Gefühle nicht. Bin überfordert und nervös, was sich nur noch verschlimmert, als er fortfährt.

»Wir befürchten, dass du das nächste Ziel des Obscura-Prinzen sein wirst, Orphne.«

Er will weitersprechen, das sehe ich, doch in diesem Moment öffnet sich die Tür zur Eingangshalle und die letzten drei Nachzügler kommen mit Chad und Charon herein.

»Es scheint, als wären wir vollzählig«, seufzt Dakila und öffnet die Tür zum Atrium, wendet sich jedoch dann wieder mir zu und gibt uns zu verstehen, dass wir eintreten sollen. »Wir sprechen nach der Versammlung weiter.«

Zwei junge Männer verschwinden mit Chad zwischen den restlichen Mitgliedern, während Bree für einen Moment bei uns stehen bleiben will, jedoch von Charon weitergezogen wird. Alle Augen ruhen auf uns, verfolgen den Protos, Melinoë und mich, wechseln zwischen uns dreien hin und her, erst recht, als wir in der Runde stehen bleiben und Dakila in die Mitte des Atriums tritt.

»Danke, dass ihr meiner kurzfristigen Bitte allesamt gefolgt seid«, beginnt er, laut genug, dass man ihn im gesamten Raum hört. Augenblicklich kehrt Ruhe ein, das leise Tuscheln verstummt. »Wie ihr bereits wisst, ist unser neuestes Mitglied Orphne unter exzeptionellen Umständen zu uns gestoßen. Bisher habe ich dazu geschwiegen, auch, weil wir keine Antworten für die Folgefragen hatten. Nun jedoch müssen wir darüber sprechen. Orphne ist die Nichte einer großen Hexe, die einer speziellen Form der Zauberwebkunst zugetan war.«

Ich unterbreche ihn nicht, um *Nichte* zu korrigieren. Tatsächlich traue ich mich nicht einmal, ihn anzusehen oder auch nur den Blick vom Boden zu heben. Allein die Vorstellung, wie sämtliche Augen sich auf mich richten, urteilend, ablehnend, ist für mich kaum zu ertragen. Tuscheln setzt ein, ein leises Wispern, das weich in meinen Ohren klingt und doch so viel Schmerz und Panik in mir auslöst, dass ich kaum atmen kann und mich wie ein Kind an Melinoë festhalte.

»Sie starb diesen Sommer. Die Details sind für uns irrelevant, umso wichtiger jedoch Folgendes: In ihrem Repertoire befand sich ein Zauber, den Orphne unbeabsichtigt wirkte. Wir befürchten in Angesicht der jüngsten Ereignisse, dass dieser einen Einfluss darauf hatte, wie leicht es den Obscura gelingt, in unsere Welt überzutreten. Die letzte Angriffswelle durch Obscura-Prinzen liegt Jahrzehnte zurück, und mir ist bewusst, dass keinem von euch gewahr sein kann, was das bedeutet. Darum dieses kurzfristige Treffen, denn sollten wir recht haben und eine Angriffswelle auf uns zukommen, dann wird die paranormale Welt der Bay Area jedes Paar Augen und Ohren brauchen, um ihr Herr zu werden.«

Dakila macht eine Pause, um seine Worte wirken zu lassen. Das Flüstern der Kinder des Styx ist verstummt, Beklommenheit hat seinen Platz eingenommen. Ich spüre Tränen, die an meinen Wimpernkränzen langsam zu Perlen werden und sich doch weigern, hinabzufließen. Eigentlich will ich Fragen stellen, etwas sagen, mich oder meine Großtante verteidigen, doch ich traue mich nicht. Selbst Mel ist seltsam steif neben mir, verströmt nichts von ihrer sonstigen Große-Schwester-Energie, mit der sie mich stets zu beruhigen versucht. Ist dies das Ende unserer aufblühenden Freundschaft?

»Natürlich arbeitet der Hexenzirkel bereits mit Hochdruck an einer Lösung, doch bis diese gefunden ist, muss ich euch darum bitten, besonders auf der Hut zu sein. Achtet auf euer Umfeld, auf ungewöhnliche Energien und seltsames Verhalten. In unserer Bibliothek findet ihr ein paar Bücher über Obscura, prägt euch diese gut ein. Schenkt eurer Umgebung einen Blick mehr als sonst und achtet auf Personen, die ihre Augen verbergen. Kümmert euch um Menschen eures Umfelds, die plötzlich fehlen. Und solltet ihr einen Obscura entdecken, meldet euch bitte umgehend bei mir. Ihr könnt mich jederzeit anrufen. Und was immer geschieht, sprecht nicht mit ihnen. Lasst euch nicht von ihnen einwickeln.«

Es ist so still, dass man eine Stecknadel fallen hören könnte. Niemand wagt es, etwas zu sagen, bis Dakila schließlich hinzufügt: »Ich hoffe, es ist selbstverständlich, doch gehen wir lieber auf Nummer sicher. Wenn ihr einem Obscura begegnet, dann greift ihr ihn nicht an. Niemand spielt hier den Helden. Verstanden?«

Zustimmendes Murmeln geht durch den Raum, und als wäre der Bann damit gebrochen, setzen leise Unterhaltungen ein. Nervös werfe ich einen flüchtigen Blick zum Protos, der noch immer in der Mitte des Raumes verweilt und sich mit einigen Mitgliedern unterhält, dann hetzt mein Blick weiter. Kaum jemand sieht mich an.

Nur hier und da huscht ein Augenpaar zu mir. Bis ich auf eines treffe, das die Tränen endgültig zum Rollen bringt. Charon. Wie er mit gekreuzten

Armen bei Chad und seinen Freunden steht, doch zu mir schaut, als wäre ich jemand, den er lieber nie kennengelernt hätte.

Ich kneife die Augen zusammen und vergrabe das Gesicht in meinen Händen. Was ist passiert? Noch vor wenigen Stunden hatte ich das Gefühl, ein Teil dieser Verbindung zu sein. Vielleicht kein fest integrierter, wichtiger Teil, aber doch irgendwie zugehörig. Ein Kind des Flusses, wie sie es ausdrücken. Jetzt fühle ich mich fremd. So langsam kommt mir mein ganzes Leben wie eine Achterbahnfahrt vor, gespickt von himmelhohen Jauchzern und zu Tode betrübten Tiefs.

»Wieso sollen wir zusehen, wie diese Parasiten einen Menschen besetzen, wenn wir das direkt ändern können?«

Ich schrecke hoch bei diesen Worten. *Ändern können?* Sie töten können, wohl eher. Mein Herz klopft schmerzhaft gegen meine Brust und ich flehe Dakila innerlich an, irgendwas zu sagen, irgendwas zu tun, und wenn er nur klarstellen würde, dass diese Änderung den Tod eines Lebewesens bedeutet.

Doch vergeblich.

»Wir können nicht abschätzen, wie viele Obscura sich im Umfeld befinden, und auch wenn sie uns nicht besetzen können, sind sie sehr wohl in der Lage, uns anzugreifen und in einer Überzahl auch, uns zu töten. Bitte, Pallas, lass Vorsicht walten.« Der Protos räuspert sich vernehmlich und richtet sich zu seiner vollen Größe auf. »Das gilt für jeden von euch.«

»Protos, verzeih bitte die Frage, aber das klingt für mich, als würde ein Krieg auf uns zukommen.« Es ist die brünette junge Frau von meiner Aufnahme, die einen zögerlichen Schritt nach vorne macht. Ihre Locken springen in der Bewegung mit, glänzend vom Licht, das durch die gläserne Decke scheint. »Müssen wir uns darauf vorbereiten, dass ein Kampf gegen diese Wesen zu unserem Alltag gehören könnte?«

»Nein«, antwortet Dakila bestimmt. »Styx ist eine Studentenverbindung, kein Kriegsbund. Und auch wenn wir auf den Styx schwören, dass wir unsereins beschützen werden, heißt das nicht, dass ihr euch vor irgendetwas anderem fürchten müsst als der nächsten Klausurenphase. Ihr seid Studenten, keine Kämpfer, und ich möchte keinen von euch von der Straße kratzen müssen. Ist das klar?«

Die Energie, die bei diesen Worten von Dakila ausgeht, verschlägt mir die Sprache. Seine harte Stimme, die aufrechte Haltung und der grimmige, geradezu zornige Blick geben ihm eine Ausstrahlung, die eher an ein Monstrum erinnert als an den gutmütigen Protos, den er bisher verkörpert hat.

»Keine Angst, Alma«, flüstert Melinoë neben mir. »Dakila und die restlichen Älteren werden sich um die Obscura kümmern.«

Ihre Worte sind nicht minder bitter als die der restlichen Styx-Mitglieder im Atrium, die sich leise unterhalten. Wenn ich mich anstrenge, kann ich Satzfetzen verstehen, Wut über die Situation, Hass auf Obscura. Todeswünsche. Morddrohungen.

Und mittendrin höre ich leise Namtars Stimme in meinen Erinnerungen sagen, dass der Hof der Schatten auch mein Zuhause ist, dass das Blut der Obscura auch in meinen Adern fließt, und dass Großtante Gisela Zeit ihres Lebens zwischen genau denselben Fronten stand wie ich in diesem Moment.

Ich schrecke zusammen, als Dakila in mein Sichtfeld tritt.

»Orphne, ich weiß, dass dieses Durcheinander für dich grässlich sein muss, aber ich möchte dir fortan wieder Charon an die Seite stellen. Damit wählen wir angesichts der Gefahren wohl den sichersten Wert.«

Ich schlucke sämtliche Widerworte hinunter, ignoriere das Stechen in meinem Herzen und in meinem Magen, der sich schmerzhaft zusammenzieht, und blicke zu ihm auf. »Ich verstehe, Protos.«

Dakila nickt, als wäre damit alles gesagt, dann wendet er sich an Charon, der einen Schritt hinter ihm steht und aussieht, als hätte er in eine Zitrone gebissen. »Ich erwarte bestes Benehmen von dir.«

»Natürlich, Protos«, sagt Charon tonlos. Kein Nicken, keine Regung in seinem Gesicht. Leere.

»Ich lasse euch beide – oder wohl eher euch drei dann allein, um mich den restlichen Mitgliedern zuzuwenden. Orphne, ich weiß, dass du bereits die Bücher in der Bibliothek gelesen hast, doch solltest du noch Fragen haben, dann …«

»Nein danke. Ich würde jetzt gerne gehen.« Tapfer begegne ich dem überraschten Blick des Protos, halte ihm stand, ohne zu blinzeln, so lange, bis er sich Charon zuwendet. Dann warte ich darauf, dass Charon mir ein Zeichen gibt, dass wir gehen können, und fliehe aus dem Atrium. Mel hingegen bleibt zurück.

»Wir sollten ihre gesamte Art ausrotten«, höre ich einen Verbindungsbruder zischen, bevor die Türen hinter uns zufallen. Beiße mir auf die Unterlippe und ziehe winselnd den Atem ein, in der Hoffnung, dadurch nicht heulen zu müssen. Doch es hilft nichts. Wir haben den Hieron noch nicht verlassen, als ich die Tränen nicht mehr zurückhalten kann und zu schluchzen beginne.

Charon seufzt leise hinter mir, sagt jedoch wenigstens nichts. Er tätschelt mir kurz den Rücken, unbeholfen und so untypisch für ihn, dass ich kurz nach Luft schnappe, doch dann lässt er Abstand zwischen uns aufkommen und bringt mich nur stumm bis zum Manzanita. Sein Blick folgt mir, solange, bis ich in den Fahrstuhl steige. Die Türen schließen sich zwischen uns, und wieder frage ich mich, was mit ihm nicht stimmt. Wie kann ein einzelner Mann so viele Gesichter haben?

17

Nur eine Woche des Friedens war mir vergönnt. Eine Woche, in der ich Charons kalte Blicke nicht auf mir gespürt habe, und in der ich in einem Traum gelebt habe, in dem er mich mochte. Irgendwie. So halbwegs. Okay, vielleicht auch mehr in meiner Fantasie als in der Realität, aber dennoch. Es war ein schöner Traum.

Jetzt sehe ich mich wieder mit seiner Abneigung konfrontiert. Er hält Abstand, wir sprechen kein Wort. Weiß er, dass ich Part Obscura bin? Hat er Dak und mich belauscht? Oder ist er einfach nur wütend, dass er mich wieder babysitten muss?

Manchmal denke ich an das Spiel zurück, wie er dort gestrahlt hat. Die Wärme in seinem Gesicht. Die geradezu kindliche Begeisterung, als Bram den finalen *Point After Touchdown* erzielt hat. Ich hasse es, dass es mir weh tut, doch ich weiß, dass ich nicht die Stärke habe, es anzusprechen. Nicht jetzt, mit allem was geschieht. Denn wenn er mir jetzt das Herz bricht, und davon gehe ich aus, dann weiß ich nicht, wie ich weitermachen soll. Ich verstecke mich bereits jetzt die meiste Zeit des Tages in meinem Zimmer und gehe nur zu studienrelevanten Veranstaltungen. Wenn ich ihn jetzt frage, warum er nicht immer so sein kann wie im Stanford Stadium und seine Antwort ist, dass es nie wieder so sein wird …

Die meiste Zeit versuche ich, den Gedanken mit lernen zu vertreiben. Ich starre so lange in meine Bücher, lese so viele Essays aus der Bibliothek, bis ich Kopfschmerzen habe. Doch dann kommen die Gedanken wieder und quälen mich. Treiben die Tränen in meine Augen und lassen meinen Atem schwer werden, als säße ein Nachtmahr auf meiner Brust. Von allen Idioten auf dieser Welt musste ich ausgerechnet für diesen *Schmendrick* Gefühle entwickeln. Ich hasse es, mir das einzugestehen, fast noch mehr, als ich seine

Zweigesichtigkeit hasse. Doch es hilft nichts, denn jedes Mal, wenn ich ihn ansehe, spüre ich einen Schmerz in mir, der nicht normal ist.

Es ist dieser Schmerz, der mich den Wocheneinkauf viel zu lange aufschieben lässt. Tatsächlich kämpfe ich mit mir, ob ich einfach allein gehe und Charon nichts davon verrate, doch sollte etwas passieren, ein weiterer Angriff der Untertanen eines anderen Prinzen oder auch nur so etwas Banales wie ein Autounfall, dann wird das Konsequenzen nach sich ziehen. Keine Ahnung, was diese Konsequenzen sein werden, aber ich weiß, dass ich sie nicht tragen möchte.

Also schreibe ich einige Tage nach der Versammlung Charon eine Nachricht, dass ich einkaufen gehen muss. Als mein Telefon kurz darauf zu vibrieren beginnt, weil er mich anruft, lasse ich es beinahe vor Schreck fallen.

»Zwei Optionen«, sagt er, kaum habe ich auf Annehmen getippt. »Entweder ich hol dich jetzt direkt ab und wir bringen es hinter uns, oder du musst bis übermorgen warten.«

»Okay.« Ich gehe beide Optionen kurz in Gedanken durch und sage im selben Moment »Dann jetzt«, in dem Charon »Entscheide dich bitte schnell« brummt.

»Top«, erwidert er genervt und legt auf.

Verdutzt starre ich auf meinen Bildschirm, zu überrumpelt, um mich zu ärgern, doch dann erhebe ich mich fluchend und werfe die erstbesten Klamotten über, die ich aus meinem Schrank ziehe, um nicht in meinem Pyjama einkaufen zu gehen.

Kaum habe ich mich umgezogen und mir meine Zahnbürste in den Mund gesteckt, vibriert mein Handy schon wieder, diesmal mit einer »Bin da« Nachricht von Charon. Anscheinend hat er sich für ein abendliches Nordic Powerwalking vom Hieron bis hierher entschieden, denn zwischen unserem Anruf und jetzt sind keine fünf Minuten vergangen. Dass noch zwei weitere Nachrichten ankommen, ignoriere ich, um mich schneller fertig zu machen, und so öffne ich Charon immerhin in Mantel und Schuhen die Wohnungstür.

Hinter mir höre ich Hailey auf der Couch quietschen und aufspringen, doch was genau sie quietscht, verstehe ich nicht, denn Charon packt mich grob am Arm und zieht mich los in Richtung Fahrstuhl.

»Können wir bitte nicht so hetzen?!«, fauche ich ihn an, als er gefühlt dreißigmal auf den Rufknopf hämmert.

»Ich würde gerne so schnell wie möglich hiermit durch sein, Alma«, zischt er zurück und beißt die Zähne so fest aufeinander, dass seine Kiefermuskulatur hervortritt. Ich wünschte wirklich, das würde ihm nicht so gut stehen.

»Ich auch«, gebe ich zurück und versuche, seine Wut nicht an mich ranzulassen. Tief atme ich ein und wieder aus, ehe ich ihn anblicke und versuche, wenigstens zehn Prozent seiner Arschloch-Attitüde in mir zu channeln. »Aber das heißt nicht, dass wir jetzt zur Mall joggen müssen, nur weil es dir nicht in den Kram passt, dass ich ohne dich vielleicht draufgehen könnte. Glaub mir, Charon, ich bin die Letzte, die deine Allüren genießt, und ich habe lange mit mir gekämpft, einfach allein zu gehen!«

»Wag es nicht«, ist alles, was er antwortet. Nicht wütend, nicht einmal kalt, einfach nur eine tonlose Warnung, die mich frustriert aufächzen lässt. Ich habe keine Lust, mich jetzt mit ihm zu streiten, doch gleichzeitig regt er mich schon wieder so auf, dass ich die Widerworte mit Gewalt runterschlucken muss.

Immerhin scheint es etwas genutzt zu haben, denn als wir im Erdgeschoss ankommen, verfällt Charon nicht direkt in einen gehetzten Laufschritt, sondern versucht sich an mich anzupassen. Den Weg über den Campus verbringen wir schweigend, laufen durch den Quad und dann zurück an die 19th Avenue, bis wir bei der Stonestown Mall ankommen. Ein schneller Blick auf mein Smartphone verrät mir, dass es bereits nach zwanzig Uhr ist und Target schon geschlossen hat. Dennoch stehen eine Menge Autos auf dem Parkplatz der Mall, und auch in dem McDonalds an der Ecke herrscht noch geschäftiges Treiben.

»Trader Joe's?«, fragt Charon, als wir den Parkplatz betreten.

»Denke, alles andere hat schon zu«, erwidere ich und er nickt.

Im Trader Joe's brauche ich zum Glück nicht allzu lange. Seitdem ich im Manzanita wohne, habe ich mir angewöhnt, eine Einkaufsliste auf Google Docs zu erstellen, sodass ich beim Einkauf immer spicken kann und selten etwas vergesse. Inmitten der spätabendlichen Einkäufer scheint Charon sich sicher zu fühlen, denn er lässt mich hin und wieder allein, um selbst durch die Gänge zu streifen und sich mit aufgeregten, veganen Muttis anzuzicken, und so stehen wir am Ende nicht nur mit meinem Einkauf an der Kasse, sondern auch mit seinem. Die Schlange ist lang und voll, wie immer um diese Uhrzeit, und Charon hält grimmig Blickkontakt mit einer Mutter mit zwei Kleinkindern, die ihm mindestens dreimal im Weg stand, als wir durch die Gänge marschiert sind.

»Immer diese 2,99$ Angebote«, murmelt er, als wir endlich am Kassenband ankommen und er Pumpkin Spice Pretzels und Kürbis-Ravioli auflegt – ein untrügliches Zeichen, dass der Herbst endlich Einzug genommen hat, und wenn es nur in das Trader Joe's Sortiment ist.

Ich packe meine fertigen Overnight Oats und Kürbis-Bagels zu meinem restlichen Einkauf und seufze. »Es ist einfach unmöglich, nur eine Sache bei Trader Joe's zu kaufen.«

Der Kassierer wirft mir einen kurzen Seitenblick der Missbilligung zu, als er die drei Boxen Mac and Cheese scannt und dann mit den Fertig-Oats weitermacht. »Ihr zwei Süßen steht nicht so aufs Kochen, hm?«

»Nein«, fiepe ich und spüre, dass ich kirschrot anlaufe. Charon sagt gar nichts und starrt den armen Kassierer stattdessen in Grund und Boden.

»Und auch keine eigene Tasche mitgebracht? Oh, oh«, fährt dieser fort, als würde ihn das gar nicht stören. »Wisst ihr, die Umwelt wird es euch danken, wenn ihr nicht ständig Plastiktüten benutzt.«

»Ich weiß.« Meine Stimme ist kaum mehr als ein Hüsteln, und ich versuche nicht allzu gequält auszusehen, während er meinen Einkauf in die braune Papiertüte schmeißt.

Auch Charons Einkauf wird von ihm kommentiert und er versucht sich an Smalltalk, womit er bei dem Fae jedoch auf Granit stößt. Erst als wir fünf Minuten später endlich wieder auf dem Parkplatz stehen, stößt Charon einen bitteren Fluch aus.

»Ich hasse und liebe Trader Joe's«, murmelt er schließlich und lässt seinen Nacken knacken, was mich dazu bringt, mich zu schütteln.

»Hab ich gemerkt, als du dich fast mit der Veganerin geprügelt hast.«

»Ist es eine Trader Joe's Erfahrung, wenn du dich nicht mit einer Mutti anlegst, die den Gang blockiert? Ich glaube nicht«, erwidert er salopp und grinst dann für einen kurzen, herrlichen Augenblick, ehe er wieder in seinen Gram verfällt. Ich kneife die Augen etwas zusammen und fixiere ihn misstrauisch, ehe wir uns schweigend auf den Rückweg machen. Mein Kopf ist gefüllt mit Fragen, welche die Stille untermauern. Ist seine schlechte Laune nur vorgetäuscht? Oder hat er insgeheim eine Schwachstelle für Trader Joe's, die selbst sein Missfallen überwinden kann?

Wie bereits auf dem Hinweg laufen wir die 19th Avenue entlang und biegen dann auf den Campus ab, um durch den Quad zu laufen. Nicht nur, weil die Autos der Hauptstraße hier kaum zu hören sind, sondern auch, weil die Luft einfach so viel besser ist. Seufzend atme ich die Kälte ein, die sich langsam immer mehr einer Herbsttemperatur annähert. Meine Gedanken umkreisen Charon, Styx und den Hof der Schatten, während wir den asphaltierten Weg entlangtrotten. Es könnte so ein schöner Abend sein, wäre da nur nicht Charons seltsames Verhalten. Wieder seufze ich. Doch gerade, als ich meine Einkaufstasche in die andere Hand wechseln will, beschleicht mich ein Gefühl und ich bleibe wie angewurzelt stehen.

»Was ist?«, fragt Charon missmutig. Auch er stoppt und horcht in den Abend, scheint jedoch nicht das Gleiche wahrzunehmen, denn er wirft mir einen fragenden Blick zu.

Ich schnappe nach Luft, als das seltsame Gefühl immer stärker wird. Es fühlt sich an wie eine betäubende Schicht, die sich um meinen Körper legt, und noch bevor ich verstehe, was es ist, registriere ich die ersten Bewegungen in den Schatten.

»Obscura«, raune ich und lasse meinen Einkauf fallen.

Als hätten sie gespürt, dass ich ihre Anwesenheit verraten habe, schnellen drei junge Männer mit pechschwarzen Augen aus dem Schatten der Bäume hervor. Charon reagiert im Bruchteil einer Sekunde. Auch sein Einkauf fällt achtlos zu Boden, während der Fae einen wütenden, kehligen Laut von sich gibt und unseren Angreifern eine Woge eiskalten Winds mit Eissplittern entgegenschleudert.

»Verschwindet!«, rufe ich, ohne es wirklich zu wollen. Meine Stimme klingt seltsam, irgendetwas zwischen zutiefst emotional und eiskalt. »Noch habt ihr die Chance zu überleben!«

»Was zur Hölle, Alma?!«, brüllt Charon, ohne sich zu mir umzudrehen.

»Ihr werdet sterben, wenn ihr diese Körper nicht sofort verlasst!« Verzweiflung steigt in mir auf, die traurige Gewissheit, dass meine Worte nichts nutzen werden. Die Obscura sind dem Tode geweiht und ich kann daran nichts ändern. Wie um es zu bestätigen, greift Charon sich einen der drei und schlägt ihm mit aller Kraft die flache Hand auf die Stirn. Der Obscura gibt ein gurgelndes Kreischen von sich, während seine zwei Kumpanen sich absolut nicht dafür interessieren, dass ihr dritter Mann gerade vernichtet wird.

»Bitte, ich will euch nicht töten müssen!«, fluche ich, gerade laut genug, dass sie mich hören können. Dann hülle ich meinen Körper in Dunkelheit und lasse mit einer Handbewegung dieselbe schwarze Masse um einen von ihnen entstehen. Fluchend versucht er sich hervorzukämpfen, doch für ihn ist es zu spät. Ich schließe die Hand zur Faust und sehe zu, wie er von meinen Kräften erstickt und aufgelöst, geradezu absorbiert wird, ehe der Körper des Studenten auf dem Boden aufschlägt.

Der letzte im Bunde hat mich derweil erreicht und sich mit langen, dunklen Krallen aus derselben Finsternis in meiner Verteidigung verkeilt. Ich spüre, wie sie durch den Mantel dringen, langsam und reißend, und wie sich die Spitzen in meine Schulter bohren. Ächzend springe ich einen Schritt zurück. Dort, wo seine Krallen mich verletzt haben, brennt meine Haut wie von Feuer berührt.

Der Obscura hat keine Zeit, einen weiteren Angriff zu starten. Charon erreicht ihn in derselben Sekunde, in der ich zurückspringe, und er landet mit dem Knie in seinem Rücken. Mit einem dumpfen Laut schlägt der besetzte Körper auf dem Asphalt auf. Charon vergräbt seine Finger im Haarschopf des Mannes, kalter Hass auf seinen Gesichtszügen, und dann muss ich zusehen, wie sich die Schwärze langsam aus den Augäpfeln des Studenten zurückzieht. Ein erstickter Laut entkommt seinem Mund, ehe der Obscura stirbt und den Körper freigibt, der leblos auf dem Boden liegen bleibt.

Schwer atmend richtet Charon sich auf. »Was sollte das, Alma?!«

Seine Stimme ist von Wut erfüllt, zittert geradezu unter all den Emotionen, die er zu unterdrücken versucht. Ich senke den Blick auf den Boden und lasse den Mantel aus Dunkelheit verschwinden.

»Ich weiß es nicht«, wispere ich und kreuze die Arme vor der Brust. »Ich hatte gehofft, dass sie vielleicht Vernunft ...«

»Das sind Obscura, keine Menschen, Gott verdammt!«, herrscht er mich an und kommt auf mich zu.

Ich zucke zusammen, aber widerstehe dem Drang, zurückzuweichen. »Aber sie sind doch auch Lebewesen.«

»Lebewesen, die dich angreifen!« Er gibt ein fassungsloses Lachen von sich, ehe er meinen Arm packt und mich grob ins Licht dreht. »Scheiße, du blutest.«

Überrascht blicke ich zu meiner Schulter, wo sich drei Löcher durch meinen Mantel gebohrt haben. Blut färbt die Ränder rot, doch es ist nicht genug, als dass es meinen Ärmel tüncht. Ich gebe ein Winseln von mir, als mir der brennende Schmerz bewusstwird, der sich durch meinen gesamten Arm zieht.

»Du kannst mit diesen Monstern nicht rational umgehen, Alma«, flucht Charon weiter und lässt mich los. Wütend klaubt er erst seinen und dann meinen Einkauf vom Boden auf, während ich mir die Schulter halte und wie ein unartiges, dummes Kind versuche, nicht zu heulen. Als Charon mir schließlich meine Tasche in die Hand drückt, stößt er ein genervtes Seufzen aus.

»Und jetzt hör bitte auf zu flennen. Wir haben es überstanden, okay? Du hast dich verteidigt. Nächstes Mal machst du bitte keine blutigen Anfängerfehler, aber ansonsten lief doch alles ganz gut.« Er beißt wieder die Zähne aufeinander, als würde er versuchen, etwas nicht zu sagen, dann tätschelt er mir grimmig die gesunde Schulter. »Ich kann mir vorstellen, dass es für dich schwer zu begreifen ist, aber Obscura sind nicht freundlich. Okay? Sie sind Parasiten, die sich von Menschen ernähren, und die kein Mitleid mit unsereins haben. Für die sind wir nur ein Buffet, und du scheinst das Dessert zu sein. Lass dich nicht davon blenden, dass auch sie leben, Alma. Sie kommen freiwillig in diese Welt, um hier Schaden anzurichten. Sie sind der Feind.«

Er nickt mir wie zur Bestätigung seiner Worte finster zu, dann hakt er sich bei meinem gesunden Arm unter. »Wir sollten jetzt weiter, bevor noch mehr von denen kommen. Melinoë kann dich sicher verarzten.«

Ich lasse mich von ihm mitziehen, sage jedoch nichts. Was denn auch? Soll ich ihm verraten, dass ich zum Achtel Obscura bin und er damit nicht nur diese »Monster« beleidigt, sondern im weiteren Sinne auch mich? Soll ich ihm auf die Nase binden, dass sie nicht freiwillig herkommen, sondern weil sie sonst sterben? Dass ein Prinz dafür verantwortlich ist, und ein anderer versucht, mich zu beschützen? Nein. Ich stehe zwischen den Fronten, so wie Großtante Gisela es einst getan hat. Und im Gegensatz zu ihr meistere ich den Kampf zwischen ihnen nicht, im Gegenteil sogar. Ich fühle mich einfach nur verloren und nirgends zugehörig.

Statt Mel um die Verarztung zu bitten, tupfe ich die Wunde selbst mit Antiseptika ab und beiße die Zähne zusammen, um nicht laut zu brüllen. Sie sieht tief aus, viel tiefer, als es mir lieb ist, doch aus irgendeinem Grund traue ich mich nicht, bei Mel zu klopfen. Seit der Versammlung im Hieron habe ich nicht mehr das Gefühl, dass sie mit mir befreundet sein will, und als sie auf eine kurze Nachricht, ob sie noch wach ist, nicht reagiert, klebe ich einfach fünf Pflaster über die immerhin nicht mehr blutenden Stichwunden.

Die Nacht verbringe ich mit kurzen Schlafsequenzen, zwischen denen ich immer wieder hochschrecke und die Wunde inspiziere, aus Angst, dass sie vielleicht wieder zu bluten beginnt und mein ganzes Bettzeug einsaut. Das ist jedoch nicht der Fall, und als ich am Morgen aufwache und das Pflaster ablöse, bin ich überrascht, wie gut sie verheilt sind. Drei feine, weiße Narben markieren die Stelle, an welcher die Krallen des Obscura meine Haut durchdrungen haben. Der Schmerz ist ebenso abgeklungen wie das Taubheitsgefühl in der Schulter.

Seufzend lasse ich die Schulter kreisen, zuerst vorsichtig und dann etwas schneller, bevor ich wirklich an eine Wunderheilung glaube. Würde mir jemand davon erzählen, könnte ich dem Ganzen wohl keinen Glauben schenken, doch der Schock über den vergangenen Abend sitzt noch viel zu tief, um ihn als Halluzination abstempeln zu können. Ein weiterer Obscura-Angriff, drei weitere Leichen am Hof der Schatten. Immerhin kann ich mir dieses Mal nichts vorwerfen. Ich habe alles getan, was in meiner Macht stand, auch wenn ich damit Charons Nerven strapaziert habe. Dennoch fühle ich mich schuldig, habe ein mulmiges Gefühl in der Magengegend.

Ich werfe einen nachdenklichen Blick auf mein Telefon, das bis auf eine E-Mail nachrichtenfrei ist. Seit der Verkündung letzten Samstag schreiben mir weder Charon noch Mel. Ich schicke den beiden jeweils eine kurze Nachricht und gebe ein Update zu meiner Wunde, dann öffne ich mein Postfach. Die Mail kommt von meinem Professor, bei dem ich heute zwei Vorlesungen gehabt hätte, der sich jedoch krankmeldet und uns dafür mit noch mehr Lektüre belädt. Ein kurzer Blick auf die Titel der Texte sagt mir direkt, dass ich gerade keine Gehirnkapazität dafür überhabe. Wenn allein in der Überschrift schon zwei Fremdwörter vorkommen, die ich googeln muss, spare ich mir das Lesen lieber für später auf, wenn ich nicht mehr so müde bin. Stattdessen ziehe ich mir etwas über und lausche dann in die Stille unseres Apartments hinein, ehe ich mir klangheimlich eine Packung der Overnight Oats aus dem Kühlschrank hole und mich wieder ins Bett verziehe, wo ich die nächsten Stunden damit verbringe zu dösen, Youtube zu schauen und einen Essay zu lesen.

Als mein Telefon schließlich zu vibrieren beginnt, ist es bereits später Nachmittag. Ein wenig schlecht fühle ich mich ja, weil ich noch immer im Bett liege, und als ich den Anrufernamen lese, wird das Gefühl noch stärker. Es ist meine Mutter.

»Hallo *Bubbele*«, begrüßt sie mich, nachdem ich angenommen habe. »Na, wie schaut's aus? Ist so weit alles in Ordnung bei dir? Wir haben uns ja ewig nicht mehr gehört.«

»Bei mir ist alles in Ordnung und bei dir?«, erwidere ich matt.

»Ach, alles beim Alten. Dein Vater hat heute früher Schluss, da dachte ich, vielleicht willst du auf einen Kaffee vorbeikommen? Ich hab noch Schokoladentorte von gestern über, die magst du doch so gerne, hm?«

Für einen Moment überlege ich, ob ich ihr absage, denn eigentlich habe ich herzlich wenig Lust, mich aus meinem Bett zu bewegen. Das schlechte Gewissen hält mich jedoch davon ab.

»Natürlich, wann soll ich da sein?«

»So in einer Stunde? Dann dürfte dein Vater auch bald da sein.«

Ich höre ihrer Stimme an, dass sie sich freut, und weiß, dass ich die richtige Entscheidung getroffen habe. Dennoch spüre ich selbst nichts von dieser Heiterkeit, als wir auflegen. Natürlich liebe ich meine Eltern, aber ehrlich gesagt, könnte ich sehr gut damit leben, sie nur ein-, zweimal im halben Jahr zu sehen. Während mein Vater damit vielleicht sogar einverstanden wäre, ist es für meine Mutter keine Option. Sie leidet schon genug darunter, ihren Goldjungen nicht jedes Wochenende sehen zu können, weil er ein Football-Sternchen ist. Vielleicht kann ich mich weiter abnabeln, wenn Bram mit dem College fertig ist – und nicht gedraftet wird, versteht sich. Wobei ich mir nicht einmal sicher bin, ob er gedraftet werden möchte.

Mit einem noch schlechteren Gewissen, weil ich seit der ganzen Styx-Geschichte kaum noch mit Bram rede, stehe ich schließlich auf und gehe duschen. Das heiße Wasser tut gut und so bleibe ich eine Viertelstunde länger darunter stehen, als ich eigentlich geplant hatte, doch dafür fühle ich mich danach halbwegs in Ordnung. Erst als ich mit geföhnten Haaren und fertig angezogen in meine Stiefeletten schlüpfe, fällt mir siedend heiß ein, dass ich Charon gar nicht informiert habe.

Er wird sauer sein, wenn er erfährt, dass ich ihm kein Wort gesagt habe, das ist mir klar, doch ihn so kurzfristig zu informieren, würde ihn ebenfalls wütend machen. Noch dazu meinte er gestern, dass er heute keine Zeit hat. Und der Weg zu meinen Eltern ist nicht nur kurz, sondern voller Hauptstraßen. Außerdem ist es nachmittags. Bis die Sonne untergeht, vergehen noch Stunden. Wie stehen die Chancen, wirklich angegriffen zu werden? Zwischen dem letzten Angriff und gestern lagen Wochen. Ich wäge die Optionen in meinem Kopf ab, öffne den Chatverlauf mit Charon, versuche mich nicht von meinen Emotionen leiten zu lassen, und entscheide mich schließlich doch dazu, ihm nichts zu sagen. In einer besseren Welt hätte Styx mir einen anderen Beschützer an die Seite gestellt, der freundlicher ist und seine Emotionen besser im Griff hat. In meiner Welt jedoch ist das einzig wirklich Gute die Schokoladentorte meiner Mutter und auf die werde ich nicht verzichten, nur weil Charon heute keine Zeit hat.

Als ich das Manzanita verlasse, bin ich von einer grimmigen Bestimmtheit erfüllt, die jedoch mit jedem Schritt Richtung Merced Heights mehr und mehr verblasst, bis ich schließlich den Fuß auf die Hauptstraße setze, auf der meine Eltern wohnen. Der gewohnte Tagesverkehr belebt die Straßen, zartes Sonnenlicht tüncht die hellen Farben der Häuser in noch wärmere Töne, und für einen Augenblick vergesse ich gänzlich, was gestern Nacht geschehen ist. Ich fühle mich befreit von der Last, doch dann fällt mein Blick auf ihn.

Namtar. Seine Haare wirken zerzauster als sonst, ein Dreitagebart hebt seinen Kiefer hervor, und das Lächeln auf seinen Lippen verbirgt seinen inneren Schmerz kaum. Er sieht schlecht aus.

»Hi, Alma«, beginnt er die Konversation sanft, als ich vor ihm stehen bleibe. »Wie geht es dir?«

»Warum bist du hier?«, frage ich, ohne darauf einzugehen. Meine Stimme klingt brüchig, und ich schlucke mehrmals, bis sich der Kloß in meinem Hals langsam löst.

»Um ... um zu sehen, wie es dir geht«, erwidert er.

Es klingt ehrlich, besorgt. Besorgter als Styx es je gewesen ist. *Ehrlicher* als Styx es je gewesen ist. Ich vergrabe die Hände in den Jackentaschen und schaue mich auf der Straße um, damit ich ihn nicht anschauen muss.

»Okay«, sage ich schließlich. »Den Umständen entsprechend, glaube ich? Gut ist es nicht, aber ich ... ich habe alles getan, was ich konnte.«

»Ihr Leben war verwirkt, als sie diese Welt betreten haben, Alma. Sie haben frei gewählt, welchen Prinzen sie unterstützen wollen, und sie haben sich Schmerz ausgesucht. Das war ihr Verhängnis.«

»Wie kannst du so nonchalant über den Tod deines Volkes sprechen?«, frage ich. Meine Lippe zittert und ich muss stark an mich halten, dass mir keine Tränen über die Wangen laufen. Warum es mich mehr trifft als ihn, ist mir schleierhaft.

Namtar zuckt mit den Schultern und schiebt seine Hände in die Taschen seiner Bundfaltenhose. Für eine Weile stehen wir still beieinander, in Gedanken verloren, trauernd, beide auf unsere Weise.

Dann stößt der Obscura-Prinz einen schweren, tiefen Seufzer aus. »Ich denke, man gewöhnt sich dran. Das ist wie mit Soldaten, die im Krieg sterben. Ist es schlimm? Ja. Keine Frage. Und dennoch ist es … irgendwie zu erwarten, und man schiebt es von sich weg. Sie haben sich ihr Los selbst ausgesucht.«

»Verharmlost du den Tod da nicht etwas?« Bitter ziehe ich die Augenbrauen zusammen. Ich hasse das Soldatenbeispiel, hasse die moralische Abwertung, die mir schon bei uns Menschen übel aufstößt. »Einen Tod schlimmer als den eines anderen zu bewerten, bedeutet im Umkehrschluss, dass wir ein Leben als wertvoller einschätzen als das andere. Im persönlichen Kreis mag das moralisch vertretbar sein, aber im Angesicht eines Krieges …«

»Solch philosophische Fragen am frühen Nachmittag«, gibt Namtar melancholisch zurück. Als ich ihn anschaue, hat er den Blick in den wolkenfreien, strahlendblauen Himmel gerichtet. Sonnenlicht lässt die Falten auf seiner Stirn tiefer wirken, sorgenvoller, passend zu der Thematik. »Du hast mehr von deiner Großtante, als ich dachte.«

Nun ist es an mir, schwer zu seufzen. »Weil ich das Töten verurteile?«

»Nein. Du schaust hinter die grundlegende Problematik und versuchst, neutral an sie heranzugehen. Das hat Gisela auch getan, selbst wenn es häufig auf taube Ohren gestoßen ist, gerade bei eurer Verbindung.« Er macht eine Pause und fährt sich mit einer Hand durch die unordentlichen Haare, dann legt er sie mir auf die Schulter und drückt sie kurz. Seine Berührung ist warm, trotz der Kälte des Herbstnachmittags. »Ich denke, das ist der Grund, aus dem sie sich immer gestritten haben. Gigi war kein Jünger.«

»Kein Jünger«, wiederhole ich, als er nicht fortfährt. Ich betrachte seine Hand, die weiterhin auf meiner Schulter verweilt. Gedanken rauschen durch meinen Kopf, Fragen zu meiner Großtante, zu ihrer Beziehung zu Namtar, zu ihren Kräften, zu der Versiegelung, welche sie gelöst hat. Vielleicht für den Obscura-Prinzen?

»Sie hat nicht daran geglaubt, stumm einem Anführer zu folgen und dessen Ideale zu reproduzieren. Hat hinter die Probleme geschaut, gerade was die Obscura und ihre Stellung in dieser Welt angeht«, fährt er fort. Er lässt die Finger an meinem Oberarm entlangstreichen, eine kurze, familiäre Geste, ehe er den Kontakt zu mir wieder bricht. »Gigi hat versucht, zwischen unserer und eurer Welt zu schlichten, als Diplomatin beider Seiten zu fungieren. Aber … es lief entsetzlich schief. Letzten Endes haben die Hexer dafür gesorgt, dass mein Volk den Übergang in deine Welt kaum mehr schafft.«

Ich schnappe nach Luft. »Was?«

»Frag mich nicht, wie sie es geschafft haben. Aber der eigentlich leichte Prozess des Übertretens wurde zu einem Kraftakt, der viele meines Volkes dahingerafft hat. Nur Prinzen schafften es noch, gerade so – bis vor Kurzem. Ehrlich gesagt wissen wir nicht, warum der Übergang wieder funktioniert, doch wie du siehst …«

Mein Puls rast in meinen Ohren und ich schlucke schwer gegen die aufsteigende Panik an. Was Namtar mir beinahe nebenbei verraten hat, gibt meinem Weltbild eine ganz neue Färbung. Sie ist nicht aufgeteilt in schwarz und weiß, wie Styx es mir vermitteln will. Ist ihm bewusst, dass die Verbindung mir dieses Detail verschwiegen hat? Ob er weiß, dass sie ihn als Antagonisten wähnen?

»Namtar«, setze ich vorsichtig an und breche doch ab, als sein Blick sich auf mich legt. Er lächelt und nickt mir zu, wie um mich aufzufordern. Wärme liegt auf seinen Zügen, erreicht seine Augen und verschlägt mir die Sprache. Erst als ich den Blickkontakt breche und den Boden fixiere, schaffe ich es, endlich weiterzusprechen. »Denkst du, ich sollte Giselas Bemühungen fortführen? Mich für die Obscura einsetzen?«

»Nein.«

Die Antwort kommt so schnell, mit so einer reuevollen Betonung, dass ich überrascht aufblicke. Schmerz blitzt in Namtars Gesicht auf, steht im krassen Kontrast zu der herzlichen Zuneigung, die er eben noch gezeigt hat.

»Alma, egal was du tust – versuche nicht, dich für uns einzusetzen.«

»Aber …«

»Nein!«, sagt er mit Nachdruck. »Gisela hat es immer versucht, und du siehst, wo es hingeführt hat. Ich will, nein, ich *kann* nicht noch einen Teil meines Herzens verlieren. Du bist alles, was von ihr übergeblieben ist, Alma. Bitte, wähle nicht ihren Weg. Sie hat genug darunter gelitten. Und wofür?«

Wütend balle ich die Fäuste und erwidere doch nichts. Ich fühle mich zerrissen, denn einerseits brennen die Gefühle in meiner Brust, schlägt mein Herz für eine faire Lösung; andererseits bin ich keine Kämpferin und keine Advokatin. Was könnte ich schon tun? Ich kann mich ja nicht einmal Charon gegenüber durchsetzen, weil meine Stimme versagt, sobald er mich falsch anguckt. Hätte ich nur ein bisschen mehr Stärke ... ein bisschen mehr Feuer. Selbstsicherheit.

»Dafür, dass sie ihr Leben lang von ihren eigenen Verbündeten angefeindet und hinterfragt wurde. Nein, Alma, das ist kein Schicksal, das ich jemandem wünsche. Erst recht nicht dir.«

»Okay«, sage ich leise. Mir ist bewusst, dass ich für so eine Rolle nicht aus dem richtigen Holz geschnitzt bin. Ich bin zu weich, zu ängstlich. Vielleicht bin ich eines Tages so weit, Großtante Giselas Erbe anzutreten, doch dieser Tag liegt noch in weiter Ferne.

»Gigi war eine starke Frau, Alma, aber auch sie hatte Gefühle. Sie hat sie nicht unbedingt nach außen gezeigt, doch sie hat genauso stark gelitten wie sie geliebt hat. Und sie liebte dich.«

»Aber ... Sie kannte mich doch kaum. Seit meiner Kindheit war sie aus meinem Leben verschwunden, einfach ... einfach weg.« Perplex schaue ich ihn an, den Kopf schiefgelegt. »Wie konnte ich ihr so viel bedeuten, wenn wir all die Jahre keinen Kontakt hatten?«

Noch immer spüre ich nichts als Verwirrung, wenn es um die Lücke zwischen Gisela und mir geht. Es scheint, als wäre sie allgegenwärtig gewesen, in jedermanns Leben, nur nicht in meinem. Ich erinnere mich daran, sie als Kind geliebt zu haben. Die Fotos in ihrer Wohnung haben Erinnerungen wachgerufen, die ich längst vergraben hatte. Wie konnte ich Gisela so vergessen?

»Alma ...«, setzt Namtar an. Ich sehe ihm an, dass er mit sich selbst ringt, dass ein Kampf in ihm tobt, und richte mich auf.

»Was ist?«

»Ich habe Gisela versprochen, niemals mit dir zu reden, und das habe ich bereits gebrochen. Bitte, führe mich nicht in Versuchung, auch mein letztes Versprechen ihr gegenüber zu brechen.«

Anspannung füllt meinen Körper, lässt mich die zu Fäusten geballten Finger tiefer in meine Handflächen graben. »Namtar, ich flehe dich an. Sprich mit mir. Du bist der Einzige, der offen mit mir ist. Ich *muss* es wissen. Was verschweigst du mir?«

Der Obscura-Prinz schluckt so schwer, dass sein Adamsapfel zittert. Alles an ihm sträubt sich, das sehe ich. Er meidet meinen Blick, verschränkt die Arme vor der Brust und zieht die Schultern dabei empor. Doch dann fällt die Anspannung von ihm ab und er schaut mir geschlagen ins Gesicht.

»Gisela hat genauso stark gelitten wie sie geliebt hat«, wiederholt er, doch dieses Mal fährt er anders fort. »Und ihr Leid war groß, Alma. Sie war zwischen zwei Welten gefangen, konnte weder in der einen noch in der anderen ein ruhiges Leben führen. Sie war eine starke Frau, ja, aber auch eine gebrochene. Und sie wollte dir dieses Schicksal ersparen.«

»Sie ... Was?«

»Sie wollte dir ihr eigenes Leid ersparen, Alma. Als der Krieg gegen die Obscura auf seinem Höhepunkt war, hat Gisela eine Entscheidung getroffen. Sie hat dir die Obscura-Kräfte genommen. Sie wollte nicht, dass du ein Leben wie ihres führen musst. Gemieden und misstraut von ihren eigenen Leuten, ausgeschlossen von den normalen Menschen. Sie hat dich verstoßen, um dich zu retten.«

Ich schweige, sprachlos von diesem Geständnis, und starre einfach nur Namtar an, mit großen Augen und offenem Mund. Großtante Gisela hat mir meine Kräfte entzogen, um mich zu schützen? Ich war schon immer eine Hexe?

»Alma, sie wollte dich nur schützen«, flüstert Namtar beklommen, der mein Schweigen fehlinterpretiert. »Sie wollte nicht, dass du zwischen den Welten stehst. Nicht an ihrem Platz, den sie so sehr gehasst hat.«

Ich will gerade etwas erwidern, als etwas in meiner Tasche zu vibrieren beginnt und mich zusammenzucken lässt.

»Mein Handy!«, murmle ich, als Namtar mich beruhigend an den Oberarmen fasst, und ziehe es hervor. »Meine Mutter ...«

»Wo bleibst du denn, mein Schatz?!«, jammert diese mir entgegen, kaum habe ich den Anruf entgegengenommen. »Dein Vater ist längst hier, soll er dich abholen kommen?«

»Nein, nein, ich habe nur einen … Freund auf dem Weg getroffen«, erwidere ich und lächle Namtar zu, der aufmerksam zuhört. »Ich bin gleich da, fünf Minuten!«

Schnell beende ich den Anruf, ehe sie noch weiter nachfragt. Dann schaue ich entschuldigend zu dem Obscura-Prinzen. »Ich muss los.«

»Natürlich«, erwidert dieser nüchtern und legt eine Hand auf mein Telefon, als wolle er mich abschirmen. »Aber Alma, bitte … zweifle nie an Giselas Aufrichtigkeit. Sie hat nur getan, was sie für das Beste gehalten hat.«

»Danke, Namtar.« Wieder lächle ich ihn an, doch dieses Mal ist es nicht erzwungen. Es ist aufrichtig, kommt aus tiefstem Herzen. »Danke, dass du mit mir sprichst.«

»Immer«, erwidert er und zögert kurz, ehe er mich in die Arme schließt. Es ist nur eine flüchtige, lockere Umarmung, doch die Sekunden ziehen sich wie Stunden in meiner Wahrnehmung. Es fühlt sich falsch an und doch richtig, und ich erwidere die Umarmung mit klopfendem Herzen. Dann verabschiede ich mich und eile weiter in Richtung meines Elternhauses.

Keine halbe Stunde ist vergangen, seitdem ich auf Namtar getroffen bin, doch das ändert nichts daran, dass ich von ihm in diesen Minuten mehr über den Obscura-Konflikt und Großtante Gisela erfahren habe, als Styx mir in den letzten zwei Monaten verraten hat. Die Erkenntnis liegt mir schwer im Magen und ich weiß bereits jetzt, dass ich die ganze Nacht grübeln werde.

Doch manchmal muss man einsehen, dass die Welt nicht schwarz und weiß ist, sondern sich in vielen Graustufen erstreckt – böse kann gut sein, gut böse und die neutrale Mitte das totale Chaos.

18

Der Nachmittag bei meinen Eltern ist schön, doch selbst Mamas Schokotorte schafft es nicht, meine Gedanken von dem Gespräch mit Namtar abzulenken. Wieder und wieder kreisen sie um den Streit zwischen der Anderswelt und den Paranormalen, versinken in Vorstellungen von Großtante Giselas Kampf, zwischen ihnen zu vermitteln, und lassen jede Konversation seltsam falsch erscheinen. Beinahe so, als wäre ich losgelöst von den Problemen meiner Eltern, da ich zwischen viel größeren Fronten gefangen bin.

Als ich schließlich ankündige, dass ich zum Wohnheim aufbrechen möchte, kriege ich wenig Gegenwind. Dennoch überrascht mich meine Mutter, als wir unten an dem gusseisernen Tor stehen, das den Eingang des Hauses beschützt.

»Spätzchen, wenn du irgendwelche Probleme hast, dann sprichst du aber mit uns, oder?«, fragt sie nach der obligatorischen Umarmung. Ihre Hände ruhen auf meinen Wangen und zwingen mich sanft dazu, ihr in die Augen zu schauen. »Du sahst heute so besorgt aus wie schon lange nicht mehr. Müssen dein Vater, dein Bruder und ich uns Sorgen machen? Ist alles in Ordnung?«

»Ich … nein, alles gut, *Mamale!*« Vor Verblüffung schaffe ich nicht ganz, ein Alles-ist-gut-Gesicht zu machen, und so zieht meine Mutter skeptisch die nachgezogenen Augenbrauen zusammen.

»Alma, *Bubbele,* lügst du auch nicht?«, hakt sie nach. »Bram macht sich ebenfalls Sorgen, weil ihr kaum noch telefoniert und du immer so schweigsam bist.«

Mir bleibt die Luft weg. Bram macht sich Sorgen und spricht mit unserer Mutter darüber?!

»Was auch immer es ist«, beginnt Mama und lässt endlich, endlich meine Wangen los, sodass ich den Blick gen Boden richten kann, »Wir sind immer für dich da, *Bubbele*. Bitte sprich mit uns, ja? Wir lieben dich, Papa und ich, und Bram auch.«

Ich nicke und beiße mir auf die Unterlippe, um nicht loszuheulen, doch als meine Mutter mich wieder in die Arme schließt, kann ich nicht anders als zu schluchzen. Solche Liebesbekenntnisse sind selten in unserer Familie, und auch die Tatsache, dass Bram mit meinen Eltern Rücksprache zu mir hält, überfordert mich. Habe ich zuvor an ihrer Liebe gezweifelt? Nein. Doch die Ausmaße erschließen sich mir erst jetzt.

»Es ist wirklich alles okay«, wimmere ich in Mamas Schulter. »Ich habe nur eine Menge Stress momentan, wirklich.«

Es tut weh, sie belügen zu müssen. Aber ich habe keine Wahl, wenn ich meinen Eltern jetzt erzähle, dass ich eine Hexe bin und Großtante Gisela nicht nur auch eine war, sondern verstorben ist, weil sie einen Dämonenprinzen befreien wollte, dann könnte ich mir genauso gut direkt eine Zwangsjacke anziehen und in die nächste Psychiatrie einchecken. Ich lasse mich also noch etwas von meiner Mutter *beschmusen*, bevor ich mich endgültig verabschiede und den Weg zum Manzanita antrete.

Auf Namtar oder andere Obscura treffe ich nicht, und zum Glück auch nicht auf meine Mitbewohnerinnen, als ich unser Apartment betrete. Ich schnappe mir geistesgegenwärtig eine Banane und noch mehr Overnight Oats, dann verkrümele ich mich in mein Zimmer und schließe die Tür hinter mir ab. Ich wünschte, es wäre genauso einfach, die Tür in meinem Kopf zu schließen, die zu dem Gedankenkarussell um Großtante Gisela führt, doch leider schaffe ich es nicht. Stattdessen stelle ich mir hunderte Fragen, auf die ich keine Antwort bekommen werde. Wünsche mir, dass Gisela mir nie die Kräfte genommen hätte und frage mich, wie anders mein Leben wohl verlaufen wäre. Wäre ich jetzt glücklicher? Hätte ich das Mobbing besser wegstecken können, weil ich Freunde in der paranormalen Welt gefunden hätte? Wäre ich ein ganz anderer Mensch geworden oder weiterhin die weinerliche, ängstliche Alma?

Ich weiß es nicht, und ich werde es nie wissen können, doch trotzdem kann ich die Frage nicht ruhen lassen. Mein Kopf träumt sich ohne mein

Zutun in eine Welt, in der ich bereits als Kind Hexenkräfte entwickelt habe, in der ich Freunde habe, als Teenager nicht das Klassenopfer werde. Vielleicht sogar einen Partner habe, der mich wirklich liebt und nicht bloß ein paar Monate mit mir zusammen ist, weil er eine Wette verloren hat.

Ich beiße mir auf die Lippe, so fest, dass ich Blut schmecke, und lasse die Tränen rollen. Mein Leben wäre anders verlaufen, ja. Aber es hätte nicht besser sein müssen. Vielleicht wäre ich von einem Teenie-Charon und einem Teenie-Chad gemobbt worden, weil ich ständig heule. Vielleicht hätte ich auch in der paranormalen Welt keine Freunde gefunden. Vielleicht wäre ich von jungen Jahren an von Großtante Gisela in die Obscura-Kriege eingeführt worden und wäre eine bittere, aggressive junge Frau geworden, weil mein Blutstatus mich zur Aussätzigen gemacht hätte. Vielleicht ist es gut so, wie es gekommen ist.

Vielleicht ist es Zeit, mich mehr für das zu akzeptieren und zu lieben, das ich bin, weil das Leben mich nun einmal dazu geformt hat. Ich kuschle mich tiefer in meine Decke und wische mir die Tränen weg, obwohl die nächsten direkt folgen.

Ich spüre nicht, wie ich in einen leichten Schlaf gleite. Erst als ich in vollkommener Dunkelheit erwache, stelle ich fest, dass ich geschlafen haben muss. Mein Kissen ist noch feucht von meinen Tränen, und ein Blick auf mein Telefon verrät mir, dass es mitten in der Nacht ist. Keine Nachricht von Charon, keine Nachricht von Mel. Keine Nachrichten. Alles wie immer.

Auch den Rest der Nacht verbringe ich in einem traumlosen, halbwachen Zustand, der sich nicht großartig anders anfühlt als der folgende Tag. Niemand meldet sich bei mir und ich melde mich bei niemandem, esse nur die Banane und die Overnight Oats, bis ich mich am späten Nachmittag in die Küche schleiche und mir Makkaroni in Käsesoße koche. Dann bin ich wieder allein, versuche hier und da für die Uni zu arbeiten, aber verliere mich vor allem in meinen Gedanken.

Es ist der frühe Freitagmorgen, als ich aus einem unruhigen Albtraum erwache und mich nach Frischluft sehne. Die ersten Strahlen der Morgensonne kriechen über den Horizont und färben das Himmelszelt rosarot. Ich öffne das Fenster und lehne mich auf das Fensterbrett. Noch schläft San Francisco, noch ist die Uni still. Seufzend atme ich tief ein und aus, genieße die Ruhe und den Ausblick, der heute bis in die Ferne reicht. Kein Nebel trübt die Stadt. Nur in meinem Kopf ist es dunkel und verhangen. Am liebsten würde ich mein Handy kontrollieren, ob mir vielleicht endlich jemand geschrieben hat, doch ich widerstehe dem Drang. Ich fühle mich so alleingelassen wie noch nie, und versuche doch, das Gefühl zu akzeptieren statt zu verdrängen.

Eine ganze Weile verbleibe ich am Fenster, betrachte den anfangenden Morgentrubel und wie die Sonne Parkmerced in Helligkeit taucht. Es ist seltsam tröstend, dass selbst die finsterste Nacht vom Morgengrauen vertrieben wird. Erst als mein Magen sich mit einem lauten Knurren zu Wort meldet, reiße ich mich von der Sicht los und ziehe mich an.

Eigentlich will ich mir nur etwas zu essen aus der Küche holen, doch als ich mir einen Bagel mit Frischkäse beschmiert habe, überwältigt mich das nagende Gefühl, dass ich mich in diesem Apartment einsperren lasse. Ich weiß nicht, wo es auf einmal herkommt, doch die Intensität lässt mir fast den Hunger vergehen. Missmutig beiße ich in den Bagel, werfe einen weiteren Blick in den Kühlschrank und schnappe mir noch eine Packung Blaubeeren, die ich in der Bauchtasche meines Hoodies verschwinden lasse. Dann verlasse ich das Apartment, ohne mir vorher die Mühe zu machen, meinen Schlüssel zu suchen. Irgendjemand wird schon da sein, um mir später zu öffnen.

Die Morgenluft empfängt mich mit einer Frische, die Gänsehaut über meinen ganzen Körper schickt. Sie fühlt sich gut an. Richtig. Ich bleibe kurz stehen, breite die Arme aus und lasse mich umströmen, dann nehme ich einen weiteren Bissen von meinem Bagel und verlasse das Gelände des Manzanita Squares mit ungenauem Ziel. Vielleicht will ich mich in Gefahr bringen, um etwas anderes zu spüren als Leere. Vielleicht brauche ich nur frische Luft. Ich weiß nicht wirklich, wonach ich suche. Laufe einen Block nach Süden und dann in Richtung des Hundeparks von Park Merced, während die ersten Frühaufsteher bereits in ihren Autos an mir vorbeidüsen. Hunde machen einen immer glücklich, oder? Und Hundebesitzer gehen früh mit ihnen spazieren, also vielleicht habe ich Glück. Das sage ich mir jedenfalls, während ich die Reste meines Frühstücks verschlinge.

Doch es kommt anders. Keine Ahnung, ob es Glück oder Schicksal ist, vielleicht sogar Pech, doch zwischen den Hochhausschluchten treffe ich nicht auf einen süßen Hund, sondern auf Namtar, der urplötzlich aus dem Schatten eines Baumes zu mir tritt.

»So früh schon unterwegs?«, fragt er und schließt zu mir auf. »Ist das nicht etwas gefährlich?«

Ich habe nur ein müdes Lächeln dafür übrig. Ja, er hat recht, das ist mir klar. Doch irgendwie bin ich an einem Punkt angekommen, an dem ich mir denke: Wenn es passiert, passiert es halt. Vielleicht schaffe ich es, mich selbst zu verteidigen. Und wenn nicht ...

»Du siehst ziemlich kaputt aus, Alma«, sagt Namtar mit einer leichten Besorgnis in seiner Stimme. »Schlecht geschlafen?«

»Ein Albtraum«, erwidere ich und vergrabe die Hände in meiner Bauchtasche, wobei ich an die Blaubeeren stoße.

»Ah, Menschen und ihre Träume.« Der Obscura-Prinz seufzt und streicht mir über den Rücken. Im Gegensatz zu meinem Körper ist seine Hand warm.

»Habt ihr keine?«

»Nicht wirklich, nein. Wenn wir ruhen, sind wir eins mit unserer Welt. Ein dumpfer, leerer Schlummer in den Schatten, losgelöst von allen Gedanken. Allen Sorgen.«

»Ich weiß nicht, ob das traumhaft oder schrecklich ist«, erwidere ich ehrlich und betrachte ihn. Seine dunkelblonden Haare fallen ihm in die hohe Stirn, deren Falten heute nicht so tief wirken wie sonst. Er sieht beinahe jung aus, ein Mann in den besten Jahren, der noch immer die Energie eines Golden Retrievers ausstrahlt. Gutmütig und vertrauensselig. Er lächelt mich ehrlich an und weist dann mit einer Kinnbewegung zu den Betonbrocken, welche die vielen asphaltierten Plätze des Parks umranden.

»Wollen wir uns setzen?«

Ich nicke und wir lassen uns gemeinsam nieder. Eine ganze Weile betrachten wir schweigend die Hundebesitzer, die ihre Schützlinge im eingezäunten Bereich freilaufen lassen, während ich meine Blaubeeren verzehre.

»Willst du drüber reden?«, fragt Namtar schließlich. Er sitzt so nah bei mir, dass sein Oberschenkel den meinen berührt und ich seine Körperwärme spüren kann.

»Nicht wirklich. Ich fühle mich hier einfach … fehl am Platz.«

»Den Park meinst du jetzt aber nicht«, stellt er fest, ohne mich anzuschauen.

»Als ich im Juni ins Manzanita Square gezogen bin, dachte ich, dass alle meine Probleme damit vorbei sein würden. Und ich hatte recht. Für eine kurze Weile hatte ich ein schönes Leben«, beginne ich trotz meines eigentlichen Vorhabens, nicht zu reden. Es muss einfach raus. »Ich hatte zwei nette Mitbewohnerinnen. Zugegeben, eine ist netter als die andere. Die dritte hab ich nie gesehen, aber das war okay. Mein Studium lief. Keine starrenden Blicke mehr. Und jetzt?

Jetzt ist meine Großtante tot und ich bin eine Hexe, die zwischen zwei Welten steht. Komplett alleingelassen. Niemand steht wirklich zu mir, mit meiner Familie kann ich nicht reden, und ich habe langsam das Gefühl, dass alles, was ich tue, absolut sinnlos ist.«

»Es tut mir leid«, murmelt Namtar. »Genau das wollte Gigi eigentlich verhindern. Ich … Ich wünschte, ich könnte dir helfen. Dir eine bessere Welt zeigen, in der du dich wohlfühlst. Aber ich weiß nicht, ob ich es kann.«

»Du meinst die Anderswelt?«, frage ich leise.

Er nickt bedächtig. »Vielleicht solltest du doch mitkommen und dir die Heimat deines Urgroßvaters anschauen. Wenn wir unsere Kräfte vereinen, kannst du den Übergang schaffen. Nicht für lange, aber doch lange genug.«

»Vielleicht sollte ich das«, murmle ich. »Tut es weh?«

»Nein. Es fühlt sich so an, als würdest du dich auflösen, ein Flimmern, das abebbt. Gigi mochte das Gefühl.«

»Sie hat dich besucht?«

»Wann immer sie wollte. Und das könntest du auch, wenn es dir hier zu viel wird.« Er grinst, ein schiefes, sympathisches Grinsen, das nicht zu seiner sanften Art passt und doch richtig aussieht. »Nur wenn du willst, natürlich.«

Ich schaue auf seine offene Hand, die er auf seinen Oberschenkel legt, und erinnere mich an die Nacht im Quad, als wir schon einmal darüber gesprochen haben und ich seine Hand nicht ergriff. Schon damals fühlte er sich seltsam vertraut an, schon damals lockte mich die Dunkelheit, die ich in ihm spürte. Ist es das Blut der Obscura, das uns unweigerlich miteinander verbindet?

Mein Blick wandert hoch in sein Gesicht, fixiert seine Augen, die mich aufmerksam und fragend betrachten. Haselbraune Iriden mit grünen Sprenkeln, die im Licht der aufgehenden Sonne geradezu golden wirken.

Und dann werfe ich sämtliche Ängste über Bord, schließe die Augen und ergreife seine Hand.

Gisela hatte recht. Es fühlt sich an, als würde ich mich auflösen, ein Kribbeln in der Brust, das sich gemächlich in Dunkelheit auflöst und verschwindet. Und dann … nichts mehr.

Allein schon die Luft fühlt sich anders an. Dunkel. Trist. Ich habe keine Ahnung, wie ich so etwas empfinden kann, doch ich spüre es deutlich. Versuche einzuatmen, um sie zu schmecken, doch kann nicht Luft holen. Panisch blicke ich an mir hinab, will auf meine Brust schauen, die sich doch eigentlich heben und senken sollte, *müsste*, doch finde keinen Körper. Ich bin eine schwarze Masse, eine schummrige, wabernde Wolke ohne konkrete Form – ebenso wie meine Kräfte es in unserer Welt sind.

Eine Bewegung neben mir lässt mich aufschrecken.

»Keine Sorge, es lief alles perfekt«, höre ich Namtars Stimme in einem beruhigenden Tonfall sagen, doch das Wesen neben mir hat nichts mit dem sympathischen Mittdreißiger gemeinsam, den der Obscura-Prinz bisher immer verkörpert hat. »Du bist jetzt in der Anderswelt, Alma.«

Ich realisiere die Worte kaum, bin viel zu abgelenkt von seiner Form, die man kaum mehr als humanoid beschreiben kann. Er ist groß und hager, steht vornübergebeugt, mit langen Extremitäten und einer so schmalen Taille, als wäre sie abgebunden. Ähnlich wie ich besteht er aus Schwärze, die das geringe Licht der Anderswelt zu absorbieren scheint. Alles um ihn herum ist dunkler. Schwarze Spitzen stechen aus dem Körper hervor wie Tentakel, scheinen das Umfeld zu sondieren, und ziehen sich wieder zurück. Auch sein Kopf ist von diesen Ausläufen gekrönt, die zucken und sich winden. Hinter seiner Stirn sehe ich etwas Dunkles pulsieren, wie das Gegenteil eines Leuchtens, ein schwarzes Loch, das jedoch nichts in sich zieht.

»Wie geht es dir?«, fragt Namtar, als ich nichts sage. Er hebt eine Hand und zögert, mich damit zu berühren. Seine Finger sind lang und dünn, beinahe filigran, doch sie haben zu viele Gelenke, die sich seltsam beugen. Lange, spitze Krallen zieren die Spitzen und berühren fast seine Knie, unter denen seine Beine in Schatten verlaufen.

»Das ist so verrückt«, hauche ich und erschrecke vor meiner Stimme. Sie klingt fremd und hat ein bizarres Echo, das ich nicht einzuordnen weiß. Ich versuche die Hand auszustrecken, doch mein Körper bleibt ein Blob aus Schatten. »Ich bin körperlos?«

»Richtig«, erwidert er ruhig. »Solange du nicht komplett übertrittst, bleibt dein Körper in deiner Welt. Nur ein Teil deines Selbst, deine Kräfte, manifestieren sich hier.«

Einen Moment lang dauert es, bis ich es schaffe, mich vom Fleck zu bewegen. Es fühlt sich komisch an, ohne Beine Schritte zu machen. Als würde ich auf einem Segway stehen, den ich durch pure Gedankenkraft kontrolliere. Mein Blick schnellt empor und nimmt erstmals die Umgebung wahr:

Lichtlosigkeit trübt den Himmel; dunkle Wolken, hinter denen man in weiter Ferne ein Strahlen erahnen kann, ein kaum wahrnehmbares rötliches Schimmern in ewigwährender Nacht. Berge erheben sich in weiter Ferne, wohin ich den Blick auch wende. Spitze Gesteinsformationen ragen überall in den Himmel auf, und ganz in der Nähe befindet sich ein Bauwerk, das irgendwas zwischen Festung und Ruine zu sein scheint. Grob gehauene Blöcke verbinden sich mit von seltsamen Adern durchzogenem Gestein, das mich an Spinnweben erinnert. Der Boden ist rau und karg, ausgedörrte Erde, die mit Gestein versetzt ist. Obwohl ich keine Füße habe, spüre ich ihre Unergiebigkeit.

Ein unfruchtbares Land hat Namtar es genannt. Ich zweifle keine Sekunde daran, bin eher überrascht, dass irgendetwas hier leben und wachsen kann.

»Soll ich dir den Hof zeigen?«, reißt die Stimme des Obscura-Prinzen mich aus der Betrachtung. Er macht ein paar Schritte in Richtung des Bauwerks – langsame Schritte, die durch seine langen Beine und die vornübergebeugte Haltung schaurig aussehen und mich schlucken lassen.

»Bitte«, murmle ich und wende den Blick wieder auf den Hof, während ich ihm folge. Es ist schwer zu erkennen, wo das natürliche Gestein endet und die Bebauung anfängt. Fast wirkt es so, als gehe es nahtlos ineinander über, als wäre es von der Natur so geschaffen worden. Je näher wir ihm kommen, desto mehr kommt es mir so vor, als ob der Schattenblob zu eng für meine Gefühle wird. Wäre ich in meinem menschlichen Körper, würde mir das Herz sicher bis zum Herz schlagen. Doch nicht einmal der Atem wird mir hier knapp. Ich habe ja gar keinen, was meine Emotionen noch panischer macht.

Namtar führt mich zu einem Weg, den man kaum als solchen bezeichnen kann. Lediglich das Fehlen sämtlicher spitzer Steine kennzeichnet ihn als solchen, denn Pflastersteine oder so etwas gibt es nicht. Der Hof vor uns scheint der einzige Hinweis auf Leben, jedenfalls soweit ich das überblicken kann.

»Du musst keine Angst haben«, setzt Namtar an, als wir nur noch wenige Schritte vom Eingang der Festung entfernt sind. Es ist ein schwarzes Loch in der Wand, rund wie ein Torbogen, doch unregelmäßig und nicht wie von Menschenhand erbaut. Oder Obscura-Hand. Wie auch immer.

»Was werden deine Geschwister tun, wenn sie mich sehen?«, frage ich leise und erschaudere beim Klang meiner Stimme.

»Nichts, denke ich.« Namtar streckt einen viel zu langen Arm nach dem Torbogen aus, und ich sehe, wie die Dunkelheit in ihm langsam lichter wird. »Nur meine Untertanen können dich sehen und wir sind zu sehr damit beschäftigt, unserem Leben nachzugehen.«

»Ich bin also an dich gebunden.« Zögernd folge ich ihm in den Durchgang, der sich wie ein Schlund in die dicke Außenmauer der Festung frisst. Es dauert einige von Namtars großen Schritten, bis wir ihn durchquert haben und schließlich auf dem Burghof ankommen. Wie alles in dieser Welt ist der

Boden aus staubigem Gestein. Gras oder sonstige Pflanzen gibt es nicht. Ich halte mich dicht an Namtar, der mit staksenden Schritten auf das große Gebäude direkt gegenüber dem Eingang zugeht. Links von uns sind noch zwei weitere, längliche Bauten.

Und überall, wirklich überall, sehe ich weitere Obscura. Dunkle Flecken, die sich an die Häuser drücken, über den Hof laufen oder auf der Mauer postiert sind.

»Willkommen am Hof der Schatten, Alma«, wispert Namtar neben mir und bleibt stehen. Gibt mir die Möglichkeit, mich weiter umzusehen, neugierig alles aufzusaugen, das um mich herum passiert. Ungläubig auf die Kreaturen zu starren, die nahe der Festungsmauern den Boden umgraben und dunkelbunte Pilze von Geröll befreien, das von den Mauern rieselt.

»Die einzige Nahrung, die hier wächst«, erklärt Namtar leise, als er sieht, dass ich die Gewächse betrachte. »Sie schmecken ganz in Ordnung, nicht nach viel, kräftigend sind sie aber allemal.«

Mein Blick verschwimmt leicht, als ich die Pilze näher in Augenschein nehme. Ein schwaches, schummriges Leuchten geht von ihnen aus, beinahe nicht wahrnehmbar und doch hypnotisierend, wenn man es erst einmal bemerkt hat. Obwohl sie in dunklen Tönen glimmern, gedecktes Lila und Blau und Rosa, wirken sie in dieser Welt auffällig bunt. Ich fühle mich, als wäre ich in ein verdrehtes, düsteres Wunderland geraten.

»Sie brauchen konstant frische Erde, damit sie nicht eingehen, und das Gestein, das von oben auf sie herabfällt, muss entfernt werden.« Obwohl Namtar in der Anderswelt kein Gesicht hat, spüre ich, dass er lächelt. Ein wohlig warmes Gefühl entsteht in meiner nicht vorhandenen Brust. »Es ist harte Arbeit, aber wir machen das großartig.«

»Ich … Ich verstehe nicht«, sage ich leise und nähere mich den Pilzen. Beinahe kommt es mir so vor, als würden sie durch meine bloße Nähe stärker leuchten, noch schöner, noch mesmerisierender. »Wieso gehen so viele Obscura die Gefahr ein, getötet zu werden, wenn ihr hier sicher seid?«

»Wenn du immer nur Haferschleim isst, würdest du nicht für ein reiches Menü so einiges riskieren?«, kontert Namtar mit einer bitter klingenden

Gegenfrage. »Es braucht viel meiner Kraft, um die Pilze so weit zu speisen, dass sie okay schmecken. Wenn ich meine Aufgabe vernachlässige, werden sie … schrecklich faulig.«

»Du beeinflusst den Geschmack?«, frage ich überrascht.

Statt einer Antwort schreitet Namtars gebeugte Gestalt an mir vorbei und auf die Funghi zu. Ich folge ihm, vorsichtig und doch zu neugierig, um nicht mitzukommen. Die Arbeiter schauen auf, als die Pilze zu strahlen beginnen, je näher Namtar und ich ihnen kommen.

Sie unterhalten sich in Lauten, die ich zwar wahrnehme, aber nicht verstehen kann. Es sind keine Worte, ihre Emotionen jedoch kann ich spüren. Hoffnungsvoll, stolz auf ihre Arbeit. Und hungrig. Oh, so hungrig. Schuld schwappt in mein Bewusstsein und ich weiß, dass es meine eigene ist. Beobachte, wie Namtar eine spinnenfingrige Hand in die Erde gräbt und die Pilze geradezu aufblühen und größer werden. Ein bittersüßes Gefühl von Zufriedenheit erfüllt mich, während die Obscura anfangen, die größten Pilze abzuernten und die Sporen über dem frisch gepflügten Boden ausklopfen. Sie werden essen.

Namtar dreht die Vorderseite seines Kopfes in meine Richtung und das dunkle Pulsieren unter der Oberfläche scheint mich zu rufen. Er muss nichts sagen, ich spüre es, trete zu ihm und zögere einen Moment. Doch je näher ich ihm komme, desto mehr Pilzchen sprießen aus dem Boden. Eine Welle der Überraschung brandet in mir auf, während die Obscura um uns herum innehalten und dann erstmals ihre Aufmerksamkeit auf mich fällt. Demut kitzelt an meiner Präsenz, Ehrfurcht und noch etwas, das ich nicht verstehe. Ist es Verlangen? Sehnsucht?

Namtar erhebt sich und klopft ein paar Bröckchen des felsigen Terrains von seinen Fingern, ehe er sich mir zuwendet.

»Du könntest hier leben, mit uns«, setzt er schwermütig an. »Mit deinen Kräften und meiner Blutlinie könnten wir regieren. Den Hof speisen, ohne Menschen zu quälen.«

Seine Worte treffen mich wie ein Schlag in die Magengrube, pressen mir sämtliche Antworten aus dem Kopf, in dem plötzlich nur Leere herrscht, während ich ihn perplex ansehe. Er wendet sich wieder seinem Volk zu, gibt ihnen Anweisungen in diesen Tönen, die für mich nicht einmal Worte ergeben, und schaut zu, wie sie sich wieder an den Anbau machen.

»Ich weiß, dass es ein Angebot ist, das du unmöglich sofort entscheiden kannst«, sagt er schließlich.

»Vielleicht ist es die beste Lösung.« Meine Stimme klingt komisch, wie tropfendes Wasser, das ein Echo unterbricht.

»Was hält dich ab?«

Ich stocke. »Meine Familie ... Meine ... Freunde? Ich weiß es nicht, Namtar. Ich fühle mich fremd in meiner Welt, ja, aber ich kann nicht einfach meine Eltern verlassen ...«

»Ich würde dich niemals zwingen, Alma. Es ist deine freie Entscheidung, deine allein. Aber ... bitte bedenke, wie viel Gutes du hier tun würdest. Wie viele Menschenleben du retten könntest. Ganz zu schweigen von all den Obscura dieses Hofes. Vielleicht sogar denen von anderen Höfen, wenn sie unserem Beispiel folgen!«

»Ich ... ich weiß es nicht, Namtar.«

»Das musst du auch gar nicht.« Der Prinz hebt eine Hand und streicht mit filigranen Klauenspitzen über die Dunkelheit meiner Präsenz. Es fühlt sich gut an. »Nur ... denk darüber nach. Du bist ein Teil dieser Welt, das weißt du. Das spürst du.«

Er hat recht. So bizarr und surreal diese Welt ist, ich fühle mich hier anders. Heimisch. So, als wäre ich hier nicht nur geduldet, sondern gewünscht. Herbeigesehnt. Spüre die unterschwelligen Wünsche der Obscura um mich herum, die sich nach meiner Anwesenheit verzehren. Nie in meinem Leben habe ich so etwas empfunden, und doch fühlt es sich richtig an.

»So langsam beginne ich, es zu verstehen, Namtar«, hauche ich.

Eine Weile stehen wir still bei den Pilzfeldern, beobachten das dunkelbunte Leuchten und wie die Bauern die Erde umpflügen. Doch mit jeder Minute, die vergeht, spüre ich, wie etwas an mir zerrt.

»Ich bringe dich wohl besser zurück«, sagt Namtar leise, als ich zu zittern beginne. »Es ist kräftezehrend, zu Besuch zu sein, und wir haben viel unserer Energie abgegeben.«

Ich muss nichts sagen, weiß, dass er meine Emotionen ebenso lesen kann wie ich seine. Das ist Zustimmung genug. Er greift mit beiden Armen um mich, eine seltsame Umarmung, die mein Bewusstsein dazu zwingt, mit ihm zu verschmelzen.

Überrascht sträube ich mich, doch dann flattern meine Lider auf und gleißendes Sonnenlicht blendet mich. Ich gebe ein leises Kreischen von mir, presse die Augen zusammen, die von der Helligkeit geradezu schmerzen, und falle vor Schreck von der Beton-Umzäunung. Asphaltsteinchen bohren sich in meine Handflächen, die meinen Körper instinktiv auffangen und den Fall bremsen, und ich stoße ein lautes Ächzen aus, ehe ich vorsichtig blinzle. Namtar ist nirgends zu sehen, nur ein paar Passanten, die mich abwertend betrachten und schnell weitergehen.

Zitternd setze ich mich auf, suche nach dem Obscura-Prinzen in seiner menschlichen Form, und werde doch nicht fündig. Ich bin allein. Meine Brust fühlt sich seltsam leer an, doch meine Emotionen sind taub. Ich spüre keine Angst oder sonst etwas. Nur Müdigkeit, die an meinen Gliedern zieht. Wie lange war ich in der Anderswelt?

Mit einigen Schwierigkeiten komme ich auf die Beine und mache ein paar wackelige Schritte. Es dauert, bis ich ein Gefühl fürs Laufen bekomme, als wäre ich nicht eine Stunde, sondern ein Jahr weggewesen. Ich habe keine Ahnung, wie lange es wirklich war, habe kein Zeitgefühl. Ist überhaupt Zeit vergangen? Laufen die beiden Welten parallel zueinander oder ist eine Stunde dort hier nur eine Minute? Fragen über Fragen, die meinen Heimweg begleiten, bis ich vor der Tür unseres Apartments stehe und mich daran erinnere, dass ich keinen Schlüssel mitgenommen habe. Nervosität lodert in mir auf, als ich auf die Klingel drücke und warte, hoffe, dass mir jemand öffnet … bis jemand sie mit Schwung aufreißt.

19

Wen oder was ich erwartet habe, kann ich gar nicht so genau sagen. Nicht jedoch Melinoë *und* Charon, die gemeinsam im Apartment stehen und mich mit großen Augen anstarren. Sie sehen so verwirrt aus, wie ich mich fühle – kaputt, müde, und zerzaust. Während ich auf Mels Gesicht eine leichte Sorge ablesen kann, scheint mein Beschützer mal wieder so, als hätte er Nierensteine. Ich komme gar nicht erst dazu, etwas zu sagen, da greift er bereits nach meinem Arm und zerrt mich mit solcher Kraft in unser Apartment, dass ich beinahe auf dem Boden lande. Nur in letzter Sekunde kann meine Mitbewohnerin mich davor bewahren.

»Alma, wir – Charon! Verdammt noch mal, du kannst doch nicht einfach …«, beginnt Melinoë überreizt, doch er unterbricht sie und richtet das Wort gemeinsam mit einem wütenden Funkeln in den Augen an mich.

»Wo zur Hölle warst du?!« Seine Stimme ist laut, drohend. Niemals zuvor habe ich ihn so wütend gesehen, so aufgebracht und … emotional? Ich gebe ein Ächzen von mir und blicke zu Mel, die mich noch immer in den Armen hält und mich nur unverwandt anstarrt.

»Spazieren«, bringe ich leise hervor.

»Was ist los mit dir?!«

Verblüfft schäle ich mich aus Melinoës Armen und trete einen Schritt von Charon weg, ehe ich »Wie meinst du das?« wispere.

»Was ist mit dir los, Alma? Du ziehst dich zurück, verlässt das Zimmer nicht, reagierst nicht auf Nachrichten?« Er tritt einen Schritt auf mich zu, brodelnd vor etwas, das keine Wut ist, aber auch keine wirkliche Angst. »Mel sagt, du reagierst nicht einmal auf Klopfen. Und dann gehst du allein raus?! Du hattest die klare Anweisung, immer mit mir zu sprechen, wenn du wohin musst. Also? Was. Ist. Los?«

Ich zucke und kauere mich, soweit es geht, im Stehen zusammen. Wieder suche ich Hilfe bei Mel, doch sie ist auf seiner Seite. Bleibt hinter ihm stehen. Schaut mich schuldbewusst an. Ich will gerade dazu ansetzen zu sagen, dass sie es doch waren, die mir nicht geantwortet haben, als ein lautes Gähnen uns alle drei aufschreckt.

»Was ist denn los, warum schreit ihr um sieben in der Früh so rum?« Müde lehnt Hailey sich gegen die Wand im Flur und betrachtet erst mich und dann Mel. Ihr Gesichtsausdruck wird wacher, fragender, als sie schließlich Charon fixiert. »Und was machst du hier, Hale?«

»Hale?«, frage ich verwirrt, während Charon genervt die Lippen aufeinanderpresst. Sein Gesicht ist schneeweiß.

»Willst du meine Notizen?« Hailey zieht fragend eine Augenbraue hoch und verschränkt die Arme unter ihren nicht zu verachtenden Brüsten, die in ihrem Seidentop ein herrliches Dekolleté formen. Ihrem amüsierten Lächeln entnehme ich, dass ihr das durchaus bewusst ist.

»Ich bin wegen Alma hier«, entgegnet Charon geradezu mechanisch. Nicht für einen Augenblick wendet er seinen Blick von Haileys Gesicht ab.

»*Ihr* kennt euch? Dann warst du das doch letztens vor der Tür?«

Ich habe keine Zeit, um mich von ihrem Tonfall angegriffen zu fühlen. Charon fasst nach meinem Arm und zieht mich zu sich, als wäre ich ein Schutzschild gegen meine Mitbewohnerin, die ihn mittlerweile perplex betrachtet.

»Genau. Wir sind zusammen. Wenn du uns also entschuldigen würdest«, lügt er Hailey salopp ins Gesicht, ehe er mich vor sich her in Richtung meines Zimmers schiebt. Sein Körper schmiegt sich an meinen Rücken, was die Hitze nicht besser macht, die auf meinem Gesicht brennt. Wir sind bitte was?!

»Hä?«, höre ich Hailey ebenso verdutzt fragen.

Charon bleibt gar nicht erst stehen, sondern verfrachtet mich in mein Zimmer wie ein unartiges Kind, mit dem feinen Unterschied jedoch, dass er die Tür erst hinter sich schließt. Ich starre ihn fassungslos an, unsicher, was ich überhaupt denken soll.

»Sie nervt sonst nur, okay?«, knurrt er und fährt sich durch die dunklen Haare. »So haben wir vorerst Ruhe. Ich … habe nicht nachgedacht.«

»Offensichtlich«, stoße ich mit einem fassungslosen Lachen hervor. Dann nehme ich schnell ein paar Schritte Abstand von ihm und schaue mich in meinem Zimmer um. Benutztes Geschirr und leere Verpackungen neben meinem zerwühlten Bett, getragene Kleidung um meinen Kleiderschrank herum. Ich mache also mal wieder den besten Eindruck. Mein Blick bleibt an der getrockneten Rose aus dem Mint hängen, die ich verräterisch auf meinem Schreibtisch drapiert habe. *Großartig, Alma, einfach nur großartig.*

Wir zucken beide zusammen, als es an der Tür klopft. Charon wuschelt seine Haare durch und befeuchtet seine Lippen, ehe er die Tür einen Spaltbreit öffnet und leise knurrt: »Was?«

»Lass mich schon rein, du Idiot«, höre ich Mel zurückfauchen. »Ihr seid zusammen? Bist du jetzt vollkommen durch?!«

»Anscheinend«, brummt Charon und schließt die Tür hinter ihr. »Immerhin sollten wir sie jetzt los sein. Das war alles, was ich damit bezweckt habe.«

Wie um es zu bestätigen, wirft er mir einen vielsagenden Blick zu. Dass seine Wangen dabei leicht rosig sind, beruhigt mich immerhin.

»Wir machen alle Fehler im Eifer des Gefechts, was, Himbo?« Wütend schubst Mel ihn ein Stück zur Seite, ehe sie sich mir zuwendet. Dass sie dabei nicht weniger zornig aussieht, lässt mich unweigerlich einen Schritt zurücktaumeln.

»Und du! Was war denn los in den letzten Tagen?! Ich habe mir Sorgen gemacht!«

»Wir beide«, fügt Charon brummend hinzu. Mit verschränkten Armen lehnt er sich gegen meine Zimmertür und fixiert mich, wobei er versucht, kühl und abweisend zu wirken. Dieses Mal jedoch gelingt es ihm nicht.

»Ihr habt mich doch ignoriert«, gebe ich schwach zurück und versuche, meinen Blick von Charon loszureißen, doch schaffe es nicht. Sorge liegt auf seinen Zügen, Skepsis und etwas, das beinahe aussieht wie … Angst? Er zieht die feinen Augenbrauen zusammen, bemüht, seine Arschloch-Attitüde aufrecht zu erhalten, und es ist Mel, die antwortet.

»Wir haben dir geschrieben, Alma. Und ich habe an deine Tür geklopft. Jeden Tag.«

Charon nickt, ehe er den Blickkontakt bricht und hinzufügt: »Tatsächlich hatte Mel mich herbeordert, um deine verdammte Tür *einzutreten*, aber dann war sie nicht abgeschlossen und du verschwunden. Wärst du nur etwas später gekommen, wären wir bereits dabei gewesen, den Protos anzurufen, um dich vermisst zu melden.«

»Ich verstehe das nicht, ich habe euch geschrieben und ihr habt mir nicht geantwortet«, gebe ich fahrig zurück und suche nach meinem Telefon. Es liegt noch immer in meinem Bett, halb unter mein Kissen gerutscht.

»Wir haben keine Nachrichten von dir bekommen«, höre ich Melinoë sagen, während ich verzweifelt versuche, den Bildschirm einzuschalten. Doch das Smartphone bleibt tot.

»Seit gestern Nachmittag wurden die Nachrichten nicht mehr zugestellt«, fügt Charon hinzu. »Ist dir nicht aufgefallen, dass der Akku leer ist?«

»Es war an. Ich habe vor dem Spaziergang noch die Chats mit euch beiden überprüft!«

Erst als ich das Ladekabel anschließe, blinkt der Bildschirm endlich auf. Verwirrt lege ich die Stirn in Falten und warte, dass das Telefon hochfährt, ehe ich meine PIN eingebe und von einer Flut an Nachrichten überrollt werde. Bram, meine Mutter, der Familienchat, aber auch Melinoë und Charon. Ich ziehe zitternd die Luft ein. Verwirrung macht sich in mir breit, als ich durch die Nachrichten scrolle, die sich in den letzten drei Tagen angesammelt haben.

»Ich verstehe das nicht«, murmle ich erneut. »Ich … ich habe euch geschrieben. Mittwochfrüh, dass die Wunden verheilt sind. Ihr habt mich ignoriert. Meine Familie hat sich auch nicht gemeldet. Woher kommen diese Nachrichten?«

»Du hast uns nie geschrieben«, erwidert Mel vorsichtig. »Es ist jedenfalls nichts angekommen.«

Mit hängenden Schultern scrolle ich die beiden Chatverläufe durch. Sie hat recht, die Nachrichten, von denen ich mir sicher war, sie geschickt zu haben, sind nicht da. Als hätten sie nie existiert. »Ich verstehe das nicht …«

»Hast du dich deswegen zurückgezogen?«

Zu meiner Überraschung ist es Charon, der das fragt. Als ich zu ihm aufschaue, tauscht er gerade einen Blick mit Mel, ehe sie beide zu meinem Bett rüberkommen. Ich schlucke schwer.

»Nein«, sage ich leise, während Mel sich neben mich setzt und einen Arm um mich legt. Charon hingegen setzt sich auf den Boden vor uns und blickt düster zu uns empor. Ich schmeiße das Telefon zur Seite und stütze das Gesicht in meine Hände. »Doch, schon, aber nicht so. Ich ... ich habe einiges über meine Großtante rausgefunden.«

»Das musst du genauer erklären.«

Mels Hand streicht über meinen Rücken, wie sie es in den letzten Monaten so oft getan hat. Liebevoll und unterstützend, und ich fange an, nicht nur die letzten Tage, sondern meine gesamte Wahrnehmung zu hinterfragen.

Wie kann es sein, dass ich so viele Nachrichten übersehen habe? Wohin ist meine Wundstatus-Nachricht verschwunden? War ich im Delirium und habe halluziniert?

»Ich habe große Angst, dass ihr mich verstoßen werdet.« Zitternd atme ich aus und balle die Hände zu Fäusten, ehe ich mich aufsetze. »Und allein das mit euch anzusprechen, macht mich super nervös.«

»Warum sollten wir das tun?«, knurrt Charon und kassiert einen Tritt von meiner Mitbewohnerin. »Mel, verdammt! Nein, im Ernst, nenn mir einen guten Grund, warum du von uns verlassen werden solltest.«

»Giselas Vater war ein Obscura«, sage ich tonlos.

Stille. »Dementsprechend bin ich auch zum Teil Obscura. Ein Teil Parasit, ein Teil Abschaum, ein Teil eures Feindes.«

»O Alma, nicht doch«, haucht Melinoë, während Charon einen leisen Fluch von sich gibt.

»Du bist ein Teil von uns, verdammt!«, faucht er schließlich und kommt in die Hocke. »Hörst du? Scheiß drauf, was dein Uropa war, *du* bist nicht deine Blutsverwandtschaft!«

»Charon, du kannst doch nicht ...«

»Doch, kann ich!«, unterbricht er Mel mitten im Satz und nimmt mein Kinn zwischen seine Finger. »Schau mich an. Es ist absolut egal, was deine

Eltern sind, was deine Familie ist. Es ist scheißegal, ob du ein Obscura oder eine Hexe bist. Du gehörst zu uns, du bist ein Teil von Styx, ein Kind des Flusses, Alma. Du bist doch kein Feind, nur weil du ein bestimmtes Wesen bist.«

Wut funkelt in seinen Augen und macht seinem Ordensnamen alle Ehre. Es verschlägt mir die Sprache, wie er mich so ansieht – auch wenn seine Worte es genauso tun. Ich fühle mich, wieder einmal, so unglaublich dumm. Spüre, wie meine Augen sich mit Tränen füllen, und sehe, wie auf Charons Züge ein leichter Schmerz tritt. Ob nicht nur ich, sondern auch er und Melinoë das Gefühl haben, dass ich unsere Freundschaft zerstört und verraten habe?

»Alma«, setzt Mel vorsichtig an. Mit eben solcher Zagheit löst sie Charons Hand von meinem Kinn und nimmt mich dann in den Arm. Ich kann einen leichten Hauch ihres Parfüms riechen, das noch vom Vortag an ihr haftet. Der Geruch versetzt mich zurück ins Mint, als ich schluchzend in ihren Armen lag, nachdem Charon mich geküsst hatte. Und auch jetzt kann ich nicht anders, als mich meinen Emotionen zu ergeben, und fange an zu schluchzen.

»Wir sind für dich da, in Ordnung?«, sagt sie leise. »Und wir werden weiterhin für dich da sein, egal was passiert. Die letzten drei Monate waren hart für dich, aber sie haben uns auch zusammengeschweißt. Du musst uns vertrauen, Süße, und du bist uns wichtig.«

Sie legt den Kopf auf meinen und drückt mich fest an sich.

»Okay«, wimmere ich. Dann löse ich mich von ihr, um mir die Tränen wegzuwischen und sie doch direkt wieder nachzuheulen. »Es tut mir so leid.«

Die Situation überfordert mich und erschafft ganz neue Fragen in meinem Kopf, allen voran die, was ich nun mit Namtar mache. Als hätte er es gewittert, sagt Charon ruhig: »Das muss es nicht. Aber hast du noch etwas über deine Großtante rausgefunden? Oder war die Verwandtschaft eines Obscura alles?«

Ich zögere einen Moment, kann es jedoch gut hinter einem Schluchzen verbergen. Bin drauf und dran, ihnen von dem Prinzen zu erzählen und meine Zweifel an Styx' Aufrichtigkeit zu teilen, doch entscheide mich im letzten Moment dagegen. Ich weiß nicht, wieso; was in mir dagegenspricht und mir rät, es nicht zu tun. Vielleicht liegt es an Charons janusköpfiger Art, wie er ständig zwischen mir zugewandt und mir abgeneigt hin- und herspringt. Dass er jetzt schon wieder so liebevoll scheint, obwohl er vorhin im Wohnzimmer noch aggressiv rumgebrüllt hat, verwirrt mich nur noch zusätzlich.

»Gisela hatte Zeit ihres Lebens Probleme mit Styx«, sage ich schließlich. »Sie wurde ausgeschlossen, weil sie ein halber Obscura war. Weil ihre Art der Magie zu anders war.«

»Das kann ich mir nicht vorstellen«, murmelt Charon und zückt sein Telefon. »Dak ist seit fünfzig Jahren Protos, er hätte niemals zugelassen, dass jemand sie schlecht behandelt.«

»Dak hat auch zugehört, wie ihr alle über Obscura gesprochen habt, als wären sie der Dreck unter euren Fingernägeln«, gebe ich zurück. »Obwohl er weiß, dass ich zum Teil Obscura bin. Und wenn du mich verbal angreifst, geht er auch nie dazwischen. Bist du dir sicher, dass er das nie zugelassen hätte?«

Ich kann geradezu sehen, wie die Worte Charon treffen. Als hätte er einen Faustschlag abbekommen, zuckt er zurück und lässt das Telefon sinken.

»Ich bin was anderes«, ist alles, was er dazu sagen kann.

»Wenn du mich fragst, wollte der Protos dich nicht vor allen als Teil-Obscura outen.« Melinoë lächelt traurig. »Und vor der versammelten Verbindung die Obscura verharmlosen? Das würde früher oder später zu Verletzten und Toten führen. Du hast gehört, was die anderen gesagt haben.«

Wieder schnürt es mir die Kehle zu, wie sie über Obscura reden. Selbst jetzt, wo Mel und Charon von meiner Verwandtschaft wissen, bleiben Obscura der absolute Feind. Erleichterung flammt in mir auf, weil ich das Thema nicht auf Namtar gelenkt habe. Vielleicht hat er doch recht. Vielleicht werde ich immer zwischen Welten stehen, die sich bekriegen, weil eine Welt von Hedonismus und die andere von Diskrimination geprägt ist. Die Realisation liegt mir schwer im Magen und auf der Brust. Wortlos lasse ich die Schultern hängen und wische mir wieder die Tränen weg, ehe ich Charon anschaue, der ebenso still vor mir sitzt und meinen Blick erwidert.

»Ich werde das mit Dak besprechen, okay?«, sagt er schließlich leise. »Irgendwie lösen wir dieses Problem. Du bist nicht allein damit, Alma. Egal, was passiert, egal, was später rauskommt. Wir sind bei dir.«

»Du hast ja auch keine Wahl«, erwidere ich leise. Weiß, dass es nicht fair ist, ihm das gerade vorzuwerfen, kann es jedoch nicht verhindern. Fast erwarte ich, dass er nickt oder mir auf eine andere Weise zustimmt, doch das tut er nicht. Er schaut mich nur unglücklich an, als hätte ich damit ein Trauma aufgewühlt, und schweigt sich aus. Soll das eine Bestätigung sein? Sollte ich daraus mehr lesen können? Ich werde aus seinem Verhalten einfach nicht schlau.

»Das ist alles nicht so einfach, Alma«, kommt Mel ihm zur Hilfe. Ihre Stimme klingt belegt, was in mir wieder den Drang weckt, einfach zu heulen. »Diese ganze Situation ist schwierig, und Charon …«

»Ich weiß«, unterbreche ich sie, »und ich weiß auch, dass es unfair ist, euch diese Dinge vorzuwerfen. Es tut mir leid.«

»Das muss es nicht«, erwidert zu meiner Überraschung nicht Mel, sondern Charon. »Ich kann deine Gefühle verstehen, wahrscheinlich besser als du denkst. Aber ich mein's ernst, Alma. Egal, was später rauskommt, ich steh hinter dir.«

Stumm blicke ich in sein Gesicht, suche nach seiner typischen genervten Haltung, der Abweisung, der Kälte, doch finde nichts davon. Als hätte Charon zwei Gesichter, von denen er unsicher ist, welches für mich das richtige wäre. Ist er gerade der Charon vom Mint und dem Stanford Stadium? Oder sehe ich eine dritte, mir unbekannte Version? Vielleicht ist es ja Hale, der anscheinend mit Hailey studiert. Ich lasse den Blick sinken. So vieles, das ich nicht weiß und so vieles, das sie nicht wissen. Kann eine Freundschaft mit solchen Geheimnissen funktionieren?

Und wie viel von ihrer Liebe bleibt bestehen, wenn ich ihnen die ganze Wahrheit verrate? Wie viel ihres Hasses für Obscura?

»Ich verspreche dir, dass ich mich notfalls gegen Dak stelle, wenn es das ist, was du willst«, reißt Charon mich aus den düsteren Gedanken. Er hält mir den kleinen Finger hin, wie um es zu unterstreichen. »Ich meine es ernst, Alma. Wenn es dir solche Sorgen bereitet, was zwischen deiner Großtante und Styx vorgefallen ist, dann werden wir dem auf den Grund gehen und ich bleibe so lange an deiner Seite.«

Zögernd halte ich ihm meinen kleinen Finger hin, den er mit seinem ergreift und mit grimmiger Zustimmung schüttelt. »Ich hoffe, dir ist klar, dass du mir jetzt den kleinen Finger abhacken darfst, sollte ich mich nicht an den Schwur halten«, fügt er hinzu und ich verziehe das Gesicht.

»Als könnte ich das«, erwidere ich. Mel, die bisher still zugesehen hat, sieht darin anscheinend ihre Chance, denn sie steht auf und stemmt die Hände in die Hüften, ehe sie mich grinsend anschaut.

»Keine Sorge, du hältst ihn nur fest, das Abhacken übernehme dann ich!«

»Du warst ganz sicher kein Teil des Schwurs«, brummt Charon missmutig und zieht die Augenbrauen zusammen. »Nur Alma und ich, also keine Chance, dass du irgendwas von meinem Körper bekommst.«

»Ihr seid ja seit Neustem auch zusammen, da muss ich mich wohl mit abfinden«, stichelt Mel zurück und kassiert einen bitterbösen Blick von Charon. Ich laufe derweil knallrot an, worüber meine Mitbewohnerin nur grinsen kann.

»Wollen wir direkt ins Hieron?«, frage ich, als Charon und Mel sich weiter bekriegen. Ich fühle mich unwohl in meinem dreckigen Zimmer, insbesondere mit Charon, der noch immer vor mir sitzt – oder besser kniet, damit er Melinoës Oberschenkel boxen kann.

»Dak hat eine Verabredung in Oakland, der kommt erst zum frühen Abend wieder.« Charon dreht sich gar nicht erst zu mir um, bis ich seufzend ausatme. »Wir können natürlich trotzdem hin?«

»Oder in mein Zimmer«, bietet Mel an, die mich anscheinend durchschaut hat. »Oder ins Wohnzimmer, auf die Gefahr hin, dass Hailey unseren süßen H …«

»Untersteh dich«, knurrt Charon sie an.

»…ale hier wieder belagert … AUA!« Sie springt einen Schritt zurück, als er sie fest in den Oberschenkel zwickt. »Mist, das wird definitiv einen blauen Fleck geben.«

»Gut so. Ich hab dir oft genug gesagt, dass ich nicht so genannt werden will.« Er starrt sie finster an, ehe er mir denselben Blick zuteilwerden lässt. »Und du bleibst bitte auch bei Charon, verstanden?«

»Ist das nicht eigentlich gegen die Regeln von Styx?«, frage ich leise, doch als er lediglich noch missmutiger aussieht, füge ich leise »Hab's verstanden« hinzu.

»Diese Frau ist eine wahre Pest«, flucht er und steht dann auf. »Also bitte, wo auch immer ihr hinwollt, nur nicht zu Hailey.«

»Ihr seid aber auch füreinander bestimmt«, frotzelt Mel weiter. Anscheinend reicht ihr der blaue Fleck nicht. »Hailey und ...«

»Ich schwöre dir, dass du deines Lebtags nicht mehr froh wirst, wenn du so weitermachst, Melaina Anastas.«

»Ohhh, wir sind bei ganzen Namen angekommen!« Sie grinst breit und schaut dann zu mir. »Was sagst du dazu, Alma? Willst du seinen Nachnamen wissen?«

»Ich will lieber, dass wir in dein Zimmer gehen«, sage ich und werfe ihr einen entschuldigenden Blick zu. »Und dass du heil bleibst.«

»Ach, der gute H ... äh, ich meine, der gute Charon wird mir schon nichts tun. Der schaut nur böse.«

Trotz ihrer Worte nimmt sie einige Schritte Abstand von Charon, als dieser sich in ihre Richtung bewegt. Ein wenig habe ich das Gefühl, dass sie ihn gerade nur deswegen ärgert, damit das Thema nicht bei mir hängen bleibt, und dass sie einen kurzen, rückversichernden Blick zu mir wirft, ehe sie meine Zimmertür öffnet und sich in einen Zweikampf mit Charon stürzt, bestätigt mir diese These. Vor meiner Tür boxen sie sich wie Schuljungen abwechselnd auf den Oberarm, während sie auf mich warten. Ich atme ein letztes Mal tief durch, ehe ich mich von meinem Bett erhebe und ohne einen Blick in den Spiegel folge.

Melinoë öffnet ihre Zimmertür und schiebt Charon hindurch, zieht sie danach jedoch wieder ran und dreht sich zu mir. Besorgt mustert sie mich, ehe sie mich in den Arm nimmt.

»Wenn es dir zu viel wird, dann schmeißen wir ihn raus.« Sie reibt mir über die Oberarme, während von Charon hinter der Tür »Das hab ich gehört« ertönt.

»Ich sag Bescheid«, erwidere ich leise. »Aber ehrlich gesagt ... ich weiß nicht, ob ich gerade allein sein kann.«

»Das kann ich mir vorstellen«, erwidert sie und zieht ihre Zimmertür wieder zu, die Charon öffnen wollte. »Und Alma, ich weiß, dass wir beide nicht ideal mit der Situation umgehen. Aber wir sind ebenso überfordert wie du … und wir haben Angst um dich. Auch Charon.«

Sie zieht die Augenbrauen zusammen, überlegt einen Moment, ehe sie sich vorlehnt und mir ins Ohr flüstert: »Gerade Charon, aber er ist absolut unfähig, das zu akzeptieren. Oder zu zeigen.«

»Ich höre dich tuscheln, Melinoë«, knurrt dieser durch die Zimmertür, was sie mit einem Augenrollen quittiert.

»Dann spitz deine Elfenöhrchen noch ein bisschen mehr, während ich Alma ein großes Geheimnis verrate!«, erwidert sie und zwinkert mir zu. Sie muss gar nicht erst antäuschen, irgendetwas zu flüstern, da fliegt ihre Zimmertür bereits auf und Charon zerrt sie am Arm nach hinten.

»Meine Fresse, Mel, musst du jetzt so ein unausstehliches Miststück sein?«

»Dabei ist das doch eigentlich deine Rolle«, brummle ich und beobachte, wie die beiden innehalten und mich anstarren. Mel stößt ein Prusten aus, ehe sie sich von ihm löst und mich ins Zimmer zieht. Ob ich Charon mit der Bemerkung wirklich verletzt habe, kann ich nicht so genau sagen, doch immerhin ist er danach still und lässt sich in Mels Lesesessel fallen, der in der Ecke neben ihrem Kleiderschrank steht. Mich schiebt Mel zu ihrem Bett, auf dem ich es mir bequem mache und ein Gähnen unterdrücke.

»Nicht gut geschlafen?«, fragt sie und schiebt mir noch ein Kissen zu, ehe sie sich neben mir niederlässt.

»Ich habe die letzten Tage gefühlt nichts anderes getan«, murmle ich zurück. »Und trotzdem bin ich müde.«

»Ich kann auch gehen, damit du noch eine Runde schlafen kannst«, bietet Charon sofort an, doch ich schüttle den Kopf. Eben in meinem Zimmer habe ich mich noch unwohl gefühlt, unsicher in allem, was ich getan habe, doch in Mels Bett überkommt mich plötzlich eine Müdigkeit, die durch ihren sanften, pudrigen Duft an ihrer Bettwäsche noch verstärkt wird.

Melinoë tauscht einen Blick mit mir aus, der ihr anscheinend Antwort auf ihre stumme Frage liefert, denn sie lächelt kurz und nickt kaum merklich, ehe sie sich wieder an Charon wendet.

»Also Char«, beginnt sie und fängt mit einer Hand an, mir über den Rücken zu streichen. Meine Lider scheinen mit jeder Sekunde schwerer zu werden, und dass Mel nun anfängt, ihn über Football auszufragen, macht es nicht wirklich besser. Ich bekomme gerade noch mit, dass Charon etwas antwortet, doch seine genauen Worte verlieren sich im einsetzenden Schlaf.

Als ich wieder erwache, ist der Raum in sanftes Licht getaucht. Ich schrecke hoch, stelle beschämt fest, dass ich auf ihr Kissen gesabbert habe, und wische mir schnell den Speichel vom Mund, während ich mich umsehe.

»Gut geschlafen?«, fragt Mel mit einem Lächeln und schlägt ihr Buch zu. Sie sitzt am Schreibtisch. Von Charon fehlt jede Spur.

»Er ist ins Hieron gefahren, um Dak abzufangen«, erklärt sie. »Der ist mittlerweile auch wieder da. Wenn du willst, können wir direkt los.«

Ich schüttle den Kopf und setze mich auf, ehe ich mich strecke und herzhaft gähne. Anders als die letzten Tage fühle ich mich gut. Ausgeschlafen.

»Erst einmal will ich duschen«, murmle ich schließlich. »Der Tag ... die Tage waren schrecklich.«

»Willst du drüber reden?«

Wieder schüttle ich den Kopf, ehe ich aufstehe. »Ich geh eben duschen und meine Haare föhnen, dann klopfe ich und wir gehen rüber?«

»Klar, ich bin sowieso fertig.« Melinoë hält einen Moment inne, ehe sie mich noch einmal in den Arm nimmt. »Ich hasse es, dass du nicht mit mir reden konntest. Kann ich etwas tun, damit du das Gefühl fortan nicht mehr hast?«

Mir stockt der Atem. Kurz denke ich darüber nach, ihr von Namtar zu erzählen, sie darum zu bitten, die Obscura nicht alle über einen Kamm zu scheren, doch dann lasse ich es. Ich werde es ansprechen, wenn wir mit dem Protos reden. Das nehme ich mir fest vor.

Also verneine ich und verabschiede mich dann unter die Dusche, föhne meine Haare und ziehe ein Styx-typisches dunkelblaues Outfit an. Ich weiß nicht, wieso ich mir überhaupt Mühe gebe, mich als eine der ihren zu zeigen. Vielleicht erhoffe ich mir dadurch, dass Dakila mir mehr Gehör schenkt. Vielleicht versuche ich auch nur, mich selbst zu überzeugen. Doch als ich mein Outfit im Spiegel betrachte, kann ich nicht anders, als mich darin zu mögen.

In Gedanken noch einmal meine Initiationszeremonie zu erleben, an den Abend im Mint zu denken. Die Samstage im Hieron, seitdem ich aufgenommen wurde.

Ich seufze, dann werfe ich meine Lederjacke über und verlasse mein Zimmer, um Mel abzuholen. Und während wir gemeinsam zum Hieron laufen, wird mir bewusst, wie recht Namtar hatte: Ich stehe wirklich zwischen beiden Seiten, denn ich fühle mich beiden zugehörig. Nicht nur der Welt der Obscura, die so fremd und andersartig ist, sondern auch Styx und den anderen Kindern des Flusses. Ich bin eine von ihnen, das spüre ich in meinem Herzen.

Charon öffnet uns die Tür, noch bevor wir sie erreicht haben. »Kommt rein, Dak ist in der Bibliothek.«

»Auch schön, dich zu sehen«, erwidert Mel fröhlich, woraufhin er die Lippen aufeinanderpresst. »Wir haben gut hergefunden, danke.«

»Fühlst du dich besser?«, wendet Charon sich an mich, statt auf ihr Necken einzugehen. Melinoë stößt ihn kopfschüttelnd in die Seite, während ich nicke und ihr in die Eingangshalle folge.

Mel klopft an die Tür der Bibliothek und öffnet sie, ohne auf eine Antwort zu warten.

»Hallihallo«, begrüßt sie den Protos, während Charon und ich ihr folgen. Dakila sitzt in einem der Ohrensessel, den er nahe zum Erkerfenster gezogen hat. Auf seinem Schoß ruht das Grimoire von Großtante Gisela, das erkenne ich auf den ersten Blick. Ich stocke in meiner Bewegung und werde von Charon angerempelt, der einen Laut der Überraschung von sich gibt und meine Schultern umfasst.

»Guten Abend, Melinoë. Orphne.« Dakila betrachtet mich mit sorgenvollem Gesicht, dann lässt er das Grimoire zuklappen und legt es zur Seite.

»Soll ich dich tragen oder geht's wieder?«, raunt Charon in mein Ohr, und ich widerstehe nur knapp dem Reflex, mit dem Kopf nach hinten zu zucken und ihm damit wahrscheinlich die Nase zu brechen. Trotz der bissigen Bemerkung ist seine Berührung überraschend sanft, und ich trete schnell von ihm weg.

»Charon hat mich informiert, dass du über deine Tante sprechen willst?«, richtet der Protos das Wort an mich. Im goldenen Licht des Sonnenuntergangs wirkt seine bronzene Haut noch wärmer, und mir wird erst jetzt bewusst, wie lange ich geschlafen haben muss.

»Ich … Ja. Es geht um Obscura.« Ich hole tief Luft. Habe mir nicht überlegt, wie ich das Thema jetzt anfangen will und keine Zeit, darüber nachzudenken. »Um einen bestimmten Obscura. Und darum, wie Styx und Gisela zueinanderstanden.«

Stille legt sich über den Raum. Während ich von Melinoë und Charon genau das erwartet habe, überrascht mich Dakilas Reaktion umso mehr. Er betrachtet mich wortlos, beinahe so, als wäre er vollkommen überrumpelt, ehe er nickt und den Blick auf den Boden richtet.

»Ich hatte gehofft, dass wir um dieses Thema herumkommen«, sagt er düster, und ich kann nicht anders, als besorgt zu Melinoë zu gucken, die wie ich im Raum stehen geblieben ist.

»Wir sollten uns setzen.«

Charon legt sowohl mir als auch ihr eine Hand in den Rücken, doch ich bleibe stehen und fixiere angespannt den Protos, der noch immer den Teppichboden anstarrt, tief in seine Gedanken versunken, bis Mel sich in der Sitzecke niederlässt und ihn damit aufzuwecken scheint.

»Hast du Fragen?« Zuerst sucht er nach mir in der Sitzecke, doch dann schnellt sein Blick zu Charon und mir. »Willst du dich nicht lieber hinsetzen?«

»Nein«, erwidere ich. »Was ich will, ist eine Erklärung zu dem, was ich erfahren habe.«

»Was hast du denn erfahren?«

»Dass ihr Gisela ausgeschlossen habt. Dass sie als Halbhexe zwar willkommen war, nicht jedoch als ihre andere Hälfte. Nicht als Obscura.« Mein Blick gräbt sich in seinen, doch ich bin viel zu angespannt, um wegzuschauen. »Dass Styx und Gisela gestritten haben. Viel. Und es ging immer um Obscura.«

»Ich befürchte, dass du mir nicht glauben wirst, Orphne, aber das müssen alte Tagebücher sein. Sehr alte. Der Streit, auf den du dich beziehst …«

»Die Streits. Es waren mehrere.«

»Der Konflikt«, korrigiert sich Dakila. Sein Blick schnellt für einen Augenblick zu Charon, der mir kurz darauf beruhigend eine Hand auf die Schulter legt, die ich jedoch sofort abschüttele. »Es war ein Konflikt, der sich über mehrere Monate zog. Jahre. Und ich habe ihn bisher verdrängt, also verzeih bitte, dass mein Gedächtnis ihn nicht mehr perfekt kennt.«

Er macht eine Pause, sucht offensichtlich nach Worten, und seufzt schließlich ergeben. »Gisela war damals bereits ein Alumni und kein aktives Mitglied mehr, doch natürlich bleiben auch Alumni mit uns in Kontakt. Zu Harriet hatte sie lange kein gutes Verhältnis, und sie hat sich nicht wirklich zugehörig gefühlt. Das wusste ich. Wir alle. Nur wie verloren sie sich fühlte, das verstanden wir erst später.

Als sie anfing, ihre Stimme zu erheben und für die Obscura einzustehen, dachten wir uns nichts dabei. Sie hatte die Sechziger erlebt, die Siebziger. Wir alle wollten keinen Krieg. Freie Liebe. Es waren einfach andere Zeiten. Würde sich heute jemand für die Rettung der Obscura einsetzen, würden wir anders reagieren, alarmierter. Aber wir wussten es nicht besser.«

»Sie versuchte zwischen den Obscura und uns zu vermitteln, ich weiß. Wollte Diplomatin sein.«

Mein Einwurf lässt ihn verstummen. Wieder sammelt er sich einen Moment, in dem ich zu Charon blicke. Purer Horror steht ihm ins Gesicht geschrieben, und ich realisiere, dass er dem Protos nichts von meinem Versuch erzählt hat, die Obscura beim letzten Angriff mit Worten abzuhalten. Als der Fae bemerkt, dass ich ihn ansehe, zuckt er zusammen. Fragen sprechen aus seinem Blick, doch ich wende mich Dakila zu, der wieder zu sprechen ansetzt.

»Ich will nicht unnötig alte Wunden aufreißen, um damit Giselas Andenken zu beflecken. Damals konnten Obscura frei in unsere Welt übertreten, was sie natürlich genutzt haben. Auch die Prinzen der Obscura, die ihr Volk anführen. Die darauf warten, eine kraftvolle Seele zu finden, die sie überzeugen können, sich ihnen anzuvertrauen. Eine reine Energie, die sie in ihre Welt bringen können. Gisela war so jemand. Und ein Prinz hat sie gefunden und sich ihre Einsamkeit zunutze gemacht.«

Ich vergesse zu atmen. Halte einfach nur inne, starre den Protos an, versuche zu verarbeiten, was er gerade gesagt hat. Erst als meine Brust zu schmerzen beginnt, ziehe ich lautstark die Luft ein und keuche. »Was meinst du damit, eine reine Energie in ihre Welt zu bringen?«

»Prinzen werden dadurch zu Königen, dass sie die Energie eines Wesens unserer Welt in sich aufnehmen. Dafür müssen die Wesen hier jedoch losgelöst sein.« Dakila ist anzusehen, dass ihm das Thema unangenehm ist. »Deswegen steht in jedem Buch, dass wir nicht mit ihnen reden sollen. Aber das müsstest du gelesen haben, Orphne. Du hast die Bücher doch unlängst durchsucht?«

»Nein, dort stand nichts dazu«, widerspreche ich und hinterfrage wieder einmal meine Wahrnehmung. Werde ich verrückt? Halluziniere ich? Oder habe ich diese wichtige Stelle überflogen wie ein absoluter *Klutz*?

Den Protos erfasst mit meiner Aussage eine eigenartige Unruhe, die so gar nicht zu seiner sonst sehr entspannten Persönlichkeit passen will. Er steht auf, den Blick unverwandt auf mich gerichtet, doch als er einen Schritt macht und ich zurückweiche, bleibt er stehen.

»Dann lass mich dir sagen, dass Obscura-Prinzen Meister darin sind, sich einsame Seelen zu suchen und sie zu verdrehen. Ihnen einzureden, dass sie ihre wahren Freunde sind und dass es ihnen in ihrer Welt besser gehen würde. Dass sie gemeinsam regieren werden, als Könige, über einen Hof voll Luxus und Sünde. Aber sie lügen, um ihre Opfer zu überreden, ihren Körper aufzugeben. Und in deiner Großtante fand er eine willige Zuhörerin, die sich hier fehl am Platz fühlte. Als Harriet und ich der Sache endlich auf den Grund gingen, konnten wir sie gerade noch davon abhalten.«

»Ihren Körper aufzugeben?«, frage ich tonlos.

Dakila schluckt, und noch bevor er die Antwort ausspricht, realisiere ich, was er umschrieben hat. Weswegen er die Erinnerung an Gisela nicht beschmutzen wollte, und wozu Namtar sie beinahe getrieben hätte.

»Suizid zu begehen.«

20

Stolpernd kommt mein Herz fast zum Stillstand. Das Wort klingt in meinen Ohren nach wie ein Glockenschlag. *Suizid.* Er hat von Großtante Gisela verlangt, dass sie sich selbst tötet. Ich spüre, dass mir sämtliche Farbe aus dem Gesicht gewichen ist. Brechreiz steigt in mir auf, ein leeres Gefühl im Rachenraum, bleiern im Magen, beißend und doch zahnlos. *Bitte,* flehe ich meinen Körper an, *hör jetzt nicht auf zu funktionieren.* Ich atme zittrig ein und spüre eine weitere Woge der Übelkeit über mich rollen, erdrückend schwer.

Hätte ich Namtar zugesichert, dass ich meine Welt verlassen will, hätte er dann dasselbe von mir verlangt? Und, die viel dringendere Frage ... hätte ich es getan? So allein, wie ich mich in der letzten Zeit gefühlt habe? So verlassen und entfremdet von allen Menschen meines Umfelds? Ich habe bereits an Melinoë gezweifelt, die über Wochen für mich da war. Wie weit hatte er mich bereits eingesponnen in seinem Netz aus Halbwahrheiten?

Ich spüre, wie der Rand meines Bewusstseins sich immer weiter auflöst, immer mehr verschwindet und einer alles vernichtenden Dunkelheit Platz macht, die mich einnehmen will.

»Orphne, deine Tante traf keine Schuld«, deutet der Protos mein Schweigen komplett falsch. »Es ist wichtig, die Sympathie zu verstehen, welche die Obscura in einem auslösen können. Sie vergiften einen mit ihren Kräften, manipulieren unsere Wahrnehmung. Sie ernähren sich von Schmerz und dieser wird zwar oft aus körperlichem Leid geboren, ebenso häufig jedoch aus Angst und Zweifel, aus Liebe oder Stolz.

Deswegen ist es umso wichtiger, ihnen nicht zu trauen. Obscura lesen Emotionen und wissen ganz genau, wie sie Misstrauen säen können. Wie sie welches Gefühl erzeugen können. Und sie zögern nicht, sich zu nähren. Es ist ein perfides Spiel für sie, und zu Giselas Zeiten gab es keinen Charon in Styx. Sie fühlte sich allein und das hat der Prinz der Obscura ausgenutzt.«

Mein Blick schwankt zu Charon, der noch immer neben mir steht. Wie ein Fels in der Brandung, den es nicht interessiert, wie viele Wellen an ihm brechen. Doch ich bin kein Fels, ich werde weggespült und verliere mit jeder Sekunde mehr die Kontrolle über mich selbst. Nicht mehr lange, dann werde ich zusammenbrechen, das spüre ich deutlich.

Als Dakila einen weiteren Schritt auf uns zu macht, stolpere ich rückwärts.

»Orphne …«, beginnt er, doch ich schüttle den Kopf.

»Entschuldigt mich bitte«, stoße ich hervor, dann drehe ich auf dem Absatz um und schaffe es gerade noch so aus der Bibliothek in den Flur, bevor meine Knie unter mir nachgeben. Meine Schulter knallt schmerzhaft gegen die Wand und ich ächze, doch ich drücke mich wieder empor. Hinter mir höre ich dumpf, dass der Protos mit Charon und Mel spricht, ferne Stimmen, die ich kaum voneinander unterscheiden kann. Ich versuche sie zu ignorieren und kämpfe mich weiter durch den Flur. Mit jedem Schritt in Richtung Ausgang kehrt das Gefühl für meinen Körper zurück. Doch mit jedem Atemzug schnürt sich gleichzeitig mein Hals weiter zu.

Namtar hat mich nicht nur betrogen. Er hat sich von mir ernährt. Hat Zwietracht gesät, um sich an meinem Schmerz zu laben. Tränen steigen in mir empor, als ich endgültig realisiere, wie sehr er mich benutzt hat. Wäre er jetzt hier, hätte er ein Festmahl. Doch er ist es nicht. Ich bin allein mit all meiner Wut, meiner Angst, meinem Schmerz.

Fast allein. Ich höre Charons Schritte nicht, höre ihn nicht rufen, bemerke erst seine Anwesenheit, als er mich unsanft an der Schulter packt und von der Haustür zurückzieht.

»Scheiße Alma, hör auf, vor mir wegzulaufen!« Seine Hände schließen sich wie Schraubstöcke um mich, halten mich fest und zwingen mich dazu, mich zu ihm zu drehen. »Du kannst doch nicht …«

Er stockt, als unsere Blicke sich treffen. Als würde er erst jetzt realisieren, dass ich nicht aus Angst laufe oder weil ich überfordert bin, sondern weil der Schmerz mich aufzufressen droht. Die Pein. Die traurige Gewissheit, dass ich der falschen Person vertraut habe und beinahe mein Leben verdammt hätte. Wäre da nicht er, wäre da nicht Mel. Wäre ich allein, hätte ich mich dann bereits aufgegeben? Und wäre Namtar bei mir gewesen, um jede Sekunde meines Schmerzes aufzufressen wie eine Made im Speck?

»Willst du darüber reden?«, fragt er, als ihm bewusst wird, dass er mich anstarrt.

Ich schüttle den Kopf, habe einen viel zu großen Kloß in der Kehle stecken, als dass ich auch nur ein Wort herausbekommen könnte. Unter seinem Griff zittere ich wie Espenlaub und würde mich am liebsten losreißen, um mich irgendwo zu verstecken. Doch ich kann es nicht, und er lässt mich nicht los, sondern nickt nur und scheint zu überlegen, während seine dunklen Augen meine Tränen betrachten.

»Dann werde ich nicht fragen«, sagt er schließlich zögernd und lässt meinen Arm los, ehe er hinzufügt: »Aber allein lassen kann und will ich dich nicht. Nicht in diesem Zustand und nach solchen ... Nachrichten.«

Ich beiße mir auf die Unterlippe und schluchze, hasse es, dass er sich so verantwortlich fühlt und mit mir gestraft ist. Zerre an meinem anderen Arm wie ein bockiges Pony am Strick, doch sein Schraubstockgriff lockert sich nicht.

»Ich weiß einen schönen Ort, an dem wir Ruhe haben. Wo du nachdenken kannst oder dich ausweinen, und mich einfach ignorieren. Du musst mir nur versprechen, nicht wegzurennen.« Er fixiert mich ernst, doch ich kämpfe noch zu sehr mit seinen Worten, als dass ich antworten könnte. *Einen schönen Ort, an dem wir Ruhe haben*. Ist das sein Ernst?

»Ich hab dir bei meinem kleinen Finger geschworen, dass ich bei dir bleibe, egal was später rauskommt«, meint er, als hätte er meine Gedanken gelesen. »Und du siehst nicht so aus, als sollte man dich gerade allein lassen. Erst recht nicht mit einem Obscura-Prinzen, der dich womöglich verfolgt. Wir nehmen Daks Auto, dann sind wir freier.«

»Daks Auto ...?«, frage ich mit brüchiger Stimme. Ich räuspere mich und schlucke mehrfach, um gegen den Kloß anzukommen, und breche dann doch wieder in Tränen aus wie ein Kind. Wütend wische ich mir die verräterischen

Tränen von den Wangen und stoße ein »*Drek*« hervor, das Charons Mundwinkel zucken lässt.

»Mach dir keine Gedanken. Den Ärger handle ich mir ein, nicht du.« Er lässt mich los, vorsichtig und aufmerksam, doch ich bleibe bei ihm stehen. »Wein ruhig, Alma. Ich … Es stört mich nicht und ich halte den Mund, versprochen.«

Schniefend nicke ich, doch die Aussage hat tatsächlich meine Tränen versiegen lassen. Ich kann nicht anders, als ihn misstrauisch zu beäugen, was ihn grinsen lässt, ehe er ein »Komm, lass uns gehen« hinzufügt und losläuft.

Auf dem Weg raus schnappt er sich einen Schlüssel, der neben der Tür liegt, und als wir uns auf der Straße schließlich einem dunkelgrauen Ford nähern, lässt er diesen mit einem Knopfdruck anspringen. Skeptisch bleibe ich neben dem Wagen stehen, während er zur Fahrertür läuft.

»Hast du überhaupt einen Führerschein?«

»Klar«, erwidert er und lässt sich hinter dem Steuer nieder. Als ich nicht einsteige, öffnet er von innen die Tür und stößt sie auf. »Worauf wartest du? Steig schon ein, ich kann dir meinen Führerschein auch gerne zeigen.«

Ich gebe mir einen Ruck und setze mich, jedoch nicht, ohne ihn dabei mehrfach prüfend anzuschauen. »Und du willst jetzt mit mir das Auto des Protos entführen?«

»Ich fahr den Scheißwagen sowieso fast öfter als er«, murmelt Charon und stellt den Fahrersitz auf seine Größe um. »Keine Sorge, wirklich. Dak wird dir nichts vorwerfen, wenn überhaupt krieg ich den Ärger.«

Stumm schnalle ich mich an und bette dann die Hände in meinem Schoß, während Charon uns aus der Parklücke befördert. Es ist nicht, dass ich Angst vor Ärger habe, was mir die Sprache verschlägt, sondern viel mehr, dass Charon sich um mich kümmert. Ich versuche, den Weg zu erraten, auf dem wir uns befinden, denn er hat kein Navi eingeschaltet und scheint die Strecke auswendig zu kennen. Als wir nach einer Weile auf den Freeway fahren, halte ich es nicht mehr aus.

»Wo genau fahren wir hin?«

»Magst du keine Überraschungen?«, antwortet er mit einer Gegenfrage, die mein Herz stolpern lässt.

»Nicht von dir«, fiepe ich, woraufhin er lacht.

»Bernal Heights«, sagt er schließlich. »Also nicht weit, aber mit der Bahn um diese Uhrzeit scheiße zu erreichen. Und zurückkommen müssen wir ja auch noch.«

Seiner Aussage entnehme ich, dass er gerade nicht das erste Mal das Auto des Protos entführt. Da ich jedoch nicht weiß, was ich sonst noch sagen soll, schweige ich einfach und schaue in die immer schneller einsetzende Dämmerung draußen. Der Tag war verrückt, voll und ganz. Und mit jedem Stück, das wir unserem Ziel näherkommen, wird mir immer bewusster, dass ich einfach keine Kontrolle über irgendwas in meinem Leben habe – nur über mich selbst und das, was ich sage und tue.

Als Charon den Ford schließlich zum Halten bringt und den Wagen ausmacht, schrecke ich hoch. Vor der Windschutzscheibe schaut mir Gestrüpp entgegen, und ich brauche einen Moment, bis ich erkenne, dass wir vor einem riesigen, grasbewachsenen Hügel parken.

»Oh«, murmle ich, während Charon bereits seine Tür öffnet. »Du meintest den Bernal Heights Park mit dem schönen Ausblick?«

»Fast«, erwidert er und umrundet den Wagen, um mir die Tür zu öffnen.

Verwirrt schaue ich ihn an und schnalle mich ab, ehe ich aussteige und einen Schritt Abstand von ihm nehme. »Du machst mir langsam Angst mit deiner Freundlichkeit, Charon.«

Er zuckt mit den Schultern und beginnt langsam, den asphaltierten Weg den Hügel hochzugehen. »Du hattest heute genug Stress und Trubel, wenn ich dir jetzt auch noch Kummer bereite, dann häutet Mel mich.«

Ich muss lächeln, auch wenn es sich schwer auf meinen Lippen anfühlt. »Danke.«

»Dank mir gleich, wenn wir da sind«, sagt er und seufzt, ehe er sich bei mir unterhakt. »Erst mal müssen wir den Hügel rauf.«

Schweigend laufen wir die Schräge hinauf, wofür ich wirklich dankbar bin. Zwar ist die Nacht angenehm frisch und versorgt meine Lungen gut mit

Sauerstoff, die Anstrengung lässt mich aber dennoch beinahe schnaufen. Als wir schließlich den Gipfel erreichen, verschlägt mir der Ausblick dennoch den Atem.

San Francisco erstreckt sich in alle Richtungen, soweit das Auge reicht. In der rötlichpinken Dämmerung glitzern die Lichter der Häuser wie Sterne, erhellen den Himmel, auf dem die letzten Strahlen der Abendsonne kaum noch vorhanden sind. Ich will stehenbleiben, doch Charon zieht mich weiter, ein Grinsen auf den Lippen.

»Nur noch ein kleines Stück«, sagt er leise, ehe auch er den Blick auf die Stadt unter uns legt. Eigentlich will ich ihn fragen, wo er hinwill, doch als er mich über die Leitplanken des Weges zieht, erkenne ich sein Ziel. In der Windung des asphaltierten Wegs steht eine große, alte Pinie, wie sie typisch für Kalifornien ist. Diese hier jedoch ist eine Besonderheit, denn an einem ihrer dicken Äste hängt eine der in ganz San Francisco versteckten Schaukeln.

»Na? Zu viel versprochen?«, fragt er neckend und wartet, bis ich mich zögernd auf der Schaukel niedergelassen habe. »Wann immer ich Ruhe zum Nachdenken will, komme ich spätabends her.«

Stumm betrachte ich das Lichtermeer der Stadt, das sich wie Goldadern durch die Dunkelheit der einbrechenden Nacht zieht und in der Ferne von dunklem Wasser abgelöst wird, auf dem das Licht glitzert. Leichter Wind weht mir um die Nase, kühl und doch erfrischend. Das ausgedörrte Gras des Bernal Heights Hügels wirkt mittlerweile rötlich, fast so, als wären wir in einer Fantasy-Welt und nicht an der Westküste. Meine Finger klammern sich um die wettergegerbten Seile, mit denen das Schaukelbrett aufgehangen wurde. Die Atmosphäre ist seltsam gelassen hier oben. Nichts des typischen Chaos ist zu spüren und die Geräusche des Abends, die am Fuß des Hügels noch gut zu hören waren, scheinen jetzt ganz fern zu sein.

Ich zucke zusammen, als Charons Hände sich über meine an das Seil legen, und als ich seinen Atem an meinem Hals fühle, läuft mir ein Schauer den Rücken hinab.

»Wenn ich hier bin«, raunt er in mein Ohr, »dann fühle ich mich stets, als wären alle meine Sorgen winzig klein. Als wäre ich nur ein unbedeutender

Tupfer in Zeit und Raum, und das Universum interessiert sich nicht für meine Fehler. Ich bin ihm nichts schuldig und ich kann es nicht enttäuschen.«

Vorsichtig drehe ich mich zu ihm, betrachte sein Gesicht, das so nahe an meinem ist, dass ich jede Pore, jede Unreinheit erkennen kann. Seine dunklen Augen fixieren einen Punkt in der Ferne, verträumt und gleichzeitig bitter, doch auf eine grimmig-zufriedene Art und Weise.

»Dass alles okay werden wird und dass ich den Lauf der Zeit sowieso nicht aufhalten kann. Alles, was ich tun kann, ist morgen weiterzumachen, wo ich heute aufgehört habe.«

Er blinzelt und scheint meinen Blick zu bemerken, denn er dreht mir das Gesicht leicht zu und lächelt. Wenige Zentimeter trennen uns voneinander, überbrückbar innerhalb eines Wimpernschlags, doch wir rühren uns nicht.

»Das ist ganz schön düster«, wispere ich leise.

»Aber auch tröstend, oder?«

Sein Atem schlägt sich auf meiner Haut nieder, berührt meine Lippen und lässt sie kribbeln, sich nach seinen sehnen, nach der Erinnerung dieses Abends und dem Geschmack nach bittersüßen Orangen.

»Ganz egal, was wir getan haben ...«, flüstert er. Ich verstehe, was er damit sagen will, weiß, dass er mich beruhigen will wegen des Gesprächs mit dem Protos. Sehe, dass sein Blick auf meine Lippen wandert, die leicht offenstehen, erahne seinen nächsten Zug und schaffe es leider dennoch nicht, einfach die Klappe zu halten.

»Ich habe gelogen.«

Sein Blick schnellt wieder zu meinen Augen hinauf, überrascht von dieser Aussage. »Du hast ...? Wie meinst du das?«

»Gelogen. Euch nicht die Wahrheit erzählt.« Als wäre damit der Damm gebrochen, der meine gesamten Gedanken in mir gehalten hat, schaffe ich es nicht, an dieser Stelle aufzuhören und den Wortfluss zu stoppen. »Und jetzt bricht meine ganze Welt wieder einmal in sich zusammen und ich weiß nicht, was ich tun soll. Es ist alles meine Schuld.«

Charon bleibt ungewöhnlich locker. Vielleicht ist es der Anblick der Stadt, die sich unter uns erstreckt und die Nacht mit einem mesmerisierenden

Leuchten erfüllt, vielleicht hat er Mitleid mit mir. Vielleicht verliert er sich ebenso in meinen Augen wie ich mich in seinen. »Alma, beruhig dich erst mal – wobei hast du gelogen? Und wieso bricht deswegen deine Welt zusammen?«

Aber ich kann mich nicht beruhigen und ziehe tief und zitternd die Luft ein, während ich mit meinen Worten ringe. Meine Brust fühlt sich viel zu eng an, als würde ich gegen ein Korsett atmen müssen, das mir den Atem abschnürt. »Ich ... Mein Urgroßvater war mir bekannt, weil ... Mir wurde davon erzählt und ich dachte ... anfangs jedenfalls, da dachte ich es wäre eine Lüge. Aber dann hat Dak es bestätigt und plötzlich hat alles so viel mehr Sinn ergeben.«

»Alma«, flüstert er matt. Seine Hand lässt meine los, streicht meinen Rücken hinab, langsam und vorsichtig, als hätte er Angst, mich mit dieser ungewohnt sanften Berührung zu erschrecken. Sein Blick ist fragend, legt seine sonst so glatte Stirn in tiefe Falten.

»Ich fühle mich so verdammt einsam und verlassen«, bringe ich mit brechender Stimme hervor. Tränen sammeln sich in meinen Augenwinkeln, groß und rund, doch ich blinzle sie nicht weg. Fixiere weiterhin Charon, der meinen Schmerz auf seltsame Art und Weise widerzuspiegeln scheint und mich nicht verurteilt, obwohl ich genau das erwartet hätte.

»Ja, ich habe meine Eltern und meinen Bruder, die mich lieben, doch gehöre ich wirklich zu ihnen? Bin ich wirklich Teil dieser Welt? Oder lebe ich nur hier, damit sie mich nicht vermissen?«

Die Worte haben meinen Mund schneller verlassen, als ich sie gedacht habe, und kaum sind sie raus, fühlen sie sich schrecklich maßlos und falsch an. Mehr noch, sie verletzen mich selbst und ich sinke in mir zusammen, lasse die Seile der Schaukel los und vergrabe mein Gesicht in meinen Händen.

»Wieso bin ich so undankbar?«, flüstere ich leise.

Erschrocken zucke ich zusammen, als Charons Arme sich um mich legen. Sein Körper drückt sich gegen meinen Rücken, hält mich fest und gibt mir die Sicherheit, die ich seit Jahren suche und doch nie zu finden scheine. Und wenn es nur für diesen Moment ist. Ich lasse mich fallen in seiner Berührung, atme zitternd ein und aus, löse die Hände von meinem Gesicht und lege sie auf seine Arme, um ihn festzuhalten; bitte, flehe innerlich, dass er nicht loslässt, und merke, wie ausgehungert ich nach Berührungen bin. Und doch schäme ich mich gleichzeitig dafür, nicht stärker zu sein, mich so durch ihn stabilisieren zu lassen und diese Sicherheit nicht in mir selbst zu finden.

»Du bist nicht undankbar«, murmelt er mit den Lippen in meinen Haaren. »Du suchst nach deinem Platz, das ist normal.«

»Aber ich bin es nicht, Charon. Ich bin ein Teil der Obscura. Dak hatte recht, ein Prinz der Obscura greift mich an, doch ein anderer ...« Ich stocke. Spüre seinen Atem auf meinem Kopf und frage mich, ob er mich gleich von sich stoßen wird. Kriege es kaum hin, den Satz zu beenden, aus Angst vor dem Danach.

Doch ich muss es.

»Ein Prinz der Obscura hat mich besucht. Mehrfach. Er hat mir so vieles erzählt, so viele Dinge erklärt, die Styx mir verschwiegen hat. Mein Erbe, der Ursprung meiner Kräfte. Er hat mir von Großtante Gisela erzählt, so viele Dinge, und bis vorhin schienen sie alle wahr zu sein! Doch jetzt ... jetzt weiß ich gar nichts mehr. Wer bin ich wirklich? Wer war Gisela? Und wenn Namtar bezüglich des Endes ihrer Beziehung gelogen hat, wie viel war dann überhaupt wahr von dem, was er erzählt hat? Wie viel hat er erfunden, damit ich mir mein gottverdammtes Leben nehme?«

»Heilige Scheiße«, flüstert Charon. Er lässt mich los, doch nicht, um wegzugehen, sondern um vor mich zu treten, damit er mir ins Gesicht sehen kann. Besorgt, verletzt. Meinetwegen?

»Wieso hast du nicht mit uns darüber gesprochen?«, fragt er fassungslos, doch ich lache nur auf, was nahtlos in ein Schluchzen übergeht.

»Du bist so verdammt zweigesichtig. Ich weiß nie, woran ich bei dir bin. Gerade spreche ich mit demselben Mann, der mich im Mint geküsst hat und Fan der Cardinals und 49ers ist, aber wer weiß, wie lange noch?« Ich schüttle den Kopf. »Morgen früh kriege ich wahrscheinlich wieder einen finsteren Blick und nichts als Hohn und Spott.«

Er schweigt. Schock zeichnet sich deutlich auf seinen Zügen ab, lässt ihn um Jahre jünger aussehen, als wäre er selbst kaum älter als ich – und nicht minder verloren in dieser Welt. Durch die Schräge ist er einen halben Kopf kleiner als ich, und ich schaue auf ihn hinab, das Lichtmeer San Franciscos als wunderschöne Kulisse im Hintergrund. Bis er schließlich vortritt, die Entfernung zwischen uns überbrückt, die Hände auf meine Wangen legt und mich küsst.

Sein Kuss hat nichts von jenem, den er mir im Mint gestohlen hat. Kein Hunger nach mehr, keine Leidenschaft, kein Sturm der Gefühle auf meinen Lippen. Er ist sanft, beinahe vorsichtig, warm und weich und tröstend. Seine Hände streichen an meinem Hals hinab und verlassen meinen Körper kurz, um sich um meine Taille zu legen und mich an ihn zu ziehen. Wie automatisch legen sich meine Arme um seinen Hals, doch ich erwidere den Kuss nur halbherzig.

»Wieso machst du das?«, flüstere ich gegen seine Lippen.

»Weil ich ein gottverdammter Idiot bin«, antwortet er bitter, »der nie gelernt hat, wie man sich richtig verhält.«

Er lockert seine Umarmung und lässt eine Handbreit Platz zwischen unseren Gesichtern. Melancholie spiegelt sich auf seinen Zügen wider, Schmerz und Angst, während ich fragend die Augenbrauen zusammenziehe und versuche, nicht zu weinen.

»Ich habe meine Eltern früh verloren«, setzt er stockend an. »Wie alt ich genau war, weiß ich nicht. Vier? Fünf? Sie ... sie haben einen Deal gemacht und konnten ihren Teil der Abmachung nicht erfüllen. Fae-Sachen. Und sie waren ... plötzlich einfach weg. Und ich war allein.«

Entsetzt höre ich ihm zu, weiß nicht, was ich sagen soll, sagen kann. Es klingt unglaublich, und doch weiß ich ganz genau, dass er nicht lügt.

»Eine ganze Zeit lang war ich auf der Straße. Bin nur knapp der Polizei entgangen, weil meine Kräfte mich gerettet haben. Hab gestohlen und gebettelt, aber nicht mit den Menschen gesprochen, weil ich Angst hatte, auch von ihnen genommen zu werden wie meine Eltern. Bis ich irgendwann meine Kräfte nicht mehr richtig kontrollieren konnte und mitten im Sommer einen Streifenwagen eingefroren habe. Daraufhin hat Dak mich gefunden.

Er hat mich mitgenommen und sich mit den anderen Paranormalen darum gekümmert, dass ich wieder in die Gesellschaft finde. Ich war zu dem Zeitpunkt irgendwas zwischen Kind und Teenager, rebellisch wie sonst was. Nicht sozialisiert. Dak hat bis heute eine Narbe an seinem Unterarm, weil ich ihn gebissen habe, als er mich festhalten wollte.«

Er lacht leise, als ich die Augen aufreiße. »Ich meine es ernst, ich habe nie gelernt, wie man sich richtig verhält. Gegenüber Menschen, gegenüber anderen Paranormalen. Mit den Jahren bei Dak und Styx habe ich angefangen, es zu lernen, ja. Aber erst mit Chad und später Mel habe ich gelernt, wie man Freundschaften zulässt.«

Er macht eine Pause und ich sehe ihm an, dass er etwas sagen will, aber nach Worten ringt. Schließlich seufzt er resigniert und schaut wieder auf meine Lippen.

»Wann immer ich konnte, hab ich Leute von mir weggestoßen. Mädchen kamen und gingen in Styx, und einige hatten Interesse an mir, aber ich habe sie nicht wirklich … gemocht? Also schon, auf einer Akzeptanz-Ebene, aber nicht … nicht so wie dich.«

»Das ist nicht dein Ernst«, hauche ich. Starre ihn zweifelnd an, fassungslos, überfordert von der wilden Geschichte.

»Ich hatte so was nie, okay?« Für eine Sekunde sehe ich, wie er sich verteidigen will, doch dann drängt er den Impuls zurück und atmet tief durch. »Scheiße, ich hatte nie das Bedürfnis, jemanden zu umarmen. Klar, ich war ein Teenager, ich hatte – habe – meine Bedürfnisse. Aber nach Nähe? Nein.«

»Das ist die bescheuertste Erklärung, die ich je gehört habe.« Meine Stimme ist ein Wispern, das ich nicht kontrollieren kann. Charons Blick trifft mich, verletzt und dennoch akzeptierend, doch als er seine Arme von meiner Taille nehmen und zurücktreten will, halte ich ihn fest. »Wie im Kindergarten? Er ärgert dich, weil er dich mag?«

»Nein. Weil er nicht weiß, wie man sich anders verhält«, antwortet er resigniert. »Weil er jahrelang diese Mentalität hatte. Nie eine Gelegenheit, lieb zu sein. Sanft oder freundlich. Ich musste von klein auf aggressiv sein, damit niemand auf die Idee kommt, mir wehzutun.«

Ich nicke schweigend, kann mir nicht vorstellen, wie es sein muss, auf der Straße aufzuwachsen, ohne Eltern und ein Zuhause, stets auf der Flucht. Nie umarmt zu werden, bis ein zwei Meter großer Riese mit langen Haaren und Bart dich von der Straße pflückt und in eine Verbindung mitnimmt, die so ... seltsam ist.

»Und dann bist da plötzlich du, eine *femme fragile* wie sie im Buche steht ... In sanfte Helligkeit gehüllt warst du es doch nicht.« Kurz stockt er, als wäre er über diese seltsame Formulierung gestolpert, dann stöhnt er und fährt fort. »Mit jeder Barriere, die ich durchbrochen habe, floss mehr und mehr Dunkelheit aus deinem Inneren. So viel Schmerz, so viel Angst. Dabei siehst du so zart aus, als würden deine Adern Blumen bluten. Und alles, was ich wollte, war dabei *nichts* zu empfinden. Plötzlich kämpfe ich mit diesen Gefühlen in meiner Brust, in meinem Kopf. Diese dummen Schmetterlinge, wenn du mich mit großen Augen anschaust. Auf einen Schlag verstehe ich, was Fitzgerald meint, wenn er über diese Art Anziehung schreibt, die zwischen seinen Charakteren existiert.«

Er pausiert und einen ewiglangen Moment schauen wir uns einfach nur an, wortlos, überwältigt davon, was da gerade zwischen uns geschieht. Ich habe keine Ahnung, was ich darauf antworten soll, bin absolut erdrückt von der ... Liebeserklärung?

»Ich wollte dich nicht mögen«, sagt er schließlich. Zieht mich fester an sich, entschlossen, mich nicht gehen zu lassen. Die Nacht ist mittlerweile viel zu kalt, und ich bin dankbar für seine Körperwärme, die mich vorm Frieren schützt.

»Hab ich gemerkt.«

»Ich habe keine Ahnung von Liebe oder Beziehungen. Hab immer alles abgelehnt, was mir näher kam oder kommen wollte. Und damit war ich zufrieden, also entschied ich mich, dich ebenfalls zu vergraulen. Aber diese beschissene Anziehung hörte einfach nicht auf, und dann kam der Abend im Mint. Und der Alkohol. Und Chad, dieser miese kleine Verräter, der ganz genau wusste, dass ich nicht mit dir allein sein wollte. Nicht allein sein konnte, erst recht nicht vom Alkohol losgelöst.«

Er schaut mich an, der Blick getrübt von Unglück. »Der ganze Abend liegt im

Nebel, nur du nicht. Wie du mich angesehen hast. Wie deine Lippen geschmeckt haben. Und ich habe mich dafür gehasst, dass ich mehr davon wollte. Dich wieder küssen wollte. Also habe ich mich auf den Hass fixiert und ihn ausgelebt. Weil ich nicht damit umgehen konnte, Gefühle zu haben, die mir Angst machen. Angst davor, wieder allein zu sein. Weil du mich jederzeit ablehnen kannst, jetzt, wo du alles weißt, und ich könnte nichts dagegen tun.«

»Du bist so ein *Schmock*«, wispere ich und schüttle den Kopf. Auf seinen fragenden Blick hin füge ich hinzu: »Ein dickköpfiger Idiot.«

»Könnte ich mir auf die Stirn tätowieren lassen«, erwidert er nonchalant, ehe sich Sorge auf seinem Gesicht abzeichnet. »Heißt das, ich sollte dich jetzt loslassen und nach Hause bringen?«

»Ja. Nein. Ich weiß nicht«, gebe ich zu. »Ich habe nicht damit gerechnet, dass ich dir alles gestehe, was ich verheimlicht hab, und du mit einer Liebeserklärung reagierst.«

Er zuckt zusammen. »Ich ... ich weiß nicht, ob ich dich ... liebe.«

»Zuneigungserklärung.«

»Besser«, erwidert er mit einem schwachen Lächeln. »Aber ich weiß, dass du von den Obscura hinters Licht geführt wurdest, Alma. Egal, was dieser Prinz dir gesagt hat. Du gehörst nicht zu ihnen, du bist eine von uns. Und wir werden dich nicht verlassen.«

Für einen Moment zögert er, dann seufzt er und zieht mich fester in seine Arme, während er hinzufügt: »*Ich* werde dich nicht verlassen. Oder verstoßen. Oder noch mal so ein *Schmock* zu dir sein, wenn ich es irgendwie verhindern kann.«

Mein Blick wandert über die glitzernden Lichter des nächtlichen San Francisco und dann hoch in den Himmel, der von Lichtsmog verhangen ist. Als Charon die Umarmung löst, rutsche ich von der Schaukel.

»Okay«, flüstere ich und schaue ihm in die Augen. »Aber Charon, was mache ich jetzt mit Namtar? Was mache ich mit der Anderswelt?«

Verzweiflung macht sich in mir breit, treibt wieder dicke Tränen auf meine Wangen, doch Charon streicht sie weg, ehe er mir einen kurzen Kuss auf die Stirn gibt.

»Heute gar nichts mehr. Und morgen sprechen wir mit Dak darüber. Wir sind bei dir und wir helfen dir mit jeder Entscheidung.«

»Okay … können wir gehen? Mir ist echt kalt.« Ich trete von einem Bein auf das andere, nicht nur wegen der Kälte, sondern auch, weil ich aufs Klo muss, auch wenn ich das nicht zugeben möchte.

»Natürlich.« Mit absoluter Selbstsicherheit greift er nach meiner Hand, bevor ich sie in meine Tasche stopfen kann. »Wenn du damit einverstanden bist, kannst du die Nacht im Hieron verbringen. Dak wird wahrscheinlich schon schlafen, wenn wir zurück sind, aber dann kannst du morgen früh direkt mit ihm sprechen.«

»Und wo soll ich da schlafen? In deinem Bett?«, frage ich. Was eigentlich ironisch gemeint war, klingt durch die fehlende Betonung nach einer ernsten Frage und mein Gesicht brennt vor Scham auf, als mir die letzte Stunde erneut durch den Kopf rast. Charon wirft mir einen überraschten Blick zu, muss jedoch grinsen, als er meinen gequälten Ausdruck erkennt.

»Ich hätte dich sehr gerne in meinem Bett, wenn du das möchtest«, erwidert er. »Aber wir haben auch Gästezimmer, von denen du sicher eines beziehen könntest. Es ist deine Entscheidung.«

21

Sanft fällt Morgensonne durch das fleckige Glas des Fensters neben dem Bett, kitzelt meine Nase und lässt mich niesen, ehe ich seufzend die Augen öffne. Mein Blick streicht über die weiche Kontur eines Schlüsselbeins, eine nackte Schulter und trifft schließlich auf die raue Tapete an der Wand.

»Gesundheit«, murmelt Charon leise und ich gebe ein ebenso leises Murren zurück.

»Bist du schon lange wach?«

»Geht. Ich hab versucht, meinen Arm zu befreien, aber ich wollte dich nicht wecken«, erwidert er und hält mich fest, als ich mich aufsetzen will. »Jetzt ist er eh abgestorben, alles gut.«

Ich seufze, diesmal lauter, aber bleibe in seinen Armen liegen. Nichts als der dünne Stoff eines übergroßen T-Shirts trennt unsere Haut voneinander, ein provisorisches Nachthemd, nachdem ich mich gestern dazu entschieden habe, tatsächlich das Bett mit ihm zu teilen. Es fühlt sich bizarr an, seinen Körper so eng an meinen gekuschelt zu fühlen, doch das schmale Einzelbett lässt eine weniger kuschelige Position nicht zu.

Vorsichtig schmiege ich meinen Kopf in die Mulde zwischen seiner Schulter und seinem Hals. Beschweren will ich mich über den wenigen Platz gar nicht, denn immerhin fühle ich mich so sicher. Der bloße Gedanke daran, in mein Zimmer im Manzanita zurückzukehren, hatte mich am gestrigen Abend mit so viel Horror erfüllt, dass ich mich kurzerhand dazu entschieden habe, zu bleiben. *Die richtige Entscheidung,* denke ich mir, während Charons freie Hand über meinen Arm streicht. Ich spüre seinen Herzschlag, kräftig und beständig. Die ganze Szene ist so idyllisch wie schon lange nichts mehr in meinem Leben, und am liebsten würde ich für immer mit ihm liegen bleiben und Zärtlichkeiten austausche. Insbesondere, als er mir einen Kuss auf die Stirn haucht und dann die Wange auf meinen Kopf legt.

»Ich hab nicht damit gerechnet, jemals so aufzuwachen. Mit dir in meinen Armen.« Sanft drückt er meinen Körper enger an sich und hält mich fest, als fürchte er, mich sonst zu verlieren.

»Geht mir nicht anders«, flüstere ich zurück. »Ich dachte, du kannst mich nicht ausstehen, weil ich zu schwach bin.«

»Bullshit«, knurrt er. »Du bist sanft, ja, überemotional und eher zurückhaltend, aber das macht dich doch nicht schwach.« Wieder drückt er mich, ehe er mit einem Glucksen hinzufügt: »Bei unserem ersten Training hast du mir ganz schön die Fresse poliert, das kannst du doch nicht vergessen haben?«

»Natürlich nicht!«, lache ich. »Du hattest die ganze nächste Woche ein blaues Auge.«

»Tat echt weh.« Er lächelt, das spüre ich. »Aber war wohl verdient.«

»Auf dem Heimweg damals habe ich Namtar das erste Mal getroffen«, gebe ich leise zu. Charons Lächeln erstirbt und sein Griff wird fester. Fürchtet er, dass ich aufstehe und wegrenne?

»Hätte ich dich nicht so behandelt, wäre das alles gar nicht passiert.« Die Erkenntnis spricht bitter aus ihm, tüncht seine eben noch warme Stimme in Eiseskälte.

»Er hätte sicher eine andere Gelegenheit gefunden.«

»Vielleicht«, murmelt Charon. Er will noch etwas hinzufügen, doch ein Klopfen an der Tür lässt uns beide zusammenschrecken.

»Charon, bist du wach?«, höre ich Dakilas Stimme. Kurz darauf ertönt das typische Geräusch seiner E-Zigarette.

»Ja, wieso?«, ruft Charon zurück und hält mich in seinen Armen fest, als ich mich aufsetzen will. »Was gibt's, alter Mann?«

Zu meinem Horror öffnet Dakila die Zimmertür und lässt vor Schreck seinen Vaporizer fallen, als er mich erkennt. Wir starren einander an und die Zeit vergeht im Schneckentempo, bis er endlich den Blick von mir abwendet und Charon fokussiert.

»Das wird hoffentlich nicht zur Gewohnheit«, meint er trocken, ehe er fortfährt. »Ich wollte dich eigentlich losschicken und Orphne holen, aber du bist mir anscheinend zuvorgekommen.«

»Du wolltest sie sicher haben, wo ist sie bitte sicherer?«, entgegnet Charon nicht minder nüchtern, während ich den Drang unterdrücke, mich zu entschuldigen.

Der Protos bückt sich, um seine E-Zigarette aufzuheben, zieht aber Gott sei Dank nicht daran. »Ich würde euch bitten, euch anzuziehen und dann runterzukommen. Melinoë ist auch auf dem Weg. Nach den Schrecken des gestrigen Tages, will ich heute die Neuigkeiten von gestern mit euch teilen. Und … Orphne …«

»Ja?« Angestrengt versuche ich, nicht allzu schuldbewusst auszusehen. Warum habe ich das Gefühl, wie ein Teenager im Bett meines verbotenen Freundes aufgewacht zu sein? Oder bin ich die verbotene Freundin?

»Es wird um Gisela gehen, also bereite dich darauf vor.« Er bedenkt mich mit einem bedeutungsschweren Blick, während er mit dem Mundstück des Vaporizers gegen seine Lippe tippt. »Ich war gestern bei Harriets Zirkel und habe das Grimoire geholt, wie du vielleicht gesehen hast. Es sind keine guten Nachrichten.«

Charons Fingernägel kraulen sanft über meine Haut, zwingen mich dazu, mich nicht direkt in schrecklichen Szenarien zu verlieren und wenigstens »okay« zu fiepen. Dann verlässt der Protos das Zimmer und schließt die Tür hinter sich.

Mit einem Stöhnen fällt die komplette Anspannung von mir ab, nicht jedoch, ohne mir Tränen in die Augen zu treiben. Ich vergrabe das Gesicht erneut in Charons Schulter und fluche.

»Das wird schon, irgendwie«, flüstert er in mein Haar und streicht mir über den Rücken. »Wir sollten jetzt allerdings aufstehen, damit Mel uns nicht so findet.«

Eine Viertelstunde später sitzen wir in der Küche des Hierons, von der ich bisher nicht einmal wusste, dass sie existiert. Statt des dunkelblauen Rollkragens von gestern trage ich einen Pullover von Charon, der mir etwas zu groß, dadurch jedoch umso bequemer ist. Als Mel zu uns stößt, bemerkt sie es sofort und wirft Charon einen vielsagenden, amüsierten Blick zu, den dieser komplett ignoriert.

»Tee, meine Liebe?«, fragt Dakila sie und schenkt mir ungeniert nach, auch wenn ich gar keinen wollte. Der bittere Geschmack des Tees liegt mir noch immer auf der Zunge, obwohl ich bereits mehrfach mit Wasser nachgespült habe. Auch Mel kann sich nicht gegen die Gastfreundschaft des Protos wehren und prostet mir missmutig mit der Tasse zu.

»Du bist gar nicht nach Hause gekommen, nehme ich an?« Sie nippt an ihrem Tee und schaut mich über den Rand der Tasse hinweg an, verzieht jedoch das Gesicht, als der bittere Tee ihre Zunge berührt.

»Was sind denn nun die Neuigkeiten, Dak?«, leitet Charon das Gespräch direkt um, sobald der Protos sich am Küchentisch niedergelassen hat. Es ist ein kleiner, runder Tisch, und ich kann mir gut vorstellen, wie Charon und Dak hier zu zweit frühstücken. Zu viert finden wir jedoch kaum Platz.

»Ich habe es gestern bereits mit Melinoë besprochen, nachdem ihr verschwunden seid – das wird übrigens noch ein Nachspiel haben, Charon –, doch ich wiederhole es gerne noch mal.« Der Protos nimmt einen großzügigen Schluck von dem Höllentee, ohne mit der Wimper zu zucken. »Harriets Zirkel hat die Abwehrzauber lichten können, die auf dem Buch lagen, doch dabei sind einige Seiten komplett schwarz geworden und kein Zauber konnte sie wieder herstellen. Die restlichen Seiten beschäftigen sich mit ganz normalen Sprüchen, also vermutet Harriet, dass es sich um genau die Zauber handeln wird, mit denen Gisela versuchte, den Prinzen zu befreien. Aus welchen Gründen sie das getan haben sollte, ist uns jedoch nach wie vor schleierhaft.«

»Wenn Gisela und Namtar sich wirklich zerstritten haben«, fange ich an, stocke jedoch, als Dakila die Augen aufreißt.

»Ich habe nie einen Namen erwähnt.«

»Er hat mich kontaktiert«, gebe ich zu. »Das wollte ich eigentlich heute mit dir besprechen.«

Wut blitzt in den Augen des Protos auf, rot und hitzig, lässt seine Iriden für einen Moment die Farbe von Feuer haben und ich zucke zurück, doch sie richtet sich nicht gegen mich. Stattdessen schwankt sein Blick zu Charon, der abwehrend die Hände hebt.

»Wie konnte ein Prinz der Obscura sie kontaktieren, Charon?! Du solltest bei ihr sein! Das war deine einzige Aufgabe, *sie vor einer Kontaktaufnahme zu bewahren*!«

»Ich konnte sie doch nicht *stalken*«, verteidigt er sich mit bitterer Stimme, doch als der Protos mit der flachen Hand auf den Tisch schlägt und das Geschirr zum Klirren bringt, schrecken sowohl Mel als auch Charon und ich zusammen.

»Protos, ich …«, setze ich an, doch er beachtet mich nicht.

»Du solltest sie zu jeder Zeit vor einem Kontakt mit Obscura bewahren! Habe ich mich nicht deutlich ausgedrückt?«, brüllt er mit viel zu lauter Stimme.

»Nein!«, bellt Charon zurück. »Und genau deswegen sitzen wir in dieser Bredouille, Dak!«

Ich klammere mich an die Tischplatte, um an irgendetwas Halt zu finden, habe Angst, dass einer der beiden gleich aufstehen und dem anderen eine reinhauen wird. Charon würde dabei definitiv den Kürzeren ziehen. Den Protos umgibt wieder diese Zwei-Meter-Monstrum-Energie, die er bereits im Atrium bei der Verkündung hatte. Ein wütendes, reißendes Biest, das einem mit bloßer Muskelkraft den Kopf abreißen könnte. Charon und er liefern sich ein Blickduell, während ich panisch zu Mel schaue, die genauso geschockt zwischen mir und dem Protos sitzt.

»Alma, was wolltest du eben sagen?«, reißt Charon mich von ihr los.

»Nichts«, erwidere ich instinktiv. »Schon gut.«

Angst erfüllt mich, als der Blick des Protos sich auf mich legt. Dann jedoch wird er ruhiger, faltet die Hände auf dem Tisch und atmet tief ein und aus, ehe er den Kopf in den Nacken legt und diesen knacken lässt.

»Es ging nie darum, dich vor einem weiteren Angriff zu schützen, Alma. Wir hatten gedacht, dass kein Obscura so lebensmüde sein würde, dich anzugreifen, wenn du offensichtlich zu Styx gehörst. Umso gefährlicher war der Kontakt durch Namtar, insbesondere im Hinblick auf … auf das, was mit Gigi passiert ist. Was wollte er von dir?«

»Dasselbe wie von Gisela. Dass ich seinem Volk helfe. Macht.« Ich zucke mit den Schultern, als Mel mich mit offenem Mund anstarrt. »Er meinte, ihr würdet mich als Teil-Obscura niemals akzeptieren, so wie ihr Gisela niemals akzeptiert habt. Und als ich dir Fragen gestellt habe, Protos, hast du dazu geschwiegen.«

Unter dem Tisch legt Charon mir eine Hand aufs Knie und drückt es bestärkend, während Dakila mich ausdruckslos anschaut und dann nickt.

»Das ist wohl wahr.« Er macht eine Pause, in der er seine E-Zigarette hervorholt, sie dann jedoch nach eingehender Betrachtung auf den Tisch legt. »Ich war zu stolz, die Fehler meiner Vergangenheit zuzugeben, und zu leichtgläubig, mit Charon an deiner Seite eine Wiederholung verhindern zu können.«

»Namtar hingegen hat offen und herzlich von Großtante Gisela erzählt«, sage ich bitter. »Er hat sogar hebräisch mit mir gesprochen. Es wirkte so, als wären sie eng miteinander verbunden gewesen, bis die Hexen ihn verbannt haben.«

»Dieser elende Wicht«, brummt der Protos. »Er hat dich belogen, Orphne. So viel kann ich dir sagen. Es waren nicht die Hexen, die ihn verbannt haben. Die wüssten nur zu gerne, wie man die Anderswelt versiegelt. Und auch, wenn Gigi sich lange Zeit nicht mit uns verbunden gefühlt hat, so war sie die letzten zwanzig Jahre ein treues Mitglied unserer Gemeinde, das sich sehr wohl gefühlt hat.«

Er wischt sich seufzend über die Augen, ehe er mich ernst fokussiert. »Und ich hoffe sehr, dass auch du diesen Weg für dich finden wirst, Orphne. Ich kann nicht glauben, dass ich denselben Fehler wieder gemacht habe. Es tut mir leid.«

»Glaub es besser, alter Mann«, knurrt Charon, woraufhin er den Blick abbekommt, der eben noch mir gegolten hat.

»Du hättest mit mir sprechen müssen«, fügt der Protos hinzu.

»Er war die andere Seite des Fehlers«, wirft Mel mit schneidender Stimme ein. »Glaub mir, Dak, er hat genauso Mist gebaut wie du.«

Kurz herrscht Stille, bis ich leise frage: »Was sind denn nun die Neuigkeiten?«

»Das Grimoire ist unbrauchbar geworden«, wiederholt Dakila. »Harriet und der Zirkel wissen nicht, wie man den Übergang in die Anderswelt manipuliert. Darum müssen wir mit Gisela sprechen.«

»Aber … sie ist tot«, sage ich mit dumpfer Stimme.

»Deswegen ist Melinoë hier.«

Verwirrt schaue ich vom Protos zu Mel, deren Augen stark zittern. Sie streicht sich eine dunkelbraune Haarsträhne aus dem Gesicht und lächelt unglücklich. »Ich bin eine Art Medium, erinnerst du dich?«

»Du … du kannst ihren Geist beschwören?« Mir klappt der Mund auf.

»Nein«, erwidert sie mit einem Seufzen. »Es gibt keine Geister von Verstorbenen, wie sie in Horrorfilmen oder so existieren.«

»Oh«, murmle ich und sinke in mich zusammen. Für einen Moment hatte ich die Hoffnung, meine Großtante ein letztes Mal sehen zu können.

»Melinoë kann eine vergangene Version von ihr widerspiegeln.« Der Protos räuspert sich und lehnt sich vor. »Hast du gefunden, was du brauchst?«

Mit großen Augen starre ich meine Mitbewohnerin an. »Wieso hast du das nicht schon längst gemacht?«

»Weil es nicht so einfach ist, Alma«, erwidert sie. Schmerz klingt in ihrer Stimme mit, offensichtlich habe ich sie mit der anklagenden Frage verletzt. Doch da ist noch mehr. Ist es Sorge? Oder Furcht? Mel bricht den Blickkontakt, ehe ich es herausfinden kann, und atmet zitternd aus.

»Es ist nicht nur schwierig, sondern auch gefährlich für das Medium«, erklärt der Protos. »Wenn sie sich verschätzt und zu viel Kraft darauf verwendet, die Projektion aufrecht zu erhalten, kann Melinoë leicht dabei versterben. Und sollte die Projektion die Kontrolle übernehmen …«

»Ich verstehe«, wispere ich und greife nach Mels Arm. »Es tut mir leid, du musst das nicht …«

»Doch«, unterbricht sie mich, greift jedoch nach meiner Hand und hält sie fest. »Dak hat mich darum gebeten, damit wir mehr über die Barriere erfahren, die sie gelöst hat. Wir müssen das Risiko eingehen … ich muss das Risiko eingehen.«

Mein Herz sinkt, doch ich nicke. Ich verstehe den Nutzen, doch fürchte das Risiko. Was, wenn Mel etwas passiert? Was, wenn sie … Ich will gar nicht daran denken. Obwohl sie erst seit wenigen Monaten Teil meines Lebens ist, kann ich mir einen Alltag ohne sie nicht mehr vorstellen. Allein der Gedanke daran lässt ein beklemmendes, schmerzhaftes Gefühl in meiner Brust entstehen.

»Was ist mit deinen Eltern, Mel? Wäre es nicht besser, wenn ...«, beginne ich, doch sie schneidet mir das Wort ab.

»Nein. Je mehr Verbindung zu der Projektion besteht, desto einfacher ist es, sie aufrecht zu erhalten, und ich bin Gisela durch dich näher als meine Ma.« Sie lächelt. Es ist ein schwermütiges, trauriges Lächeln, das mir die Tränen in die Augen treibt, und ich kann nicht anders als ihr um den Hals zu fallen. Sie schließt mich in die Arme und ich rieche wieder ihr Parfüm, holzig und doch pudrig-sanft. Dann lösen wir uns voneinander und Mel schaut ausdruckslos zum Protos.

»Wir können meinetwegen beginnen.«

»Moment«, erwidert dieser und beginnt, mit Charon den Tisch abzuräumen. Ich halte derweil Mels Hand in meiner und versuche, nicht ohnmächtig zu werden. Sie wird Gisela beschwören. Wie wird das aussehen? Wird sie als blasse, weiße Gestalt über uns schweben, eine Manifestation ihrer ehemaligen Form? Oder wird sie Mels Körper besetzen und durch sie sprechen, wie man es aus Horrorfilmen kennt? Brauchen wir ein Ouija-Brett?

Die Fragen verstummen erst, als der Tisch leer ist. Dakila und Charon sitzen wieder bei uns, als Mel die Hände auf der Platte ineinander verschränkt wie zu einem stummen Gebet, und konzentriert die Augen schließt.

Gespannt schauen wir zu, wie sie einige Sekunden komplett still dasitzt, nichts sagt, ja nicht einmal zu atmen scheint. Als sie schließlich die Augen öffnet und in die Runde blickt, will ich schon fragen, ob es nicht geklappt hat, doch dann erkenne ich, dass etwas an ihr anders ist.

Ihre Iriden zittern nicht. Und noch ehe Mel einen Ton von sich gibt, sehe ich auch, dass es nicht ihre typischen sturmgrauen Augen sind, die mich fokussieren, sondern hellblaue Iriden mit einem forschen Blick.

»*Almale,* was ist denn ... Himmel, bin ich im Hieron?«, fragt eine dunkle, rauchige Stimme, die aus Mels Mund zu kommen scheint und deutlich nicht die ihre ist.

Ich reiße die Augen auf und klammere mich an Charons Arm, brauche etwas oder jemanden, der mir Halt bietet.

»Gigi«, richtet der Protos das Wort an sie, und Mels Körper wendet sich in seine Richtung. Auf ihrem Gesicht erscheint ein Ausdruck von Ablehnung, der ebenso wenig zu ihr passt wie die Stimme.

»Dak, was ist hier los?«, verlangt sie zu wissen. »Und wag es nicht, deine *Kapre*-Finger nach mir auszustrecken!«

»Das würde ich nicht wagen. Schau bitte an dir hinab und erkenne, dass du nicht in deinem Körper steckst«, sagt der Protos nüchtern. »Du bist verstorben.«

Mel reißt die Finger auseinander, schaut geschockt an sich hinab und stößt dann *»oy veh iz mir«* hervor, was mich direkt in Kindertage zurückversetzt. Ich schlage eine Hand vor meinen Mund, um nicht zu schluchzen, was Charon dazu bringt, mich in den Arm zu nehmen.

Mels ... nein, Großtante Giselas Blick schnellt zu uns ob der Bewegung, dann zurück zum Protos. »Was wird hier gespielt, Dakila?«

»Wir haben nicht viel Zeit, Gigi. Kurzgefasst, du bist einem Herzinfarkt erlegen und deine Großnichte hier hat dein Grimoire geerbt.« Er pausiert kurz, als Gisela einen leisen Fluch ausstößt. »Ein Medium projiziert eine Erinnerung von dir aus den Gegenständen deiner Wohnung, damit wir erfahren können, wieso du versucht hast, den Übergang in die Anderswelt zu öffnen.«

»Ich soll bitte was ...«, beginnt sie wütend, doch dann wird Mels Gesicht kreidebleich und Giselas Augen schnellen zu mir. »*Oy veh.*«

»Was ist?«, frage ich zittrig und löse mich von Charon. Tapfer versuche ich, meiner verstorbenen Großtante ins Gesicht zu schauen, auch wenn es eigentlich das meiner besten Freundin ist, die gerade ihr Leben dafür riskiert.

»*Oy*, ich hätte niemals diese Hintertür offenlassen dürfen«, wispert Gisela und legt sich Mels Finger an die Wangen. »Aber ich ... wieso hatte ich einen Herzinfarkt? Himmel, was für ein *Schlimmasl*.«

»Du hast also kein Siegel gelöst?«, versucht der Protos zu erörtern, woraufhin Gisela freudlos auflacht.

»Nein. Das hat Alma getan.«

»So weit waren wir auch schon.« Der Protos räuspert sich, ehe er sich vorbeugt und ihr ernst in die Augen blickt. »Wir haben keine Zeit für Spielchen, Gisela. Wie können wir diese Barriere wieder errichten?«

»Ich hätte niemals dieses Erbe annehmen dürfen«, flüstere ich niedergeschlagen, doch Gisela gibt ein Zischen von sich, das mich unterbricht. Ihre hellblauen Augen fixieren mich aus Mels Gesicht, das wütend verzogen ist. Ich sinke noch ein wenig mehr in mich zusammen, reibe mit dem Daumen über den Saum von Charons Pullover, und versuche tunlichst, jetzt nicht zu heulen.

»Es ist, wenn überhaupt, meine Schuld, ich hätte niemals diesen Zauber aufschreiben dürfen«, flucht meine Großtante. »Oder es wenigstens mit Jonathan absprechen, für den Fall, dass ich sterbe!«

»Aber hast du nicht deswegen Bannzauber auf dein Grimoire gelegt, Gigi?«, fragt Dakila ruhig. Melinoë hebt ihre linke Braue weit empor. Es ist verrückt, eine so fremde Mimik auf ihrem Gesicht zu sehen, gepaart mit diesem Blick, der zwar aus ihren Augen kommt, jedoch das übliche Zittern komplett misst.

»Bannzauber?«, fragt Gisela spöttisch. »Warum sollte ich mein eigenes Grimoire verhexen, wer bin ich denn? Das FBI, die CIA?«

»Aber … Es lagen Zauber darauf«, werfe ich ein. »Ganz sicher, denn ich habe einen abbekommen, als ich es ein zweites Mal geöffnet habe.«

Charon und der Protos starren mich an, doch ich beachte sie nicht.

»Wilde Schriftzeichen, die sich geradezu in meinen Kopf gebrannt haben, und ein seltsames Flüstern aus den Schatten des Raumes. Ich weiß auch nicht, es war verrückt.«

»Hätte ich das Grimoire schützen wollen, dann hätte ich es in Flammen aufgehen lassen und nicht so einen Mist.« Gisela stößt einen leisen Fluch aus, ehe sie mich resigniert anschaut. »Vielleicht war es Namtar, der das Buch manipuliert hat. Das würde ich ihm zutrauen. Er weiß immerhin nur zu gut, dass ich es war, die ihn in seine dreckige Welt gesperrt hat.«

»Er weiß es?«, frage ich fassungslos.

»DU hast dafür gesorgt, dass der Übergang schwindet?« Der Protos schaut meine Großtante nicht minder bestürzt an. »Wie?!«

»Es braucht einen Obscura, um die Anderswelt zu verstehen, aber eine Hexe, um einen Zauber zu weben. Wie gut, dass ich beides in mir vereint habe und mit Almas Kräften ein Siegel formen konnte.« Der giftige Blick, der Dakila aus Melinoës Gesicht entgegen funkelt, verrät mir ohne einen Zweifel, dass er mir nicht die ganze Geschichte davon erzählt hat, was zwischen Gisela und der Verbindung vorgefallen ist.

»Harriet war damals schon eine Stümperin, und ich bin mir sicher, dass sie in den letzten Jahren nichts dazugelernt hat, als sich aufzublasen und sich selbst zu gratulieren.« Ihr Blick wendet sich mir zu und wird weicher. »Sie hat sich immer schon zu viel um ihren guten Ruf geschert, um sich mit den wahren Problemen zu beschäftigen. Sie genießt es, die Großhexe zu sein, aber vernachlässigt ihre Pflichten.«

»Gigi, das stimmt so nicht ganz«, beginnt der Protos, doch Mels Hand schnellt vor sein Gesicht und schnipst, um ihn zu unterbrechen.

»Papperlapapp. Ihr Leute in Führungspositionen seid alle gleich, paranormal oder nicht.« Sie schüttelt den Kopf, ihr Fokus bleibt dabei jedoch auf mir liegen. »Alma, du musst mir gut zuhören, denn ich bin mir sicher, dass du die einzige Hexe mit Obscura-Blut im Umkreis von hundert Meilen bist. Und du musst die Schatten weben können, um die Schatten zu verschließen.«

»Ich verstehe«, wispere ich angespannt.

»Da die Zauber aus meinem Grimoire offensichtlich manipuliert worden sind, müssen wir auf eine andere Methode zurückgreifen. Wie gut, dass ich auch darauf vorbereitet war, weil ich Harriet und Dakila nicht von hier bis um die Ecke traue.« Hellblaue Augen tangieren den Protos mit einem abwertenden Blick, ehe sie sich liebevoll auf mich legen. »Gib mir deine Hand, Spätzchen.«

»Orphne, gib ihr bitte nicht …«, setzt Dakila an, doch ich ignoriere ihn, ohne mit der Wimper zu zucken, und reiche meiner Großtante den Arm.

»Es tut mir leid«, flüstert diese leise, und noch bevor ich nachfragen kann, was sie damit meint, legt sie ihre Finger auf mein Handgelenk, als ob sie meinen Puls fühlen will.

Siedend heiß brennt sich etwas in meine Haut, lässt mich vor Schmerz aufschreien, bringt mich dazu, mich kreischend zu winden, während mein Arm an Melinoës Fingerspitzen zu kleben scheint und Giselas Stimme leise flüstert. Charon springt auf, doch wird von Dakila zurückgehalten, während ich versuche, mir selbst den Mund zuzuhalten und die Qual zu akzeptieren, die sich bohrend, schneidend, flammend in mein Fleisch gräbt wie glühendes Metall. Und dann verstummt Großtante Gisela und mein Arm knallt ungehalten auf die Tischplatte. Mit Tränen in den Augenwinkeln zucke ich zurück, werfe einen panischen Blick auf mein Handgelenk, in das sich ein Zeichen eingebrannt hat, schwarz wie Pech, wie finsterste Nacht. Es sieht seltsam symmetrisch aus, ein Kreis mit Linien und Dreiecken und weiteren Kreisen darin, doch je länger ich es betrachte, desto mehr verliert es an Symmetrie.

»Du wirst genau wissen, was du tun musst, wenn du versuchst ihn zu bannen, und die Worte werden dir frei von der Zunge kommen. Es wird dir deine Zauberkräfte wieder entziehen, also sei darauf vorbereitet«, erklärt Gisela. Mels Gesicht schaut mich gequält an, und in ihren Zügen erkenne ich neben meiner Freundin auch das meiner Großtante. Ich nicke und unterdrücke ein Schluchzen. Mehr vor Schock als vor Schmerz, denn das Mal tut längst nicht mehr weh, nicht einmal dann, als ich mit dem Zeigefinger vorsichtig darüberstreiche.

»Ist es … bist du …?«, höre ich Charons verwirrte Stimme fragen, doch ich beachte ihn nicht. Sehe in den heller werdenden Augen von Mel, dass Gisela mehr und mehr verschwindet.

»Es tut mir so leid, *Almale*«, wispert Giselas rauchige Stimme, doch der Kosename beginnt schon langsam wieder nach Mel zu klingen. Ich spüre, wie Tränen in mir aufsteigen, und diesmal unterdrücke ich das Schluchzen nicht, sondern stehe auf und schließe sie in die Arme. Will fragen, was ihr leid tut, doch tue es doch nicht.

»Mach's gut«, flüstere ich ihr zu, auch wenn ich weiß, dass sie tot ist. Dass das, womit wir gerade sprechen, nicht mehr als eine Erinnerung ist, die Melinoë aus ihren Gegenständen extrahiert und heraufbeschworen hat, um uns ein Wort mit ihr zu ermöglichen.

Ich werfe einen letzten Blick in Giselas blaue Augen, die kaum noch vorhanden sind. Dann blinzeln sie und werden grau, beginnen zu zittern, und Mel blickt mir schwach entgegen.

Sie öffnet den Mund, doch schafft es nur, ein leises Krächzen von sich zu geben. Ihr Gesicht ist aschfahl, hat beinahe dieselbe Farbe wie ihre Augen, und als sie sich anders hinsetzen will, verliert sie den Halt. Dakila reagiert blitzschnell und ist mit einem riesigen Schritt bei ihr, um sie abzufangen.

»Beweg dich am besten nicht«, murmelt der Protos und stützt sie. »Du warst großartig und wir wissen nun alles, das wir wissen müssen.«

Sorgen zeichnen sein Gesicht und lassen ihn alt wirken, älter als jemals zuvor, und ich frage mich, wie alt er wirklich ist, wenn er bereits vor fünfzig Jahren der Protos war. Wenn ich Gisela richtig verstanden habe, ist er ein Kapre, doch davon habe ich noch nie gehört. Bevor ich ihn jedoch nach Informationen fragen kann, blickt er von Mel empor und direkt in meine Augen.

»Alma, Charon, kümmert euch gut um sie. Ich werde Harriet und den Zirkel anrufen, damit wir besprechen können, wie wir weiter vorgehen.«

Er wartet nicht einmal darauf, dass wir etwas antworten, sondern steht einfach auf und stakst mit großen, schnellen Schritten aus der Küche.

Ich lege meine Arme wieder um Mel, ehe sie doch noch vom Stuhl fällt. Ihre Haut ist eiskalt und hart, und auch wenn ihre Lider flattern, schafft sie es nicht, sie zu öffnen. Panisch blicke ich zu Charon, der wie erstarrt ist, und dann wieder auf den Körper meiner besten Freundin, der sich kraftlos gegen mich lehnt.

»Mel«, wispere ich mit brechender Stimme, als mir auffällt, wie flach ihr Atem ist. »Bitte wach auf, Mel.«

»Sie ... wollte nicht ... gehen«, haucht sie, so leise, dass ich sie kaum verstehen kann.

»Es tut mir so leid.« Tränen füllen meine Augen, als mir klar wird, dass sie die Kontrolle verloren haben muss. Wieder schaue ich zu Charon, der dieses Mal immerhin reagiert und an uns heran tritt, ehe er die Arme um Mel und mich legt.

»Kaum ... Kraft«, bringt Mel noch zwei Worte hervor, dann wird ihr Körper schlaff.

»Mel!« Panisch rüttle ich an ihr, während Charon heiser zu fluchen beginnt. Doch nichts. Mel rührt sich nicht mehr und nur ihr flaches Atmen versichert mir, dass sie noch lebt.

»Scheiße, ich hol Dak!« Charon wartet gar nicht erst auf meine Antwort und sprintet so schnell aus dem Raum, dass mein ersticktes »Aber was soll ich tun, wenn ...« ihn nicht mehr erreicht. Tränen steigen mir in die Augen und ich mache mir nicht die Mühe, sie wegzublinzeln. Versuche zu verstehen, was gerade passiert und dass es das Risiko sein muss, von dem Dak zuvor gesprochen hat. Tue mein Bestes, mir nicht vorzuwerfen, dass das alles meine Schuld ist ... und scheitere. Starre lediglich auf Mels bewegungslosen Körper, in ihr ausdrucksloses Gesicht, und weine so lange stumm vor mich hin, bis Dakila und Charon in die Küche stürmen und mir meine beste Freundin entreißen.

Meine Füße fühlen sich taub an, bei jedem Schritt, den ich hinter den beiden herlaufe, bis in das kleine Gästezimmer, in dem der Protos sie auf das Bett legt. Schweigend schauen Charon und ich zu, wie er eine Pranke auf ihre Brust legt und konzentriert die Augen schließt. Doch es passiert nichts. Dakila stößt etwas auf einer mir fremden Sprache aus, das sich wie ein Fluch anhört, dann wischt er sich die langen Haare aus dem Gesicht und wendet sich uns zu.

»Charon, geh in mein Büro und ruf beim Zirkel an. Wir brauchen Harriet und sobald wie möglich irgendeinen Heiler. Ich erreiche ihre Gedanken nicht, das ist gar kein gutes Zeichen.«

»Wie konnte das passieren?«, höre ich Charon fragen. Es ist das erste Mal, dass ich Angst und Schmerz in seiner Stimme wahrnehmen kann. Ich greife nach seiner Hand, doch er entreißt sie mir. Panik brandet in mir auf. Gibt er mir die Schuld?

»Wahrscheinlich hat Melinoë die Kontrolle verloren«, erwidert der Protos düster und ich spüre, wie alle meine Gefühle, alle meine Gedanken im Keim erstickt werden. »Gigi war eine fähige Hexe, wenn sie also nicht gehen wollte ...«

»Wollte sie nicht.« Mein ganzer Körper fühlt sich tot an. Ich habe kein

Gefühl mehr, weder in meiner Brust noch in meinem Mund. Die Worte klingen fremd, tonlos.

Stille folgt und zum allerersten Mal in meinem Lebe wünsche ich mir meine Emotionen zurück, wünsche mir, dass ich etwas fühle, Pein, Furcht, irgendwas. Doch da ist nichts in mir, nur diese fürchterliche Leere.

»Sie wird ihren Körper überlastet haben«, sagt Dak nach einer Weile. »Nicht genug, dass sie stirbt, doch kritisch genug.«

»Was bedeutet das?«, fragt Charon mit Grabesstimme. Ich kann nur zuhören, kriege kein Wort hervor.

»Das wissen wir noch nicht«, antwortet Dakila. Nach einer Weile des Schweigens fügt er hinzu: »Mit Glück wacht sie heute wieder auf, mit Pech ...«

Ein Schluchzen kämpft sich meine Kehle empor, als er nicht weiterspricht und sich stattdessen Mels Körper zuwendet. Und damit bricht der Damm, der meine Gefühle in Zaum gehalten hat, und ich spüre die Tränen über meine Wangen rinnen.

22

Harriet erreicht uns keine halbe Stunde später. Charon und ich sind erst seit wenigen Augenblicken wieder in der Küche, als die Oberhexe durch die Tür stürmt und das Grimoire auf den Tisch zwischen uns legt.

»Ich kann nicht glauben, dass Gisela so *verantwortungslos* gehandelt hat«, schimpft sie und verzieht das beinahe faltenfreie Gesicht. Sämtliche Sympathien, die ich anfangs für die alte Dame hatte, haben sich mittlerweile in Luft aufgelöst und ich schweige bitter.

»Anstatt sich uns anzuvertrauen und mit uns eine Barriere zu entwickeln«, fährt diese fort, während sie das Grimoire aufschlägt und die Seiten durchblättert. Wann immer sie eine der schwarzgewordenen Seiten geöffnet hat, flüstert sie etwas, doch ich habe keine Lust, meine Ohren zu spitzen und sie zu verstehen.

»Vielleicht hättet ihr meiner Großtante einen Grund geben sollen, euch zu vertrauen.« Mein Herz schlägt mir bis zum Hals, nachdem ich das gesagt habe, doch immerhin ist es draußen. Unter dem Tisch krallt sich Charons Hand in meinen Oberschenkel, doch ich ignoriere ihn, während ich trotzig in Harriets Gesicht starre. Die Oberhexe schnappt nach Luft und wirft mir einen verletzten Blick zu. Der Protos, der in der Küchentür lehnt und seine E-Zigarette dampft, hält sich raus, doch ich sehe ihm die Schuld an der Nasenspitze an.

»Wir haben ihr endlose Gründe gegeben, mein Kindchen.« Harriet rümpft die Nase und fixiert sich dann auf das Grimoire, bis sie eine bestimmte Seite gefunden hat. »Hier.«

Ich beuge mich vor und überfliege die Zeilen. Wieder verstehe ich faktisch kein Wort, doch habe das Gefühl, dass ich die Bedeutung kenne, als ob sie in meiner eigenen Sprache geschrieben sind und ich sie problemlos aussprechen könnte, wenn ich nur wollte. Mir ist bewusst, was dort steht, und so schweige ich Harriet an, die ebenso stoisch verstummt ist.

»Und?«, fragt der Protos nach einer Weile in die beharrliche Stille. »Was hast du gefunden, Harriet?«

»Eine Passage, die der Obscura wohl nicht auf sein Siegel bezogen hat, da sie nicht dazugehört. Man kann sie jedoch problemlos auch darauf beziehen.«

Charon blickt genervt von Harriet zum Protos und dann zu mir. »Kann jemand mal Klartext reden?«

»Man kann Kräfte von jedem nehmen, nicht nur von sich selbst«, sage ich leise, während Harriet ein übertriebenes Seufzen ausstößt. Dass Charon wieder so abweisend ist, schmerzt nach der vergangenen Nacht umso mehr.

»Es ist den Obscura möglich, Kraft über Emotion zu entziehen«, erläutert Harriet. Anscheinend ist es ihr wichtig, meine Aussage nicht einfach so stehen zu lassen. »Gigi nutzt in diesem Auftrag die Kraft zweier Hexen, um eine Verbindung zwischen deren nächtlichen Träumen zu schaffen und dabei nicht ihre eigene zu verbrauchen. Allerdings lässt es sich natürlich auch auf den Zauber anwenden, den Alma zum Blockieren des Übergangs in die Anderswelt nutzen soll. Sie muss ihre eigenen Kräfte also nicht aufgeben.«

Wieder legt sich Stille über die Küche, nur unterbrochen von dem Brodeln der E-Zigarette, wenn der Protos an ihr zieht. Schließlich bricht er das Schweigen mit einem langen Ächzen.

»Also schauen wir jetzt, wer freiwillig seine Kräfte aufgeben möchte, um die Barriere wiederaufzubauen. Ich werde Styx darüber informieren.«

»Und ich den Zirkel.« Harriet hält einen Moment inne und schaut mich an, Zweifel und Schmerz spiegeln sich in ihren Augen, die schnell hinter einer Fassade aus Sorge verschwinden. »Du solltest deine Kräfte keinesfalls opfern, Kindchen. Eine Macht wie deine ist viel zu wertvoll, wir können und dürfen das nicht verlieren.«

Ich erwidere nichts. Immerhin war es keine Frage, keine Grundlage für ein Gespräch, sondern ein simpler Befehl, dem ich Folge leisten soll. Es ist Harriet egal, was ich denke oder fühle, und auch Dakila scheint sich nicht dafür zu interessieren, denn er verlässt gemeinsam mit der Oberhexe die Küche, um seiner Wege zu gehen.

»Es werden sich genug Ältere finden, die ein gutes Leben gelebt haben und sich freiwillig melden, um ihre Kräfte abzugeben«, sagt Charon leise, als wir allein sind. Seine Stimme ist kühl und emotionslos, doch seine Hand streicht mir dabei über den Rücken, als hätte er meine Angst bemerkt und müsse mir versichern, dass seine Zuneigung immer noch da ist.

Ich hingegen blättere durch das Grimoire, bete, hoffe, suche nach einer anderen Lösung, nach einem Hinweis darauf, was ich tun soll. Doch nichts, in dem Buch stehen vor allem Auftragsarbeiten, mit denen meine Großtante wahrscheinlich ihre Wohnung in Russian Hill finanziert hat. Am liebsten würde ich noch einmal mit Gisela sprechen, auch wenn sie nur eine Erinnerung war. Kann ich jemand anderem die Kräfte nehmen? Und selbst wenn ich es kann, möchte ich es? Die Frage löst Verzweiflung in mir aus, Angst vor Konsequenzen, und ich fühle mich wie ein Superschurke aus einem Heldenfilm. Jemandem seine Kräfte entziehen. Ein paranormales Wesen zu einem normalen Menschen degradieren. Allein bei dem Gedanken wird mir speiübel. Dass es in der Küche durch Dakilas kurze Anwesenheit bereits nach Mangodampf stinkt, macht es nicht besser.

»Steht noch was Interessantes drin?«, fragt Charon plötzlich, als hätte er gerade erst bemerkt, was ich tue. Ich schüttle den Kopf und schlage das verdammte Buch zu.

»Eine Menge Auftragsarbeiten, glaube ich. Die schwarzen Seiten wispern mir irgendwas aus den Schatten zu, aber ich versuche, nicht darauf zu hören. Ich denke, das hat mit den Obscura zu tun, denn Harriet hat dazu ja nichts gesagt.«

»Das klingt gruselig.«

»Ist es nicht«, erwidere ich wahrheitsgemäß und lasse mich gegen seine Brust sinken. Noch immer fühlt sich die Nähe fremd an, doch ich versuche es zu ignorieren. »Es ist mehr wie ein weißes Rauschen.«

»Schattenrauschen quasi«, schlägt Charon vor. Langsam kommt wieder Emotion in seiner Stimme zum Vorschein und er legt die Arme um mich, ehe er zögernd eine Frage stellt.

»Hat Gisela dir verraten, wie die Bannung funktioniert? Vielleicht Telepathie oder so?«

Ich schüttle den Kopf. »Nein, nur dieses … Ding.«

Das Mal an meinem Handgelenk glänzt im Licht der Küchenbeleuchtung, als wäre es frisch mit schwarzer Tusche aufgemalt worden. Vorsichtig fährt Charon es mit seinem Finger nach und gibt ein Brummen von sich.

***

Es ist früher Abend, als schließlich alle Styxmitglieder für die Notversammlung ankommen. Mel ist nach wie vor nicht aufgewacht, und wir haben den Tag in dem Gästezimmer verbracht, in dem wir sie untergebracht haben. Noch immer ist ihre Atmung flach und trotz der voll aufgedrehten Heizung, bleibt ihr Körper unangenehm kalt. Selbst Dakila belastet die Sorge um Mel, denn er wirkt genauso erschöpft wie ich, während er vor Styx die neue Situation erläutert und schließlich die Frage stellt, ob jemand seine Kräfte aufgeben will.

Tatsächlich melden sich einige, allen voran Bree, die sofort auf mich zukommt. Sie reißt sich nicht darum, regelmäßig zur Hyäne zu werden. Nicht in San Francisco, wo sie die Wohnung nicht verlassen kann, ohne direkt ein Sondereinsatzkommando auf den Plan zu rufen. Ein hübscher junger Mann, der mir bisher kaum aufgefallen ist, stellt sich ebenfalls zur Wahl, gemeinsam mit Chad, der mir einen entschuldigenden Blick schenkt und mir »hey, yo, sorry« entgegen nuschelt.

Als Dakila die Versammlung schließlich beendet und allen einbläut, mit keinem Obscura zu sprechen und aufeinander aufzupassen, ist es bereits dunkel draußen. Die Entscheidung fällen Harriet und er in den nächsten Tagen, basierend auf verschiedenen Faktoren. Kein Wort dazu, ob ich Mitspracherecht haben werde. Ich warte stumm darauf, dass er auch mich entlässt, ehe ich Charon darum bitte, mich zum Manzanita zu bringen.

Er ist überrascht, doch zum Glück fragt er nicht nach. Wir schweigen den gesamten Weg über, so lange, bis ich die Tür des Apartments öffne und unser Blick auf Hailey fällt, die vom Esstisch aufsieht und zu grinsen beginnt, sobald sie Charon erkennt.

»Verdammt«, knurrt dieser und greift nach meiner Hand, um mich wieder aus dem Apartment zu ziehen. Ich lasse es zu, doch schüttle verständnislos den Kopf, als er die Tür zwischen Hailey und uns schließt.

»Ich muss ihr keine Bühne bieten«, murmelt er, dann gibt er mir einen Kuss und schaut mir ernst in die Augen. »Egal, scheiß auf sie. Wichtiger ist, dass *du* nichts Dummes tust. Versprich mir, dass du diese Nacht im Apartment bleibst.«

»Charon, was …«, setze ich verwirrt an. Sein Tonfall ist kühl, der völlige Gegensatz zu den warmen Händen, die er auf meine Wangen gelegt hat.

»Wenn irgendetwas ist, weswegen du raus musst, dann ruf mich an. Schreib mir. Ich bin in zehn Minuten da und wenn es nur zum Spazieren ist. Aber bring dich gefälligst nicht sinnfrei in Gefahr, okay?«

»Natürlich nicht.« Meine Stimme klingt nüchtern, obwohl mir das Herz bis zum Hals schlägt. Hoffentlich merkt er meine Erleichterung darüber nicht, dass ich ihm nichts versprechen muss, das ich nicht halten kann.

Er betrachtet mich einen Augenblick zu lange, um mich zu beruhigen, dann jedoch seufzt er schwer und lehnt seine Stirn gegen meine. »Bitte, sei kein *Schmock*. Das ist meine Rolle.«

Ich muss lächeln, doch er lässt es nicht lange stehen, gibt mir einen langen, sanften Kuss, ehe er mich schließlich loslässt und wartet, dass ich das Apartment betrete.

»Bis morgen«, verabschiede ich mich, schließe die Tür und drehe mich mit einem Seufzen um, nur um Hailey gegenüberzustehen, die mich breit angrinst.

»Du und Hale?«, fragt sie amüsiert.

»Offensichtlich«, erwidere ich, weil ich nicht weiß, was ich sonst sagen soll.

»Spannend« ist alles, was Hailey vorerst entgegnet, dann wendet sie sich wieder ihrem Abwasch zu. »Erklärt aber, wieso er kein Interesse an irgendwem aus unseren Seminaren hat.«

Ich lache, ein bisschen zu hoch, um echt zu klingen, dann höre ich ihr zu, wie sie von ihrem Kurs über germanische Sprachen und Literatur erzählt, in dem *Hale* anscheinend nicht nur die weiblichen Kommilitonen, sondern auch die Kursleitung mit einem Vortrag begeistert hat und sich seitdem vor Verehrerinnen kaum retten kann. Lustig ist es zwar, sie davon erzählen zu hören, doch gleichzeitig fühle ich mich komplett fehl am Platz und ertappe mich mehrfach dabei, dass ich den Namen Hale komplett von Charon abspalte.

Als Hailey schließlich fertig gespült hat, verabschiedet sie sich in ihr Zimmer und ich mache den ersten Schritt in meines. Die Atmosphäre ist erdrückend. Es fühlt sich beinahe so an, als könnte ich die Dunkelheit in meinem Zimmer in Scheiben schneiden, wenn ich mich nur etwas anstrenge.

Mit einem Seufzen reiße ich das Fenster auf und lasse kühle Nachtluft herein, bevor ich anfange, die leeren Behälter und das benutzte Geschirr einzusammeln. Ich muss zweimal in die Küche laufen, um alles wegzubringen, doch danach fühle ich mich bereits ein wenig wohler in meinem Zimmer. Als Nächstes räume ich die benutzte Kleidung in den überquellenden Wäschekorb und wende mich schlussendlich meinem Telefon zu. Ich hatte es nicht bei mir, als ich in Mels Zimmer geschlafen habe, und auch nicht während der Zeit im Hieron. Und seitdem ich es aus der Hand gelegt habe, ging es mir besser. Je mehr ich darüber nachdenke, desto bewusster wird mir, dass ich mein Telefon immer dabeihatte, wenn ich auf Namtar getroffen bin, und es jedes Mal hervorgeholt habe, um irgendwas zu tun. Wenn Obscura mit ihren Kräften Emotionen manipulieren und Gegenstände verändern können, ist es dann unwahrscheinlich, dass Namtar irgendwas mit dem Teil angestellt hat, das mich in meinen Emotionen beeinflusst? Das meine Nachrichten abgefangen oder mein Bewusstsein verändert hat?

Ich lasse das Telefon durch meine Finger gleiten, versuche auf eine Energie zu achten, die ich zuvor vielleicht nicht gespürt habe, vielleicht ein Wispern aus den Schatten wie bei Giselas Buch, doch ich spüre nichts. Niedergeschlagen schließe ich die Augen, sitze einfach nur da und atme, bis das Telefon in meinen Fingern vibriert – und mit ihm ein sanftes Stechen in meiner Hand erscheint, das sich bis zu meinem Handgelenk zieht, an dem sich Giselas Mal befindet.

Fluchend schaue ich auf das Telefon und sehe eine Nachricht von Charon, der kurz und knapp fragt, ob ich schon im Bett bin. Und noch während meine

Augen über die letzten Buchstaben fliegen, fällt mir eine feine Veränderung auf. Das Telefon fühlt sich weniger schwer in meiner Hand an, wenn auch nicht unbedingt leichter. Ich ziehe die Augenbrauen ob des Paradoxons missmutig zusammen, doch anders kann ich es nicht beschreiben. Dass Charons Nachricht bei mir ankommt und ich sie wahrnehme, werte ich jedoch als ein gutes Zeichen.

Als wäre es mit dem Stechen erwacht, beginnt das Mal an meinem Handgelenk zu pochen. Ich sehe Buchstaben wirr in meinem Kopf tanzen, spüre, wie Worte sich in meine Gehirnwindungen pressen, Sätze, die in meinen Schädel geritzt werden, und weiß, was zu tun ist. Ich will es nicht tun, aber habe keine Wahl. Ob Großtante Giselas Erinnerung das ebenso klar war wie mir? Hat sie deswegen nichts anderes gesagt, als dass *ich* Namtar bannen werde?

Ich werfe einen Blick auf die Uhrzeit, ehe ich mich an eine Antwort für Charon setze und ihm schreibe, dass er mich im Quad treffen soll. Am liebsten würde ich ihm gar nichts sagen, doch das kann ich nicht tun. Wenn etwas schiefgeht … Doch das Risiko muss ich eingehen. Entweder das oder ich riskiere das Leben von vielen weiteren Styx-Mitgliedern. Dabei kann ich kaum mit dem Gefühl der Schuld umgehen, weil Mel noch immer nicht aufgewacht ist. Wenn ich zusätzlich jemandem die Kräfte nehme, während Obscura uns angreifen …

Nein. Namtar wird sich in Sicherheit wiegen, wenn ich allein komme. Ich begebe mich in Gefahr, doch es ist nicht sinnfrei. Und damit habe ich mein Versprechen an Charon gehalten, wenn auch nicht so, wie er es gemeint hat.

Das Mal an meinem Handgelenk glimmt auf, als wüsste es genau, was ich vorhabe – vielleicht steuere ich es auch, ich habe keine Ahnung. Ich nehme es als Zeichen des Aufbruchs. Kurz bleibe ich vor Mels Tür stehen und lege eine Hand darauf, entschuldige mich stumm für alles, auch wenn ihr Raum leer ist, und bete, dass sie irgendwann wieder aufwachen wird. Dann stehle ich mich still und heimlich aus dem Apartment und schicke dabei die Nachricht an Charon ab. Keine halbe Minute später vibriert das Handy in meiner hinteren Hosentasche, doch ich ignoriere es.

Statt auf den Fahrstuhl zu warten, sprinte ich die Treppe runter. Ich muss mich beeilen, wenn ich vor Charon da sein und eine Chance haben will, mit Namtar zu reden, in der Hoffnung, doch noch alles abwenden zu können. Vielleicht bin ich zu naiv, vielleicht verliere ich mich in den Graustufen der Moral, doch noch gebe ich die Hoffnung nicht auf, dass es eine friedliche Lösung geben kann.

Nein, ich bin ganz sicher zu naiv.

Ich wünschte nur, es wäre mir nicht so bewusst, während ich aus dem Manzanita Square rausrenne und die Straße zum Campus überquere. Mein Telefon vibriert weiterhin an meinem Hintern, anscheinend ist Charon zu Anrufen übergegangen. *Hale,* denke ich und ein verzweifeltes Lächeln stiehlt sich auf meine Lippen. Ich hätte doch nach seinem Führerschein fragen sollen, und wenn es nur gewesen wäre, um seinen Nachnamen zu sehen. Vielleicht morgen – hoffentlich morgen. *Hoffentlich gibt es ein Morgen.* Nervosität lodert in mir wie ein wütendes Inferno, lässt jeden Muskel steif wirken, ohne dabei meine Bewegung einzuschränken.

Renne ich langsamer, je näher ich dem Quad komme? Vielleicht. Ich habe sämtliches Zeitgefühl verloren, kann mich auf nichts konzentrieren. Meine Gedanken sind vollkommen durcheinander, während in mir kurz die Frage aufkommt, ob Namtar überhaupt im Quad sein wird, oder ich einfach nur ein sehr unangenehmes Zusammentreffen mit Charon erleben werde.

Zu Unrecht. Denn kaum bin ich zwischen der Bibliothek und dem Bachelor-Beratungszentrum durchgerannt, spüre ich bereits ein vertrautes Gefühl der Leere auftauchen. Mein Herzschlag pocht in meinen Ohren und lässt die Geräusche der Nacht verstummen, während meine Schritte langsamer werden. Und noch während ich den asphaltierten Platz zum Quad überquere, bemerke ich eine Bewegung auf einer der Betonbänke, die am Platz aufgestellt sind. Eine Schattengestalt, die sich langsam dort manifestiert und mich einen Wimpernschlag später bereits wehmütig lächelnd begrüßt.

»Alma.« Seine Stimme klingt warm, wie sie es immer tut, wenn er meinen Namen ausspricht. Selbst in der verdammten Anderswelt, wo jedes Geräusch seltsam fremd geklungen hat. Ich lächle zurück, nicht minder wehmütig, und komme ihm näher.

»Du fühlst dich anders an«, sagt er ruhig und steht von der Bank auf. »Und du hast … dein Telefon bemerkt.«

»Mir ist eine Menge bewusst geworden«, antworte ich und cringe innerlich darüber, wie Möchtegern cool es klingt. »Allem voran, dass ich es nicht mag, manipuliert zu werden.«

Er nickt wissend, als wäre es nicht er, der dafür verantwortlich ist. »Das heißt dann wohl Abschied nehmen von meinem Traum, oder?«

»Wenn du fragst, ob ich mich noch immer für dich umbringen würde, damit du König wirst – ja, dann heißt es Abschied nehmen.« Ich zögere, mich ihm weiter zu nähern, aber ich weiß, dass ich es muss, wenn ich die Worte meiner Großtante nicht komplett fehlinterpretiert habe. *Er weiß immerhin nur zu gut, dass ich es war.* Er muss sie während der Bannung angesehen haben. Namtars Seufzen reißt mich aus dem Gedanken.

»Alma«, sagt er sanft. »Ich weiß, dass ich sämtliches Vertrauen verspielt habe, weil ich versucht habe, dich zu manipulieren …«

»Mich manipuliert hast«, unterbreche ich ihn.

»Natürlich. Aber bitte, sieh es aus meiner Perspektive.« Er macht einen Schritt auf mich zu, doch ich weiche nicht zurück. »Mein Volk stirbt, weil ein Großteil lieber tötet als arbeitet. Mit deiner Hilfe wäre das vorbei. Jeder gewinnt. Du, ich, mein Volk. Diese Welt und die Anderswelt.«

»Aber gewinne ich wirklich?«, frage ich bitter zurück. Noch immer vibriert das Telefon in meiner Tasche und ich bete, dass Charon es einfach klingeln lässt, während er auf dem Weg ist. Unbeirrt nähere ich mich Namtar und tue so, als würde ich nicht spüren, dass mehr und mehr Obscura auftauchen. Tränen füllen meine Augen und das erste Mal in meinem Leben bin ich dankbar, dass ich so schnell weine, denn so sieht es immerhin aus, als würde ich leiden. Meine Gefühle sind sowieso ein einziger Wirrwarr. Mit etwas Glück glaubt Namtar also daran, dass alles funktioniert.

»Du würdest jedenfalls nicht verlieren«, erwidert er und fixiert mich aus diesen treuen haselgrünen Augen, in denen sich der Schmerz abzeichnet, den ich ebenso fühle. Wie gerne ich ihm glauben würde, dass er mein Wohlergehen im Kopf hat.

»Würde ich nicht meine Freunde verlieren, von denen du mich fernhalten wolltest?«, frage ich. Meine Stimme klingt anklagend und ich kann nichts dagegen tun. Beiße mir wütend auf die Lippe und schluchze wegen des Schmerzes. »Würde ich nicht meine Familie verlieren, die mich liebt?«

»Und eine neue dazugewinnen«, ist seine Antwort. Er senkt den Blick, klingt so verdammt demütig, als würde es ihm wirklich wehtun, mich so zu sehen. »Ich weiß, dass es falsch war, aber ich habe keine andere Wahl gehabt, nach dem, was mit deiner Großtante passiert ist.«

»Nachdem sie sich von dir losgesagt hat?« Ich lache bitter auf. Fast bin ich bei ihm, ich müsste nur den Arm ausstrecken und ein paar kleine Schritte machen, um ihn zu berühren. Ein betäubendes Gefühl der Finsternis sitzt mir im Nacken, scheint mich bewegungsunfähig machen zu wollen. *Ich darf nicht scheitern, sonst bin ich tot.* Die Erkenntnis lässt Angst durch meinen Körper zucken wie Stromschläge. Das Mal an meinem Handgelenk frisst sich tiefer und tiefer in mein Fleisch, müsste den Knochen längst erreicht und in Brand gesteckt haben. Es weiß genauso gut wie ich, dass es jeden Moment seine Magie entfalten darf.

»Alma, bitte. Mir ist klar, dass du die Wahrheit kennst«, flüstert Namtar, als ich so nah bin, dass ich ihn berühren könnte. Ich erstarre. »Ich weiß, dass du hier bist, um uns zu verdammen.«

»Wieso bist du trotzdem aufgetaucht?«, frage ich atemlos und hebe eine Hand, vorsichtig, als würde er sie dann nicht bemerken. Als würde er dann nicht flüchten.

»Vielleicht bin ich naiv.« Er schenkt mir ein weiteres Lächeln, doch dieses ist ehrlich. Ich sehe seinen Schmerz, seine Angst, spüre in diesem Moment, dass er mich vielleicht manipuliert hat, doch nicht, um mir zu schaden. Er macht einen Schritt von mir weg und meine Hand greift ins Leere.

»Ich hatte so sehr gehofft, dass es anders endet«, sagt er nüchtern. Keine Emotion, keine Trauer, kein Schmerz. Nur diese verdammte Leere, die mich in Watte packt. »Aber es endet hier. Für dich jedenfalls. Ich kann dich nicht weiter beschützen, Alma. Entweder du stirbst und bist bereit, mich zu begleiten … oder du stirbst, ohne jemandem geholfen zu haben.«

Ein Winseln löst sich aus meiner Kehle, während von der Hauptstraße laute Geräusche zu uns hinüberhallen. Namtar zuckt zusammen. Hat er nicht damit gerechnet, dass ich Verstärkung anfordern werde? Hat er wirklich gedacht, dass ich ihm weiterhin so blind vertraue? Schreie künden von einem Massaker, das mir den Magen umdreht, mich jedoch nicht halb so sehr mitnimmt wie den Obscura-Prinzen. Er scheint das Kreischen seiner sterbenden Untertanen viel intensiver wahrzunehmen als ich, und es lenkt ihn ab. Es ist nur eine Sekunde, doch die reicht mir, um vorwärts zu hechten und ihn mit der Hand zu berühren, an der das Mal längst sämtliches Gefühl weggefressen hat. Nur ein Augenblick, in dem ich das Gefühl habe, mit einer Prothese gegen seine Brust zu stoßen, bevor er reagieren kann und zurückspringt.

Ich taumle rückwärts, während er versucht, sich in Schatten aufzulösen, und mit einem Gesichtsausdruck aus purem Horror feststellt, dass er es nicht kann. Mehr noch, Schmerz zuckt über seine Züge, als feine, schwarze Risse seinen Körper bedecken – Schatten, die seinen menschlichen Körper zersetzen wollen, doch von der Magie des Siegels daran gehindert werden.

Und damit hat der Kampf begonnen. Ich habe kaum Zeit, mich selbst zu schützen, da werde ich schon mit Wucht im Rücken getroffen und auf den Boden geworfen, schlittere einige Meter vorwärts, ohne verletzt zu werden, während die schwarze Materie um mich herum abschrammt und sich mehrere Spitzen durch sie hindurch in meinen Rücken bohren. Ich werfe einen schmerzverzerrten Blick in Richtung des Lärms, sehe einige leblose Körper auf dem Boden liegen und mittendrin Charon, der sich wütend vorwärts kämpft und dabei mehr und mehr Obscura niedermetzelt.

»Was hast du gemacht?!«, höre ich Namtar vollkommen außer sich brüllen, seine Stimme ein Echo der Schreie seiner Brüder und Schwestern. Ist es das erste Mal, dass ich seine wahre Stimme höre?

Keuchend konzentriere ich mich darauf, sämtliche Leere in mir zu sammeln und nach außen zu drücken, schaffe es kaum, die Obscura von meinem Körper zu schieben, die gnadenlos versuchen, durch die Schutzschicht aus dunklem Glanz zu kommen, die mich umgibt. Adrenalin schenkt mir Kräfte, von denen ich nie zu träumen gewagt hätte, pumpt mit jedem Herzschlag stärker durch meine Adern und putscht mich auf, ausreichend, um wieder auf die Beine zu kommen und mein Umfeld zu sondieren. Greife mit langen, schwarzen, mentalen Fingern nach den Obscura um mich herum, während meine wirklichen Hände von innen gegen die Schutzschicht drücken, gefangen im verzweifelten Versuch, jetzt bloß nicht draufzugehen.

Mehr und mehr Obscura werden von meinen Kräften erstickt, lassen ihre Wirtskörper zurückspringen, versuchen zu fliehen und schaffen es doch nicht. Ich will nicht töten, aber sie lassen mir keine Wahl. Entweder sie oder ich.

Nach und nach fallen sie, geben mir genügend Freiraum, um nach Namtar zu suchen. Mein Blick fliegt wild umher, findet Charon, der sich durch ein Labyrinth von liegenden Körpern kämpft, während hinter ihm eine riesige, dunkle Silhouette Körper durch die Gegend wirft, als wären sie Spielzeuge. Ich stocke für eine Sekunde, versuche das gewaltige Etwas im Dunkeln zu erkennen, doch reiße mich los. Egal, was es ist, ich kann nicht zu Charon und ihm helfen. Ich habe einen anderen Auftrag, stoße mich in die entgegengesetzte Richtung ab und suche nach Namtar, dessen bizarr verzerrte Gestalt noch immer versucht, aus dieser Welt zu fliehen.

Ohne Erfolg. Mit jedem Versuch zersplittert er sich selbst ein Stückchen mehr, lässt die Menschenform mehr und mehr zerbersten, während das Brechen von Knochen über den Platz hallt.

Hinter mir höre ich Charon meinen Namen brüllen, voller Schmerz und Wut und Angst. Ich will mich so gerne umdrehen und zu ihm laufen, doch ich halte weiter auf Namtars Körper zu. Ich habe keine Ahnung, ob die Obscura das Leid ihres Prinzen spüren können, doch sie scheinen die nahende Niederlage langsam zu verstehen. Fliehen aus ihren Wirtskörpern und lassen verwirrte Menschen zurück, die zu sich kommen und unterschiedlich reagieren: Manche rennen weg, manche fallen zu Boden, schreiend, wispernd, stumm vor Schock, gelähmt.

»Wie hast du das gemacht?!«, schrillt Namtars wahre Stimme aus seiner Form, die zusammengebrochen auf dem Boden liegt. Sein Gesicht ist ebenso verzerrt wie sein Körper, halb menschlich, halb groteskes Schattenwesen, das durch seine aufreißende Haut bricht und die Knochen seines menschlichen

Skeletts zum Bersten bringt. Wenn ich ihn bloß ansehe, tüncht Schmerz jede Faser meines Körpers und die Vorstellung, wie viel schlimmer es für ihn sein muss, lässt Übelkeit in mir aufsteigen. Ich strecke die Finger nach ihm aus, sehe das Mal an meinem Handgelenk pulsieren, als würden sich hunderte Maden unter ihm winden und versuchen, durch meine Haut zu brechen. Gerade so kann ich ein Würgen unterdrücken und umgreife Namtars kümmerliche Existenz mit meinen Kräften, während meine taube Hand sein nach außen gebogenes Sternum berührt.

»Es tut mir so, so leid«, wispere ich. Zu gerne hätte ich ihm geholfen, seine Welt zu retten, doch der Preis ist einfach zu hoch. Ich kann mich nicht opfern.

Namtar röchelt schwerfällig, während sämtliche Kraft meines Körpers in das Mal gesogen wird, als wäre es ein schwarzes Loch. Mein Kopf ist von stechenden Schmerzen erfüllt, wie lange Fingernägel, die sich an meinen Hirnwindungen festkrallen wollen. So viel Schmerz, der mich in die Knie zwingt.

Wieder höre ich Charon meinen Namen rufen, alarmiert, panisch, und schnelle Schritte, die so viel näher sind, als ich gedacht hätte. Sind überhaupt noch Obscura hier, außer Namtar, der nicht fort kann? Ich spüre sie nicht, spüre gar nichts mehr, als wäre sämtliches Gefühl aus meinem Körper in das Mal gewandert. Und doch bemerke ich den Druck auf meiner Schulter, als Charon nach mir greift, wodurch er eine Verbindung zwischen unseren Körpern herstellt und ebenfalls in den Sog des Mals gerät, das Namtar ein für alle Mal zerstören und mit seinen Kräften die Anderswelt versiegeln wird.

Ich ziehe keuchend die Luft ein, will schreien, Charon von mir stoßen, doch ich kann nichts tun. Mein Körper gibt einfach auf und ich kann nur noch zusehen, wie Namtar sich in dunkle Schwaden auflöst, ehe mein Blick verschwimmt und schwarz wird.

Epilog

Helles Licht drängt gegen meine geschlossenen Lider. Zitternd hole ich Luft, verschlucke mich dabei, beginne zu prusten und mich zu winden.

»Alma!«

Mit einem Geräusch, als würde Metall an Metall entlangschrammen, ziehe ich die Luft ein und reiße die Augen auf. Ich blicke in dunkle Iriden, die das grelle Neonlicht der Deckenbeleuchtung von mir abschirmen und mich voller Sorge fixieren. Blaue Flecken, kaum verheilte Schnitte, spitze Ohren und Fangzähne. Charon.

Ich fange an zu husten und drehe mich von ihm weg, habe das Gefühl, Blut spucken zu müssen, doch es kommt nichts. Nur Schmerz, der meinen gesamten Körper lähmt, und Übelkeit in meinem Bauch.

»Du bist wach«, höre ich ihn hauchen, ehe er meinen Körper umgreift und mich an sich zieht. »Ich habe zu allen toten und nonexistenten Göttern gebetet, dass du aufwachst.«

»Was?«, frage ich, meine Stimme kaum mehr ein krächzendes Quaken. Er lässt mich los und ich sinke wieder auf eine weiche Unterlage, während ich mich zu erinnern versuche. Bilder zucken durch meinen Verstand, grauenhafte Bilder von verstörten Menschen, verletzten Körpern. Namtars Gestalt.

Ich spüre, wie mir der wenige Mageninhalt hochkommt, den ich habe, und schaffe es gerade noch so, ihn neben statt auf Charon zu befördern.

»Scheiße«, flucht er, doch statt aufzuspringen, streicht er mir über den Hinterkopf, während ich wimmernd den Speichel aus meinem Mund spucke, um den sauren Geschmack loszuwerden.

»Was ist passiert?«, frage ich und bleibe liegen. Spucke wieder und wieder aus, während Charon aufsteht und irgendetwas holt.

»Das wüssten wir auch gerne«, sagt er zögernd und setzt sich wieder zu mir. »Hier, Wasser.«

Ich richte mich auf und muss einen Moment innehalten, damit sich nicht mehr alles dreht. Ich bin in seinem Bett. Gleißend helles Sonnenlicht fällt durch das Fenster, ein Indikator dafür, dass ich mindestens ein paar Stunden außer Gefecht war. Mein Kiefer beginnt zu zittern und ich nehme das Wasser mit klappernden Zähnen entgegen. Meine Muskeln fühlen sich an, als wären sie aus Gummi. Matt und ausgelutscht, doch voller Spannung, als würde jemand daran ziehen.

»Namtar ist fort«, sage ich leise, ehe ich einige kleine Schlucke Wasser zu mir nehme. »Ich habe ihn ... neu geformt.«

»Will ich Details dazu haben?«, fragt Charon mit einem angewiderten Blick. Einen Moment ist er ruhig, dann seufzt er jedoch. »Scheiße, ja, will ich. Was zur Hölle?«

»Gisela hat ihre Macht in dieses Siegel gepackt. Es hat ihn daran gehindert, in seine Welt zurückzukehren.« Ich spüle mir mit dem Wasser den Mund und nehme noch einen Schluck. »Er konnte nicht fliehen und der Versuch, es doch zu tun, hat ihn zwischen den Welten zerrissen. Es war einfach, die Bruchstücke in eine Art lebende Wand umzuwandeln. Ich habe etwas von meiner Kraft verloren, doch zum Großteil habe ich Namtar und Giselas Energie genutzt.«

Allein bei dem Gedanken wird mir wieder schlecht und ich schüttle mich. »Können wir nicht mehr darüber reden?«

»Alma ...«

Ich schaue auf. Charons Blick schwimmt in Tränen, die er verbissen wegzublinzeln versucht. Mein Herz setzt aus, als er nach meiner Hand greift und sie festhält.

»Ich glaube nicht, dass es Giselas Kraft war«, wispert er. Seine Stimme bricht beinahe unter der Last der Worte.

»Was?«, frage ich. Panisch, weil ich nicht verstehe, was los ist. Ich beginne innerlich durch die Erinnerungsfetzen zu wühlen, die ich vom Kampf habe. Krallen, die sich in meinen Rücken bohren. Die riesige, dunkle Silhouette hinter Charon. Ich blicke auf das Mal, das noch immer mein Handgelenk ziert. Und realisiere, worauf Charon hinauswill.

»Geht ... geht es ihr gut?«, frage ich und es klingt hohl.

Er antwortet nicht, schüttelt lediglich den Kopf, beißt sich auf die Lippe, was Antwort genug für mich ist. Mir gleitet das Glas aus der Hand, rutscht achtlos von der Decke runter und knallt auf den Boden, ohne zu zerschellen.

»Sie ist noch nicht wach?« Meine Stimme bricht bei der Frage in ein schreckliches Quietschen. Ich will aufstehen und schlage die Decke zurück, sehe meinen mit blauen Flecken übersäten Körper, starre geschockt zu Charon, der wieder den Kopf schüttelt.

»Mel«, wispere ich ihren Namen. Ich will und kann nicht akzeptieren, was er mir sagen möchte, ohne es auszusprechen. Versuche, meine Beine aus dem Bett zu bewegen, und schreie auf, als der Schmerz siedend heiß durch meinen Körper fährt. Falle vorwärts, in Charons Arme, gegen seinen starken, warmen Körper, der mich auffängt und festhält, während ich schluchze und weine und kaum noch Luft bekomme.

Bis die Tür sich öffnet und Dakila im Raum steht. Bis auch er den Kopf schüttelt und etwas sagt, das es nicht durch den Tinnitus in meinen Ohren schafft, und ich fassungslos zu Charon schaue, der ebenfalls weint.

»Melinoë ist unten, wenn ihr so weit seid«, höre ich den Protos sagen. »Ihre Eltern kommen heute Abend. Sie nehmen sie mit, wenn ihr euch verabschiedet habt.«

Dann kommt er näher an das Bett und ich erkenne, dass auch er vom Kampf gezeichnet ist, übersät von Schnitten und Kratzern und Hämatomen, genau wie Charon und ich. »Ich habe ihnen lediglich erzählt, dass es eine Séance war, die außer Kontrolle geraten ist. Wir werden die Details im Laufe der nächsten Wochen klären, sollte sie ... Falls sie nicht aufwacht.«

Ich schlucke und nicke. Weiß nicht, was ich sonst tun soll, außer zu weinen und zu schreien. Dakila streicht mir über die Schulter, eine väterliche Geste, die mir wohl Trost spenden, vielleicht sogar etwas sagen soll, doch ihre Bedeutung bleibt mir fremd. Dann klopft er Charon auf die Schulter, geht und schließt die Tür hinter sich.

»Alma«, wispert Charon und streicht mir über die Wange.

»Hab ich sie getötet, indem ich das Mal benutzt habe?«, frage ich atemlos und schaue ihn unter Tränen an. »Ist es meine Schuld?«

»Ich … ich weiß es nicht«, gibt er zu und seufzt, als ich wieder zu schluchzen beginne. »Mach Platz, ich leg mich zu dir.«

Fluchend rücke ich ein Stückchen zur Seite, versuche den Schmerz zu ignorieren, den jede Bewegung durch meinen Körper schickt, und der doch nichts im Vergleich zu dem Schmerz in meinem Herzen ist.

»Keiner kann sagen, wer die Schuld trägt. Harriet gibt sie deiner Tante, Dak gibt sie sich selbst. Und ich bin einfach nur überfordert«, sagt er leise. »Aber noch lebt Mel. Sie atmet. Und vielleicht können Heiler ihr helfen, vielleicht kann sie ihre Kräfte nun regenerieren, wo du das Mal genutzt hast.«

Weinend verstumme ich und kuschle mich an seinen Körper, lasse mich von ihm halten und küssen, genieße die Zuneigung, die er mir schenkt und lächle, als er ein Liebesgeständnis gegen meine Lippen flüstert. Und so gerne ich darüber glücklich sein würde, es klappt nicht. Das Mal prangt noch immer an meinem Handgelenk, eine unheilvolle Erinnerung an die Magie meiner Großtante, die meiner besten Freundin beinahe das Leben genommen hat. Die auch in meinen Adern fließt.

»Charon?«, frage ich leise und blicke ihm in die Augen. »Wenn ich meine Magie kontrollieren lerne, denkst du, ich könnte dasselbe tun wie Großtante Gisela? Einen Teil meiner Kraft an Mel geben?«

»Vielleicht«, antwortet er ausweichend. »Aber denkst du nicht, es war erst mal genug Unheil? Wir sollten heilen, bevor wir nach einer Lösung für Mel suchen. Wir alle.«

Ich nicke und kuschle mich wieder an ihn, auch wenn es weh tut. Gerade kann ich nicht allein sein, will nicht allein sein.

»Wir finden eine Lösung«, wispert Charon und haucht mir wieder einen Kuss auf den Scheitel, dann seufzt er leise. »Dakila wird Mel nicht aufgeben. Wir werden Mel nicht aufgeben.«

»Sie würde uns auch nicht aufgeben«, flüstere ich zurück.

»Und wenn es nur ist, um mich weiter mit allem aufzuziehen, das ihr einfällt.« Ich spüre, dass Charon lächelt, und kann nicht anders, als mich ein Stück zurückzulehnen, um ihn zu betrachten.

»Wie heißt du eigentlich richtig?«

»Was?«, fragt er verblüfft, ehe eine zarte rosa Farbe auf seine Wangen tritt. »Ich … Wieso fragst du?«

»Ich habe mir vorgenommen, dich zu fragen, sollte ich die Nacht überleben.« Ich zucke mit den Schultern, doch verziehe das Gesicht, als es einen scharfen Schmerz durch meinen Rücken schickt. »Und Mel hat dich damit geneckt. Also?«

»Eigentlich würde ich sagen, dass du nicht lachen darfst, aber gerade wäre mir nichts lieber. Also gut. Hale Storm.«

»Ernsthaft?«, frage ich und kann nicht verhindern, dass ich tatsächlich grinsen muss. »Dein Name ist Hagelsturm?«

Er nickt und zieht eine Grimasse. »Fae-Namen sind … speziell. Aber ganz ehrlich? Bleib bitte bei Charon. Hale erinnert mich immer an meine Vergangenheit, und Storm … Unter Storm schreibe ich lediglich Texte.«

Als ich fragend eine Augenbraue hochziehe und noch breiter grinse, schüttelt er jedoch den Kopf.

»Vergiss es. Das findest du an einem anderen Tag raus.«

Danksagung

Und damit endet meine erste Veröffentlichung als Bonnie Eldritch. Es fühlt sich immer noch unwirklich an. Kaum eine meiner Geschichten hat so einen großen Wandel durchgemacht wie *Alma Obscura*, und in all der Zeit haben mir einige Menschen beigestanden und mich unterstützt, damit ich nicht aufgebe. Ihnen habe ich zu verdanken, dass ich es endlich geschafft habe, die Story um Alma auf Papier zu bringen und dafür möchte ich ihnen danken.

Zuerst einmal Emy – du bist nach wie vor eine meiner engsten Freundinnen und ich bin unendlich froh, dass ich dich habe. Ohne dich wäre das Veröffentlichen nur ein ferner Traum und meine Cover nicht annähernd so schön. Danke.

Es folgen Christin, Janni, Cosi und Ju. Ich liebe und vermisse euch. Ohne euch hätte ich mich niemals dazu aufgerafft. Danke.

Auch Ariel und Tara, meine BAT-Babes, die mich und meine Biestigkeit jeden Tag ertragen, meine Serienrants mitmachen und immer da sind, um mich zu unterstützen. Danke.

Dann noch Khải. Du bist mir in der kurzen Zeit sehr ans Herz gewachsen und ich bin unendlich froh, dass deine Meinung mit in Alma einfließen konnte. Danke.

Ebenfalls neu dazugekommen, aber für Alma wichtig: Uyên und Johanna. Danke für eure Hilfe bei jeder noch so seltsamen Alma-Frage und dass ihr mich immer unterstützt. Danke.

Nicht zu vergessen, meine Mom. Danke, danke, danke. Ohne dich wäre mein Leben der reinste Horror und an Veröffentlichen gar nicht erst zu denken. Danke.

Und schlussendlich natürlich ein großes Danke an dich. Danke, dass du Alma und mir eine Chance gegeben und bis hierhin gelesen hast. Danke.

DAS HERZ EINER HEXE

Samantha Blake
BAYOU PRIESTESS.
DIE VOODOO-PRINZESSIN
VON NEW ORLEANS
ISBN 978-3-551-30293-9
Softcover
Auch als E-Book erhältlich

Die junge Voodoo-Priesterin Rosie lebt im Bayou, den unzugänglichen Sümpfen von New Orleans. Dort bereitet sie sich seit Jahren auf ihr Schicksal vor, eines Tages das magische Erbe ihrer Familie weiterzuführen. Doch als sich Rosies Wege mit denen des mysteriösen Morrison kreuzen, gerät ihr beschauliches Leben in Aufruhr.

Christina M. Fischer
DURCH MAGIE ERWACHT
(DIE MAGIE-REIHE 1)
ISBN 978-3-551-30113-0
Softcover
Auch als E-Book erhältlich

Mel hat bis jetzt vermieden, ihren Hexenmeister mit den Augen einer Raubkatze aufzusuchen. Ash gilt als unnachgiebig und unnahbar. Nun muss sie ihm beichten, dass sich ihr Drachenei in Flammen aufgelöst hat und eine Phönixkönigin aus der Asche auferstanden ist. Gemeinsam suchen sie nach dem gefährlichen Feuerwesen. Und Mel lernt ganz neue Seiten an Ash kennen.

Verena Bachmann
THE WITCH QUEEN.
ENTFESSELTE MAGIE
ISBN 978-3-551-30311-0
Softcover
Auch als E-Book erhältlich

Hexe Enju will nach ihrer Arbeit in der Bar nur eins: ins Bett. Doch durch eine Verschiebung der Magie landet sie im Viertel der Totenbeschwörer. Dort ist etwas Grausames geschehen, für das sie plötzlich verantwortlich gemacht wird. Um ihre Unschuld zu beweisen, muss sie mit dem attraktiven Anführer der Beasts zusammenarbeiten.

IMPRESS

WWW.IMPRESSBOOKS.DE

Impress

Die Macht der Gefühle

Wir produzieren nachhaltig
- Klimaneutrales Produkt
- Papiere aus nachhaltigen und kontrollierten Quellen
- Hergestellt in Europa

FSC
www.fsc.org
MIX
Papier aus verantwortungsvollen Quellen
FSC® C083411

Impress

Ein Imprint der Carlsen Verlag GmbH

November 2022

Lektorat: Maria Schmidt

Umschlagbild: freepik.com / © coz1421 / © alvaro_cabrera / © freepik

Umschlaggestaltung: Emily Bähr

ISBN 978-3-551-30476-6

www.impressbooks.de